EL AHORCADO

FAYE KELLERMAN

EL AHORCADO

HarperCollins *Español*

Título en inglés: *Hangman*
© 2010 por Plot Line, Inc.
Publicado por William Morrow, un sello de HarperCollins Publishers.

Con las gracias especiales a Marc Neikrug.

ISBN: 978-0-71809-231-3

Impreso en Estados Unidos de América

16 17 18 19 20 DCI 6 5 4 3 2 1

A Jonathan; el hombre completo, de la A a la Z
Y a Lila y Oscar; besos y abrazos

CAPÍTULO 1

En las fotografías aparecía hinchada, magullada y con hematomas; un labio hinchado, los ojos morados y la cara roja y abotargada. A Decker le resultaba casi imposible asociar aquellas imágenes con la hermosa mujer que tenía sentada frente a él. Terry había cambiado en esos quince años. Había pasado de ser una preciosa chica de dieciséis años a una mujer despampanante y elegante. La edad había suavizado y redondeado sus rasgos con la frágil delicadeza de un camafeo victoriano. Él miró alternativamente la foto y su cara. Arqueó una ceja.

—Un desastre, ¿verdad? —dijo ella.

—Tu marido te dio una buena paliza —si Decker entornaba los párpados lo suficiente al mirar su cara, aún podía ver los vestigios de la paliza; un matiz verdoso en algunas partes—. ¿Y estas fotos son de hace unas seis semanas?

—Más o menos —ella cambió de postura en el sofá—. El cuerpo es algo asombroso. Antes presenciaba milagros a todas horas.

Siendo doctora, Terry conocería esa información de primera mano. Que hubiera terminado la escuela de medicina y educado a un niño estando casada con aquel maníaco daba fe de la fortaleza de su carácter. Resultaba duro verla golpeada de ese modo.

—¿Estás segura de querer pasar por esto? ¿Reunirte con él aquí, en Los Ángeles?

—Lo he pospuesto todo lo que he podido —dijo Terry—. En realidad no tiene sentido esconderse. Si Chris desea encontrarme, lo hará. Y no estoy preocupada por mí, sino por Gabe. Si se enfada lo suficiente, podría tomarla con él. Necesito que llegue a ser adulto antes de tomar decisiones sobre mi vida, teniente.

—¿Cuántos años tiene Gabe?

—Cronológicamente le quedan unos cuatro meses para cumplir quince años. Psicológicamente es un hombre adulto.

Decker asintió. Estaban sentados en una elegante suite de un hotel de Bel Air, California. El patrón cromático de la estancia era de un beige relajante. Había un mueble bar con fregadero a la entrada y una encimera de mármol para mezclar bebidas. Terry se había acurrucado en el sofá situado frente a la chimenea de piedra. Él estaba sentado a su izquierda en un sillón con vistas al jardín privado plagado de helechos, palmeras y flores; un oasis para el alma herida.

—¿Qué te hace pensar que durarás hasta que Gabe cumpla los dieciocho?

Terry pensó su respuesta durante unos segundos.

—Ya sabe lo frío y calculador que es mi marido. Es la primera vez que me pone la mano encima.

—¿Y qué ocurrió?

—Un malentendido —miró hacia el techo, evitando la mirada de Decker—. Encontró unos documentos médicos y pensó que yo había abortado. Cuando logré que dejara de pegarme y me escuchara, se dio cuenta de que había leído mal el nombre. La que había abortado había sido mi hermanastra.

—Confundió el nombre de Melissa con el de Teresa.

—Nuestro segundo nombre es el mismo. Yo soy Teresa Anne. Ella es Melissa Anne. Es una estupidez, pero mi padre es estúpido. Yo sigo usando el apellido McLaughlin, igual que mi hermanastra, porque es el que aparece en todos mis títulos y diplomas. Él leyó mal el nombre y perdió los nervios. No es que le importen los niños, pero la idea de que yo hubiese destruido a su descendencia le enfureció. Agradezco que no tuviese una pistola a su alcance —concluyó encogiéndose de hombros.

—¿Por qué te casaste con él, Terry?

—Él quería que fuese oficial. No podía decirle que no porque él nos mantenía. No habría podido terminar la escuela de medicina sin su dinero —hizo una pausa—. En general nos deja en paz a Gabe y a mí. Se concentra en el trabajo, en el alcohol, en las drogas o en otras mujeres. A Gabe y a mí se nos da muy bien esquivarlo. Nuestras interacciones son neutrales y a veces agradables. Es generoso y sabe cómo ser encantador cuando desea algo. Yo le doy lo que desea y todo va bien.

—Salvo cuando no es así —Decker levantó las fotografías—. ¿Qué quieres que haga exactamente?

—He accedido a verlo, teniente, no a volver con él. Al menos no de inmediato. No sé cómo se tomará la noticia. Dado que no puedo escapar de él, quiero que acceda a una separación temporal. No a una separación matrimonial, porque eso no acabaría bien, solo que acceda a darme un poco más de tiempo para estar sola.

—¿Cuánto tiempo más?

—Treinta años, quizá —Terry sonrió—. De hecho, me gustaría volver a instalarme en Los Ángeles hasta que Gabe termine el instituto. He encontrado una casa de alquiler en Beverly Hills. No solo tengo que conseguir que Chris acceda a la separación, sino que quiero que lo pague todo.

—¿Y cómo vas a hacer eso?

—Ya lo verá —sonrió—. Él me ha entrenado a mí, pero yo también a él.

—Y aun así sientes que necesitas protección.

—Estamos hablando de un animal salvaje. Podría ocurrir cualquier cosa. Es bueno tomar precauciones.

—Hay hombres más jóvenes y fuertes que yo, hombres que probablemente te protegerían mejor.

—¡Oh, por favor! Chris podría con cualquiera de ellos. Con usted tiene más... cuidado. Le respeta.

—Me disparó.

—Si hubiera querido matarlo, lo habría hecho.

—Lo sé —dijo Decker—. Quería demostrar quién era el jefe —resopló—. Pero lo más importante es que a Chris le gusta disparar a la gente. Al dispararme a mí, obtuvo un dos por uno.

Terry bajó la mirada.

—Presume de que usted le ha pedido favores. ¿Es cierto?

Decker sonrió.

—Le pido información de vez en cuando. Utilizaré cualquier fuente que pueda para ayudarme a resolver un caso —se quedó mirándola a la cara, contemplando su tez pálida, sus ojos color avellana y su larga melena castaña. Asomaban en su cabellera algunas canas, único indicio de que su vida había sido una olla a presión. Llevaba un vestido largo hasta los tobillos, ancho y sin mangas; una prenda de seda con dibujos geométricos de color naranja, verde y amarillo. Sus pies descalzos asomaban por debajo del dobladillo—. ¿Cuándo llegará a la ciudad?

—Le dije que se pasara por el hotel el domingo a mediodía. Supuse que a usted esa hora le vendría bien.

—¿Dónde estará tu hijo cuando todo eso pase?

—Está en UCLA, en una de las salas de ensayo. Gabe tiene un teléfono móvil. Si me necesita, me llamará. Es muy independiente. No le ha quedado más remedio que serlo —su mirada parecía distante—. Es tan bueno..., justo lo contrario a su padre. Dada su infancia, ya debería haber ido al menos dos veces a rehabilitación. En su lugar, es tremendamente maduro. Me preocupa. En su interior hay muchas cosas que han quedado por decir. Se merece algo mejor —se llevó las manos a la boca y parpadeó para contener las lágrimas—. Muchas gracias por ayudarme.

—Primero espera a que haga algo antes de darme las gracias —Decker miró el reloj. Se suponía que debía estar en casa hacía media hora—. De acuerdo, Terry, vendré el domingo, pero tienes que hacer esto a mi manera. Tengo que pensar un plan, decidir cómo quiero que tenga lugar el encuentro. Primero y más importante, habrás de esperar en el dormitorio hasta que yo me asegure de que está limpio. Entonces podrás salir.

—Me parece bien.

—Además tendrás que decirle a Gabe que no venga a casa hasta que le hayas enviado un mensaje diciendo que todo ha ido bien. No quiero que aparezca en medio de una situación delicada.

—Suena razonable.

La habitación quedó en silencio durante unos segundos. Entonces Terry se levantó.

—Muchas gracias, teniente. Espero que los honorarios le parezcan bien.

—Más que bien. Es una suma muy generosa.

—Es lo que tiene Chris, que es muy efusivo. Si le ofreciera menos, se sentiría ofendido.

—Mira, si no quieres que lo haga, no lo haré —dijo Decker.

—Claro que no quiero que lo hagas —respondió Rina—. Te disparó, ¡por el amor de Dios!

—Entonces la llamaré y le diré que no.

—Un poco tarde para eso, ¿no te parece? —Rina se levantó de la mesa del comedor y empezó a recoger las cosas del *brunch;* dos platos y dos vasos. Hannah ya casi nunca comía con ellos. Comenzaría el seminario en Israel en otoño. Le quedaban tres meses de instituto y era como si no estuviera.

Decker siguió a su esposa hasta la cocina.

—Dime qué es lo que quieres —Rina abrió el grifo y él añadió—: Friego yo.

—No, friego yo.

—Mejor, ¿por qué no usas el lavavajillas?

—¿Para dos platos?

Contando los vasos, los utensilios y las cacerolas y sartenes, era mucho más que eso, pero no le llevó la contraria.

—Debería haberte consultado antes de aceptar. Lo siento.

—No busco una disculpa. Me preocupa tu seguridad. Es un sicario, Peter.

—No va a matarme.

—¿No me dices siempre que las situaciones domésticas son las más peligrosas porque hay muchas emociones de por medio?

—Lo son, si no estás preparado.

—¿No crees que tu presencia lo complicará todo?

—Podría ser. Pero, si ella no tiene a nadie cerca, podría ser peor.

—Pues que contrate a otro. ¿Por qué tienes que ser tú?

—Cree que a mí me resultaría más fácil apaciguar a Chris.

—«Apaciguar» es la palabra clave —dijo Rina—. ¡Ese hombre es una bomba! —negó con la cabeza mientras fregaba. Después le entregó a Decker el primer plato sin decir nada.

—Gracias por el *brunch*. Los huevos Benedict con salmón estaban deliciosos.

—Todo hombre merece una última comida.

—No tiene gracia.

Rina le entregó otro plato.

—Si te pasa algo, no te lo perdonaré nunca.

—Entendido.

—Me da igual lo que le pase a ella. Estoy segura de que es una buena mujer, pero ella misma se ha metido en este lío —Rina notaba que su rabia aumentaba—. ¿Por qué tienes que sacarla tú del apuro? Que te pida ayuda me parece una desfachatez.

—Es como si se me hubiera quedada grabada —Decker guardó el plato y colocó las manos en sus hombros. La punta de su melena negra le rozaba los hombros confiriéndole un aspecto relajado. Pero Rina no era nada de eso. Intensa, centrada, decidida..., esos eran adjetivos más apropiados—. La llamaré y le diré que no.

—Ya no puedes hacer eso, Peter. Chris aparecerá en un par de horas. Además, si te echas atrás, le parecerás un cobarde, y eso es lo peor que puede pasar. Estás atrapado —se puso de puntillas y le dio un beso en la nariz. Era alto y grande, pero no era Donatti—. Creo que debería ir contigo.

—Ni hablar. Preferiría echarme atrás.

—A él le gusto.

—Por eso precisamente estaría tentado de dispararme. Está colado por ti.

—No está colado por mí...

—En eso te equivocas.

—Bueno, entonces al menos llévame contigo a la ciudad y me dejas en casa de mis padres.

—Eso sí que puedo hacerlo —Decker miró el reloj de la cocina—. Deja este desastre. Ya me encargaré yo cuando regrese.

—¿Ya te vas?

—Quiero preparar la habitación antes de que llegue Chris.

—De acuerdo. Voy a por mi bolso. Llámame cuando hayas acabado y todo esté en orden.

—Lo haré, te lo prometo.

—Sí, sí —Rina le dio un manotazo cariñoso—. Cuando uno se casa, ¿no promete amar, honrar y obedecer?

—Algo así —le dijo Decker—. Y, no es por echarme flores, pero diría que cumplo bastante bien con mis votos matrimoniales.

—Bastante bien con los dos primeros —admitió Rina—. Es el tercero el que parece que se te resiste.

CAPÍTULO 2

Como salido de un cuadro de Diego Rivera, apareció con un enorme ramo de calas que ocupaba casi todo su tronco. Christopher Donatti medía metro noventa, igual que Decker.

—No deberías haberte molestado —antes de que Chris pudiera mostrar sorpresa, Decker le quitó las flores y las lanzó sobre la encimera de mármol cercana a la puerta, después le dio la vuelta y lo empujó hasta que quedó pegado a la pared. Los movimientos de Decker eran rápidos y bruscos. Apuntó con su Beretta a la base del cráneo del tipo—. Lo siento, Chris, pero ella no confía mucho en ti en estos momentos.

Donatti no dijo nada mientras Decker lo cacheaba. Llevaba piezas de buena calidad: las herramientas de su oficio. Llevaba una S&W automática en el cinturón y una pequeña pistola Glock del calibre 22 oculta en un compartimento que tenía en la bota. Sin dejar de apuntar a Donatti al cuello con su Beretta, Decker le vació el bolsillo y lanzó su billetera sobre la encimera. Le dijo que se quitara los zapatos, el cinturón y el reloj.

—¿El reloj?

—Ya sabes cómo son estas cosas, Chris. Ahora todo es micromini. Quién sabe lo que podrías esconder ahí dentro.

—Es un Breguet.

—No sé lo que es eso, pero suena caro —Decker le quitó el reloj de oro, que era increíblemente pesado—. No voy a robártelo. Solo quiero examinarlo.

16

—Es un reloj con el mecanismo al descubierto. Si abres la parte de atrás podrás ver cómo funciona.

—Mmm..., no explotará, ¿verdad?

—Es un reloj, no un arma.

—En tus manos, cualquier cosa es un arma.

Donatti no lo negó. Decker le dijo que mantuviera las manos levantadas y el cuerpo contra la pared. Retrocedió lentamente unos centímetros para darse algo más de espacio. Con un ojo siempre puesto en sus manos, Decker comenzó a vaciar los cargadores de las pistolas de Donatti.

—Puedes darte la vuelta, pero mantén las manos en alto.

—Tú mandas.

Giró su cuerpo hasta quedar los dos cara a cara. Sin sus armas, Chris parecía imperturbable. Había inexpresividad en sus ojos; azules, aunque sin luminosidad. Era imposible saber si estaba enfadado o si la situación le hacía gracia.

Una cosa era segura, Chris había tenido épocas mejores. Estaba demacrado, tenía manchas en la cara y su frente era un jardín donde florecían las espinillas. Se había dejado el pelo largo, ya no lo llevaba rapado como hacía seis años, la última vez que Decker lo viera en persona. Lo llevaba cepillado hacia atrás, como el conde Drácula, recortado por debajo de las orejas. Seguía siendo desgarbado, pero sus brazos eran más grandes de lo que Decker recordaba. Se había arreglado para la ocasión y llevaba un polo azul, unos pantalones de vestir color carbón y unas botas de cocodrilo.

—Empiezan a dolerme un poco los brazos.

—Bájalos despacio.

Lo hizo.

—¿Y ahora qué?

—Toma asiento. Muévete despacio. Si te mueves despacio, yo me muevo despacio. Si me metes prisa, dispararé primero y preguntaré después —cuando Donatti se dispuso a sentarse en la silla, Decker lo detuvo—. En el sofá, por favor.

Donatti cooperó y se dejó caer sobre los cojines. Decker le lanzó el reloj, que él atrapó al vuelo con una mano y volvió a ponerse en la muñeca.

—¿Acaso ella está aquí?

—Está en el dormitorio.

—Es un comienzo. ¿Y va a salir?

—Saldrá cuando yo le dé la señal.

—¿Dónde está Gabe?

—No está aquí —respondió Decker.

—Probablemente sea lo mejor —Donatti se llevó las manos a la cabeza y volvió a levantarla segundos más tarde—. Supongo que tiene sentido que estés aquí.

—Gracias por tu aprobación.

—Mira, no voy a hacer nada.

—Entonces, ¿por qué traías armas?

—Siempre voy armado. ¿Puedo hablar ahora con mi esposa?

Decker se quedó de pie junto a la encimera de mármol del mueble bar de la habitación sin soltar la Beretta.

—Un par de normas básicas. Número uno: permanecerás sentado en todo momento. No te aproximes a ella en lo más mínimo. Y nada de movimientos rápidos. Me ponen nervioso.

—De acuerdo.

—Cuida tu lenguaje y tus modales y estoy seguro de que todo irá como la seda.

—Sí..., seguro —su voz era apenas un susurro.

—Estás un poco pálido. ¿Quieres un poco de agua? —abrió el mueble bar—. ¿Algo más fuerte?

—Lo que sea.

—Macallan, Chivas, Glenfiddich...

—Glenfiddich solo —segundos más tarde, Decker le entregó un vaso de cristal con una generosa dosis de whisky escocés. Donatti dio un trago delicado y después se bebió gran parte del contenido—. Gracias. Esto ayuda.

—De nada —Decker se quedó observándolo—. Parece que ya vas recuperando el color.

—No he tomado una copa en todo el día.

—Son las doce del mediodía.

—Según el horario de Nueva York, ya casi es la hora feliz. No quería que ella pensara que soy débil, pero lo soy —otro trago—. Sabe que soy débil. ¡Qué cojones!

—Esa boca.

—Ojalá la boca fuera mi único problema. Entonces estaría en buena forma —le devolvió a Decker el vaso vacío.

—¿Otro? —cuando Donatti negó con la cabeza, Decker cerró el mueble bar—. ¿Qué ocurrió?

—Lo que ocurrió es que soy un idiota.

—Eso es decirlo muy suavemente.

—Siempre he tenido problemas de comprensión lectora.

—Estás pasando por alto un elemento crucial, Chris. No puedes usar a tu esposa como saco de boxeo, incluso aunque hubiera abortado de verdad.

—No le di un puñetazo, la golpeé.

—Eso tampoco es aceptable.

Donatti se frotó la frente.

—Ya lo sé. Solo quería corregirte porque sabía que estaba dándole con la mano abierta. Si le hubiera dado puñetazos, estaría muerta.

—¿De modo que eras consciente de que estabas dándole una buena paliza?

—Nunca antes había ocurrido, y no volverá a ocurrir.

—Y ella debería creerte porque...

—Puedo contar con los dedos de una mano las veces en las que he perdido los nervios. Mira, sé que está asustada, pero no tiene por qué. Solo fue... —cuando se dispuso a levantarse del sofá, Decker le apuntó a la cara con la pistola. Volvió a sentarse—. ¿Puedo ver a mi esposa, por favor?

—Al menos esta vez has dicho «por favor» —Decker se

quedó mirándolo—. Deja que te haga un par de preguntas teóricas. ¿Y si ella no desea hablar contigo?

—No habría accedido a reunirse conmigo si no quisiera hablarme.

—Tal vez no quisiera decírtelo por teléfono. Eso te daría tiempo para planear algo peligroso y probablemente estúpido.

—¿Es eso lo que ha dicho? —Donatti levantó la mirada.

—¿Qué te parece si hago yo las preguntas?

—No tengo nada planeado. Fui un idiota. No volverá a ocurrir. Tú déjame ver a mi esposa, ¿de acuerdo?

—¿Y si ya no quiere verte más? ¿Y si pide el divorcio?

—No sé —Donatti se retorció las manos—. No he pensado en eso.

—Te cabrearía, ¿verdad?

—Probablemente.

—¿Qué harías?

—Nada contigo aquí —sus ojos al fin cobraron vida—. Decker, no va a pedirme el divorcio, al menos no ahora, porque, primero y más importante, tengo dinero suficiente para arrastrarla a una carísima batalla legal por la custodia de Gabe. Le resultaría mucho más fácil esperar a que él cumpliera los dieciocho, y Terry es una mujer práctica. Me quedan otros tres años y medio hasta que tenga que abordar este tema. Ahora me gustaría ver a Terry.

Estaba jadeando.

—¿Otro whisky? —preguntó Decker.

—No —Donatti negó con la cabeza—. Estoy bien —tomó aliento y lo dejó escapar—. Estoy listo si tú lo estás.

Decker se quedó mirándolo con severidad.

—Estaré vigilando todos tus movimientos.

—De acuerdo. No me moveré. Tengo el culo pegado al asiento. ¿Podemos ir al grano?

No tenía sentido retrasar lo inevitable. Decker la llamó. Había colocado la silla de Terry a un lado para poder tener el camino despejado desde el cañón de su pistola hasta el cerebro de

Donatti. No es que esperase un tiroteo, pero Decker era *boy scout* y policía y siempre intentaba estar preparado. Terry había recogido las piernas bajo su largo vestido, pero su postura era elegante y regia. De nuevo, el vestido carecía de mangas y dejaba ver sus brazos bronceados adornados con diversas pulseras. Miraba fijamente a Donatti a la cara, aunque era a él a quien parecía costarle mirarla a los ojos.

—Tienes buen aspecto —le dijo él.

—Gracias.

—¿Cómo te encuentras?

—Bien.

—¿Cómo está Gabe?

—Está bien.

Donatti espiró y miró hacia el techo. Entonces la miró a la cara.

—¿Qué puedo hacer por ti?

—Interesante pregunta —le dijo ella—. Sigo intentando averiguarlo.

Él se rascó la mejilla.

—Haré cualquier cosa.

—¿Puedo tomarte la palabra? —antes de que pudiera responder, ella continuó—. No estoy preparada para volver contigo.

Donatti cruzó las manos sobre su regazo.

—De acuerdo. ¿Y vas a estar preparada algún día?

—Posiblemente..., probablemente, pero todavía no.

—De acuerdo —Chris miró a Decker—. ¿Puedes darnos un poco de intimidad, por favor?

—Eso no va a ocurrir —Decker levantó las flores—. Te ha traído esto.

Terry miró las calas.

—Luego pediré que traigan un jarrón —se volvió hacia Chris—. Son preciosas. Gracias.

Donatti estaba inquieto.

—Y... ¿cuándo crees que...? Quiero decir, ¿cuánto tiempo más quieres quedarte aquí?

—¿En California o aquí en este hotel?

—Me refería a lejos de mí, pero sí, cuánto tiempo más piensas quedarte aquí.

—No lo sé.

—¿Un mes? ¿Dos meses?

—Más —se humedeció los labios.

—Eso va a salir un poco caro. No es que pretenda escatimar con el dinero...

—Es caro —dijo Terry—. Quiero alquilar una casa. Técnicamente la alquilarías tú. He visto una que me gusta. Solo estoy esperando a que extiendas el cheque.

A Decker le asombró la determinación con la que hablaba, desafiándolo a negarle cualquier cosa.

—¿Dónde? —preguntó Donatti.

—En Beverly Hills. ¿Dónde si no?

—¿Qué necesitas? —le preguntó Decker cuando ella se dispuso a ponerse en pie.

—Tengo un poco de sed.

—Siéntate. ¿Qué te apetece?

—Pellegrino, con hielo.

—Yo me encargo. ¿Y tú, Chris?

—Lo mismo.

—Sírvale un whisky —ordenó Terry.

—Estoy bien, Terry.

—¿Acaso he dicho que no lo estuvieras? —preguntó ella—. Sírvale un whisky.

Donatti levantó las manos.

—Ningún problema —dijo Decker—, siempre y cuando los dos os estéis quietos.

—Yo no voy a ninguna parte —dijo Donatti. En cuanto el whisky rozó sus labios, pareció calmarse—. Bueno..., háblame sobre esa casa que voy a alquilar.

—Está en una zona llamada Los Llanos, que es de las zonas más caras. Cuesta doce mil al mes; es lo mínimo en ese barrio.

Hay que hacer algunas reparaciones, pero está para entrar a vivir. La principal razón por la que he elegido Beverly Hills son las escuelas, que son buenas.

—No hay problema —aseguró Donatti—. Lo que desees.

A juzgar por aquella conversación, parecía que Terry llevaba el control de la relación. Tal vez fuese así la mayor parte del tiempo, pero la mayor parte no era sinónimo de todo.

—¿Yo podré tener una llave? —preguntó Donatti.

—Claro que sí. Vas a alquilarla tú.

—¿Y cuánto tiempo piensas vivir ahí, en la casa que voy a alquilar yo?

—Normalmente los contratos de alquiler son por un año.

—Eso es mucho tiempo.

Terry se inclinó hacia delante.

—Chris, no te pido una separación legal, solo física. Después de lo que ocurrió, es lo mínimo que puedes hacer.

—No estoy intentando llevarte la contraria, Terry. Solo intento hacerme una idea del tiempo. Si quieres un año, tómatelo. Es cosa tuya, no mía.

Ella se quedó callada unos segundos. Entonces dijo:

—Sabrás dónde estoy, tendrás una llave de la casa. Ven cuando quieras, no pienso ir a ninguna parte. ¿Te parece justo?

—Más que justo —Donatti se obligó a sonreír—. De todas formas, no me vendrá mal tener un lugar donde quedarme cuando esté en la costa oeste. Probablemente sea una buena idea.

—Así que te he hecho un favor.

—Yo no diría eso. Doce mil al mes. ¿Qué tamaño tiene la muy cabrona?

Terry le dirigió una sonrisa; una mezcla entre humor y flirteo.

—Tiene cuatro dormitorios, Chris. Estoy segura de que se nos ocurrirá algo.

La sonrisa de Donatti se volvió auténtica.

—De acuerdo —dio un trago a su vaso y después se rio—. De acuerdo. Si es eso lo que deseas..., está bien. Tal vez me eches de menos cuando no esté.

—Soñar es gratis.

—Muy graciosa.

—¿Tienes hambre? —Terry recorrió su cuerpo con la mirada—. Has perdido peso.

—He tenido un poco de ansiedad.

—¿Cómo sabes tú lo que es la ansiedad?

Donatti miró a Decker con cara inescrutable.

—Qué ingeniosa es, ¿verdad?

—¿Tienes hambre, Chris? —repitió Terry.

—Podría comer algo.

—Aquí tienen un restaurante de primera —se miró el reloj de diamantes que llevaba en la muñeca entre las pulseras de oro—. Está abierto. No me importaría comer.

—Genial —Donatti se dispuso a ponerse en pie, pero entonces miró a Decker—. ¿Puedo levantarme sin que me dispares?

—Baja al restaurante y encarga algo para los dos, Chris. Busca una mesa al lado para mí. Enseguida te alcanzamos.

La expresión de Donatti se volvió amarga.

—Estaremos en un lugar público, Decker. No va a ocurrir nada. ¿Qué tal si nos das un poco de intimidad?

—Estaré sentado a otra mesa —respondió Decker—. Susurrad si no queréis que os oiga. Adelante. Te vemos allí.

Donatti puso los ojos en blanco.

—¿Vas a devolverme las armas?

—En algún momento —dijo Decker.

—Puedes quedarte con la munición, solo dame las armas.

—En algún momento.

—¿Qué crees que voy a hacer? ¿Golpearte en la cabeza para que pierdas el conocimiento?

—Ni siquiera estaba pensando en eso, pero, ahora que lo mencionas, eres impredecible.

Donatti se volvió hacia Terry.

—¿A ti te importa que vaya armado?

—Depende de él —respondió ella.

—No sirven para nada sin munición —cuando Decker no respondió, añadió—: Vamos, sería un gesto de buena fe. Solo pido lo que es mío.

—Ya te he oído, Chris —Decker abrió la puerta—. Pero no siempre se consigue lo que uno desea.

Ambos hombres se miraron cara a cara. Entonces Donatti se encogió de hombros.

—Lo que tú digas —salió por la puerta sin mirar atrás.

Decker negó con la cabeza.

—Es frío como el hielo —se volvió hacia Terry—. Lo has manejado bien.

—Eso espero. Al menos, me dará algo de tiempo para pensar.

Decker advirtió que estaba temblando.

—¿Te encuentras bien, Terry?

—Sí, estoy bien. Un poco... —había empezado a sudarle la frente y se secó la cara con un pañuelo—. Ya sabe lo que dicen, teniente —risa nerviosa—. Nunca dejes que te vean sudar.

CAPÍTULO 3

Mientras Decker estaba en la ciudad, a unos treinta kilómetros de casa, Rina aprovechó para reservar para cenar en uno de los muchos restaurantes *kosher* del bulevar Pico. Salieron de casa de sus padres a las seis y, media hora más tarde, estaban sentados a una mesa tomando copas de Côtes du Rhône. Aunque Peter no era muy hablador, aquella noche parecía especialmente apagado, así que Rina estuvo encantada de cargar con el peso de la conversación. Quizá Peter tuviera hambre. Supuso que empezaría a hablar cuando estuviese de humor. Pero, después de comerse el costillar, las patatas fritas y la ensalada, seguía taciturno.

—¿Qué está pasando por esa cabecita tuya? —preguntó Rina al fin.

—Nada.

—No te creo.

—¿Ves? Ahí es donde las mujeres os equivocáis. Cada vez que los hombres no hablamos, lo asociáis a alguna meditación profunda que tenemos con nosotros mismos. En mi caso, estaba pensando en el postre..., en si merece la pena meterme todas esas calorías.

—Si quieres, podemos compartir algo.

—Lo que significa que yo me comeré el noventa por ciento.

—¿Y si prescindimos del postre y tomamos café? Pareces hecho polvo.

—¿De verdad? —Decker se acarició el bigote pelirrojo y canoso como si estuviera pensando en algo profundo. Aunque su vello facial siguiera conservando parte del color encendido de la juventud, el pelo de la cabeza era ya más blanco que naranja, pero seguía teniendo bastante.

Sonrió a su esposa. Rina se había puesto un vestido de satén morado oscuro que guardaba en el armario de su madre. Aunque era demasiado religiosa para mostrar canalillo, el escote que llevaba acentuaba su precioso cuello. Decker le había regalado unos pendientes de diamantes de dos quilates por su cuarenta y cinco cumpleaños y se los ponía siempre que podía. Le encantaba verla con cosas caras aunque, con su nómina, eso no ocurría con mucha frecuencia.

—Supongo que estoy un poco cansado.

—Entonces vámonos a casa.

—No, no. Me vendría bien una taza de café.

—De acuerdo —Rina le tocó las manos—. No solo estás cansado, estás agobiado. ¿Qué ha pasado esta tarde?

—Ya te lo he dicho. Todo ha ido como la seda.

—Y aun así sigues perplejo.

Decker escogió bien sus palabras.

—Cuando Terry hablaba con él, parecía segura de sí misma, como si tuviera el control de la situación.

—Tal vez fuese así contigo cerca.

—Estoy seguro de que en parte era así. Y él parecía arrepentido, así que Terry tenía bastante rienda suelta. No sé, Rina. Se mostraba casi mandona. Mientras comían hablaba ella casi todo el tiempo.

—¿Y has podido oír lo que decían?

—He podido verlos. Era evidente que ella dominaba la conversación.

—A lo mejor habla cuando se pone nerviosa.

—Podría ser. Antes de reunirnos con él en el restaurante, hemos hablado unos minutos. De pronto ha empezado a temblar y a sudar.

—Ahí lo tienes.

—Pero había algo más, Rina. Si no conociera el trasfondo, habría jurado que durante la comida flirteaba con él..., estaba sexy. Había algo raro.

—¿Qué tiene de raro? A ella le gusta.

—Hace seis semanas le dio una paliza.

—Ella sabe cómo es y aun así sigue habiendo algo en él que le parece atractivo. Toma malas decisiones. Así es como acabó en esta situación. Nadie le dijo que tuviera que ir a visitarlo a la cárcel y acostarse con él sin usar protección.

—No es estúpida, Rina. Es una madre meticulosa y es doctora en urgencias.

—Como todo el mundo, tiene aspectos positivos y algunos puntos oscuros. En el caso de Terry, sus debilidades son dañinas —se inclinó hacia delante—. Pero, como te dije esta mañana, Peter, no es nuestro problema. A ti te ha contratado. Te ha pagado y has hecho tu trabajo. ¿Y si lo dejas estar?

—Tienes razón —Decker se irguió sobre su asiento y le dio un beso en la mano—. Hemos salido a cenar y te mereces un marido que no esté en coma.

—¿Te apetece ahora ese café?

—¡Un café sería fantástico! —Decker sonrió—. Incluso me tomaría un postre.

—¿Qué te parece el pastel de melocotón?

—Suena muy bien. ¿Nos atrevemos a pedirlo con helado de vainilla o el mejunje congelado que preparen para simular el sabor auténtico?

—Claro —respondió Rina sonriente—. Volvámonos locos.

El móvil empezó a sonar justo cuando el coche había llegado a lo alto de la autopista 405 e iniciaba el descenso hacia el valle de San Fernando. Las montañas que bordeaban el camino hacían que hubiese poca cobertura. Dado que era Decker quien conducía, Rina le sacó el teléfono del bolsillo de la chaqueta.

—Si es Hannah, dile que llegaremos a casa en unos veinte minutos.

—No es Hannah. No reconozco el número —pulsó el botón para responder—. ¿Diga?

Se hizo el silencio al otro lado de la línea. Por un instante Rina pensó que se había cortado, pero entonces vio que la pantalla del teléfono seguía encendida.

—¿Diga? —repitió—. ¿Puedo ayudarte?

—¿Quién es? —preguntó Decker. Ella se encogió de hombros—. Pues cuelga.

—Perdón —era una voz de hombre. Se aclaró la garganta—. Busco al teniente Decker.

—Este es su móvil. ¿Con quién hablo?

—Con Gabe Whitman.

Rina tuvo que hacer un esfuerzo por no soltar un grito ahogado.

—¿Va todo bien?

—¿Con quién hablas? —preguntó Decker.

—No —respondió Gabe desde el otro lado—. Quiero decir que no lo sé.

—¿Quién es, Rina? —insistió Decker.

—Gabe Whitman.

—¡Dios! Dile que espere.

—Enseguida se pone —le informó Rina.

—Gracias.

Decker se salió de la carretera, detuvo el coche en el arcén, encendió las luces de emergencia y agarró el móvil.

—Soy el teniente Decker.

—Siento molestarle.

—No me molestas. ¿Qué sucede?

—No encuentro a mi madre. No está aquí y no responde al teléfono. Mi padre tampoco responder al suyo.

—De acuerdo —a Decker le iba el cerebro a mil por hora—. ¿Cuándo hablaste con tu madre por última vez?

—He vuelto al hotel sobre las seis y media o siete. Se suponía que íbamos a ir a cenar, pero no estaba aquí. Su coche tampoco está, ni su bolso, pero no me ha dejado una nota ni nada. Eso es impropio de ella.

A Decker le dio un vuelco el estómago. Su reloj decía que eran casi las nueve.

—¿Cuándo hablaste con ella por última vez, Gabe?

—Sobre las cuatro. Usted ya se había marchado. Mi madre ha dicho que todo había ido bien. Parecía tranquila. Ha dicho que iba a salir a hacer unos recados y que volvería sobre las seis. No sé si estoy exagerando, pero, con Chris, nunca se sabe.

—¿Dónde estás ahora?

—Estoy en el hotel.

—¿En la habitación?

—Sí, señor.

—De acuerdo. Gabe, voy a dar la vuelta y estaré allí en media hora. Sal de la habitación y espérame en el vestíbulo. Quiero que estés en un lugar público, ¿de acuerdo?

—De acuerdo —hizo una pausa—. La habitación está bien..., quiero decir que no parece que hayan tocado nada.

—Eso no significa que tu padre no pueda aparecer de pronto. No sería buena idea que os vierais a solas.

—Eso es cierto —otra pausa—. Gracias.

—No es necesario que me des las gracias. Tú sal por la puerta y no mires atrás.

Quince minutos más tarde, Decker entró con su Porsche en el aparcamiento. Los aparcacoches eran distintos a los que habían estado allí por la tarde. Cuando le preguntaron cuánto tiempo se quedaría, Decker les dijo que no lo sabía.

El complejo del hotel consistía en casi siete hectáreas de plantas y vegetación tropical en las laderas de Bel Air. El aire nocturno estaba cargado con el aroma de los jazmines en flor y un cierto toque a gardenias. Palmeras, helechos y arbustos en flor bordeaban los senderos de piedra y cubrían las orillas de un estanque artificial poblado de patos y cisnes. Decker y Rina cruzaron un puente y contemplaron el estanque mientras las aves nadaban.

Decker la miró.

—¿Por qué no te vas con el coche a casa?

—Hannah está en casa de una amiga. Puedo esperar.

—No sé si quiero que estés aquí en caso de que Chris aparezca. Tengo un mal presentimiento.

—¿Y si espero en el vestíbulo?

—¿Te importaría? Podría tardar un rato. Si no la encuentro pronto, tendré que registrar el hotel.

—No será un problema a no ser que me echen —hizo una pausa—. ¿Qué vas a hacer con Gabe? No sabes lo que está pasando. No puedes permitir que se quede aquí solo, incluso aunque fuera mayor de edad.

Los dos se quedaron callados.

—Puede quedarse con nosotros —agregó Rina.

—No creo que sea buena idea.

—No creo que tengas elección.

—Tiene un abuelo que vive en el valle.

—Entonces ponte en contacto con él por la mañana. Una noche con nosotros no cambiará nada.

—Realmente eres la madre Tierra.

—Así soy yo —respondió Rina—. Vengan a mí los abatidos, los pobres, los hacinados que anhelan respirar en libertad, etcétera, etcétera. Emma Lazarus y yo teníamos en común mucho más que el apellido.

Aunque el hotel en sí era una serie de discretos bungalós de estuco rosa con tejados de tejas rojas de estilo mediterráneo conectados entre sí, el vestíbulo era un edificio independiente. A través del ventanal, Decker vio el mostrador de recepción con una mujer uniformada revisando unos papeles, una portería vacía y un conjunto de muebles tradicionales situados de cara a una chimenea de piedra. Uno de los sillones beis estaba ocupado por un adolescente desgarbado; *El pensador*, de Rodin. Rina y él entraron y el chico levantó la cabeza y se puso en pie. Decker intentó sonreír para tranquilizarlo.

—¿Gabe?

Él asintió. Era un muchacho guapo; nariz aquilina, barbilla fuerte, melena rubia oscura y unos ojos verde esmeralda enmarcados por unas gafas sin montura. No era muy corpulento, pero tenía la misma complexión definida y musculosa que su padre en la adolescencia. Parecía rondar el metro ochenta de estatura.

Decker le ofreció la mano y el chico se la estrechó.

—¿Qué tal? —Gabe se encogió de hombros con impotencia—. Esta es mi esposa. Va a esperarme aquí... a esperarnos. ¿Todavía no has sabido nada de nadie?

—No, señor —miró a Rina igual que miró a Decker—. Siento haberles arrastrado hasta aquí. Probablemente no sea nada.

—Sea lo que sea, no es molestia. Vayamos a la habitación.

La mujer de la recepción levantó la mirada.

—¿Va todo bien, señor Whitman?

—Eh, sí —Gabe puso una sonrisa forzada—. Todo bien.

—¿Está seguro?

Gabe asintió con rapidez. Decker se volvió hacia Rina.

—Te veo en un rato.

—Tómate tu tiempo.

Decker y su joven acompañante salieron al aire fresco y neblinoso de la noche y guardaron silencio mientras caminaban. Los caminos parecían distintos por la noche a como habían sido durante el día. Con la iluminación artificial camuflada entre las plantas, todo el complejo tenía un aspecto surrealista, como el decorado de una película. Gabe pasó de un jardín a otro hasta llegar al bungaló que compartía con su madre. Abrió la puerta, dio al interruptor de la luz y ambos entraron.

—Está justo como la dejé —anunció el joven.

Y prácticamente igual a como estaba cuando Decker se había marchado esa tarde. Las flores que Chris le había regalado a Terry estaban en un jarrón sobre la mesita del café. El vaso de whisky de Donatti se encontraba en el fregadero del mueble bar. Habían vaciado el cubo de basura y el sofá del salón se había convertido en cama. Sobre una bandeja de plata había varias chocolatinas y la carta del servicio de habitaciones para el desayuno. En la mesita había agua y se oía música clásica procedente del equipo de sonido.

—¿Duermes aquí?

Gabe asintió.

Decker entró en el dormitorio. La cama de Terry estaba también preparada.

—¿Las camas estaban abiertas cuando llegaste sobre las seis?

—No, señor. Vinieron más tarde, sobre las ocho —hizo una pausa—. Probablemente no debería haberles dejado entrar, ¿verdad?

—No importa, Gabe —Decker observó la habitación. Había mucha ropa en el armario y una pequeña caja fuerte. Le preguntó al chico si conocía la combinación de la caja.

—La de esta no la conozco, pero sí sé qué código utiliza habitualmente mi madre.

—¿Podrías intentar abrirla?

—Claro.

Gabe introdujo una serie de números. Tuvo que hacer dos intentos, pero al final la puerta se abrió. La caja estaba llena de joyas y dinero en efectivo.

—¿Tienes algo para transportar los objetos de valor? —le preguntó Decker.

—¿Por qué?

—Si tu madre no vuelve, no puedes quedarte aquí solo.

—No me pasará nada.

—Estoy seguro de que sabes cuidar de ti mismo, pero soy policía y tú eres menor. Estaría quebrantando la ley si te dejara quedarte aquí solo. Además, dadas las circunstancias, no querría que estuvieras solo ni aunque tuvieras dieciocho años.

—¿Y dónde va a llevarme?

—Puedes elegir —Decker se frotó las sienes—. Sé que tienes un abuelo y una tía que viven en Los Ángeles. ¿Te sentirías cómodo llamando a alguno de ellos? No me importa llevarte.

—¿Esa es mi única opción?

—Podrías pasar la noche en mi casa y, con suerte, las cosas se habrán solucionado por la mañana.

—Esa sería mi primera opción. Preferiría eso a ir con mi abuelo. Mi tía es maja, pero un poco despistada. No es mucho mayor que yo.

—¿Cuántos años tiene Melissa?

—Veintiuno..., pero es muy inmadura.

—De acuerdo. Esto es lo que haremos. Te irás a casa con mi esposa. Yo me quedaré por aquí un rato e intentaré averiguar qué sucede.

—¿Por qué no puedo quedarme aquí con usted mientras intenta averiguarlo?

—Porque puede que tarde un buen rato. Es mejor que te vayas a casa con mi mujer y me dejes hacer mi trabajo. Te veré por la mañana. Si tu madre regresa, te llamaré de inmediato. Y, si sabes algo de ella o de tu padre, me llamas para no andar perdiendo el tiempo. ¿Te parece bien?

El muchacho asintió.

—Gracias, señor. Se lo agradezco mucho.

—No hay de qué —Decker sacó una libreta—. Tengo el número de tu madre. Necesitaré el de tu padre y también tu móvil.

Gabe recitó una serie de números.

—Sabrá que mi padre cambia de número cada poco tiempo. Puede que un día dé señal y al siguiente ya no.

—¿Cuándo fue la última vez que hablaste con tu padre?

—Déjeme pensar. Chris me llamó el sábado por la mañana... sobre las once. Acababa de aterrizar. Me dijo que estaba en el aeropuerto y que al día siguiente se reuniría con mi madre.

—¿Y tú qué dijiste?

—No lo recuerdo bien. Le dije que... vale. Luego me preguntó cómo estaba mi madre y le dije que bien. Fue una conversación de dos minutos..., lo típico entre nosotros —se mordió el labio—. En realidad a Chris no le caigo bien. Soy una molestia, algo que se interpone entre mi madre y él. Apenas me habla salvo que se trate de mi música o de mi madre, pero se ve obligado a tratar conmigo porque soy lo que le une a ella. Es todo un desastre.

—Tu padre es un desastre. Por casualidad no sabrás el número de su vuelo, ¿verdad?

Gabe negó con la cabeza.

—¿Sabes con qué aerolínea suele volar?

—Cuando no vuela en avión privado, suele ir con American Airlines en primera clase de costa a costa. Le gusta estirar las piernas.

—Si se fuera de Los Ángeles, ¿dónde crees que iría?

—Podría irse a casa. O podría irse a Nevada y quedarse allí un tiempo.

—Tiene burdeles en Elko, ¿verdad? —el muchacho se sonrojó y Decker preguntó—: ¿Sabes cómo se llaman esos locales?

—Uno es La Cúpula del Placer —tenía la cara roja—. El Palacio del Placer... Tiene como tres o cuatro sitios con la palabra «placer».

—¿Has intentado llamar a esos sitios?

El chico negó con la cabeza.

—No tengo los números. Puede que aparezcan en la guía. Podría llamar a información si quiere.

—No. Yo me encargo. Prepara una bolsa con algunas cosas, saca el dinero y las joyas de la caja fuerte y después te acompañaré al vestíbulo.

—Siento ser una molestia. Me siento como un idiota.

—No es molestia —le pasó un brazo por los hombros. Al principio el chico se puso rígido, pero después relajó los hombros bajo el peso del brazo de Decker—. Y no te preocupes demasiado. Probablemente todo se solucione.

—Todo se soluciona. A veces se soluciona para bien. A veces para mal. Es esa segunda opción la que me preocupa.

CAPÍTULO 4

En el interior del coche reinaba el silencio durante el camino a casa; el chico miraba por la ventanilla del copiloto como un cachorro abandonado. Rina ni siquiera se molestó en intentar hacerle hablar. Tenía toda la energía puesta en conducir el Porsche de Peter. Había trucado el motor y aumentado a saber cuántos caballos de potencia, de modo que se requería fuerza para manejarlo. Gracias a Dios la carretera permaneció vacía durante casi todo el trayecto.

En cuanto aparcó en la entrada, el muchacho se bajó del coche de un salto, como un gato enjaulado que al fin quedaba libre. Su equipaje consistía en una mochila de colegio que llevaba colgada de un hombro, un portátil y una pequeña bolsa de viaje. Era alto para su edad, con piernas larguiruchas. Sus pantalones parecían hacer un esfuerzo por mantenerse en sus caderas inexistentes.

Rina metió la llave en la cerradura de la entrada.

—El teniente Decker y yo tenemos cuatro hijos, pero solo nuestra hija sigue viviendo en casa. Tiene diecisiete años —abrió la puerta y gritó un «hola». Desde detrás de la puerta del dormitorio se oyó la respuesta de Hannah—. Tenemos compañía —anunció Rina—. ¿Puedes salir un momento?

—¿Ahora?

—No importa —murmuró Gabe.

Rina intentó aparentar tranquilidad cuando Hannah salió con el pijama y la bata. Ambos adolescentes se dirigieron una mirada rápida.

—Hannah, este es Gabe Whitman —dijo Rina—. Se quedará con nosotros esta noche. ¿Puedes llevarle a la habitación de tus hermanos y hacer la cama?

—Puedo hacerlo yo —aseguró Gabe con las mejillas sonrosadas.

—Y Hannah también puede —respondió Rina.

—Lo haré yo —dijo Hannah encogiéndose de hombros—. ¿Quieres comer algo? Iba a por unas cerezas. ¿Quieres echar un vistazo a la nevera?

—Eh..., claro —Gabe la siguió hacia la cocina y eso fue todo.

A veces la camaradería entre iguales era mucho más eficaz que la mejor de las madres.

Después de que Hannah lavara las cerezas, le ofreció un puñado en un cuenco de papel.

—Están muy buenas. Creo que mi madre las compró en un mercado de productores.

—Los productos agrícolas son muy buenos en esta zona.

—¿En esta zona? ¿De dónde eres?

—De Nueva York.

—¿De la ciudad?

—De las afueras —se quedó observando su fruta—. ¿Tú conoces Nueva York?

—Tengo muchos amigos allí —mordió una cereza y escupió el hueso—. Y mi hermano estudia en la facultad de medicina Einstein.

—Mi madre trabajó en el Monte Sinaí durante un tiempo. Es doctora en urgencias.

—¿A ti te interesa la medicina?

—En absoluto —al fin agarró una cereza y se la comió—. Mira, soy perfectamente capaz de hacerme la cama.

—Me parece bien. ¿Puedo preguntar por qué estás aquí?

—Digamos que mi madre ha... desaparecido. Creo que tu padre la está buscando. Ha dicho que era ilegal que me quedara yo solo en un hotel, así que me ha ofrecido pasar aquí la noche.

—Suena propio de mi padre.

—¿Es un buen tipo?

—Es muy buen tipo —respondió Hannah—. Puede que parezca un poli duro, pero es un blando. Y mi madre más aún. Son los dos unos peleles. ¿Quieres algo de beber?

—No, gracias. Probablemente debería irme a la cama —dejó la fruta sobre la encimera—. Gracias por las cerezas. Creo que no tengo tanta hambre.

—¿Vas a poder dormir?

—No creo.

—Te enseñaré cómo funciona la tele. Es un poco cutre porque es de la Edad de piedra. Mis hermanos hace tiempo que se fueron de casa. ¿En qué curso estás tú?

—Estaba en décimo. Mi madre y yo acabamos de mudarnos aquí, así que llevo un tiempo sin ir a clase.

—¿Así que tienes quince años?

—Me faltan cuatro meses. Mucha gente cree que soy mayor porque soy alto.

—Sí, a mí me pasa lo mismo, pero no me importa —se bajó de la encimera—. Sígueme. E intenta no preocuparte demasiado por la situación. Puede que mi padre sea un blando conmigo, pero es duro en su trabajo. Sea lo que sea, llegará al fondo del asunto.

—Me alegro —respondió Gabe con una leve sonrisa—. Solo espero que, cuando llegue, el fondo no desaparezca.

La primera persona a la que llamó Decker fue su detective favorita, la sargento Marge Dunn.

—Tengo un problema. Me vendría bien algo de ayuda.

—¿Qué sucede? —hizo una pausa y después añadió—: ¿Tiene algo que ver con Terry McLaughlin?

—Ha desaparecido —le explicó los detalles del caso—. Su padre y su hermana viven en la ciudad. Ya he llamado a su hermana, Melissa, y le he puesto al corriente de la situación. Hace días que no sabe nada de Terry. También me ha dicho que no me moleste en llamar al padre. Apenas se soportan.

—¿Parecía preocupada?

—Sí, lo parecía. Me ha dicho que Terry nunca dejaría a Gabe sin una buena razón. Me ha pedido que la mantuviera informada. En cuanto a Donatti, he llamado a todos los número que tengo suyos y he dejado mensajes. Eso no me ha llevado a ninguna parte. Tiene algunos burdeles en Nevada. He contactado con una recepcionista que me ha dicho que Chris no tenía que regresar hasta mañana por la tarde.

—Eso no significa nada.

—Por supuesto. He llamado al departamento de policía de Elko y les he pedido que me avisen cuando regrese a la ciudad.

—¿Y van a cooperar?

—Es difícil de saber. Los burdeles dan mucho dinero, así que es posible que el departamento no esté dispuesto a renunciar a uno de ellos. Estoy intentando volver sobre los pasos de Donatti, empezando por el momento en que llegó a Los Ángeles. Estoy llamando a aerolíneas comerciales, empresas de alquiler y de jets privados. Y también las de alquiler de coches. Tiene que conducir algo, pero no he tenido suerte con eso.

—¿Has registrado el hotel?

—Aún no. Si he de recurrir a eso, llamaré los de la zona oeste. Es su distrito. Ahora mismo prefiero encargarme yo... con un poco de ayuda.

—Voy de camino.

—He venido al hotel directamente desde la cena... me di la vuelta en cuanto me llamó el chaval. No tengo aquí mis kits ni mis bolsas de pruebas.

—¿Falta algo?

—No, parece que está todo como cuando lo dejé. Hay un vaso que me gustaría analizar.

—Llevaré las cosas.

—Solo se me ocurren dos razones por las que Terry se marcharía sin avisar a su hijo. Algo la asustó o tenía una pistola apuntándola. Se ha llevado el bolso, las llaves y el coche, pero ha dejado mucho dinero y sus joyas.

—Eso no tiene buena pinta. ¿No habías dicho que el encuentro entre ambos había ido bien?

—Sí, pero Donatti es impredecible —le dio a Marge la dirección—. Tardarás unos cuarenta minutos si no hay tráfico.

—¿Dónde está el chico?

—Está con Rina. Esta noche dormirá en nuestra casa.

Hubo una pausa.

—¿No crees que te estás implicando demasiado?

—Mira quién fue a hablar —respondió Decker—. Si no hubieras adoptado a Vega después de la debacle, habría acabado bajo la tutela del estado en el programa de acogida de menores. Probablemente se habría vuelto una delincuente, se habría quedado embarazada diez veces, habría acabado enganchada a las drogas y trabajando como prostituta. En su lugar, te implicaste demasiado y ahora Vega casi ha terminado su tesis en astrofísica. Así que si hago mal a implicarme un poco.

Hubo una larga pausa al otro lado de la línea.

—¿Has tenido un día duro, Pete? —preguntó Marge al fin.

—Un tanto desafiante.

—Te veo en un rato.

—Cuanto antes mejor.

Marge llegó con los *kits*, las bolsas y los guantes. Había ganado un poco de peso en el último año, pero casi todo era músculo. Con su metro setenta y cinco y sus ochenta kilos de peso, había añadido entrenamientos en el gimnasio como parte de su ejercicio diario. Tenía algunas arrugas en la frente y ligeras patas de gallo en torno a sus ojos marrones. Su melena rubia, antes castaña clara, iba recogida en una coleta y llevaba pendientes de perlas. Iba vestida con pantalones grises, un jersey negro y zapatillas con suela de goma.

—Gracias por venir —dijo Decker.

—Alguien tiene que llevarte a casa —le dijo Marge.

Entre los dos tardaron más de tres horas en realizar el registro preliminar del hotel; primero fueron al bar y al restaurante, después habitación por habitación y finalmente revisaron el spa, los almacenes y el salón de fiestas. Pasaron otra hora registrando la habitación de Terry. Cuando terminaron de embolsar las pocas pruebas que pudieron encontrar, el reloj ya había dado la una y Marge vio que Decker seguía alterado. El teniente normalmente era un profesional consumado.

—¿Qué le voy a decir al muchacho? —preguntó.

—Probablemente ya esté dormido.

—¿Tú podrías dormir si fueras él?

—No —pasaron unos segundos—. Si está despierto, esto es lo que le dirás. Le dirás que has hecho todo lo que podías un domingo por la noche. Mañana llamarás a la compañía telefónica para ver si han utilizado el móvil de su madre, llamarás a los de la tarjeta para ver si ha habido alguna actividad y llamarás a su banco para ver si han sacado dinero —Marge sonrió—. Mejor dicho le encargarás a alguien que lo haga, porque eres un hombre ocupado y esta ni siquiera es tu jurisdicción. ¿Has llamado ya a los de la zona oeste?

—Sí. Poco antes de que llegaras he puesto una orden de búsqueda para localizar el coche de Terry. Es un Mercedes E550 de 2009. Alguien tendrá que volver para interrogar a todos los empleados. Solo he hablado con la recepcionista y ella no sabe nada.

—Ahora mismo está el personal básico. Seguirá así hasta por la mañana.

—El sargento me ha dicho que me llamaría alguien del departamento de personas desaparecidas de la zona oeste. Sea quien sea quien se haga cargo de la llamada, ha de saber con quién se enfrentan.

—Entonces está todo bajo control. Vamos.

—Estoy demasiado alterado para ver al chico ahora mismo.

—Estarás bien para cuando volvamos al valle. Si no, te compraré un chocolate caliente en una de las tiendas de veinticuatro horas.

—¿Chocolate caliente? —preguntó Decker con una sonrisa.

—La que ha sido madre una vez lo es para siempre. Puede que Vega sea brillante, pero sigo cuidando de ella —Marge le dio una palmadita en el hombro—. Nosotros mejor que nadie sabemos que las personas más listas pueden hacer las cosas más estúpidas.

CAPÍTULO 5

A las dos de la mañana, la casa estaba tranquila y a oscuras, como debía ser. Decker cerró la puerta de la entrada lo más suavemente posible y esperó a que el chico saliera de la habitación de sus hijos. Al no hacerlo, caminó de puntillas hasta su dormitorio, se desnudó y se metió bajo las sábanas. Rina se acercó y le pasó un brazo por la espalda.

—¿Todo bien?

—Nada que declarar, ni en un sentido ni en el otro.

Rina se quedó callada y después suspiró.

—Estás disgustado. Lo siento.

—Sí, estoy algo disgustado. Debería haberla disuadido de tener ese encuentro.

—Solo habrías retrasado lo inevitable —Rina se incorporó—. Por lo que me has contado durante la cena, ella no pensaba abandonarlo de manera permanente.

—Tienes razón, pero el hecho es que ha desaparecido —se dio la vuelta y la miró—. Rina, ¿qué voy a decirle al muchacho?

—Que estás haciendo todo lo posible y que le mantendrás informado. Lo importante es qué vamos a hacer con él. Sin duda puede quedarse aquí unos días, pero, si la cosa se alarga, tendremos que tomar una decisión.

—Bueno, su abuelo vive en Los Ángeles, pero no le cae bien. A Terry tampoco le caía bien. El chico dice que su tía es maja, pero despistada.

—¿Cuántos años tiene ahora?

—Alrededor de veintiuno. Gabe dice que es bastante inmadura.

—Probablemente demasiado para hacerse cargo de un adolescente atormentado. ¿Trabaja? ¿Estudia?

—No sé nada de ella, salvo que hace poco tuvo un aborto —Decker exhaló—. Ya me encargaré de eso por la mañana. Vamos a dormir un poco.

—Suena bien —ambos se metieron bajo las sábanas. Peter tardó diez minutos en dormirse, pero Rina permaneció despierta mucho tiempo, torturada por las imágenes de un niño solo y perdido.

Se levantó a las seis, pero Rina no fue la primera en hacerlo. Gabe estaba sentado en el sofá del salón, casi a oscuras, con la cabeza echada hacia atrás, los ojos cerrados y su equipaje en el suelo. Llevaba una camiseta negra de manga corta, vaqueros y unas deportivas gigantes que debían de rondar el número cuarenta y seis.

—Buenos días —dijo Rina con suavidad.

El chico levantó la cabeza.

—Oh —se frotó los ojos—. Hola.

—¿Ibas a alguna parte? —cuando se encogió de hombros, Rina continuó—. ¿Quieres desayunar?

—No tengo mucha hambre, pero gracias.

—¿Y qué me dices de un chocolate caliente o un café?

—Si va a preparar café de todos modos, eso estaría bien.

—Ven a hacerme compañía en la cocina.

El chico se levantó con reticencia y la siguió. Entornó los párpados cuando ella encendió la luz del techo, así que la apagó de inmediato y optó por la iluminación de debajo del armario.

—Perdón —dijo Gabe sentándose a la mesa de la cocina—. Por las mañanas soy como un murciélago.

—De todas formas es demasiado temprano para tanta luz —le dijo Rina—. ¿Seguro que no tienes hambre? Tal vez sea buena idea

45

comer algo y recuperar fuerzas —no parecía tener muchas reservas de las que tirar.

—Sí, bueno —respondió con una sonrisa débil.

—¿Tostadas?

—Vale —hizo una pausa—. Gracias por dejarme pasar aquí la noche.

—¿Has estado a gusto?

—Sí, gracias.

—Lo siento, Gabe. Si necesitas algo, por favor, dímelo.

—Así que su marido no ha..., quiero decir que mi madre sigue desaparecida, ¿verdad?

—Que yo sepa, sí —metió dos trozos de pan en la tostadora—. El teniente Decker se levantará enseguida. Podrás preguntarle lo que quieras.

El muchacho se limitó a asentir. Era la personificación de la palabra «tristeza». Las tostadas saltaron y ella le puso el plato delante, junto con mermelada, mantequilla y una taza de café caliente.

—¿Leche?, azúcar?

—Sí, por favor.

—Aquí tienes.

—Gracias —Gabe mordisqueó el pan seco—. ¿Sabe dónde voy a ir?

—El teniente Decker me ha dicho que tu tía y tu abuelo viven en Los Ángeles.

Él asintió.

—Así que va a llamarlos o...

—No conozco el procedimiento. Voy a ir a ver si está despierto —Rina entró en el dormitorio justo cuando Decker acababa de ducharse.

—El café está listo.

—Salgo enseguida.

—Bien. El pobre muchacho se pregunta dónde se quedará hasta que se resuelva todo.

—Si se resuelve. ¿Ya se ha levantado?

—Se ha levantado, ha hecho el equipaje y está abatido. ¿Le culpas?

—Es un asunto complicado —dijo él mientras se ponía los pantalones y los zapatos.

Rina hizo una pausa.

—A lo mejor deberíamos alojarlo un par de días más... hasta que se ubique un poco.

—Y entonces, ¿qué? —dijo Decker—. Sufro por él, pero no es nuestro problema, Rina.

—No he dicho que lo fuera.

—Te conozco. Eres muy generosa. Yo ya me impliqué con Terry y mira dónde hemos acabado..., dónde ha acabado ella. Dios sabe dónde habrá acabado ella. ¿Dónde está el chico?

—En la cocina.

Decker terminó de abrocharse la camisa.

—Hablaré con él. Tú ve a despertar a nuestra hija —se rio mientras se anudaba la corbata—. A mí me toca la parte fácil.

El chico estaba mirando la superficie de la mesa.

—Hola, Gabe —dijo Decker.

—Hola —respondió Gabe al levantar la mirada.

Decker le puso una mano en el hombro.

—Aún no hemos encontrado a tu madre.

—¿Y qué hay de Chris? —preguntó Gabe con una sonrisa forzada que pretendía disimular su labio tembloroso.

—Estamos buscándolos a los dos. Aún nos queda mucho por hacer y muchas opciones. Así que lo único que puedo decirte es que seas paciente y que te mantendremos informado.

El muchacho parpadeó varias veces.

—Claro.

—Pero ahora tenemos un par de cosas de las que hablar. Sé que tu padre es hijo único y huérfano. Y sabemos quiénes son los parientes de tu madre. Antes de que exploremos esa posibilidad, ¿tienes a alguien en Nueva York con quien desees que me ponga en contacto?

—¿Parientes?

—Parientes, amigos, conocidos...

—Tengo amigos, pero nadie con quien me gustaría quedarme. Al menos de momento.

—De acuerdo, eso nos deja a los parientes de tu madre.

—Apenas conozco a mi abuelo. Mi madre y él no se llevan bien.

—Entonces, nos queda la inmadura de tu tía.

—Supongo que podría quedarme con ella —miró hacia abajo—. ¿Cuáles son mis opciones si no me voy con mi tía?

—A largo plazo, pasarías a estar tutelado por el estado; eso significa hogar de acogida. No querrás eso —Decker se sirvió una taza de café—. Dime por qué no quieres vivir con tu tía.

—No tiene dinero para mantenerme. Ha estado viviendo de lo que le da mi madre. Está de fiesta a todas horas. Fuma hierba y su casa es una pocilga. Sé que me dejaría quedarme con ella. Y me cae bien, pero no es muy responsable —se llevó la mano a la cabeza—. ¡Esto es una mierda en una vida que ya era una mierda!

Decker se sentó.

—Lo siento, Gabe.

—Es... —se quitó las gafas y se las limpió con una servilleta—. Todo saldrá bien. Gracias por acogerme —tamborileó con los dedos sobre la mesa de la cocina—. ¿Sabe?, tengo mi propio dinero. Tengo ahorros y fondos fiduciarios y cosas. ¿Cree que un juez me permitiría vivir solo?

—No con catorce años.

El chico miró a Decker. Su voz sonó melancólica.

—¿Podría quedarme aquí un par de días más hasta que las cosas se solucionaran? Soy muy tranquilo. No como mucho y prometo que no me interpondré en su camino. No me importa pagarle...

—Para, para —el muchacho estaba rompiéndole el corazón—. Claro que puedes quedarte aquí unos días. Ya he hablado con la señora Decker. Ella está de acuerdo conmigo. De hecho, ha sido idea suya.

Gabe cerró los ojos y los abrió.

—Muchas gracias. Se lo agradezco mucho. Siento ser una molestia.

—No eres una molestia y no tienes por qué disculparte. Ahora mismo estás en un apuro. Lo siento mucho por ti. Iremos paso a paso.

En ese momento Rina entró en la cocina con Hannah y Gabe se puso en pie.

—Perdón.

En cuanto salió de la cocina, Decker arqueó las cejas.

—Me ha pedido quedarse unos días más.

Rina miró a Hannah y la joven se encogió de hombros.

—A mí me parece bien, siempre y cuando no sea un psicópata ni nada de eso.

Decker resopló y susurró:

—No parece un psicópata, pero su padre sí que lo es y en realidad no sé nada sobre él.

—¿No quiere vivir con sus parientes? —preguntó Rina.

—Al parecer no —explicó Decker.

—¿De cuántos días estamos hablando? —preguntó Hannah.

—Espero localizar pronto a alguno de sus padres.

—Pues dejad que se quede —respondió Hannah con una sonrisa—. Incluso aunque sea un psicópata. Aquí no hay mucho que robar.

—Un par de días no cambiarán nada —dijo Decker—. Si se alarga más, volveremos a evaluar la situación.

—Debería ir al instituto —comentó Rina.

—Al nuestro no —dijo Hannah.

—¿Por qué no? —preguntó Decker—. Está lleno de inadaptados de todos modos.

—Es una escuela ortodoxa, *Abbá*, y no creo que sea judío.

—Tampoco lo son la mitad de los chicos del instituto.

—Eso no es cierto —respondió Hannah—. Mira, puedo llevarlo a clase. Es muy mono y estoy segura de que todas las chicas se enamorarán de él, pero no me culpes si a los rabinos les da un ataque.

—Quedarse aquí sentado solo va a hacer que se sienta peor —argumentó Rina y se volvió hacia su hija—. Ve a decirle que vas a llevarlo a tu escuela.

—¿Quieres que se lo diga yo?

—Así es —dijo Rina.

—Esta noche tengo ensayo con el coro. No llegaré a casa hasta tarde.

—Llévalo contigo —sugirió Decker—. Creo recordar que toca el piano. Quizá pueda acompañaros.

—¡Sí, claro! —Hannah resopló y fue a sacar a Gabe del dormitorio de sus hermanos.

Cuando salió, Decker dijo:

—Espero que esto no se vuelva en nuestra contra.

—Puede que suceda —respondió Rina—. Pero incluso Dios nos juzga solo por nuestras acciones presentes y no por lo que sabe que haremos en el futuro. ¿Cómo podemos nosotros los mortales hacer otra cosa?

—Bonito discurso, pero nosotros los mortales tenemos que utilizar el pasado para juzgar el futuro porque no somos Dios —negó con la cabeza—. ¿Qué tipo de adolescente no quiere vivir con su tía irresponsable que sale de fiesta y fuma hierba?

—Un muchacho demasiado maduro para su edad.

Estaba sentado en una de las camas individuales, con la mochila a los pies, mirando al vacío mientras otras personas hablaban de su destino. Una situación en la que ya se había encontrado en innumerables ocasiones. La habitación estaba llena de trofeos de atletismo, libros de bolsillo, cómics, CDs y DVDs, sobre todo de los noventa. Había pósteres de Michael Jordan y de Michael Jackson, uno de Kobe Bryant cuando rondaba los diecisiete años. Los CDs incluían a Green Day, Soundgarden y Pearl Jam.

Una habitación completamente normal en una casa completamente normal con una familia completamente normal.

Daría cualquier cosa por vivir una vida completamente normal.

Estaba cansado de tener un padre psicópata, un maniaco totalmente impredecible con un temperamento violento. Estaba harto de tener una madre maltratada psicológicamente, a veces también físicamente. Temía a su padre, quería a su madre, pero estaba hartísimo de ambos. Y, aunque le apasionaba su música y el piano, no soportaba ser un prodigio. Se sentía siempre obligado a hacer más y más y más.

Lo único que deseaba era ser jodidamente normal. ¿Era un deseo tan difícil de conceder?

Oyó que llamaban a la puerta y se frotó los ojos. Se miró en el espejo y vio que los tenía enrojecidos. ¡Genial! La chica iba a pensar que era una auténtica nenaza.

«Mamá, ¿dónde coño estás? Chris, ¿qué coño has hecho con mi madre?».

Abrió la puerta.

—Hola.

—Hola —ella sonrió—. Oye, si quieres quedarte aquí unos días, eres más que bienvenido.

—Sí, ya me lo ha dicho tu padre. Gracias. Lo digo en serio —se mordió el labio inferior—. Estoy seguro de que las cosas se habrán aclarado para entonces. Diles a tus padres que no les molestaré.

—Ya les molesto yo lo suficiente —respondió ella, sonriente—. Odio ser yo quien te lo diga, tío, pero mi madre quiere que vengas a clase conmigo.

—¿A clase?

—No dispares al mensajero.

—Claro —Gabe se rio. ¿Qué otra cosa podía hacer?—. Sí. ¿Por qué no?

—Es una escuela religiosa.

—¿De qué religión?

—Judía.

—Yo soy católico.

—No importa. No tendrás que hacer nada que vaya en contra de tus creencias.

—Yo solo creo en la maldad innata de los seres humanos —la miró—. Salvo en el caso de tus padres.

—Si es demasiado para ti, probablemente pueda disuadir a mi madre.

—No, no importa —hizo una pausa—. Lo soportaré. ¿Necesito un cuaderno o algo?

—Yo te dejaré uno. Dijiste que estás en décimo, ¿verdad?

—Estaba.

—¿Álgebra dos o introducción al cálculo?

—Introducción al cálculo.

—Yo me encargo. También me han dicho que tocas el piano.

Sus ojos parecieron iluminarse un poco.

—¿Tenéis piano?

—En la escuela sí. ¿Eres bueno?

Por primera vez, Hannah vio una sonrisa auténtica.

—Sé tocar —respondió él.

—Entonces, a lo mejor podrías quedarte después de clase y tocar en nuestro coro. Son terribles. Nos vendría bien un empujón.

—Probablemente pueda ayudaros.

—Vamos —le hizo un gesto para que se moviera—. Yo te lo explicaré todo. Puede que no lo sepas, Gabe, pero soy toda una autoridad en la escuela.

CAPÍTULO 6

Para cuando se detuvo a comer, Decker había hecho suficientes llamadas e indagaciones como para estar seguro de que el teléfono móvil de Terry McLaughlin no había tenido actividad desde las cuatro de la tarde del día anterior. Sus principales tarjetas de crédito no habían sido utilizadas, salvo los cargos diarios del hotel, e incluso esos se habían realizado a primera hora. Su nombre no aparecía en el listado de pasajeros de ningún vuelo de American o United Airlines, ya fuera nacional o internacional, pero sin duda Decker no tenía los medios ni los recursos para investigar todas las aerolíneas ni todos los aeropuertos locales. Si la mujer quería escabullirse, podría haberlo hecho de mil maneras. Pero, sobre todo, no habían encontrado su coche. Lo único que él podía hacer era esperar noticias y albergar la esperanza de que no fueran malas.

Donatti tampoco contestaba al móvil. Según Gabe, su padre cambiaba de número y con frecuencia usaba teléfonos desechables. Tal vez el número que Decker tenía no fuese el que utilizase actualmente. Sí que descubrió que Donatti había llegado al aeropuerto de Los Ángeles el sábado por la mañana en un vuelo de Virgin American Airlines, es decir el día anterior al encuentro con su esposa. No constaba que hubiese alquilado coche alguno. A la hora de localizar dónde se había hospedado antes de quedar con Terry, Decker comenzó a llamar a los hoteles, empezando por el oeste con el Ritz-Carlton del puerto deportivo y avanzando desde ahí hacia el este. Cuando estaba a punto de llamar al Century Plaza, llamaron a la puerta de su despacho.

—Adelante —dijo dejando el teléfono.

Marge entró en el despacho vestida con una camisa de color trigo, pantalones marrones y zapatos de suela de goma. Tenía los ojos muy abiertos y la cara pálida. A Decker le dio un vuelco el corazón.

—¿Qué?

—El capataz de una obra acaba de encontrar a la víctima de un homicidio; una joven colgada de las vigas.

—¡Dios santo! —Decker sintió náuseas—. ¿Colgada?

—De un cable eléctrico..., o al menos eso me han dicho.

—¿La han identificado?

—Aún no. La policía está acordonando la zona.

—¿La ha descolgado alguien?

—No. El capataz no la ha tocado. Ha llamado al 911 y se han personado lo antes posible para que no se alterase la escena del crimen. Ya han avisado al forense.

Decker miró el reloj.

—Son las dos de la tarde. ¿Y el capataz acaba de descubrir el cuerpo? ¿Cuánto tiempo llevaba en la obra?

—No lo sé, Pete.

—¿Dónde está? —cuando Marge le dio la dirección, se le aceleró el corazón. Se imaginó a Terry con un cable al cuello—. No está lejos de donde Cheryl Diggs fue asesinada.

—Ya lo sé. Por eso te lo cuento.

Tiempo atrás, cuando Chris Donatti, nacido Chris Whitman, estaba en el último curso del instituto, salía con una adolescente llamada Cheryl Diggs. La noche del baile de fin de curso, Donatti fue acusado de asesinarla y, poco después, acabó en prisión por la noble aunque equivocada idea de que estaba librando a Terry McLaughlin del estrés de tener que testificar en su juicio. Resultó que Chris era inocente, probablemente el único crimen del que no había sido responsable en su vida.

—Voy para allá con Oliver —anunció Marge—. ¿Te mantengo informado o quieres venir?

—Voy con vosotros —agarró su chaqueta, su móvil y su cámara—. Iré en otro coche y os veré allí.

—¿Hay algo que deba buscar?

—¿Sabes qué aspecto tiene Terry McLaughlin?

—La última vez que la vi tenía dieciséis años. Recuerdo que era una chica guapa.

—Ha madurado, pero sigue siendo guapa —Decker se golpeó la palma de la mano con el puño—. Claro que, si es ella, no va a estar nada guapa.

El crimen afloraba en cualquier parte y, aunque a la comunidad de la que se hacía cargo la comisaría de Devonshire no le faltaran los asaltos, los robos y las agresiones, no tenía una tasa de homicidios elevada. De modo que, cuando ocurría un asesinato, era considerado como una anomalía. Los ahorcamientos eran tan inusuales como la nieve en Los Ángeles.

Decker condujo por el bulevar principal, se metió por varias calles secundarias y llegó a una de las zonas residenciales más acaudaladas. Era una urbanización con casas de dos plantas, garajes de tres plazas y parcelas de dos mil metros cuadrados. Había varios estilos arquitectónicos para elegir: español, tudor, colonial, italiano y moderno, que básicamente era una caja gigante con ventanas gigantes. Estaban construyéndose varias casas en aquel momento.

Al llegar a la dirección que le habían dado, se encontró con un considerable grupo de mirones que estiraban el cuello para ver lo que pasaba. Ya había llegado al lugar la furgoneta de una emisora de radio y no le cabía duda de que irían más de camino. Decker aparcó a media manzana del barullo y recorrió el resto del camino a pie. Le mostró la placa a uno de los policías y después pasó por debajo de la cinta amarilla que delimitaba la escena del crimen.

La vivienda de dos alturas estaba en construcción: los tabiques de las estancias habían sido replanteados y el techo ya estaba puesto. La multitud estaba reunida cerca de la parte trasera, sobre todo agentes de uniforme, pero Decker también vio los flashes de las cámaras disparando a intervalos frecuentes. Marge, acompañada de Scott Oliver, había llegado al lugar del crimen antes que él. Scott iba tan acicalado como siempre, con una chaqueta de pata de gallo, pantalones negros, pañuelo de seda negra con estampado de Jacquard y una camisa blanca y almidonada. Al acercarse al cadáver, Decker advirtió el aire fétido con la peste de las excreciones. Una nube de moscas negras, mosquitos y demás insectos alados rodeaba el lugar.

Oliver estaba espantando a los bichos.

—Largo, bichos. Id a comeros la carroña.

Decker se sacó un tarro de Vicks VapoRub del bolsillo de la pechera y se lo untó en las fosas nasales. Agitó la mano frente a su cara para ahuyentar a los insectos mientras contemplaba el cuerpo que colgaba de las vigas. La cara de la mujer estaba tan pálida y abotargada que apenas parecía humana. Estaba desnuda, el pelo largo y oscuro intentaba en vano darle cierto pudor. Tenía varias vueltas de cable alrededor del cuello y el extremo estaba atado a una de las vigas del techo. Las uñas de los dedos de los pies, pintadas de rojo, se encontraban suspendidas a poca altura del suelo.

—¿Ha sido identificada? —preguntó Decker.

—Aún no —respondió Marge—. ¿Es Terry?

Decker se quedó mirándola largo rato.

—Me gustaría decir que no, pero sinceramente está demasiado deformada para saberlo —sacó su libreta y comenzó a hacer algunos bocetos—. ¿Qué compañía de cable da servicio a esta zona?

—American Lifeline se encarga de casi todo el valle —respondió Marge—. Les llamaré y averiguaré quién lleva la zona.

—Averigua qué tipo de cable usan —ordenó Decker—. Y que alguien empiece a llamar a las tiendas de electrónica y de informática de la zona y se entere de qué tipo de cable venden.

—Yo me encargo —dijo Oliver.

—No. Que Lee Wang se encargue de todas las llamadas. Marge y tú empezad a examinar la zona. Traeré a dos detectives más para que os ayuden —Decker siguió estudiando el cuerpo—. ¿Tenéis idea de quién podría ser?

—Wynona Pratt está llamando a las otras comisarías para saber si han denunciado la desaparición de alguna joven.

Decker se frotó la frente y se volvió hacia el fotógrafo, George Stubbs, un hombre robusto de cincuenta y tantos años y pelo gris.

—¿Has terminado con ella?

—Casi.

—¿Has sacado primeros planos del cuello?

—Algunos. Puedo sacar más.

—Hazlo. Y también haz fotos del nudo del techo donde está atado el cable.

Marge se había puesto los guantes y estaba examinando el cuerpo, rodeándolo como si fuera carroña. Por ley, nadie podía tocar el cuerpo hasta que el forense diera el permiso.

—Parece un asesinato sin sangre. No hay agujeros de bala, ni puñaladas. No tiene heridas defensivas en las manos. Las uñas no están descascarilladas ni rotas. La manicura francesa parece como nueva —levantó la mirada—. ¿Te fijaste en si Terry llevaba hecha la manicura?

Decker intentó recordar las manos de Terry. Entonces se fijó en los pies de la mujer ahorcada; las uñas eran de un rojo brillante.

—La primera vez que Terry habló conmigo, llevaba los pies descalzos y no recuerdo que tuviera hecha la pedicura —hizo una pausa—. Podría habérsela hecho después de que me marchara, pero me resulta improbable, a no ser que se lo hiciera en el salón de belleza del hotel.

—Llamaré para preguntar —se ofreció Marge.

—No es ella —dijo Decker mirando la cara del cadáver.

—Estás seguro.

—Casi seguro —se quedó mirando sus rasgos y después negó con la cabeza—. ¿Tenemos alguna prueba forense? ¿Semen, huellas dactilares, pisadas, huellas de neumáticos en la zona? Hay mucho polvo y tierra, seguramente podamos sacar algo del suelo.

—He estado embolsando basura —dijo Oliver.

—¿Estás marcando los puntos exactos?

Oliver levantó unos pequeños conos naranjas con números impresos.

—¿Qué has recogido? —preguntó Decker.

—Sobre todo envoltorios de sándwiches de comida rápida y desperdicios de alguna furgoneta de comida. Los del departamento de investigación científica están de camino.

—Si se trata de una obra, ¿dónde está toda la actividad? —preguntó Decker.

—No hay actividad porque están esperando a que el inspector dé el visto bueno a la armadura. La cita estaba prevista para las cuatro de esta tarde. El capataz, que se llama Chuck Tinsley, llegó aquí primero y estaba recorriendo la propiedad para asegurarse de que todo estaba bien. Estaba esperando a que llegara el contratista y el arquitecto cuando descubrió el cuerpo. Llamó al 911 y después al contratista, que está de camino.

—¿Dónde está Tinsley?

Marge señaló hacia un coche de policía.

—Está ahí dentro. ¿Voy a buscarlo?

Decker asintió y siguió mirando el cuerpo colgante. Sus pensamientos iban orientados en varias direcciones, y ninguna de ellas era buena.

CAPÍTULO 7

La puerta trasera del lado del copiloto del coche patrulla estaba abierta, había una agente situada delante, vigilando el coche y a quien se encontraba en su interior. Al entornar los párpados, Decker creyó distinguir una figura acurrucada en el asiento de atrás, con los brazos rodeándose el cuerpo como si fueran las correas de una camisa de fuerza. Al aproximarse al coche, le hizo un gesto con la cabeza a la policía y señaló la puerta abierta. La agente se agachó y habló con el hombre. Cuando Tinsley salió del vehículo, resultó ser un hombre de estatura media, corpulento, con los brazos musculosos, ojos oscuros, barbilla pronunciada y barba incipiente. La agente lo condujo hasta Decker, que se quedó mirando su placa.

—Gracias, agente Breckenridge. Ya me encargo yo —le ofreció la mano al capataz, cuya piel pálida asomaba por detrás de la barba. Tenía los ojos marrones, la nariz romana y los labios finos. Su pelo era un nido de remolinos. Debía de tener treinta y tantos años—. Teniente Peter Decker.

—Chuck Tinsley —su voz era profunda, pero le temblaba ligeramente—. Estoy... estoy un poco alterado.

—Yo trabajo en esto y estoy muy alterado —confesó Decker.

Tinsley dejó escapar una risa nerviosa.

—Si ve un montón de vómito, probablemente sea mío.

—¿Qué tal tiene el estómago ahora? —preguntó Decker.

El hombre levantó una lata de refresco.

—Alguien fue tan amable de darme esto. Creo que fue la agente de policía. Estoy algo confuso.

Decker sacó su libreta.

—¿Por qué no me cuenta lo que ocurrió?

—No hay mucho que contar. Vine temprano para limpiar antes de que llegara el contratista —se mordió el labio—. Y vi el cuerpo.

—¿Podemos retroceder un minuto?

—Claro.

—¿A qué hora llegó aquí?

—Alrededor de menos cuarto.

—¿Las qué menos cuarto?

—Ah, las dos menos cuarto. La una cuarenta y cinco.

—¿Y a qué hora debían reunirse con el contratista?

—Sobre las tres y media o cuatro.

Decker miró el reloj. Eran casi las tres.

—¿Llegó temprano?

—Sí, para limpiar. Ya sabe cómo son los obreros —dijo Tinsley—. Dejan su mierda por todas partes. Yo intento que limpien al final del día, pero, si ha sido un día duro, lo dejo pasar. Es más fácil limpiar yo cuando no están aquí. Eso es lo que estaba haciendo. Cuando se aproxima una inspección, hay que tener limpia la obra.

—Así que llegó a la una cuarenta y cinco y... ¿qué empezó a hacer de inmediato?

—Limpiar cosas. Recoger clavos, apilar las maderas sueltas, recoger las herramientas que habían dejado por ahí, tirar la basura..., mucha basura.

—¿Llevaba una bolsa de basura?

—Sí, claro.

—¿Dónde está la bolsa ahora?

Tinsley entornó los párpados confuso.

—No estoy seguro. Puede que la dejara caer al ver el cuerpo.

—Cuando vio el cuerpo, ¿cuánto tiempo llevaba en la obra?

—Quizá cinco minutos. Vi muchas moscas y supuse que habría alguna mierda de perro y tendría que limpiarla. Tampoco es que vea mucha mierda de perro dentro de la casa, pero no se me ocurrió qué otra cosa podría estar atrayendo a tantas moscas.

—Entonces ¿qué hizo?

—Creo que agarré una bolsa de plástico o algo para recoger la mierda. Después todo se vuelve confuso. Creo que grité. Después vomité. Después llamé al 911 con mi móvil.

—¿Y también llamó al contratista?

—Sí, también a él. Me dijo que llegaría tarde y que, con suerte, llegaría antes que el inspector. Pero entonces le conté lo del cuerpo, que había llamado a la policía y que debería cancelar la inspección.

—¿Y qué hizo después de llamar al contratista?

—No lo recuerdo bien... la policía apareció un par de minutos más tarde. Alguien me dijo que esperase en el coche y que alguien se reuniría conmigo enseguida. Dije que estaba un poco mareado y alguien me dio un refresco. Eso es todo.

—¿Tocó el cuerpo? —preguntó Decker—. ¿Quizá para buscarle el pulso?

Tinsley se puso verde.

—Puede. No lo recuerdo muy bien.

—¿Le vio bien la cara?

—La miré de reojo. Ni siquiera parecía humana.

—¿Piensa que pudiera ser alguien que conociera o que hubiera visto por la zona?

—A decir verdad, no la miré mucho.

—¿Podría ver el cuerpo otra vez, solo para ver si puede identificarla?

—Supongo...

Decker lo condujo hasta el cuerpo. Alguien de la oficina del forense había dado el visto bueno para bajarla. Estaba tendida sobre una camilla con una sábana por encima de la cabeza. Los agentes de la policía científica estaban tomándole huellas. Decker retiró la sábana con cuidado para dejar al descubierto la cara. Seguía roja e hinchada, pero algo menos deformada.

El capataz se quedó mirando la cara durante unos segundos y después apartó la mirada. Parecía estar conteniendo las náuseas.

—No la conozco de nada.

—Gracias por intentarlo —Decker lo apartó de la escena y juntos se dirigieron hacia el coche patrulla.

Tinsley le dirigió una sonrisa forzada.

—Al menos esta vez no me han dado arcadas. ¿Cuándo podré irme?

—Casi hemos terminado —le informó Decker—. Me gustaría que escribiera exactamente lo que me ha contado, incluyendo que no reconoce el cadáver.

—Claro. No hay problema.

Decker le entregó una libreta de papel amarillo a rayas.

—Puede sentarse en el coche de policía mientras escribe. Me llevaré la lata de refresco si ha terminado. ¿Quiere otra?

—Sí, si no le importa —respondió el hombre entregándole la lata.

—Sin problema. ¿Podría también darme el nombre del contratista y el número de móvil?

—Se llama Keith Wald. Tengo que buscar el número en mi móvil porque ahora mismo estoy demasiado aturdido para recordarlo, aunque lo haya marcado mil veces.

—Buscaré el número en su teléfono. De hecho, ¿le importaría que revisara su móvil? Me gustaría anotar la hora exacta de las llamadas que realizó.

—Claro —Tinsley le entregó el teléfono—. Incluso puede revisar cualquiera de los números que he usado. Eso es lo que quiere hacer, ¿no?

—Si no le importa.

—Supongo que es normal sospechar de todos. Casi todas mis llamadas son de trabajo, pero probablemente haya algunas a mis amigos. Le diré a quién pertenece cada número. Cualquier cosa con tal de dejar de pensar en eso.

Tinsley señaló hacia la casa, supuestamente hacia el cuerpo que había en su interior. Poco después, Decker vio a un hombre moreno con bigote que atravesaba el aparcamiento escoltado por la agente Mary Breckenridge. El hombre tenía la cara llena de marcas y surcos, un hoyuelo en mitad de la barbilla y la melena rizada y tupida. Sobre los ojos unas cejas pobladas. Caminaba con las piernas arqueadas, rondaba el metro setenta y debía de tener cuarenta y muchos años.

—Ese es el contratista, teniente —gritó Tinsley agitando los brazos—. ¡Eh, Keith! ¡Aquí!

—¿Qué diablos ha ocurrido? —preguntó Wald mientras echaba a correr hacia ellos—. ¿Qué pasa?

—Agente Breckenridge, ¿por qué no acompaña al señor Tinsley al coche patrulla para que pueda escribir su declaración?

—Sí, señor —Breckenridge guio amablemente a Tinsley—. Por aquí, señor.

—Espere, espere —exclamó Wald—. Tengo que hablar con este hombre.

—Podrá hablar con él cuando haya hablado conmigo —Decker se presentó.

Wald le ofreció la mano.

—De acuerdo. ¿Podría decirme qué diablos está pasando? Chuck me ha dicho algo sobre un cuerpo colgado de las vigas.

—¿Qué más le ha dicho?

—Que se trataba de una mujer. Dios, es horrible —Wald miró el reloj—. Se supone que el inspector municipal llegará en una hora.

—Tendrá que cancelar la visita —dijo Decker—. No se permite la entrada a nadie hasta que hayamos terminado.

—Los dueños de la casa se van a poner hechos una furia. Ya vamos con un par de meses de retraso. No es culpa mía. Es que los dueños no paran de cambiar de opinión.

—¿Podría darme los nombres de los dueños? —cuando Wald frunció el ceño, Decker añadió—: Se van a enterar de todos modos. Mejor que sea a través de la policía.

—Sí, eso es cierto. Grossman. Nathan y Lydia Grossman. Él es médico, así que generalmente trato con ella.

—¿Tiene algún número de teléfono?

—Sí..., espere —Wald sacó su BlackBerry y empezó a mover el labio superior mientras buscaba—. Aquí está.

Decker copió el número en su libreta.

—¿Qué puede decirme de ellos?

—Él rondará los sesenta, ella es más joven..., quizá cuarenta. Tienen dos hijos adolescentes, de quince y trece años. Creo que él además tiene un hijo de otro matrimonio. ¡Dios, esto es horrible!

La mujer asesinada parecía haber dejado atrás la adolescencia, así que los chicos no parecían los sospechosos principales. Aun así, habría que vigilarlos.

—¿Qué edad tiene el hijo del primer matrimonio?

—No tengo ni idea —Wald palideció—. ¿Por qué lo pregunta?

—Son preguntas rutinarias. Quiero ponerme en contacto con todos los que tengan relación con este lugar —explicó Decker—. ¿Sabe cómo se llama?

—No.

—Se lo preguntaré a los dueños. ¿Podría venir a echar un vistazo al cuerpo? Para ver si le resulta familiar.

—¿A mí?

—Aún no la hemos identificado. Tal vez sea alguien del barrio.

—No paso mucho tiempo mirando a las mujeres. Cuando estoy aquí, trabajo.

—Pero le agradecería que le echara un vistazo.

—Oh, Dios —Wald suspiró—. De acuerdo.

—Gracias —Decker lo acompañó a la escena del crimen y, por segunda vez en diez minutos, apartó la sábana para mostrar el rostro. Seguía abotargada y amoratada, pero al menos ahora sus rasgos parecían los de una joven. Ya se distinguía con claridad la marca morada del cable que se había quedado impresa en su cuello.

Ahora Decker podía decir con total seguridad que el cuerpo no era el de Terry McLaughlin.

Una cosa menos de la que ocuparse... o una cosa más. Terry seguía desaparecida.

Wald tuvo una arcada y se llevó la mano a la boca.

—No la había visto nunca —se dio la vuelta y se alejó.

Decker volvió a taparle la cara y alcanzó a Wald.

—Gracias por su colaboración.

—¿Era realmente necesario? Ahora tendré pesadillas.

—¿Ha llamado al inspector? —preguntó Decker.

—Ah, sí, voy a hacerlo ahora mismo —marcó algunos números en su BlackBerry. Cinco minutos más tarde, dijo—: No lo localizo. ¡Mierda!

—No se preocupe —le tranquilizó Decker—. Nosotros nos ocuparemos de él. Voy a necesitar una lista de todas las personas que han trabajado aquí. No debería ser demasiado difícil, teniendo en cuenta que están todavía con el armazón de la casa.

—Llevo con los mismos hombres tres años. No ha sido ninguno de ellos.

—Necesitaré la lista de todos modos —Decker buscó otra libreta y se la entregó a Wald—. Escriba el nombre de cualquiera relacionado con este proyecto, empezando por los dueños.

—¿Puedo sentarme en alguna parte?

Decker se acercó a la agente Breckenridge.

—¿Puede acompañar al señor Wald al coche patrulla para que pueda anotar una información que necesito? —oyó que Marge lo llamaba, se dio la vuelta y caminó de nuevo hacia ella y hacia la escena del crimen—. ¿Qué sucede?

—Ha llamado Lee Wang. Parece que ha desaparecido una enfermera que trabaja en el St. Timothy's, a unas seis manzanas de aquí.

—Dios. ¿Cómo se llama?

—Adrianna Blanc. Según su carné de conducir, tiene veintiocho años, ojos azules, pelo castaño, metro sesenta y cinco, sesenta y dos kilos.

—¿Casada?

—Soltera.

—¿Quién denunció su desaparición?

—Su madre. Fue a su apartamento a dejar unas cosas esta mañana y su hija no estaba allí. No había dormido en su cama.

—Tal vez durmió en otra parte.

—Su madre ha hecho algunas llamadas. Su novio está fuera, de vacaciones con dos amigos. Sus otros amigos no la localizan. Al parecer, Adrianna terminó su turno en el hospital esta mañana, pero nadie ha sabido nada de ella desde entonces. Su coche sigue en el aparcamiento del St. Tim's.

—Eso no es buena señal —Decker se frotó la frente—. ¿Dónde está la madre?

—Se llama Kathy Blanc y está en la comisaría —le dijo Marge.

—¿Y Lee está con ella?

—Lee es quien ha hecho la llamada. Wanda Bontemps está con ella ahora.

—Dile a Wanda que la retenga ahí. Iré a hablar con ella.

—Ya lo hemos hecho —le informó Marge—. He utilizado el ordenador de uno de los coches patrulla para obtener la foto de su carné de conducir y ver si estamos en el buen camino —le entregó una hoja de papel—. Está algo borrosa, pero podría ser una posibilidad. Podemos traer a la madre para identificarla en persona o llevarle alguna de las fotos que ha hecho George.

Decker se quedó mirando la foto del carné. Una joven de pelo largo sonreía a la cámara.

—¿Tenemos impresas algunas fotografías *post mortem*?

—Sí, son de la cámara de George. Las ha impreso desde su portátil.

Decker las revisó y las cotejó con la foto del carné. Si entornaba los párpados lo suficiente, veía que ambas mujeres eran la misma.

—Se parecen bastante. Vete con Oliver al St. Tim's. Yo le llevaré las fotografías a la madre. Será menos traumático que una identificación en persona. ¿Habéis terminado de inspeccionar la zona?

—Acabamos de empezar..., habíamos recorrido un par de manzanas cuando ha llamado Lee.

—Llama a Drew Messing y a Willy Brubeck y que lo hagan ellos. Pueden dirigir a un equipo de agentes por el vecindario. Lo primero que quiero que hagáis Oliver y tú es ir al aparcamiento del St. Tim's con un equipo de investigación científica y revisar su coche. Ved si eso nos conduce a alguna parte. ¿Qué tipo de coche es?

—Un Honda Accord de 2002 color bermellón —le dio el número de matrícula.

—Mientras la policía científica revisa el coche, entrad al hospital para ver si podéis reconstruir los últimos movimientos de Adrianna Blanc antes de su desaparición.

—De acuerdo.

—El contratista está apuntando los nombres y los números de todos los relacionados con el proyecto. Los dueños de la casa tienen dos hijos adolescentes. Si se trata de Adrianna Blanc, no estaría dentro del rango de edad de los chicos, pero aun así tenemos que saber dónde estuvieron anoche. El padre además tiene otro hijo de un primer matrimonio.

—¿Cuántos años tiene?

—No sé nada de él. Llama a Wynona Pratt. Dile que revise la lista uno por uno.

—Buena idea —Marge se encogió de hombros—. Al menos es probable que el cuerpo no sea el de Terry McLaughlin.

Decker exhaló.

—Lo único que eso significa es que tengo que darle la mala noticia a otra persona.

CAPÍTULO 8

Sin duda la peor parte del trabajo era dar malas noticias a los seres queridos. Era horrible. A Kathy Blanc le temblaban las manos cuando Decker le entregó la primera fotografía, y solo la miró un instante antes de salir corriendo de su despacho. Wanda Bontemps estaba allí para indicarle dónde estaba el lavabo de señoras. Decker se quedó sentado detrás de su escritorio con las manos en la cabeza, preguntándose cuánto tiempo más podría soportar aquel estrés. Por si eso no fuera suficiente, en su casa estaba viviendo un chico de catorce años cuyos padres seguían desaparecidos.

A veces no merecía la pena siquiera levantarse por las mañanas.

Cinco minutos más tarde, Wanda Bontemps hizo pasar a Kathy Blanc de nuevo al despacho de Decker y la sentó frente a su escritorio. Kathy se había quedado pálida; tenía los ojos rojos y unas lágrimas negras resbalaban por sus mejillas cortesía del rímel. El pintalabios rojo se le había corrido sobre las arrugas que tenía por encima de la boca. No paraba de temblar y se rodeaba a sí misma con los brazos en un intento fútil por contener los espasmos. Su melena rubia de peluquería enmarcaba un rostro patricio manchado de maquillaje. Llevaba pendientes de perlas, unos pantalones de punto negros, una camiseta de punto roja y zapatos de tacón negros.

Wanda Bontemps se quedó en la puerta contemplando la escena con mirada sombría.

—¿Traigo un poco de agua y una toallita húmeda?

Decker asintió y después miró a Kathy Blanc a los ojos.

—Lo siento mucho, señora Blanc. ¿Hay alguien a quien podamos llamar?

—A mi... ma... rido —abrió el bolso, pero Decker se adelantó y le ofreció un kleenex—. Gracias.

—¿Tiene el número, señora?

—213-827... —arrugó la cara y Decker le entregó otro pañuelo de papel. Ella logró darle los cuatro dígitos restantes. Cuando Wanda regresó, él le dio el número y le dijo que llamara. A Kathy le pasó el agua y una toallita húmeda.

—¿Quiere que me ponga en contacto con alguien más? —le preguntó Decker.

—Ni siquiera puedo pensar.

Él asintió.

—Quiero que sepa que haremos todo lo que haga falta para descubrir lo que ha ocurrido. Tenemos a mucha gente trabajando en esto. ¿Está preparada para que le haga algunas preguntas?

—Yo no... —empezó a llorar de nuevo, pero asintió para que Decker continuara.

—¿Adrianna tenía problemas con alguien?

Kathy negó con la cabeza.

—¿Y su novio? Usted le dijo a mi detective que tenía novio.

—Garth Hammerling.

—¿Algún problema con él?

—No que yo sepa.

—No pretendo parecer intrusivo, señora Blanc, pero ¿Adrianna y usted tenían la clase de relación en la que ella hablara con usted de asuntos personales?

Kathy se secó los ojos con la toallita. Cuando vio que estaba quitándose el maquillaje, murmuró «oh, madre mía».

—Adrianna no se quejaba mucho —se frotó la cara con energía para quitarse todo el maquillaje—, pero, si le pasaba algo, creo que me lo hubiera dicho.

—¿Qué le parece a usted Garth?

Ella siguió frotándose la cara.

—Me parecía un chico normal. No creo que Adrianna fuese muy en serio con él.

—¿Dónde lo conoció?

—Él es técnico en el St. Tim's —Kathy levantó la mirada—. ¿Por qué me pregunta por Garth? —volvieron a humedecérsele los ojos—. ¿La han... violado?

—No sabemos si...

—No me encuentro bien —se puso en pie—. Necesito ir al baño.

—La detective Bontemps la acompañará.

—Ya sé dónde es —cuando salió, Bontemps entró en el despacho.

—Garth Hammerling era el novio de Adrianna —Decker escribió el nombre en un pedazo de papel y se lo entregó—. Investígalo, aunque creo que Marge dijo que estaba fuera de la ciudad. ¿Has contactado con el marido de la señora Blanc?

—Sí. No le he dicho lo que pasaba, pero sabía que estaba relacionado con Adrianna porque Kathy le había llamado varias veces.

—¿Dónde trabaja?

—En el bufete de abogados de Rosehoff, Allens, Blanc y Bellows. Mack Blanc es socio mayoritario. Viene de camino desde el centro de Los Ángeles.

—Deberíamos enviar un coche a recogerlo. No debería conducir.

—No he tenido ocasión de contarle gran cosa. Me ha colgado el teléfono en cuanto le he dicho que su esposa estaba aquí.

—Dame su número. Veré si puedo localizarlo. Tú ve al cuarto de baño y asegúrate de que la señora Blanc está bien. Bueno, no está bien, pero asegúrate de que no necesite atención médica. Si la necesita, llama a una ambulancia. Que la lleven a cualquier sitio menos al St. Tim's.

* * *

—La madre la ha identificado mediante las fotografías —le dijo Decker a Marge por teléfono—. Eso significa que el coche es parte de la escena oficial de un crimen. ¿Los de criminología han llegado ya?

—Lo harán en cualquier momento. ¿Vas a venir?

—Estoy esperando para hablar con el padre de Adrianna. Iré después. ¿Has hablado con alguien del St. Tim's sobre Adrianna?

—Olive está intentando obtener un periodo de tiempo. Al parecer Adrianna completó su turno. Eso significaría que abandonó el edificio en torno a las ocho de la mañana. Después de eso no tenemos datos. Sí que hemos encontrado a una enfermera llamada Mandy Kowalski que conocía a Adrianna desde hacía seis años. Tendrá un descanso dentro de media hora y ha accedido a hablar con nosotros. Estamos intentando encontrar un buen lugar para hablar. Parece que la cafetería tiene todas las papeletas.

—¿Con quién más habéis hablado en el hospital?

—Con gente de aquí y de allá. La gente está en sus turnos y parece reticente a hablar.

—¿El hospital no coopera?

—No hemos tenido problemas en admisiones. Veremos qué ocurre cuando sepan que se trata de un asesinato. Oliver está confeccionando una lista con los nombres de los guardias de seguridad que están de servicio. Siempre hay un par de guardias vigilando los aparcamientos.

—¿Y las vídeo cámaras?

—Estamos intentando obtener las cintas con todas las entradas y salidas. No sé si hay cámaras en los aparcamientos, pero lo averiguaré.

—¿El hospital ha tenido problemas de criminalidad en el pasado?

—No lo sé. Aún nos queda mucho por investigar. En cuanto tengamos información, te lo haré saber.

* * *

—Fuimos juntas a la escuela de enfermería.

Con los ojos puestos en la mesa, Mandy Kowalski contemplaba el café asqueroso. Oliver sabía que era asqueroso porque él estaba bebiendo la misma porquería.

Le parecía una chica mona, vestida con ropa quirúrgica azul, con cara de hada, pelo rojo y ojos color avellana. En otra época, le habría pedido una cita a pesar de la diferencia de edad de cuarenta años. Pero una vida entera de malas decisiones por fin le había hecho darse cuenta de que a veces era mejor mantener las cosas en el plano profesional. Actualmente salía con una maestra de escuela llamada Carmen que era demasiado buena para él. Por la gracia divina, era capaz de evitar sus neurosis y travesuras con una mirada cómplice y una carcajada.

—¿Están seguros de que ha desaparecido? —Mandy seguía sin levantar la mirada—. A veces la gente se marcha sin más sin decírselo a nadie.

Marge y Oliver se miraron.

—Mandy —dijo Marge—, tenemos información de última hora y, por desgracia, son malas noticias. Parece ser que Adrianna ha sido asesinada.

—¡Oh, Dios! —Mandy soltó un grito y tiró su taza de café con las manos temblorosas. Se tapó la boca—. ¡Oh, no! ¡Dios mío! ¡Es horrible! ¡Oh, no! —levantó la mirada y vieron que las lágrimas habían brotado de sus ojos—. ¡No puede ser!

—Su madre la ha identificado —le dijo Marge.

—Oh, pobre mujer. Pobre Adrianna —se llevó las manos a la cara—. Lo siento. No puedo...

—No pasa nada —le dijo Marge—. Tómate tu tiempo.

Oliver se puso en pie.

—Te traeré un vaso de agua.

Marge intentó distraerla.

—Me he fijado en que llevas ropa quirúrgica. ¿Eres enfermera de cirugía?

—Torácica —se secó los ojos con una servilleta—. Cualquier cosa que tenga que ver con el pecho.

—¿Es lo mismo a lo que se dedicaba Adrianna?

Al oír el nombre de su amiga, Mandy empezó a sollozar de nuevo.

—Ella está en la Unidad de Cuidados Intensivos Neonatales. Es..., era enfermera pediátrica. Se le daba muy bien su trabajo. La llamábamos la mujer que susurraba a los bebés. Pero, incluso cuando trabajaba con niños mayores, la adoraban.

—Entiendo —Marge sacó su libreta . ¿Y tú conocías a Adrianna desde hacía seis años?

—Más o menos —Oliver regresó con el agua y otra caja de pañuelos. Mandy le dio las gracias—. Estaba diciéndole a su compañera que conocía a Adrianna desde hacía más o menos seis años. Fuimos juntas a la escuela de enfermería.

—¿Dónde? —preguntó Oliver—. ¿En la Universidad de Northridge?

—No —respondió Mandy—. Fuimos a la Escuela de formación profesional de Howard. Al principio Adrianna pensaba ser solo auxiliar de enfermería, pero le dije que era lo suficientemente lista para ser enfermera titulada. Era mucho más difícil, no voy a mentirles, pero la convencí de que merecería la pena.

—Vaya, eso fue terriblemente considerado por tu parte —le dijo Marge.

—En parte fue por razones egoístas —confesó Mandy—. Nos conocimos el primer día de orientación y conectamos de inmediato. Pensé que sería más fácil si tenía compañía. La ayudé durante algunos momentos difíciles, pero hizo los exámenes y le fue bien.

—Parece una buena amiga —le dijo Oliver.

—En esa época éramos muy buenas amigas.

—Pero ¿últimamente ya no? —preguntó Marge.

—Ya saben... —Mandy miraba de un lado a otro—. Las cosas cambian.

—¿Qué cosas? —preguntó Oliver.

—Nos distanciamos —explicó Mandy—. Salvo por el trabajo, dejamos de salir juntas.

—¿Qué ocurrió?

—En realidad nada, los estilos de vida. Adrianna tiene... —Mandy se humedeció los labios—. Tiene mucha más energía que yo. Le gusta pasarlo bien.

—¿Le gustaba la fiesta? —sugirió Marge.

—Eso hace que parezca vulgar —dijo Mandy—. Le gustaba la diversión. O sea, a mí también, pero supongo que yo necesito más horas de sueño que ella.

—¿Y la diversión incluía drogas? —preguntó Marge.

Mandy vaciló.

—Supongo que consumía drogas recreativas.

—¿Alguna vez eso interfirió con su trabajo?

—¡Jamás! —respondió Mandy con firmeza—. Era una trabajadora milagrosa con esos bebés.

—¿Qué sabes de su novio? —Mandy revisó sus notas—. Garth Hammerling. ¿Qué sabes de él?

—Trabaja aquí, en el St. Tim's. Es técnico de radiología.

—¿Hasta qué punto lo conoces? —preguntó Oliver.

—Somos simples conocidos —le informó Mandy.

Pero tenía la mirada en otra parte.

—¿Sabes dónde vive? —le preguntó Marge.

—¿Por qué iba a saber dónde vive? —preguntó Mandy mirando hacia otro lado.

—Tal vez fueras a una fiesta a su casa.

—No lo recuerdo —Mandy se miró las manos—. Supongo que podría conseguirles la dirección, pero ustedes también podrían conseguirla fácilmente.

—Sin problema —dijo Oliver—. Pero me preguntaba si tú la sabrías porque necesitamos hablar con él —al ver que Mandy no respondía, continuó—. Sabrás que tenemos que hacer todo tipo de preguntas personales.

—Así que, si te pido información personal, no deberías sentirte ofendida —aclaró Marge.

—Porque le pedimos información personal a todo el mundo —agregó Oliver—. Por ejemplo podría preguntarte si había algo entre Garth y tú.

—¡No! —Mandy empezó a llorar de nuevo—. ¿Por qué piensan una cosa así?

—No es más que una pregunta —dijo Marge.

—Porque, si había algo entre vosotros, acabaríamos por descubrirlo.

—Así que este es el momento para confesarlo —añadió Marge—. Ocultar datos te hace quedar mal.

—No tengo nada que... —de nuevo se le humedecieron los ojos—. Fue él quien vino a mí, ¿de acuerdo?

—¿Ves? Ha sido fácil —dijo Marge—. ¿Qué podrías contarnos al respecto?

—No pasó nada. A mí no me interesaba —negó con la cabeza—. Fue en una de las fiestas de Adrianna. Las celebraba casi todos los fines de semana. Me arrinconó en la cocina e intentó besarme. Dios, fue vergonzoso. Estaba borracho y ella también —se secó los ojos—. Me resulta difícil hablar mal de ella, sobre todo ahora que ha... y antes éramos muy buenas amigas. No es que Garth sea un mal tío. Es que es un mujeriego. Todos saben que es un mujeriego.

—¿Adrianna lo sabía?

—Tal vez en el fondo de su cabeza, sí —se puso en pie—. Tengo que volver a trabajar. Si quieren volver a hablar conmigo, por favor, no lo hagan aquí. Vivo en Canoga Park. Mi número aparece en la guía.

—Gracias, Mandy —dijo Marge—, nos has sido de mucha ayuda.

—No hay de qué. Encuentren al cabrón que le ha hecho eso. Puede que Adrianna tuviera sus cosas, pero ¿quién no tiene problemas?

—Eso es cierto —dijo Marge mientras veía alejarse a la enfermera—. ¿Qué te parece?

—Una chica muy sensible para ser alguien que se había distanciado de la víctima —Oliver se encogió de hombros—. ¿Qué hay de Garth?

—El contestador automático de su casa dice que... —Marge revisó sus notas—... Garth, Aaron y Greg se han ido a hacer *rafting* y que no contestarán al teléfono durante una semana. Si se marchó hace un par de días, tiene una coartada.

—Algunas personas tienen el don de la oportunidad.

—¿Sabes lo que creo, Oliver? —preguntó Marge—. Creo que el don de la oportunidad siempre resulta sospechoso.

CAPÍTULO 9

Decker tenía la impresión de que el lenguaje de Mack Blanc avergonzaba a Kathy, pero ella era demasiado tonta para detenerlo.

¡Qué coño ha ocurrido!

Eso es lo que estamos investigando, señor Blanc. Lo siento mucho.

¡No quiero sus putas disculpas, quiero putas respuestas!

Y así una y otra y otra y otra vez.

Se encontraban los tres en el despacho de Decker. Kathy permanecía callada y sentada mientras su marido daba vueltas de un lado a otro y maldecía. Finalmente Mack intentó una nueva línea de ataque.

—Bueno, si no sabe qué cojones ha ocurrido, ¿qué coño sabe?

Decker señaló la silla. Mack se sentó a regañadientes y, en cuanto se tranquilizó, comenzó a llorar. Sin saber qué decir, Decker le entregó un pañuelo.

—Su coche sigue en el aparcamiento del hospital. Ahora mismo estamos examinándolo.

—¿Ella estaba...? —Kathy tuvo que contener los sollozos—. ¿Ocurrió en el coche?

—No lo sé, señora Blanc. No quiero darle información errónea.

Mack le estrechó la mano y ella se apoyó en su pecho, llorando. El muy desgraciado no podía ofrecerle palabras de consuelo.

—También estamos interrogando a la gente del hospital para intentar obtener un rango de tiempo —explicó Decker—. Su mujer ha sido tan amable de darnos el móvil de Adrianna y hemos descubierto que hizo un par de llamadas cuando terminó su turno.

—Llamó a Sela Graydon —le dijo Kathy a su marido.

—Adrianna y ella se conocían desde el instituto —respondió Mack—. ¿Qué hay del otro número?

—Al llamar no ha respondido nadie. El buzón de voz estaba lleno, así que no sabemos a quién pertenece. Podemos averiguar a quién pertenece el número y cuánto tiempo duró la conversación, pero tardaremos un poco. Además, no hay garantía de que la persona dueña del número sea la misma que respondió a la llamada.

—El número no me resulta familiar —le dijo Kathy a su marido.

—¿Y qué pasa con Garth? —preguntó Mack.

—No es el número de Garth.

—No me fío de ese tío —dijo Mack—. Es arrogante. Dios sabrá por qué.

—Es guapo —aseguró Kathy.

—¿Cómo puedes decir eso? —le preguntó Mack—. Tenía como veinte *piercings* en las orejas y esa mosca que llevaba debajo del labio. Y llevaba el pelo que parecía que hubiese metido los dedos en un enchufe.

—Es la moda, Mack. Todas las estrellas de *rock* llevan el pelo así.

—No era especialmente listo. Siempre se iba a Las Vegas y nunca invitaba a Adrianna. A saber de dónde sacaría el dinero para sus viajes.

Decker advirtió que a Kathy se le sonrojaban las mejillas.

—¿Qué sabe usted del dinero, señora Blanc? —le preguntó.

—¿Perdón? —respondió ella levantando la mirada.

—¿Adrianna le prestó dinero alguna vez a Garth?

—¿Qué? —Mack se quedó mirando a su mujer—. ¿Le dio dinero a ese perdedor?

—No se lo dio, se lo prestó.

—No creo que... —se puso en pie de un brinco y comenzó a caminar de nuevo—. ¿Por qué?

Kathy empezó a llorar.

—No sé por qué, Mack. ¡Solo sé que lo hizo!

—¿Generalmente era bonachona? —preguntó Decker.

Mack murmuró algo en voz baja y siguió caminando.

—Tenía buen corazón —dijo Kathy—. Por eso se hizo enfermera.

—Solo intento saber cómo era, así que, por favor, no se ofendan con mi pregunta. Que ustedes sepan, ¿Adrianna tomaba drogas o bebía en exceso?

—Yo no lo sé —le respondió Kathy.

—Claro que lo sabemos —dijo Mack—. Encontramos marihuana en su cómoda cuando estaba en el instituto. ¡Dos veces!

—Dijo que lo había dejado.

—También dijo que la hierba no era suya —se volvió hacia Decker—. Sí, probablemente fumaba hierba y probablemente bebía demasiado.

Kathy se secó los ojos.

—No tenía un problema, Mack.

—Yo no he dicho que lo tuviera.

—No parece que tuviera un problema —convino Decker—. Tenía un trabajo importante y, por lo que he oído, era buena en lo que hacía.

—Trabajaba en la Unidad de Cuidados Intensivos Neonatales con todos esos bebés prematuros enfermos —Kathy empezó a llorar de nuevo—. Todos la adoraban.

—Dios —a Mack se le humedecieron los ojos—. ¿Qué coño ha ocurrido?

De nuevo a la casilla de salida.

—¿Qué más puede decirme de Garth Hammerling? —preguntó Decker.

—Yo lo vi media docena de veces. No me fiaba de él —Mack dejó de dar vueltas—. A decir verdad, no siempre me fie de Adrianna. No tomaba las mejores decisiones.

—Era una buena chica —dijo Kathy—, pero a veces era algo...

—Era salvaje. Y también malcriada. A nosotros nos malcrió su hermana mayor. Esa nunca nos dio ningún problema.

—Bea era una niña diferente. No tiene sentido compararlas.

—Pero lo hacemos de todos modos —le dijo Mack—. En más de una ocasión estábamos despiertos a las cuatro de la mañana, llamando a los amigos de Adrianna porque ella tenía el móvil apagado y no sabíamos dónde estaba. Cuando dijo que quería ser enfermera, me mostré escéptico. Pero...

A Mack Blanc se le quebró la voz.

—La chica demostró que estaba equivocado —se secó las lágrimas—. No solo se graduó, sino que consiguió un trabajo con responsabilidad. Sus compañeros la adoran.

—¿Conocía a sus compañeros? —le preguntó Decker.

—Hace dos años celebró una fiesta de Navidad en su apartamento —respondió Kathy—. Nos invitó y fuimos.

—Creo que esa fue la primera vez que vimos a Garth —le dijo Mack.

—¿Recuerdan a otros compañeros de trabajo?

—Estaba su amiga, Mandy Kowalski —le dijo Kathy—. Fueron juntas a la escuela de enfermería. Creo que fue Mandy la que presentó a Adrianna y a Garth.

—¿Mandy los presentó? —repitió Decker.

—Eso creo —Kathy entornó los párpados, intentando recordar—. Creo que ella conocía a un chico que lo conocía... algo así.

—¿Recuerdan el nombre del chico?

—No —Mack agitó la mano en el aire—. No nos metíamos en los asuntos de Adrianna.

—Se llamaba Aaron Otis —respondió Kathy.

—¿Cómo es que te acuerdas de eso?

—No sé.

Mack negó con la cabeza.

—Es asombrosa con los nombres.

—Eso está muy bien —dijo Decker—. Aaron Otis. ¿Lo vio alguna vez?

—Yo debí de verlo al menos una vez, porque recuerdo que era alto y rubio..., a no ser que esté mezclando recuerdos —miró hacia abajo—. Es más que posible.

—Eso ayuda —le aseguró Decker—. ¿Y los nombres de los demás amigos de Adrianna?

—Puede empezar por Sela Graydon y Crystal Larabee. Las tres estaban muy unidas.

—¿Alguna de ellas se hizo enfermera?

—Dios, no —respondió Mack—. Creo que Crystal quería ser actriz. A los veintinueve años, eso ya no va a pasar. ¿Qué es? ¿Camarera?

—Es anfitriona en Garage.

—Sí, está esperando a que la descubran.

—Sé amable, Mack —Kathy contempló a Decker—. Garage es el nuevo restaurante de Helmet Grass. Está en el centro..., justo al lado del Nuevo Otani.

—Entendido. ¿Y Sela Graydon? ¿A qué se dedica ella?

—Es abogada —le informó Mack—. Siempre fue la lista de las tres.

—¿Ambas viven en la ciudad?

—Sí —dijo Kathy—. Le daré sus números de teléfono.

—¿Saben algo sobre Mandy Kowalski?

—Solo que Adrianna la conoció en la escuela de enfermería —respondió Mack—. Parecía simpática.

—Solía ayudar a Adrianna con los estudios, sobre todo cuando se acercaban los finales. La primera vez, Adrianna se asustó. Yo no pude ayudarla. No sé nada sobre el sistema nervioso ni circulatorio, pero, después de estudiar con Mandy, no solo aprobó, sino que lo hizo con buena nota. Incluso sacó un par de sobresalientes en algunas clases.

Las lágrimas resbalaron de nuevo por las mejillas de Kathy.

—Estaba tan... orgullosa.

Decker le pasó otro kleenex y la vio sollozar. No había una presa en todo el mundo capaz de contener aquel torrente.

—No hay mucho que hacer aquí —Marge estaba en el aparcamiento del St. Tim's porque la cobertura allí era mejor—. Han registrado el coche y hemos terminado con los interrogatorios preliminares. Hemos hablado con algunos de sus compañeros de trabajo. También con una mujer llamada Mandy Kowalski. Adrianna y ella fueron juntas a la escuela de enfermería, pero no trabajan en la misma planta.

—Sí, el nombre de Mandy ha surgido cuando he interrogado a la madre —le dijo Decker—. Pensaba que Mandy había presentado a Adrianna y a Garth.

—Mmm. Mandy no ha mencionado nada de eso. Sí que ha dicho que Garth intentó ligar con ella.

—De acuerdo —dijo Decker—. ¿Un triángulo amoroso?

—Podría ser —respondió Marge—. Veré si puedo averiguar qué tipo de relación tenían. También tenemos cita para interrogar a la supervisora de Adrianna mañana. Le tenían cariño, hacía bien su trabajo, pero varias personas han observado que le gustaba la fiesta.

—Eso cuadra con la imagen que han dado de ella sus padres.

—¿Sus padres te han dicho que le gustaba la fiesta?

—Principalmente ha sido su padre. La ha descrito como una chica fiestera, y no de una manera amable.

—Es raro que admita algo así en esas circunstancias.

—Tengo la impresión de que llevaba mucho tiempo disgustado con ella.

—Pero ha muerto, rabino. Que admita una pizca de hostilidad... es extraño.

—La gente afronta la pérdida de muchas maneras diferentes. Tal vez piense que, si puede seguir enfadado con ella, es que no ha muerto realmente. En cualquier caso, hay otra hermana en la familia. Beatrice Blanc. Hay que interrogarla por separado.

—Yo me encargo.

—También hay dos amigas del instituto de la víctima: Sela Graydon y Crystal Larabee —Decker deletreó los apellidos y le dio a Marge los números de teléfono—. Por último, tenemos que averiguar el nombre del hijo mayor del dueño de la casa.

—Ya lo he hecho. Trent Grossman. Tiene veintiséis años. Vive en Boston con su esposa y anoche estaba en una fiesta. Así que podemos descartarlo. Los dos Grossman adolescentes estuvieron en casa anoche, según sus padres. Como prueba, enviaron emails, mensajes de texto y estuvieron en Facebook. No he investigado más a fondo, pero lo haré si quieres.

—¿Cuántos años tienen? ¿Quince y trece?

—Sí.

—Por ahora ponlos al final de la lista. Volvamos a las compañeras de Adrianna. Crystal y Sela. Prepara interrogatorios con ellas porque..., vale..., aquí lo tengo.

Decker revisó sus notas.

—Adrianna llamó a Sela Graydon esta mañana justo al salir de trabajar. Averigua de qué se trataba. Adrianna además hizo otra llamada, pero no conocemos la identidad de ese número. Cuando llamo, el buzón de voz está lleno. Es un móvil, así que nuestros directorios no nos servirán. Puede que necesitemos una orden para saber a quién pertenece el número. Investiga un poco e intenta averiguar si el número pertenece a alguna de sus amigas.

—Eso haré. ¿Has tenido suerte con el registro de la zona? —le preguntó Marge.

—De momento no sé nada. ¿Y si nos reunimos esta tarde y comparamos nuestras notas?

—Me parece buena idea. Luego hablamos.

Marge colgó el teléfono y empezó a marcar el número de Sela Graydon, pero en ese momento se le acercó una agente de la policía científica. La mujer le llegaba a Marge a la altura del estómago. Tal vez un poco más arriba, pero desde luego medía menos de metro cincuenta. Era joven, asiática y delicada como una tela de araña, salvo por su voz de fumadora. Se llamaba Rebel Hung.

—Casi hemos terminado con lo que podemos hacer aquí —dijo Rebel mientras se quitaba los guantes de látex—. He llamado a la grúa. Nos llevaremos el vehículo al laboratorio y haremos un examen más minucioso.

—No me parece que esta sea la escena de un crimen —dijo Marge.

—Estoy de acuerdo —respondió Rebel—. ¿Quién sabe si la chica llegó hasta el coche?

—¿Hay pisadas?

—Tenemos algunas incompletas. Y muchas huellas digitales latentes. Tal vez surja algo.

—Eso espero.

—¿Y qué hay de la verdadera escena del crimen? —preguntó Rebel—. Donde la encontraron ahorcada.

—Es la escena de un crimen, pero no estamos seguros de que sea el lugar donde tuvo lugar el asesinato. Si la mataron allí, no parece que se resistiera. Las investigaciones forenses no han revelado agujeros de bala ni puñaladas, pero podrían haberla envenenado o sedado antes de colgarla. Le haremos un examen toxicológico.

—¿Abusaron sexualmente de ella?

—No parece, pero sabremos más cuando concluya la autopsia.

Rebel apretó los labios.

—El ahorcamiento es una manera extraña de cometer un asesinato.

—Sí, alguien la colgó para darle un efecto dramático.

—Muy dramático..., como un asesino en serie.

—Sí, desde luego, no hemos descartado esa posibilidad.

CAPÍTULO 10

Mientras los estudiantes de primer curso preparaban las sillas, Hannah llevó a Gabe a conocer a la directora del coro. La señora Kent era una mujer enérgica y robusta con el pelo negro cortado a tazón y gafas que colgaban de una cadena.

—Este es Gabe —dijo Hannah—. Toca el piano.

La señora Kent se puso las gafas y miró al muchacho de arriba abajo.

—¿En qué curso está usted?

—En segundo, pero solo estoy de visita.

—¿De visita? —la señora Kent dejó caer las gafas sobre su pecho—. ¿Por cuánto tiempo?

—No se sabe —respondió Hannah—. Tal vez un día o dos. Pensaba que, si podía tocar él *My Heart Will Go On*, usted podría concentrarse en las voces. Aunque probablemente haga falta mucho más que eso para que no desafinemos.

—Eso suena muy cínico viniendo de la presidenta del coro —la mujer se quedó mirando a Gabe—. ¿Conoce la canción?

—Puedo reproducirla con bastante exactitud. Está en Mi, ¿verdad?

—Sí, está en Mi. ¿Sabe leer partituras?

—Con partitura será aun mejor —respondió Gabe.

—Está en el piano —le dijo la señora Kent—. Decker, ayuda a colocarse a los chicos.

Gabe encontró una pequeña espineta en un rincón, pero mirando hacia el escenario. Era una Gulbransen y, aunque no era precisamente el Steinway alemán, se podía usar. Se colocó las gafas en lo alto de la nariz y después tocó las teclas de marfil desde el Do de en medio hasta dos octavas por arriba utilizando los dedos de la mano derecha. Con los dedos de la mano izquierda fue desde el Do hasta dos octavas por debajo. Después tocó los bemoles. El sonido era el que se esperaba de un piano pequeño. Estaba afinado, aunque no todas las notas eran perfectas. Le molestaba. Cualquier cosa que no fuera musicalmente perfecta le molestaba, pero había aprendido a vivir con ello. No solía asistir a conciertos de *rock*, salvo que fueran *thrash metal*, donde el sonido estaba distorsionado de todos modos, así que a quién le importaba la afinación. Los cantantes pop eran lo peor. A pesar del Pro Tools, muy pocos cantantes daban con la nota correcta en todo momento.

Contempló la partitura. Necesitaba un gran alcance. Sin duda el coro la masacraría, como predecía Hannah. Le caía bien Hannah. Era simpática, pero discreta. Daba conversación, pero se apartaba de cualquier tema personal. Tenía seguridad en sí misma sin ser arrogante.

Había veintitrés estudiantes en el coro, en fila sobre las tarimas. En cuanto la profesora comenzó a hablar con ellos, dejó de escuchar. Unos cinco minutos más tarde, se dio cuenta de que estaba hablándole a él.

—¿Perdón?

La señora Kent suspiró con dramatismo.

—Le he preguntado si cree que puede tocar la obra.

—Claro.

—¿Claro?

—Sí, claro —Gabe sonrió—. No es Rachmaninoff.

La señora Kent lo miró.

—Debe de estar emparentado con Hannah. Tiene usted el mismo sentido del humor.

Gabe volvió a sonreír, pero no dijo nada.

—Podemos empezar cuando esté listo.

—Estoy listo.

—Entonces empiece.

Gabe contuvo una carcajada. Cuando comenzó con la introducción, vio que la profesora del coro abría mucho los ojos. Era absurdo que se sorprendiera. ¿Por qué iba él a decir que podía tocar si no pudiera? Era una destreza motora, imposible de fingir.

Como bien había adelantado Hannah, el coro era horrible; el desafinamiento era especialmente flagrante en las sopranos. Resultaba doloroso de oír. A mitad de la canción, Gabe dejó de tocar. La profesora detuvo al coro y le preguntó qué pasaba.

—No pretendo ser impertinente, pero es un poco agudo para vuestras voces. ¿Queréis que la baje a Mi bemol? O quizá a Re. No me gusta convertir canciones con sostenidos en canciones con bemoles, pero eso es cosa mía.

La señora Kent se quedó mirándolo.

—¿Puede hacer eso? —sin esperar su respuesta añadió—: Lo sé. No es Rachmaninoff. De acuerdo, denos el pie.

Gabe les dio un Re y ellos volvieron a repetir la canción. Seguía sonando terrible, pero al menos las sopranos no se desgañitaban demasiado. Cuando la señorita Kent convocó un descanso de cinco minutos, Hannah se acercó al piano.

—Nos queda una hora más. Siento que sea tan tarde.

—No voy a ninguna parte. Si tu padre tuviera algo que decirme, me llamaría, ¿no?

—Sí, lo haría. Lo siento.

Gabe se encogió de hombros.

—Tocas de maravilla —agregó ella.

—Cualquier idiota con un poco de entrenamiento podría tocar esto —respondió él con una carcajada.

—No, no me lo creo.

—Es cierto. Para todo lo que he tocado yo, debería ser mejor.

—¿Cómo podrías ser mejor?

Había hecho la pregunta con total sinceridad y Gabe tuvo que sonreír.

—Gracias. Te llamaré la próxima vez que necesite una inyección de ego.

—Somos muy malos, ¿eh?

—No está mal.

La señora Kent se acercó.

—¿Cuánto tiempo estará usted de visita, señor...?

—Whitman —respondió Gabe.

—Un día o dos —contestó Hannah por él.

—¿Ha pensado en la posibilidad de pedir el traslado a esta escuela? Tenemos orquesta y siempre hay sitio para un solista.

—Lo tendré en cuenta —dijo Gabe.

—¿Ha tocado alguna vez piezas en solitario?

De ninguna manera iba a tocar para ella. Gabe quería anonimato, no atención.

—Hace tiempo que no. Estoy un poco oxidado.

—Me encantaría escucharle cuando se sienta preparado.

—Claro. En otra ocasión.

—Lo siento mucho —le susurró Hannah cuando la profesora se marchó—. Es incansable.

—Solo hace su trabajo —Gabe hizo una pausa—. Hannah, si tengo que volver contigo mañana, ¿crees que podré practicar cuando no haya nadie usando la sala? Quiero decir que es un poco absurdo que esté en tu escuela intentando aprender algo. Aprovecharía mejor el tiempo practicando. No es que tenga que tocar, pero tocar me calma.

—Seguro que no hay problema, pero tendrás que pedirle permiso a la señora Kent —Hannah arqueó las cejas—. Te advierto que, si lo haces, harás un trato con el diablo. A cambio, te obligará a venir a la orquesta mientras estés aquí.

—Entonces vendré. Siempre que no tenga que tocar en solitario.

—Entendido, pero puede que quieras reconsiderar lo de la orquesta. ¡Somos realmente malos! Peores que el coro.

—No está tan mal, Hannah. He pasado por cosas más peliagudas que unas pocas notas desafinadas.

—Si solo fueran unas pocas, no diría nada —le apuntó a la cara con el dedo—. Y deja de ser tan mono. Estás distrayendo a todas las sopranos. Y, por si no te has dado cuenta, ya les cuesta suficiente trabajo mantener la afinación.

Cuando los Blanc abandonaron su despacho, Decker se sintió como si se hubiera quitado una chaqueta de lana en una habitación con la calefacción al máximo: diez kilos más ligero y al fin podía respirar profundamente. Kathy Blanc le había dicho que el apartamento de su hija parecía estar en orden, pero admitió que no había prestado mucha atención.

Decker comenzó a organizarse el tiempo. Lograría pasar por casa para cenar y después se iría a casa de Adrianna... o tal vez debiera ir al St. Tim's y ver lo que hacían Marge y Oliver. Tenía la mente en otra parte cuando sonó su móvil y no se fijó en el número que aparecía en la pantalla. Daba igual, porque el número estaba oculto, pero solo con oír una palabra supo a quién pertenecía la voz.

—¿Qué?

Sonaba más enfadado que nervioso, pero eso era típico de Donatti. A Decker se le aceleró el corazón.

—¿Tienes el móvil fuera de servicio, Chris? Llevo veinticuatro horas llamándote.

—Ya sabes cómo son estas cosas, Decker. A veces no quieres que te molesten.

—¿Dónde has estado?

—¿Que dónde he estado? —soltó una carcajada a través del teléfono—. ¿Qué más da?

—Es que me preguntaba qué te habría tenido tan ocupado como para no molestarte en revisar tus llamadas.

Otra carcajada.

—Pareces cabreado.

—¿Dónde has estado?

—Ahora parece que me estés interrogando. No me gusta tu tono. De hecho, no me gustas tú. Tienes dos segundos para decirme qué quieres antes de que cuelgue.

—A mí no quieres devolverme las llamadas, de acuerdo, pero creía que a tu hijo sí le responderías. Estaba tan preocupado que me llamó a mí —se produjo la pausa que esperaba. Podría ser real o fingida—. Tenemos un grave problema, Chris. Terry ha desaparecido.

En esa ocasión la pausa duró mucho más.

—Continúa.

Ya no sonaba enfadado, pero mantuvo un tono inexpresivo.

—Eso es todo —respondió Decker—. Terry ha desaparecido.

—¿Qué quieres decir con desaparecido?

—Que no la encontramos...

—Ya sé lo que significa la palabra «desaparecido», joder. ¿Qué quieres decir con que ella ha desaparecido?

Donatti había pasado de cero a cien en cinco segundos. Obviamente estaba alterado, pero eso también podía ser fingido. La veracidad de sus emociones era imposible de descifrar por teléfono.

—Tienes que venir a comisaría, Chris. Tenemos que hablar.

—No hasta que me digas qué cojones está pasando.

—Tu hijo me llamó ayer sobre las nueve de la noche. Estaba angustiado. Cuando llegó al hotel a las siete, Terry no estaba. No contestaba al teléfono, así que te llamó a ti. Al ver que no localizaba a ninguno de sus padres, me llamó a mí. Así que lo acogí en mi casa porque no quería quedarse en casa de su tía. Así que ahora soy responsable de tu hijo hasta que llegues aquí. ¿Dónde estás?

—Estoy en Nevada. Mi recepcionista me ha dicho que habías llamado.

—Tienes que venir a Los Ángeles. Tenemos que hablar.

—¿Qué diablos ha ocurrido?

—No lo sé, y por eso tenemos que hablar...

—¡Pues habla de una puta vez!

—Por teléfono no —respondió Decker con calma—. En persona. Tienes que venir de todos modos. Tu hijo está aquí, ¿recuerdas?

—Vale, vale, déjame pensar un momento —empezó a murmurar para sus adentros—. ¿Cuándo..., quiero decir, cuánto tiempo lleva desaparecida?

—El suficiente como para que pueda haber un problema.

—¿Su coche ha desaparecido?

—Chris, no puedo contártelo por teléfono. ¿Cuándo puedes estar de vuelta en Los Ángeles?

—¡Mierda! ¿Qué hora es?

—Sobre las seis.

—¡Joder! —se oyó un golpe al otro lado de la línea—. ¡Joder, joder, joder! ¿Cuándo ha ocurrido? ¿Ayer?

—Sí. Chris, te lo contaré todo cuando estés en Los Ángeles. ¿Cuándo puedes estar aquí?

—Estoy a dos horas de Las Vegas. He venido en coche, así que no tengo el avión. Tengo que llegar hasta McCarren y después al aeropuerto de Los Ángeles. No creo que sea antes de las once. En coche tardaría cinco o seis horas. ¡Joder! Déjame ver si puedo alquilar algo en el aeropuerto local. Volveré a llamarte —Donatti colgó el teléfono.

Decker dejó el móvil y tamborileó con los dedos sobre su escritorio a la espera de más información, pero tenía la cabeza en una idea en particular.

«He venido en coche, así que no tengo el avión».

«En coche».

Había mucho terreno vacío y autopistas desiertas entre California y Nevada. Las amplias y despobladas rutas que atravesaban el Mojave, con sus infinitos kilómetros de nada, siempre habían sido un vertedero de lo más fértil.

CAPÍTULO 11

Aunque la hora feliz ya hubiera quedado atrás, la barra estaba llena. Ice era uno de esos restaurantes de moda con las paredes y techos compuestos de paneles iluminados en colores pastel que cambiaban de tonalidad durante el curso de la cena. El color del momento era el aguamarina, lo que confería al espacio la apariencia de un iglú. A la temperatura interior le habría venido bien algo del frío ártico del Polo Norte. El día había sido extrañamente caluroso y asqueroso. Aunque Marge se había vestido con pantalones de lino beis y una blusa blanca de algodón, se sentía pegajosa, como si hubiese llevado la ropa pegada al cuerpo durante todo el día. Por teléfono Sela Graydon le había dicho que llevaría un traje gris, una blusa roja y zapatos de tacón negros, así que resultó fácil de localizar.

La abogada lucía una melena ondulada de color castaño que le llegaba hasta los omóplatos. Tenía la cabeza agachada y miraba hacia la superficie de la barra con la barbilla apoyada en las manos. Le estaba dando conversación un hombre de treinta y tantos años con una incipiente barba rubia. De vez en cuando, Sela levantaba la cabeza, se frotaba los ojos con los dedos, volvía a agacharla y seguía mirando al vacío. Marge se abrió paso entre la multitud y ocupó un asiento junto al de ella.

—¿Sela Graydon?

La mujer levantó la cabeza y la miró.

—¿Es la policía?

—Sargento Marge Dunn. Hablamos por teléfono. Gracias por reunirse conmigo con tan poca antelación.

Sela se mordió el labio, pero no dijo nada. El hombre rubio le ofreció la mano a Marge.

—Rick Briscoe. Trabajo con Sela en Youngblood, Martin y Fitch —Marge le estrechó la mano brevemente—. No creía que debiera estar sola.

—Muy considerado por su parte —Marge se volvió hacia Sela y dijo—: ¿Y si nos sentamos a una mesa situada en algún rincón? Así tendremos más intimidad.

Sela miró a su alrededor.

—Están ocupadas.

—Mi compañero, el detective Oliver, nos ha reservado una.

—Adelante, Sela —le dijo Rick—. Yo esperaré aquí hasta que hayas acabado. De todos modos estoy trabajando en los testimonios de Claridge. Pega un grito si necesitas algo.

Sela asintió, se bajó del taburete y Marge vio que rondaba el metro sesenta. La condujo hasta la mesa donde Oliver bebía una tónica. Él se presentó y le preguntó si tenía hambre.

—No... —Sela se sentó y las lágrimas brotaron de sus ojos—. No puedo pensar en comer. Kathy me llamó y me pidió que viniera. Le dije que por supuesto, pero no sé por qué. Sigo en *shock*. Estoy segura de que no podré serle de mucha ayuda.

—¿Kathy es la madre de Adrianna? —preguntó Oliver para confirmar.

—Sí, perdón. Es casi como una segunda madre. Va a ser horrible.

—A veces lo mejor que se puede decir es nada —le dijo Marge—. Habló con Adrianna esta mañana.

—No hablé con ella —respondió Sela—. Me dejó un mensaje en el móvil.

—La llamada duró casi dos minutos.

—Era un mensaje largo.

—¿Sobre qué? —le preguntó Oliver.

—Ojalá pudiera contárselo todo —la muchacha suspiró profundamente—. La verdad es que a veces Adrianna divaga y no presto atención. De hecho, lo borré antes de escucharlo entero.

—¿Cuál era el tema principal?

—Quería que quedásemos esta noche porque Garth está fuera de la ciudad, aunque su presencia tampoco la detendría porque siempre está fuera. Luego empezó a decir que menos mal que no estaba y que, si fuera lista, lo dejaría porque estaba dejándola seca emocional y económicamente. Y que nunca agradece nada de lo que hace por él y que hay muchos peces en el mar y bla, bla, bla —unas lágrimas negras recorrían su cara—. Borré el mensaje cuando llegué a la parte del bla, bla, bla.

—Usted le devolvió la llamada, señorita Graydon —dijo Oliver.

—¿Es una pregunta o una afirmación?

—Tenemos su teléfono móvil —dijo Marge—, así que sabemos que la llamó.

—Sí que la llamé. Le dejé un mensaje muy corto. Esta noche estaba ocupada. Le dije que tomáramos el brunch el domingo. Siempre es más fácil tratar con Adrianna durante el día.

—¿Qué quiere decir? —preguntó Oliver.

Sela sonrió con tristeza.

—No me interpreten mal. Yo quería a Adrianna con todo mi corazón, pero a veces..., sobre todo cuando se siente triste..., le cuesta saber cuándo parar —volvió a secarse las lágrimas—. Nunca fue una borracha mezquina, pero a veces no medía sus palabras.

—¿Puede darme un ejemplo? —le pidió Marge.

—Déjeme pensar cómo decirlo exactamente —respondió Sela—. Cuando Adrianna bebía demasiado, empezaba a dar consejos; que yo tenía que salir más, que tenía que hacer más ejercicio. Intentaba emparejarme con gente a la que odio. Yo sabía que estaba achispada, pero me daba cuenta de que decía lo que realmente pensaba. Me ponía de los nervios.

Marge asintió.

—Podía llegar a ser muy ridícula —a la abogada se le sonrojaron las mejillas—. No pretendo parecer pretenciosa, pero estamos en lugares diferentes. Y Adrianna siempre intentaba equiparar nuestros papeles en la vida. A mí no me importaba, pero, incluso cuando no estaba borracha, decía cosas. Una vez yo estaba quejándome de que había solapado a un par de clientes y no sabía qué iba a hacer. Y, en vez de ponerse en mi lugar, Adrianna me dijo: «Oh, qué mona, tienes clientes». A mí me dieron ganas de darle un puñetazo.

La mesa quedó en silencio.

—¡Dios, qué horrible decir eso! —Sela empezó a llorar—. Podía ser difícil, pero también era la persona más amable del mundo. La quería mucho.

Marge le puso la mano en el hombro.

—Claro que sí. Estaban unidas. Y la gente que está unida sabe cómo provocarse mutuamente.

—Es horrible que haya muerto de manera tan trágica y brutal —dijo Oliver—, pero no es necesario que elogie todo lo que hacía. La gente mala también muere.

—Ella no era mala, solo algo imprudente.

—Podía llegar a ser problemática —le dijo Oliver—. Su propio padre lo ha dicho.

—No se llevaba bien con él.

—Ya lo hemos deducido. ¿Sobre qué discutían?

—¿Qué más da? Él no la ha matado. Se lo garantizo.

—Solo intentamos hacernos una idea general —dijo Marge—. Por ejemplo, cuando Garth no estaba en la ciudad y Adrianna bebía demasiado, ¿se iba con otros hombres?

Hubo una larga pausa. Al fin Sela dijo:

—No desapareció en un bar, desapareció después de trabajar.

—Pero tal vez fuese a reunirse con algún ligue de la noche anterior —sugirió Marge—. Por lo que estaba contándole sobre Garth, parece que estaba enfadada con él.

—Siempre estaba enfadada con él, pero siempre volvía. Era una de las razones por las que yo desconectaba cuando se quejaba. Nunca hacía nada al respecto.

—A lo mejor engañarle era su manera de hacer algo —sugirió Oliver.

—¿Cómo iba a engañarle con otro? Anoche estuvo trabajando.

—No empezó su turno hasta después de las once —señaló Oliver.

—No se iría a un bar antes de trabajar —Sela miraba de un lado a otro. Oliver se dio cuenta de que estaba nerviosa—. Se tomaba muy en serio su trabajo. Yo no la vi anoche, si es lo que quieren saber.

—¿Sabe usted si Adrianna salió a cenar o a tomar una cocacola a un bar antes de ir a trabajar?

—Ya les he dicho que no estuvo conmigo.

—Eso no responde a la pregunta —intervino Marge—. Lo que le preguntamos es si sabe si Adrianna salió anoche.

—Vale, esta es la cuestión —suspiró—. Yo me enteré después de que pasara porque Crystal me llamó. Crystal Larabee. Las tres éramos inseparables en el instituto. Dios, parece que hayan pasado siglos. Pero bueno, el caso es que me dijo que Adrianna estuvo en Garage anoche y que estuvo flirteando con alguien. Pero Crystal insiste en que no se marcharon juntos..., que el hombre siguió hablando con otras mujeres después de que Adrianna se fuese a trabajar. Y, dado que Adrianna llegó a trabajar, probablemente el tipo fuese un callejón sin salida. Así que Crystal no quiso decir nada, sobre todo a la policía, porque no quería meterse en líos.

—¿Por qué iba a meterse en líos?

—No lo sé con seguridad, pero sospecho que estaba invitando a Adrianna. Quizá incluso al tío que estaba con ella. Ya lo ha hecho antes. Probablemente Crystal no quisiera que el encargado se enterase de que estaba dando copas gratis.

—¿Y por qué sigue invitando a la gente?

—Porque Crystal es Crystal. El caso es que Adrianna no se marchó con nadie, así que probablemente no sea nada.

—¿Y si Adrianna y el hombre con el que estaba hablando decidieron verse a la mañana siguiente? —preguntó Marge.

—A juzgar por el mensaje que me dejó, no parecía que nadie estuviese esperándola. Estaba cansada y enfadada. Acababa de terminar su turno, así que probablemente no estuviese en su mejor momento.

—Crystal no está en el trabajo —dijo Oliver—. Ya hemos llamado a Garage para preguntar.

—Se ha tomado el día libre —le informó Sela—. Cuando hablé con ella, estaba en casa, en la cama.

—Hemos pasado por su casa —le dijo Marge—. Y no estaba.

—¿Alguna idea de dónde podría estar? —preguntó Oliver.

—No lo sé. No tengo por costumbre espiar a mis amigas.

—Solo le preguntamos si sabe dónde le gusta a Crystal pasar su tiempo libre —aclaró Marge—. Tenemos que hablar con ella.

—Pero no responde al teléfono —agregó Oliver.

—A lo mejor no le gusta contestar llamadas de números ocultos, pero tengo una idea —dijo Marge—. ¿Por qué no la llama usted y le pregunta dónde está?

—¿Quiere que me chive de ella?

—No es chivarse —explicó Oliver—. Es... localizar a alguien, nada más.

—Y sabemos que quieres hacer todo lo posible por encontrar al asesino de Adrianna, Sela.

Sela se masajeó la sien. Después agarró su móvil y marcó.

—Hola, ¿dónde estás?... No, no puedo ir, tengo que ir a visitar a Kathy Blanc. ¿La has llamado ya?... Sí, se lo prometí. Estoy segura de que también querrá verte a ti... No, no te estoy diciendo nada, solo te sugiero que... No, no tiene por qué ser ahora, pero... Crys, ¿estás muy borracha?... No, no te estoy insultando, pero... Ya sé que te sientes... Oh, Dios... deja de llorar, vale..., lo siento, de acuerdo..., yo también me siento fatal, pero no puedo ir y ponerme a beber. Tengo que trabajar mañ... Te llam..., vale..., vale..., sí..., vale, lo haré. Adiós —Sela se volvió hacia los detectives—. Ahora la he cabreado. ¿Satisfechos?

—¿Dónde está? —preguntó Marge.

—En el Port Hole de la Marina del Rey.

—Muchas gracias, señorita Graydon.

—Me llamo Sela y siento que soy una chivata —se levantó y agarró su bolso—. Si les pregunta cómo la han encontrado, no mencionen mi nombre.

En cuanto Hannah aparcó en la entrada, a Gabe le dio un vuelco el estómago. Aunque la escuela no fuese su escuela, era un entorno familiar; alumnos, profesores, aulas, taquillas. En casa de Hannah, era un extraterrestre. No quería tener que hablar con su madre. Parecía simpática, pero, como casi todas las madres, era una madre normal. Su madre era diferente: en parte madre, en parte colega, en parte protectora, en parte compinche. Ambos se pasaban el tiempo ideando formas de no cabrear a su padre. Generalmente lo lograban, pero a veces no, y un Chris Donatti cabreado era algo peligroso. En varias ocasiones, cuando Chris estaba borracho o colocado, le disparaba a él por diversión. Su padre siempre le decía lo mismo.

«No pongas esa cara de susto. Si hubiera querido matarte, ya estarías muerto».

Quería a su madre, la quería mucho, pero había tomado malas decisiones en su vida. Con todo, no le guardaba rencor. No existiría si ella hubiese sido más prudente. Una parte de él incluso quería a su padre. Sus padres eran sus padres. Y ahora los dos habían desaparecido y él estaba otra vez en el limbo. De un modo perverso, aquel día había sido el más fácil de los que recordaba, al no tener que tratar con ninguno de ellos.

Hannah apagó el motor.

—¿Estás bien?

—Sí —se quitó las gafas, se las limpió con la camiseta y volvió a ponérselas—. Claro.

—Creo que mi hermana y mi cuñado están aquí. O sea, sé que están aquí. Ese es su coche.

—De acuerdo.

—Solo quería que lo supieras. Mi madre es una gran cocinera. Probablemente haya tirado la casa por la ventana si Cindy y Koby han venido a cenar. No te sientas obligado a comértelo todo.

—Creo que hoy se me ha olvidado comer. Tengo hambre. ¿Cuántos años tiene tu hermana?

—Treinta y tantos. Es del primer matrimonio de mi padre. Es policía. Koby es enfermero. Es un gran tipo. Creo que es posible que mi hermana esté embarazada. Tal vez por eso han venido. Espero que todo esto no sea demasiado abrumador.

—No pasa nada —Gabe agarró la manivela de la puerta del viejo Volvo y salió.

Ambos caminaron hacia la puerta y entraron en la casa. Las hermanas se parecían; las dos eran altas, pelirrojas, con la cara alargada y una barbilla marcada, aunque femenina. Las dos tenían los ojos almendrados. Los de Cindy eran marrones, los de Hannah azules. Cindy era unos cinco centímetros más alta, media en torno a un metro setenta y tres, pero probablemente a Hannah aún le quedase algo por crecer. El tío era negro. Eso le sorprendió, aunque no sabía por qué. Koby era más alto que él, pero más bajo que su padre; en torno al metro ochenta y cinco.

—Cindy, Koby... —dijo Hannah—. Gabe.

Koby le ofreció la mano y Gabe se la estrechó.

—¿Cena familiar? —Hannah miró hacia la tripa de su hermana y detectó cierta redondez. Sonrió para sus adentros—. ¿Cuál es el motivo?

—El motivo es que no he visto a papá en dos semanas —Cindy le dirigió una sonrisa a Gabe—. Espero que tengas hambre. Rina ha cocinado para un regimiento.

—Cocina como un ángel —dijo Koby.

—Genial —Gabe le dirigió una media sonrisa forzada—. Voy a lavarme las manos.

Hannah suspiró cuando se marchó.

—Oh, Dios.

—¿Ha sido duro para ti? —le preguntó Koby.

—No. Es un chico majo. Debe de ser raro para él. Me da la impresión de que su vida es rara.

—Qué amable tu madre al dejar que se quede aquí —comentó Koby—. Voy a ver si necesita ayuda.

—Yo voy en un minuto —cuando Koby se fue a la cocina, Cindy agregó—: Creo que papá ha localizado al padre del chico, pero no digas nada, ¿de acuerdo?

—De acuerdo. Son buenas noticias.

—Espero que lo sean. Creo que su padre es un tarado.

—¿En qué sentido?

—No estoy segura. ¿Ha dicho algo sobre él?

—No ha dicho gran cosa..., que es lo que haría yo si fuera él.

Ambas oyeron el coche en la entrada. Decker abrió la puerta y sonrió al ver a sus hijas.

—¿Cómo están mis dos hijas favoritas? —les dio un beso en la mejilla—. ¿A qué debo este honor?

—Por teléfono parecías de mal humor —dijo Cindy—. Siendo totalmente narcisista, pensé que mi presencia te alegraría.

—Y me alegra —miró a Hannah—. ¿Qué tal tu día?

—Nada especial.

—¿Qué tal con Gabe?

—Bien. Está en su habitación temporal. ¿Has tenido suerte con sus padres?

—Con su madre nada, pero su padre me ha llamado.

—Eso es bueno —dijo Hannah—. ¿Y por qué te ha llamado a ti y no a Gabe?

—Ni idea. Ahora hablaré con Gabe. ¿Dónde está Koby?

—En la cocina con *Eema*.

Decker se dirigió hacia la cocina y entró justo cuando Koby estaba sacando un enorme guiso del horno.

—Algo huele increíblemente bien.

—Y además pesa mucho —dijo Koby.

—Arroz con pollo y salchichas —anunció Rina antes de darle un beso en los labios a su marido. Llevaba un delantal con mariposas y la melena negra recogida en una coleta—. Me encantan las comidas de un solo plato.

—También hay ensalada —Koby dejó la enorme cacerola sobre los fogones.

—Entonces una comida de dos platos.

—Y todos los entrantes. Y el postre —dijo Koby con una sonrisa—. No te preocupes, Rina. Me lo comeré todo. Siempre lo hago.

—¿Cómo puedes comer tanto y estar tan delgado? —le preguntó Decker.

—No sé, Peter. Diría que casi todos los etíopes son delgados, pero casi todos en África llevamos una dieta de subsistencia. Creo que es cuestión de genética y de suerte —se tocó el estómago y alcanzó una pila de platos—. Voy a poner la mesa.

—Puedo hacerlo yo —se ofreció Decker.

—Tú quédate con Rina y haz de pinche. Me ayudarán mi esposa y mi cuñada. Probablemente me liberen de mis tareas con los platos, lo cual me parece bien. Hoy todavía no he leído el periódico.

—Está en la mesa del comedor —le dijo Rina.

Cuando Koby se marchó, Decker contempló los inquisitivos ojos azules de su esposa. Sudaba un poco y estaba tremendamente sexy.

—He encontrado a Chris Donatti —le dijo—. Mejor dicho, él me ha encontrado a mí. Está viniendo en coche desde Nevada y a medianoche ya estará en la ciudad.

—Eso es bueno..., creo.

—Ya veremos. Tengo que hablar con el chico.

—Todavía no lo he visto.

—Hannah y él han llegado hace cinco minutos. Está en el dormitorio.

—De acuerdo —dijo Rina—. ¿La conversación durará mucho?

—Sospecho que no. ¿Necesitas ayuda?

—Iba a pedirte que eligieras una botella de vino, pero puedo hacerlo yo. ¿Qué te parece un Sangiovese?

—Cualquier cosa siempre que tenga alcohol —Decker hizo una pausa—, pero no demasiado. Tengo que trabajar en un caso de homicidio y después tratar con Donatti. Necesito estar despejado.

—Sí, el ahorcamiento. Es horrible. ¿Qué tal va?

Decker resopló.

—Parece que a la chica le gustaba la fiesta. Eso no tiene nada de malo, pero el comportamiento arriesgado amplía la red de sospechosos. Apenas hemos rascado en la superficie.

—Va a ser una noche muy larga para ti.

—¿Y cuándo no lo es? —Decker estrechó a su esposa entre sus brazos—. Por suerte para mí, tengo una esposa comprensiva que cocina como un demonio.

Ella le dio un beso largo.

—Déjame preguntarte una cosa. ¿Qué es más importante para ti? ¿Lo de la comprensión o lo de la cocina?

—Depende del hambre que tenga. Ahora mismo, podrías ser cruel conmigo y me daría igual. Siempre y cuando me sirvas mi ración de arroz.

Tumbado en una de las camas, con las manos detrás de la cabeza, Gabe notó que se le cerraban los ojos unos segundos antes de oír que llamaban a la puerta. No fueron golpes vacilantes, tampoco demasiado fuertes. Fueron golpes de detective. Se incorporó.

—Adelante.

Decker entró y se sentó en la cama de al lado.

—No sé nada de tu madre, pero tu padre me llamó hace una hora desde Nevada. No podía tomar un vuelo con tan poca antelación, así que viene en coche. Llegará aquí en torno a medianoche.

Gabe notó que se le quedaba la voz atascada en la garganta y asintió.

—¿Qué te parece eso? —preguntó Decker.

—Bien.

—¿De verdad? —al ver que el chico no contestaba, Decker añadió—: No tiene sentido andarnos con evasivas. Ambos sabemos quién es tu padre y lo que hace. ¿Te sientes a salvo estando con él?

—Me siento a salvo. No pasa nada.

—Pegó a tu madre. ¿Alguna vez te ha pegado a ti?

—No —Gabe hizo una pausa—. Era la primera vez que la golpeaba.

—Puede ser —respondió Decker—, pero sé que tu padre tiene métodos intimidatorios más sofisticados que los puños. Si realmente conocieras a tu padre, le tendrías mucho miedo.

—Conozco a mi padre —Gabe se humedeció los labios—. Puedo manejarlo.

—Nadie debería tener que vivir con miedo. Eso es algo básico.

—El caso es que... —movió las piernas arriba y abajo—, si mi madre sigue desaparecida, mi padre no se va a quedar aquí para cuidar de mí. Incluso cuando está en casa, va a su bola. Para él soy una molestia. Además, no necesito que nadie cuide de mí. Lo único que necesito es un lugar donde vivir, acceso a un coche y a un chófer, y un profesor de piano. Chris me dará dinero.

—Tienes otras opciones, Gabe.

—Apenas conozco a mi abuelo y no voy a vivir con mi tía. Es una guarra y yo soy obsesivo compulsivo. Sus costumbres me molestan más que el temperamento de mi padre. Al menos él es tan ordenado como yo.

—De acuerdo —dijo Decker—. Si necesitas algo, llámame. Puedes quedarte aquí unos días más para aclararte.

—Gracias —se quitó las gafas y se las limpió con la camiseta. Sonrió a pesar de tener los ojos brillantes por las lágrimas—. Muchas gracias. Deduzco que no ha sabido nada de mi madre.

—Serás el primero en saberlo —Decker se levantó de la cama—. Estamos a punto de cenar. Hay mucha comida. Espero que tengas hambre.

—Así es. Enseguida salgo.

Decker cerró la puerta tras él para dejarle intimidad.

Fingió no oírle llorar.

CAPÍTULO 12

Hannah supo que algo pasaba cuando Cindy no tomó vino y su madre no paraba de ofrecerle comida.

—¿Otro pastel de fruta? —preguntó Rina.

—Si como algo más voy a explotar —respondió Cindy.

—¿Y si te pongo en un táper para luego? Te pondré también arroz —Rina se levantó de la mesa del comedor y se fue a la cocina antes de que su hijastra pudiera protestar. Cindy miró el reloj. Eran más de las nueve.

—El tiempo ha pasado volando. Tenemos que irnos. Voy a ayudarla a guardar las cosas.

—Os ayudo —Hannah corrió detrás de su hermana y la alcanzó en la cocina—. ¿Estás segura de que no hay nada que quieras contarme?

Cindy sintió que le ardía la cara.

—Eres un poco cotilla, ¿no?

—Sí, no, quizá.

—Hannah, estás actuando de manera inapropiada.

—Por faaaa.

—Baja la voz —le dijo Cindy—. La respuesta es sí, pero no podía decir nada delante del chico.

Hannah dio palmadas con las puntas de los dedos.

—¿Para cuándo?

—Para finales de diciembre.

—¿Sabes si es niño o niña?

—¡Hannah, ya es suficiente! —exclamó Rina.

Se volvió hacia su madre.

—¿Desde cuándo lo sabes tú?

—Desde que Cindy quiso que lo supiera. Y baja la voz, por favor.

—Tu madre tiene razón —dijo Cindy—. Seamos discretas.

—¿Puedo acompañarte a comprar cunas?

—Puedes acompañarme a comprar una cuna —dijo Rina—. Tendremos una aquí.

—No puedo creer que *Abbá* y tú me lo hayáis ocultado —dijo Hannah—. Que lo hagas tú, vale, pero no *Abbá*. ¡Debe de estar encantado!

—Eso es quedarse corto —dijo Rina—. No ha sido muy difícil porque con vuestros horarios apenas os cruzáis.

Hannah no podía dejar de sonreír.

—Yo ayudaré a *Eema* a recoger. Tú ve a sentarte y relajarte.

—Me encuentro bien, no soy una tullida. Ve a sentarte tú. Cada vez que abandonas la mesa, ese pobre chico parece haberse bebido un vaso de lejía. Hazle un favor y excúsate para que él también pueda hacerlo.

—De acuerdo —Hannah le dio a su hermana un fuerte abrazo—. Te quiero.

Hannah regresó al comedor, donde cruzó una sonrisa cómplice con su padre. Gabe no pareció darse cuenta. Koby y él estaban hablando de música. Resultó que Gabe tocaba otros instrumentos.

—He visto que sus hijos tienen un par de fundas en el armario —le dijo a Decker—. ¿Le importa que eche un vistazo?

—Son una guitarra y un bajo —explicó Decker—. Creo que ninguno de los dos los ha tocado mucho. Siéntete libre.

—Ninguno de nosotros tiene talento musical —dijo Hannah—. Koby tiene una voz preciosa, pero porque no es pariente de sangre. ¿Puedo levantarme de la mesa?

—Sigo viendo platos aquí —dijo Decker.

Hannah suspiró con impaciencia y comenzó a recoger los platos del postre. Cuando Gabe se levantó para ayudar, Decker añadió:

—Eres nuestro invitado. Puede hacerlo ella.

—No me importa, teniente. Así me sentiré normal.

Decker asintió con la cabeza. Quince minutos más tarde, la pareja se había marchado y la puerta de la habitación de sus hijos estaba cerrada. Se oía música de verdad procedente del otro lado, aunque el amplificador estuviese muy bajo. Decker escuchó durante unos segundos mientras las notas se sucedían a toda velocidad. Frases átonas, pero interesantes. La música cesó cuando llamó suavemente a la puerta. Gabe abrió ligeramente.

—¿Demasiado alto?

—En absoluto. Solo quería decirte mi horario por si me necesitas. Tu padre llegará en unas tres horas. A mí me queda algo de trabajo por hacer. Estaré de vuelta sobre las once. Quiero estar aquí cuando venga a recogerte. Tengo que hablar con él de todos modos. Si necesitas ponerte en contacto conmigo antes, llámame al móvil, ¿de acuerdo?

—Gracias. Estaré bien.

—¿Ya has hecho el equipaje?

—Enseguida. No tengo mucho que guardar.

—¿Necesitas algo?

—No, estoy bien. Gracias —el adolescente hizo una pausa—. Gracias por todo.

—Gabe, si quieres unos días para pensar las cosas, puedo hacerlo. No tienes que irte con él de inmediato.

—No me pasará nada.

—Solo para que lo sepas, ¿de acuerdo?

El chico asintió.

—No he sabido nada malo sobre tu madre ni sobre su coche. A lo mejor solo necesitaba unos días para pensar.

Gabe tragó saliva y asintió.

Decker le puso la mano en el hombro.

—Eres un chico duro, pero hasta los chicos duros necesitan ayuda de vez en cuando. Que no te dé vergüenza llamar.

—De acuerdo.

—Luego nos vemos.

—Claro. Adiós —la puerta se cerró con suavidad.

La música que sonó después fue suave y melancólica.

El Port Hole era un bar deportivo junto al mar que daba canapés gratis durante la hora feliz, los eventos especiales a lo largo de la semana y las retransmisiones deportivas en una pantalla plana de más de tres metros. Fieles a su anuncio, en la enorme televisión podía verse el partido de los Lakers contra los Nuggets, con Kobe Bryant en primer plano y su cara sudorosa mostrando todos los poros abiertos. A Marge le parecía que aquella era una definición demasiado alta.

La descripción que Sela Graydon había hecho de Crystal Larabee era la siguiente: rubia, ojos azules, buen cuerpo, probablemente con ropa sexy, y bebe cosmopolitans. Había tres candidatas, todas en la barra: una rubia con camiseta de lentejuelas y vaqueros, otra rubia con una camiseta roja y minifalda de lamé y, por último, una rubia con una camiseta ajustada negra sin tirantes y unos vaqueros de cintura baja por debajo de los cuales asomaba el tanga.

—Yo diría que es la número tres —dijo Oliver.

—Opino lo mismo, compañero.

Se abrieron paso entre la gente que rodeaba la barra hasta que Marge quedó situada a la derecha de Crystal y Oliver a su izquierda. Llevaba la camiseta ajustadísima y el rímel espeso como el alquitrán. Hablaba animadamente con un mastodonte de hombre que tenía la mano en su cintura y un dedo por debajo del tanga. Parecía diez años mayor que su presa.

—¿Crystal? —dijo Oliver.

—Hola... —se volvió lentamente para mirarlo—. ¿Quién eres tú?

Su voz sonaba pastosa y tenía saliva en la comisura de los labios.

Oliver sacó su placa.

—Policía. Me gustaría hablar contigo.

Tenía los ojos medio cerrados.

—¿Qué pasa?

—Sí, ¿qué pasa? —dijo el mastodonte.

Marge sacó su placa también.

—Necesitamos un poco de intimidad. Concédenos un par de minutos y te dejaremos en paz.

—De acuerdo —dijo Crystal—. De todas formas estoy cansada —se puso un jersey negro y se colgó el bolso al hombro—. Me largo de aquí.

Se bajó del taburete y tropezó. Oliver la agarró antes de que cayera al suelo.

—¿Y si damos un paseíto?

—No necesito pasear... —empezó a buscar sus llaves.

Marge se las quitó sin encontrar resistencia.

—Creo que primero necesitas un paseo.

Ella se quedó mirando a Marge y parpadeó varias veces.

—¿Quién es usted?

—Somos policías —explicó Marge—. Tenemos que hablar contigo sobre Adrianna Blanc. ¿Te acuerdas de ella? Una de tus mejores amigas.

Crystal se echó a llorar de inmediato.

Marge la rodeó con un brazo y Crystal apoyó la cabeza en su pecho mientras sollozaba.

—Lo sé, cielo. Duele.

—¡Duele mucho! —gritó Crystal.

Un camarero latino y elegante levantó la mirada.

—¿Pueden sacarla de aquí, por favor?

Oliver la agarró de un brazo y Marge del otro. Juntos sacaron a Crystal del restaurante, cruzaron el aparcamiento de asfalto y llegaron hasta la pasarela de madera. Era una noche nublada y las farolas emitían un brillo amarillo con un halo de niebla. Recorrieron la pasarela dejando atrás muelle tras muelle. En los embarcaderos había de todo, desde cruceros a motor hasta yates inmensos con antenas y satélites. Desde el océano llegaba una agradable brisa salina.

A Crystal le costaba trabajo mantener el equilibrio con los tacones.

—¿Por qué, por qué, por qué?

—Eso es lo que estamos intentando averiguar —dijo Oliver—. Y tú puedes ayudarnos, Crystal, pero tienes que centrarte.

—No quiero centrarme —se secó los ojos con el brazo y en su piel quedó dibujado el trazo negro del rímel—. Quiero irme a casa. ¡Quiero dormir! —se sorbió la nariz y empezó a buscar las llaves en su bolso.

—¿Dónde vives? —Marge ya conocía la respuesta. Oliver y ella habían pasado por su casa aquella noche.

—En el valle.

—¡Qué casualidad! Yo también vivo allí. ¿Por qué no te llevo a casa y el detective Oliver conducirá tu coche?

—Estoy... bien.

—Lo sé, cielo, pero así podrás descansar —Marge ya estaba conduciéndola de vuelta hacia el aparcamiento—. ¿Dónde está tu coche, cielo?

Ella entornó los párpados.

—Creo que... —se tambaleó y se detuvo.

—¿Qué coche conduces? —preguntó Marge.

—Un Prius. Hay que... respetar el medio ambiente.

Había varios Prius en el aparcamiento.

—¿De qué color?

—Azul.

—Ya lo veo —Marge le lanzó a Oliver las llaves—. Luego nos vemos.

—Buena suerte.

Marge la ayudó a meterse en el asiento del copiloto de su coche particular y le abrochó el cinturón de seguridad.

—¿Estás cómoda?

No hubo respuesta. Puso en marcha el motor y condujo hacia la autopista.

Crystal fue roncando durante todo el camino.

CAPÍTULO 13

Adrianna vivía en un complejo de edificios de tres plantas de color pardo que ocupaba una manzana entera; estaba rodeado de helechos y palmeras y por las noches se iluminaba con luces de colores. Su apartamento era el 3J. Decker recorrió despacio el piso de dos dormitorios y dos cuartos de baño. Tal vez fuese una chica a la que le gustara la fiesta, pero mantenía su casa ordenada. Quizá fuese el entrenamiento de las enfermeras. Cuando él fue médico en el ejército, descubrió que la organización no solo era útil, sino imperativa. Las vidas dependían de ello.

Tenía un diseño abierto. La zona del salón comedor estaba amueblada con lo básico; un sofá por módulos con una *chaiselongue*, un par de mesitas auxiliares y un baúl a modo de mesa para el café. Había una mesa de comedor cuadrada y cuatro sillas. La cocina era pequeña, tenía encimeras color beis y electrodomésticos blancos más recientes. Sobre la pared situada frente al sofá había instalada una pantalla plana. El lugar podría haber pertenecido a cualquier persona de Estados Unidos, salvo por un único objeto revelador: una librería.

No contenía muchos libros, pero sí DVDs. Más importantes eran las fotografías enmarcadas de Adrianna a lo largo de su vida. Había sido una mujer atractiva de pelo largo y oscuro y amplia sonrisa. Aparecía en las pistas sujetando los esquís con una sonrisa abierta, posaba con sus amigas en un restaurante sujetando una copa de margarita, se la veía con birrete y toga flanqueada por sus padres. En varias fotos aparecía con el mismo hombre; estatura media, pelo rubio y de punta, ojos claros y varios *piercings* en cada oreja. Un tipo guapo. Probablemente Garth Hammerling. Decker se guardó una de sus fotografías en el maletín.

Siguió hasta el cuarto de baño; analgésicos sin receta médica, caras faciales, píldoras anticonceptivas y una bolsa de marihuana de un tamaño considerable. Lo dejó todo como estaba y fue al dormitorio de invitados, que Adrianna había acondicionado como despacho. Había un escritorio barato con un portátil Dell y una impresora, una mecedora y un sofá cama.

Un ordenador era algo valioso. Desenchufó el portátil, cerró la tapa y lo metió con cuidado en una funda. Después comenzó a rebuscar por el escritorio: lápices, papeles, recibos, trozos de papel, gomas elásticas, cinta adhesiva, Post-its y docenas de fotografías sueltas.

Revisó algunas de las imágenes.

Adrianna tenía una mente ordenada. En el reverso de casi todas las fotografías había escrito el nombre de las personas y la fecha. Surgían una y otra vez los mismos nombres y las mismas caras: Sela Graydon, Crystal Larabee, Mandy Kowalski, Garth Hammerling —el chico guapo de las fotos del salón— y algunos de los amigos de Garth, Aaron Otis y Greg Reyburn. De nuevo Decker seleccionó varias fotografías y se las guardó en el maletín.

Dentro del escritorio no había gran cosa. Un cajón estaba dedicado al papel de la impresora, otro contenía cables revueltos. Se levantó y revisó el armario de la ropa. Tenía un uso secundario y albergaba abrigos de invierno, unos esquís, una tabla de bodyboard, seis vestidos de fiesta negros y un juego de maletas.

Su dormitorio también estaba ordenado. Sobre la cama de matrimonio había una colcha rosa de cachemir. Una lamparita en cada una de las dos mesillas de noche idénticas, en una de las cuales había un reloj despertador, un teléfono fijo, una libreta y un lápiz. Decker agarró la libreta de papel y el lápiz. Sin hacer mucha fuerza, frotó le lateral del lápiz contra el papel y las marcas revelaron una antigua lista de la compra. Dejó la libreta.

Sobre la cómoda había una pantalla plana. El armario de la ropa, por otra parte, estaba lleno. Estaba ordenado, pero no de manera compulsiva. Había partes diferentes para las blusas, las camisetas, las faldas, los pantalones y los vestidos, pero no seguían un código cromático. La ropa formal se mezclaba con las prendas informales. Tenía muchos zapatos y muchas deportivas. Docenas de bolsos, cinturones y pañuelos y diez pares de gafas de sol. Nada de diseño, pero sí en gran cantidad.

Decker miró el reloj. Era hora de volver, por si acaso Donatti decidía darse prisa y llegar antes. No quería que Chris recogiera a Gabe sin estar presente. Echó un último vistazo al dormitorio. Por impulso se acercó a la mesilla derecha y abrió el pequeño cajón superior. Tenía un libro de sudokus, varios portaminas, una lima de uñas, varios tampones y un bloc de Post-its. En el cajón de la mesilla izquierda había un blíster de píldoras anticonceptivas, el mando a distancia de la tele y un libro con cubierta de cuero y candado. Decker lo levantó.

Un diario.

Uno no se encontraba algo así con frecuencia. Era mucha suerte.

Se lo guardó en el maletín.

Decidió que sería su lectura de esa noche.

El apartamento de Crystal Larabee estaba en un edificio de dos plantas de estuco blanco de los años sesenta. Ella estaba en el segundo piso y Marge compadeció a la persona que viviera debajo. Era asombroso el ruido que podía hacer con unos zapatos de suela de corcho. En cuanto se los quitó, dando un golpe, Marge se dio cuenta de que Crystal era una mujer bastante pequeña, en torno al metro cincuenta. Las perneras de los vaqueros le arrastraban por el suelo. Se dejó caer en el sofá y colocó las piernas sobre una mesita de cristal.

—¿Qué hora es? Quiero irme a dormir.

—No es tarde —mintió Marge—. Solo tardaremos unos minutos.

—Estoy cansada —dijo ella bostezando.

Sonó el timbre.

—¿Quién diablos es? —preguntó Crystal.

—Mi compañero.

—¿El tío?

—Sí, el tío —Marge se levantó y abrió la puerta—. Este es el detective Oliver. Ha traído tu coche desde el Port Hole.

—¿De verdad? —Crystal se frotó los ojos y se vio el negro en los dedos—. Tengo que lavarme la cara —se pasó la lengua por los dientes y puso cara de asco—. Tengo la boca pegajosa. No me encuentro muy bien. ¿Esto no puede esperar?

—¿Qué te parece si te lavas la cara y mientras yo preparo café? —sugirió Marge—. Tendrás café, ¿verdad?

—Sí.

—Entonces prepararé café, ¿de acuerdo?

—Lo que usted diga —dijo antes de entrar al dormitorio.

Oliver puso los ojos en blanco.

—¿Cuánto crees que podremos sacar de ella?

—Llegados a este punto, me basta con saber el nombre del tío con el que estaba flirteando Adrianna. O tal vez él estuviera flirteando con ella.

Los dos detectives se fijaron en la casa de Crystal. Hacía tiempo que no aspiraba la moqueta y las persianas estaban llenas de polvo. Sobre las mesas y tirados por el suelo había ejemplares de *Cosmo*, *People* y *Us*. El mobiliario era sencillo: sofá, otomana, mesitas auxiliares, una barra de desayuno con taburetes y una pantalla plana en una repisa. Desordenado, pero no asqueroso.

La cocina era otra historia: platos en el fregadero, encimeras pegajosas, mugre en el suelo y un cubo de la basura desbordado bajo la pila. Marge encontró café en el frigorífico y leche que por suerte no estaba caducada. Preparó una cafetera, encontró unas tazas desparejadas y limpias, que aclaró de todos modos, y sirvió una para Oliver y otra para sí misma.

Crystal tardaba en hacer su aparición y Marge se levantó del sofá.

—Voy a ver qué pasa.

Encontró a Crystal en su dormitorio, en ropa interior y profundamente dormida sobre la colcha.

—Ay, Dios —la zarandeó con suavidad—. Crystal, necesitamos unos minutos —la zarandeó de nuevo—. Despierta, cielo.

—¿Quééé? —preguntó Crystal al abrir los ojos.

—Cielo, tenemos que hablar de anoche.

—Estuve en el Port Hole.

—Esta noche no, Crystal. La noche anterior. En Garage..., donde estabas trabajando.

Crystal se dio la vuelta.

—Me tomé el día libre.

Marge la zarandeó.

—Quiero hablar de Adrianna, Crystal. Estaba flirteando con un hombre en Garage. Quiero hablar de ese hombre.

Crystal se volvió y miró a Marge.

—¿Eh?

—Anoche en Garage. Tú estabas invitándolos a copas. Podrías meterte en un lío por eso.

Eso captó su atención. Se incorporó.

—¿Vas a decir algo?

—No si hablas con nosotros —respondió Marge—. Ponte una bata, ven al salón y hablemos durante unos minutos. Entonces podrás irte a dormir.

—Vale —Crystal parpadeó varias veces. Sus párpados, libres del peso del rímel, podían moverse. Con la cara lavada parecía mucho más vulnerable—. Salgo en un minuto.

—Estaremos esperándote en el salón.

Un minuto se convirtió en quince, pero salió y, al hacerlo, Marge le entregó una taza de café.

—Bebe.

Crystal obedeció. Le temblaba la voz.

—No pueden decirle a mi jefe lo de las copas —se frotó los ojos con el puño derecho. Si se entera, me despedirá.

—¿Por invitar a unas copas? —le preguntó Oliver.

—No era... la primera vez —otro sorbo de café—. No es que sea para tanto. Joder, si de todos modos diluyen esa mierda. Es casi como invitarlos a agua.

—Eres una buena amiga —dijo Marge.

Crystal empezó a llorar.

—Anoche no la esperaba. Apareció sin más, pero no debería haberme sorprendido. Lo hace mucho cuando Garth no está.

—¿Hacer qué? —preguntó Marge.

Crystal pareció quedarse pensativa.

—Cuando él no está, se siente sola. Le gusta tener compañía. Normalmente no viene a Garage porque es caro; el bar lo es. Pero sabía que yo estaba trabajando y que la invitaría.

—¿Conoces al tipo con el que estaba flirteando?

—No recuerdo haberlo visto antes —respondió Crystal—. No es un habitual.

—¿Te enteraste de su nombre?

Pensó durante unos segundos.

—Puede que alguien le llamara Farley.

—¿Eso es un nombre o un apellido?

Se encogió de hombros.

—¿Cómo es? —preguntó Oliver.

—No sé. Estatura media, peso medio..., hombros muy grandes.

—¿Guapo? —preguntó Marge.

—No estaba mal.

—¿Un cachas?

—Yo diría que se parecía más a Hulk..., por lo de los hombros.

Marge asintió.

—¿Y estaban ligando?

Crystal dio otro sorbo al café.

—A lo mejor él pensaba que sí. Adrianna no buscaba liarse con nadie esa noche. Tenía que trabajar.

—¿A qué hora se marchó de Garage?

—Sobre las diez.

—¿Farley pareció molesto cuando ella se levantó para irse?

—No sé si se llamaba así, detective.

—Lo llamaremos así por ahora. ¿Parecía enfadado cuando ella se fue?

—En absoluto. Creo que se estrecharon la mano.

—¿Crees que podrían haber acordado verse más tarde, cuando Adrianna terminara su turno?

—No sé —se terminó el café—. Ella se fue y él siguió hablando con otras mujeres. Puede que incluso se marchara con una. E incluso cuando Adriana pasa al siguiente nivel, no es nada serio. Le gusta mucho Garth.

—¿Cuál es el siguiente nivel?

Crystal suspiró profundamente.

—Con Adrianna no es serio, al menos en su mente, pero ya saben cómo son estas cosas. Ama a aquel con quien estás. Y Garth pasa mucho tiempo fuera.

—Tengo informaciones contradictorias sobre su novio —le dijo Oliver.

—Es muy mono y lo sabe. Se aprovecha de ella.

—¿En qué sentido?

—Siempre le pide dinero. Creo que tiene un problema. ¿Podría tomar otra taza de café?

—Yo te la traigo —Marge se fue a la cocina y le preparó una taza. Cuando regresó, le dijo—: ¿Cuál es el problema de Garth? Para mí, eso significa drogas.

—Fuma hierba, pero no me refería a eso. Le pide dinero para irse de viaje los fines de semana. Va mucho a Las Vegas.

—Es jugador —supuso Oliver.

—Sí, y puede que además la esté engañando —dijo Crystal.

—Tal vez tuvieran un acuerdo —sugirió Oliver—. Ella le engaña, él la engaña a ella.

—Ella solo le engaña porque él pasa mucho tiempo fuera —Crystal lo pensó durante unos segundos—. Adrianna me dijo que a veces Garth tiene un pequeño problemilla en el terreno amoroso. Ella lo achaca a que fuma hierba, fuma mucha, pero yo me pregunto si no será porque lo obtiene en otra parte.

—Así que estás diciendo que básicamente Garth le estaba chupando la sangre a Adrianna.

—Quizá eso sea un poco fuerte.

—Le pide dinero, fuma mucha hierba y se divierte con otras mujeres —enumeró Oliver—. ¿Ese tío tiene algo bueno?

—Es mono.

—Estamos intentando localizar a Garth, pero está de viaje haciendo rafting.

—¡Sí, seguro! —Crystal resopló con desdén—. Y resulta que el rafting lo hace al lado de Reno.

—¿Y cómo lo sabes? —preguntó Marge.

—Soy amiga de Greg Reyburn, uno de los amigos de Garth. Me dijo que iban a hacer rafting, pero también iban a pasarse por los casinos. Además me pidió que no se lo contara a Adrianna.

—¿De verdad? —preguntó Oliver.

—Yo no iba a contárselo, pero es que parecía sentirse tan sola. Así que puede que le dijera que Garth no era del todo sincero con ella y que debería pasar un buen rato y olvidarse de él —Crystal miró al techo—. Creo que fue un error.

«¿Tú crees?», pensó Marge.

—¿Cómo reaccionó Adrianna?

—Me preguntó a qué me refería. Así que le dije que había oído que los chicos se iban a Reno a pasarlo bien. Ella me preguntó cómo lo sabía. Yo le dije que me lo había dicho Greg. Así que me preguntó por qué no se lo había dicho. Yo le dije que le había dicho a Greg que no lo haría. Así que me preguntó por qué entonces se lo había contado. Yo le dije que pensaba que debía saber la verdad para que pudiera pasar un buen rato.

Crystal miró hacia la izquierda.

—Estaba cabreada. Me dijo que le había prestado quinientos dólares porque él le había dicho que iba a hacer rafting, no a jugar en los casinos. Si hubiera sabido que iban a Reno, no le habría prestado el dinero. Pero entonces se levantó y empezó a hablar con Farley o como se llame. Empezó a reírse y me hizo un gesto con los pulgares levantados. No sé. Yo aún me sentía culpable, así que les invité a unas copas.

—Garth me parece un perdedor —dijo Marge—. ¿Tienes idea de por qué no rompió con él hace tiempo?

—Como ya he dicho, es mono. Más guapo que Adrianna, la verdad. Y ella me dijo que, cuando lo hacían de verdad, era muy bueno en la cama. Así que a lo mejor eso le bastaba. O a lo mejor solo lo quería para lucirlo y eso le hacía sentir bien. A algunas mujeres les gusta esa mierda.

—Crystal —dijo Marge—, quiero que me des tu opinión sobre algo. Después de contarle la mentira de Garth, ¿crees que es posible que ella lo llamara y rompiera con él?

—No sé. Comprueben el historial de su teléfono.

—Ya lo hemos hecho —respondió Oliver—. No lo llamó, pero llamó a dos personas diferentes cuando terminó su turno. Una fue Sela Graydon. El otro número es un misterio para nosotros, pero sabemos que no es el móvil de Garth.

—Tal vez puedas ayudarnos a identificarlo —sugirió Marge.

Cuando Crystal leyó los dígitos, se encogió de hombros.

—No lo conozco. No es el número de Greg, eso seguro. ¿Qué ocurre cuando llaman?

—El buzón de voz está lleno y no hay ningún mensaje identificativo. Parece que la persona en cuestión hace tiempo que no escucha sus mensajes.

—Tal vez esa persona esté de viaje haciendo rafting —dijo Oliver—. ¿Y qué hay del otro amigo de Garth? Aaron Otis.

—No conozco el móvil de Aaron. Podría averiguarlo si quieren. Tengo que hacer algunas llamadas.

—Está bien. Esperaremos.

—¿Por qué iba a llamar a Aaron?

—Para contactar con Garth.

—¿Por qué no llamar a Garth directamente?

—No lo sé, Crystal. Solo estamos explorando todas las posibilidades.

—¿Saben? Incluso aunque Adrianna llamara a Garth y rompiera con él, no creo que a Garth le importara. No le gustaba tanto.

—Puede que no le gustara mucho, pero sí le gustaba su dinero —argumentó Oliver.

—Y con la gente nunca se sabe, cielo —agregó Marge.

—Eso es cierto —Crystal dejó su taza—. Es como aquello que aprendí en clase de ciencias en el instituto..., que la energía utilizable, ya saben, la energía que hace cosas, quiere convertirse en caos. Bueno, eso también es cierto con las personas. A veces acertamos y todo tiene sentido. Pero generalmente la jodemos y todo se va a la mierda.

CAPÍTULO 14

—Crystal Larabee ha logrado identificar el número misterioso. Es el móvil de Aaron Otis —le dijo Marge por teléfono.

Decker frunció el ceño, aunque Marge no pudiera verlo.

—¿El amigo de Garth que está haciendo *rafting* con él?

—Ese. El buzón de Otis sigue lleno, así que tiene sentido que esté en medio de ninguna parte, pero Crystal tiene sus dudas.

—¿A qué te refieres?

—Uno de los otros amigos, Greg Reyburn, le dijo que también iban a Reno a pasarlo bien —resumió su encuentro con Crystal—. Parece que a Garth le gustan los juegos de azar y todo el vicio asociado a ellos.

—Interesante —Decker estaba tirado en su cama hablando por el teléfono fijo—. ¿Cuándo volverán los chicos a la ciudad?

—Según el mensaje del teléfono de Garth, será dentro de unos días —respondió Marge—. Al parecer, Adrianna se enfadó al enterarse del rodeo que iba a dar Garth. Quizá estuviera pensando por fin en terminar con la relación.

—Si Adrianna quería romper con Garth, ¿por qué llamar a Aaron y no a Garth?

—Tal vez supiera que, si llamaba al número de Garth, no respondería.

—O quizá tuviera una aventura con Aaron.

—Los cuernos parecen un pasatiempo para estos dos. ¿Pone algo en su diario de que pudiera haber algo entre Aaron y ella?

—De momento no, pero solo lo he leído por encima. Su última entrada es de hace cinco días y dice que Garth se iba de la ciudad para hacer rafting. Leer el diario entero con detenimiento me llevará tiempo —Decker miró el reloj de la mesilla. Era poco más de medianoche y Donatti todavía no había llamado—. Puede que tenga mucho de eso. Sigo esperando a que Chris Donatti venga a recoger a su hijo.

—¿Llega tarde?

—Aún no, pero, hasta que llegue, soy escéptico. De todos modos, lo que he leído hasta ahora confirma lo que Crystal ha dicho sobre Adrianna y Garth; que su vida sexual era deficiente y pensaba que a lo mejor él se acostaba con otra.

—¿Estaba enfadada?

Decker hizo una pausa.

—Más desilusionada que otra cosa.

—¿En el diario aparece alguna candidata a ser la amante de Garth?

—Hasta ahora no, pero he estado pensando en Mandy Kowalski. ¿No me dijiste que Garth intentó ligar con ella?

—Eso es lo que nos dijo ella. Dijo que Garth era un mujeriego y probablemente tenga razón.

—Si Garth era un mujeriego, ¿por qué se lo presentó Mandy a su amiga Adrianna? —preguntó Decker.

—Ni idea.

—Pregúntaselo. Y averigua dónde estuvo la mañana del asesinato.

—Estaba trabajando.

—Averigua sus movimientos. Quizá haya alguna ausencia inexplicable.

—El investigador forense estaba convencido de que Adrianna murió asfixiada. Tenía petequia en los ojos y en la cara. Mandy es enfermera. Podría haber envenenado a Adrianna, pero no veo a Mandy con la fuerza suficiente para estrangularla y después colgar el cuerpo. Un cuerpo muerto pesa mucho.

—Tal vez tuvo ayuda —sugirió Decker—. Por eso tienes que volver a hablar con ella. ¿Y qué pasa con ese tal Farley, el tío al que Adrianna conoció en Garage? ¿Eso es un nombre o un apellido, por cierto?

—No lo sabemos, Pete —le dijo Marge—. Crystal estaba bastante borracha cuando hablamos, así que todo es cuestionable. Esta noche iremos a Garage.

Decker miró de nuevo el despertador.

—Debería colgar por si Donatti está intentando llamar.

—¿Cómo te sientes al tener que entregarle el chico a Donatti?

—Él es el padre. Legalmente no puedo hacer nada a no ser que pueda demostrar maltrato, y no puedo.

—¿Y de Terry no sabes nada?

—Nada en absoluto.

—Eso es inquietante.

—Sí que lo es. Duerme un poco, sargento. Te veré mañana —Decker se sentó al borde de la cama y se puso los zapatos. Fue al salón, donde Rina estaba tumbada de lado en el sofá, con la cabeza apoyada en un cojín. Estaba haciendo un crucigrama y levantó la mirada cuando entró.

—¿Te preparo café?

—No, estoy bien. ¿Dónde está Gabe?

—En el cuarto de los chicos. Hace rato que no hablo con él. Supuse que, si quería algo, lo pediría. Sospecho que quiere intimidad.

Decker se sentó, colocó los pies de Rina sobre su regazo y le masajeó las plantas.

—¿Por qué no te vas a dormir?

—No quiero dejarte a solas con él..., por si acaso intenta algo.

—No va a intentar nada.

—Peter, te entrometiste en sus asuntos personales con su esposa. La protegiste frente a él. Los oíste discutir. Le quitaste sus armas, y eso es como castrarlo. En otras palabras, lo humillaste. ¿Y no crees que vaya a intentar vengarse?

Tenía razón en algunas cosas.

—Tiene otras cosas en la cabeza, como encontrar a su esposa.

—Si no la ha matado ya. Probablemente esté echando humo. Apuesto a que te va a tender una trampa.

—Por muy cabreado que esté conmigo, responde a mis llamadas. Además, es un sicario profesional. Si quiere matarme, lo hará.

—Eso es muy alentador.

Decker sonrió.

—No va a hacerme daño.

—¿Cómo lo sabes?

—Porque, si no la ha matado a ella, estará preocupado por ella y sabe que yo puedo ayudarlo. Si la ha matado, querrá tantearme, averiguar cuánto sé sobre el tema. En cualquier caso, le soy de más utilidad vivo que muerto.

—¿Crees que la ha asesinado?

—Es una posibilidad.

—¿Y vas a entregarle a Gabe pensando que ha asesinado a su esposa?

—Si Gabe quiere irse con él, no tengo elección.

—Gabe solo quiere irse con él porque no quiere irse con su tía ni con su abuelo. Tal vez quiera quedarse aquí.

—Rina, si Donatti quiere quedarse con su hijo y Gabe está dispuesto a irse con él, no puedo interponerme. Sería una provocación innecesaria. Ahora mismo lo único que quiero es que llegue de una vez. Tengo muchas preguntas que hacerle.

—No va a confesar, Peter.

—No, claro que no. Y cabe la posibilidad de que no haya sido él. Donatti se ha creado muchos enemigos. Tal vez la desaparición de Terry tenga que ver con uno de ellos.

Rina pensó en sus palabras.

—Eso tiene sentido.

Decker le dio un beso en la frente.

—Vete a la cama. Deja que yo me encargue, ¿de acuerdo?

—No podré dormirme hasta que no estés junto a mí.

—Entonces es probable que te pases la noche en vela. Va a ser muy largo.

—No importa. Te esperaré —levantó la revista—. Aquí vienen cincuenta crucigramas avanzados y solo voy por el número cuatro.

A las tres de la mañana, Decker se levantó del sofá y llamó a la puerta del dormitorio de los chicos. Gabe abrió pasados unos segundos.

—¿Ya ha llegado?

—Pareces sorprendido —al ver que Gabe no respondía, Decker negó con la cabeza y dijo—: No, no ha llegado ni ha llamado. Tengo la impresión de que no va a venir.

Gabe regresó a la habitación, se sentó al borde de la cama de Sammy y cruzó las manos sobre el regazo. Decker se sentó en la cama de Jacob y miró al muchacho. Ambas camas estaban separadas por una mesilla de noche.

—Lo siento.

—Yo no —respondió Gabe—. Es un alivio.

—Te sientes aliviado.

Él chico asintió.

—Ya te dije que no tenías por qué irte con él.

—De hecho, sí que tenía —dijo Gabe—. Si Chris dice que me vaya, me voy. Al no aparecer, ha tomado la decisión. Por una vez, me ha dado tregua.

—Ahora me pones en un apuro. ¿Qué debería hacer si aparece?

—Teniente, si quisiera estar aquí, ya habría llegado. Mi padre es obsesivo. Eso incluye ser puntual. No va a venir.

—¿Así que te parece bien?

—Sí. Me parece muy bien.

Decker se quedó mirando al adolescente. Tenía ojeras y parecía demacrado a pesar de la gran cena.

—¿Estás seguro de que nunca te pegó?

—No. Nunca. Pero el hecho de que no me haya hecho daño no significa que quiera vivir con él, sobre todo sin mi madre. Está loco.

—¿Y por qué no me dijiste esto desde el principio?

—Porque, si Chris quería mi custodia, no habría más que hablar. No pienso cabrearle. Sería un suicidio —Gabe se quitó las gafas y se frotó los ojos—. Si quisiera tenerme, vendría a buscarme. Va a hacer que usted cargue conmigo, teniente. Sabe que eso es lo que está haciendo.

—Yo te pedí que te quedaras aquí, Gabe. No estoy cargando contigo.

Pero Gabe sabía la verdad. Aunque no le faltaran recursos, su futuro era sombrío. ¿Qué tenía eso de nuevo?

—Conociendo a mi padre, probablemente me envíe dinero. Sería su estilo. Cree que el dinero lo arregla todo —Gabe miró a Decker—. ¿Y ahora qué?

—No lo sé, Gabe. No lo había pensado.

—No pienso vivir con mi abuelo. Mi madre lo odiaba —levantó la mirada—. Supongo que será con mi tía Missy. Es maja..., desde luego mejor que un hogar de acogida.

—Nadie te va a enviar a un hogar de acogida, Gabe. Esa no es una opción. Puedes quedarte aquí hasta que solucionemos todo esto.

—Gracias —se frotó los ojos y volvió a ponerse las gafas—. Lo digo en serio. ¿A su esposa le parece bien?

—Ella es mucho más blanda que yo. Es demasiado tarde para empezar a pensar soluciones. Vámonos a la cama y las cosas estarán más claras por la mañana —Decker sonrió—. Tengo trabajo y tú tienes clase.

—¿Tengo que ir a la escuela mañana?

—Sí.

—Son las tres y media de la madrugada.

—Entonces estarás un poco cansado. Estoy seguro de que habrás sufrido cosas peores —eso le hizo sonreír—. Necesitas ir a la escuela porque necesitas estar en un entorno normal; aunque Hannah discutiría mi definición de «entorno normal». Si estás allí, sabré dónde estás y estarás bajo supervisión en caso de que él aparezca.

—Me siento fatal por arrastrarle a todo esto.

—Tu madre ha desaparecido. Es un asunto policial. Así que no me has arrastrado a nada —le puso una mano en el hombro—. Duerme un poco, ¿de acuerdo?

—Sí. Gracias por todo.

—De nada.

Gabe se mordió el labio.

—Y que conste que a mi madre usted le cae muy bien. Siempre decía que le hubiera gustado que fuera su padre.

—Tu madre es buena chica.

—Y creo que, de un modo extraño, a Chris también le cae bien.

—«Caer bien» no es la expresión adecuada —Decker lo pensó durante unos segundos—. «Respetar», tal vez.

—Sí, eso es más apropiado.

Decker se levantó.

—Te diré una cosa, Gabriel. Cuando tus padres eran jóvenes, poco mayores que tú ahora, estaban locamente enamorados. Es fácil imaginarse a tu madre enamorándose de tu padre. Ella era joven e ingenua, y tu padre no solo era guapo y con talento, sino que era encantador. Pero, sinceramente, tu padre se enamoró igual que tu madre. Estaba perdidamente enamorado de ella.

—Y sigue estándolo. Está obsesionado con ella. Por eso no creo que le haya hecho daño. Sé que la golpeó, pero creo que fue por casualidad. Por muy loco que crea que está, no creo que pudiera matarla.

Decker asintió, aunque conocía la verdad. La primera vez era siempre la más dura. Las posteriores eran mucho más fáciles.

Gabe tenía una mirada ausente.

—Yo era el pasaporte de mi padre para llegar hasta mi madre. Si no hubiera sido por mí, tal vez ella hubiese escapado —se quedó mirando al techo—. Pobre mamá. Solo tenía dieciséis años. Nunca supo lo que se le venía encima.

CAPÍTULO 15

Cuando entró en la cocina con un montón de ropa bajo el brazo, Gabe sabía que estaba jugando el tiempo de descuento. Pese a sus esfuerzos, no podía quedarse dormido y se rindió a las seis de la mañana. Le sorprendió encontrar levantada a la señora Decker. Iba vestida con una falda vaquera y una camiseta de manga larga, y llevaba un pañuelo cubriéndole la cabeza. Hannah le había explicado que las mujeres judías ortodoxas casadas vestían humildemente.

Algo diferente a lo que él estaba acostumbrado.

Las mujeres de sus amigos eran pumas, vestidas con camisetas de tirantes, minifaldas y vaqueros apretadísimos. A veces llevaban vestidos tan ajustados como si fueran una segunda piel. Todas se habían operado las tetas. Todas llevaban el pelo largo y se pasaban con el maquillaje. La idea era seducir a todos los adolescentes que pudieran. Él siempre era el trofeo entre los trofeos porque era el hijo de Donatti. Lo intentaban y lo intentaban y él las rechazaba y las rechazaba.

Le llamaban marica, aunque no a la cara.

La señora Decker le dio los buenos días alegremente y le quitó el montón de ropa que llevaba. Era agradable estar junto a una mujer mayor que no intentara meterle la mano en la entrepierna. Estaba de muy mal humor, enrabietado, abandonado, con náuseas, y deseaba romper algo. Hacer pedazos cualquier cosa que tuviera delante. En su lugar, decidió que sería más productivo lavar la ropa cuando pensaba que nadie estaría despierto.

—No pasa nada, señora Decker. Hago la colada todo el tiempo.

—Yo también —otra sonrisa—. Gabe, pareces agotado. ¿Quieres quedarte en casa durmiendo por la mañana y yo te llevaré a la escuela por la tarde?

—Estoy bien, pero gracias.

—¿Tienes hambre?

—En realidad, no —silencio—. A lo mejor descanso durante media hora o así.

—Me parece buena idea.

—De acuerdo —hizo una pausa—. Gracias por aguantarme y todo eso.

—No hay problema. Las camas están vacías de todos modos.

—¿Cuántos años tienen sus hijos?

—Veintitantos. Mi hijo mayor, Sammy, va a licenciarse en la escuela de medicina y hará la residencia en Nueva York. Y Jacob es un misterio. Está licenciado en bioingeniería, pero trabaja como abogado de oficio. Siempre ha ido a su ritmo.

Gabe asintió.

—Sí..., en cualquier caso, gracias de nuevo.

Decker entró en ese momento. Miró al chico.

—Te has levantado temprano. O quizá es que no has llegado a dormir.

—Estoy bien —silencio incómodo—. Creo que voy a echarme un rato.

—¿Estás seguro de que no quieres quedarte en casa durmiendo? —le preguntó Rina.

—No puedo —sonrió con sinceridad—. Órdenes del teniente.

—¿Sabes que hay un rango por encima de teniente? —preguntó Rina—. Se llama esposa.

—Gracias, pero estoy bien. Nos vemos en un rato —Gabe abandonó la habitación sabiendo que, en cuanto se fuera, decidirían su destino.

—El café huele bien —dijo Decker sentándose a la mesa de la cocina.

—Por suerte para ti, he preparado suficiente para los dos —Rina le entregó una taza humeante—. ¿Qué quieres de desayunar?

—¿Qué te parece un cerebro que funcione? —se golpeó la frente—. ¿En qué estaba pensando al implicarme tanto con Terry? Estúpido, estúpido, estúpido.

—No podías dejar que cometiera un error, Peter. A veces tienes que implicarte. Y menos mal que lo hiciste. Tienes la conciencia tranquila y Gabe tiene un lugar donde quedarse —se sentó junto a él—. ¿Te he dicho alguna vez que mis padres acogieron a una de mis amigas cuando tenía quince años?

—No, no me lo habías dicho. ¿Por qué fue?

—Yo tenía una amiga. Su padre había muerto hacía tiempo y su madre se suicidó cuando la conocí. Tenía un hermano mayor y una hermana pequeña. El hermano vivía solo y la hermana fue enviada con unos parientes, pero la mediana, mi amiga, no tenía ningún sitio al que ir. Les pregunté a mis padres si podían acogerla.

—¿Y qué dijeron?

—Que sí, sin dudarlo un momento. Vivió con nosotros durante un año. Después volvió al este durante dos años. Luego regresó y vivió con mis padres otros seis meses después de que yo me casara. No fue fácil tenerla allí. A veces yo me enfadaba con mis padres por acceder, aunque yo se lo hubiera pedido. A veces sentía que invadía mi espacio, pero nunca me arrepentí de haberlo preguntado. Y mis padres lo hicieron porque son gente maravillosa y probablemente, siendo supervivientes del holocausto, supieran lo que era estar perdida.

—¿Qué fue de la chica?

—Curiosamente no lo sé. Perdimos el contacto. Se llamaba Julia Slocum. Ni siquiera era judía. La había conocido en una clase de arte después del colegio cuando teníamos como doce años. Enseguida nos hicimos amigas porque ella era alegre, lista y siempre andaba riéndose. Debió de ser muy duro para ella, pero nunca dejaba que se le notara.

—Tus padres son geniales.

—Sí que lo son —Rina hizo una pausa—. Sí que sé que se casó y tuvo hijos. No sé más, y supongo que nunca sentí la curiosidad suficiente para investigar. Fue una relación que duró un tiempo. Mis padres se sintieron moralmente obligados a ayudar y eso fue lo que hicieron.

—Sé a dónde quieres ir a parar.

Ella le dio la mano.

—Has hecho lo correcto al implicarte. Ahora vayamos al problema que tenemos entre manos. ¿Qué quieres hacer con el chico?

—Lo mismo te pregunto, cariño. ¿Qué quieres hacer?

—Hay dos soluciones; una solución rápida a corto plazo y otra más permanente a largo plazo. La rápida es que se quede aquí y confiemos en que la situación se resuelva sola, que su madre o su padre o ambos aparezcan y se lo lleven a casa.

—Suena bien. ¿Cuánto tiempo ha de pasar antes de que la solución rápida a corto plazo se convierta en un problema a largo plazo?

—Yo diría que un mes.

—¿Y si seguimos en la misma situación después de un mes?

—Entonces yo diría que esperásemos al menos hasta que termine el curso escolar. Y entonces volvemos a evaluar la situación.

—Entonces ya será un poco tarde para echarlo.

—Así que, obviamente, no vamos a echarlo. Pero puede que haya otras posibilidades. Apuesto a que tiene dinero. Quizá podría emanciparse legalmente.

—A los catorce no.

—No, no a los catorce. Más bien a los dieciséis o diecisiete. Si quisiera vivir solo, como hizo su padre, podría hacerlo. O podría vivir a ratos con su tía y a ratos con nosotros. No sé cuál sería la solución. Puede que ni siquiera lleguemos tan lejos. A lo mejor resulta que no le gusta estar aquí y se marcha a otro lugar. Vamos a esperar a ver lo que ocurre.

—¿Y qué vas a hacer con sus estudios? No es judío.

—Tengo que hablar con la escuela. Preferiría que fuera a la escuela de Hannah antes que enviarlo a una escuela pública. Hay un control de mayor calidad. Obviamente no va a asistir a las clases religiosas, pero no creo que sea para tanto dejar que termine el curso con sus estudios seculares.

Decker no dijo nada.

—¿En qué piensas? —le preguntó Rina.

—Sigo pensando a largo plazo, Rina. Estaba deseando jubilarme, tener nietos, viajar cuando Hannah se vaya a la universidad.

—Estoy segura de que su tía se quedaría con él cuando nosotros no estuviéramos. ¿Y cuánto tiempo crees que querrás estar fuera ahora que vamos a tener un nieto?

—Esa no es la cuestión. Si quiere quedarse con nosotros, serán tres años más criando a un hijo. Hacerse cargo de un adolescente atormentado. Él es joven, pero yo no.

—Donde tú vas, yo voy. Tenemos que estar de acuerdo en esta decisión porque es muy importante. Sin embargo, no tenemos que tomarla ahora mismo. Así que vamos a decirle que puede quedarse aquí hasta que las cosas se calmen. Necesitas sentir que tiene algo de estabilidad. El resto lo solucionaremos más tarde.

—¿Incluimos a Hannah en esta decisión?

—Su vida se verá afectada, pero creo que la decisión es solo nuestra —Rina le dio un beso en la frente—. ¿Quieres leer el periódico?

—Como si no estuviera ya suficientemente deprimido —agarró el periódico, de todos modos, para leer sobre un mundo mucho menos organizado que su propia vida. Cinco minutos más tarde, Gabe volvió a entrar en la cocina.

—Hola —le dijo Rina—. Qué poco has tardado.

—Estoy un poco nervioso.

—Lógico. ¿Quieres tostadas?

—¿Tiene más café?

—Sí. Siéntate. A lo mejor puedes alegrar al teniente. Esta mañana parece un poco preocupado.

—Me has dado el periódico —murmuró Decker desde detrás del papel—. ¿Cómo voy a sentirme después de leer las noticias?

—Te tomas las cosas demasiado a pecho —le dijo Rina—. Siéntate, Gabe. Toma unos cereales —le puso delante un tazón con Cheerios—. Come.

Minutos más tarde, Hannah entró en la habitación medio dormida y sin terminar de ponerse el uniforme de la escuela. Llevaba la falda azul, pero todavía no se había quitado la camiseta del pijama. Miró a Gabe.

—Sigues aquí —era una afirmación, no una pregunta.

—Lo siento.

Hannah se sentó.

—¿Qué ha pasado?

—Mi padre no ha aparecido —respondió Gabe—. Qué sorpresa.

—Puedes quedarte aquí si quieres —miró a sus padres—. O sea, si os parece bien.

—Hablaremos de eso más tarde —dijo Gabe.

—Puedes quedarte aquí, Gabe —le aseguró Rina—. El teniente y yo ya lo hemos hablado. Mientras tanto te matricularemos en la escuela de Hannah.

—Pobre de ti —dijo Hannah—. Ir a mi escuela sin ser judío.

—No te sientas presionado, Gabe —le dijo Decker—. La decisión es tuya. Solo queremos que estés cómodo. Piénsalo y dinos si te parece bien.

—Estoy bien aquí —Gabe se quitó las gafas y se frotó los ojos, inyectados en sangre—. Me gusta. Muchas, muchas gracias.

Decker se levantó de la mesa.

—Os veré esta noche, siempre que la buena gente de mi distrito se comporte.

—Adiós, *Abbá*. Te quiero.

—Yo también te quiero, calabacita —le dio un beso en el pelo—. Conduce con cuidado. Ah, por cierto, igual quieres cambiarte de camiseta.

—Ja, ja.

—Tengo que revisar unas cosas en mi ordenador antes de irme a trabajar —Rina le dio un beso a su hija—. Os veré después de clase. Id con cuidado.

—Adiós —cuando sus padres se hubieron ido, Hannah se volvió hacia el chico—. ¿Estás bien?

—Cansado, pero bien.

—Una mierda lo de tu padre.

—Sinceramente, lo prefiero. Conozco a tu padre desde hace dos días y me cae mucho mejor que mi propio padre.

—Es un buen tipo... mi padre.

—Eres muy afortunada por tener una madre y un padre normales, y hermanos y una hermana, y una cena y todas esas cosas normales.

—Sí que soy afortunada. Quiero a mi familia, pero no somos normales, Gabe, porque no existe la familia normal.

Acercó su silla más a él para poder bajar la voz sin que la oyera su madre.

—Mi hermana es del primer matrimonio de mi padre, mis hermanos son del primer matrimonio de mi madre. Mi madre y su primer marido se casaron cuando ella tenía solo dieciocho años. Entonces él murió de un tumor cerebral cuando mis hermanos eran muy pequeños. Mi padre los adoptó. De hecho, mi padre es adoptado. Mis abuelos paternos son baptistas muy religiosos que probablemente piensen que voy a ir al infierno porque soy judía. Pero me quieren y yo los quiero, y la abuela Ida prepara los mejores pasteles del mundo. El hermano de mi padre, mi tío Randy, ha estado casado tres o cuatro veces. Los padres de mi madre son supervivientes del holocausto, así que siempre está ese fantasma de fondo. El hermano de mi madre vive en Israel y es un fanático religioso. Su otro hermano es médico y mi tía y él son buena gente. Sus dos primeros hijos también son médicos, pero el más joven no ha parado de entrar y salir de rehabilitación desde que cumplió los dieciséis. Si cavo más hondo, probablemente podría sacar más patologías.

Se encogió de hombros.

—Siento desilusionarte, pero, en lo referente a nuestra familia, encajarás sin problema.

CAPÍTULO 16

Con la esperanza de tener un momento de tranquilidad para leer el diario de Adrianna de cabo a rabo, Decker había llegado a su mesa a las siete y cuarto y comenzó a revisar los mensajes telefónicos apuntados en Post-its rosas, la mayoría de los cuales podía esperar, aunque algunos eran urgentes. Había una llamada del forense en relación a Adrianna Blanc, dos llamadas de Kathy Blanc preguntándose cuándo terminarían con el cuerpo, dos llamadas de Melissa McLaughlin, la hermanastra de Terry, y una llamada del Departamento de Policía de la zona oeste relacionada con Terry McLaughlin.

Primero llamó al Departamento de Policía de Los Ángeles, a la detective Eliza Slaughter, de personas desaparecidas, que se encargaba del caso. A esas horas, tuvo suerte de encontrarla en el trabajo.

—No hay cuerpo, no hay coche, no hay nada —dijo ella—. ¿Dónde puedo localizar a su marido? Me encantaría hablar con él y el número que tengo no funciona.

—¿Tiene unos segundos? —le preguntó Decker—. Tengo que ponerle al corriente para que se haga una idea de lo que tiene entre manos.

Con preguntas y respuestas, los segundos se convirtieron en veinte minutos.

—Oh, Dios mío —dijo Eliza—. Eso es mucho. ¿De verdad es un asesino a sueldo?

—Eso me han dicho.

—¿Y por qué no le han pillado?

—Es excelente en su trabajo.

—¿Y habla con él habitualmente?

—Habitualmente no, pero nos hemos comunicado de manera intermitente a lo largo de los años. Como le he dicho, se suponía que debía venir anoche a recoger al chico. No sé dónde está, pero en algún momento se pondrá en contacto conmigo o con su hijo o con ambos.

—Esto es demasiado para asimilarlo a estas horas de la mañana. ¿Dice que tiene burdeles?

—Tiene algunos legítimos en Elko, Nevada. Antes tenía más diseminados por el país que eran ilegales. Quizá los liquidó a cambio de los legales. No he seguido la pista a sus negocios.

—¿Cómo consiguió la licencia para regentar burdeles legítimos si es un criminal?

—Está todo a nombre de su esposa: una de las razones por las que se casaron.

—¿Debería llamar al Departamento de Policía de Elko?

—He estado pensando en eso. Si Donatti cree que lo van a acorralar, desaparece. Mi impresión es que lo mejor que podemos hacer es esperar. Pero usted decide.

—¿Y si ha matado a su esposa? ¿Por qué iba a quedarse por aquí?

—Podría haberla matado, pero el hecho de que me devolviera la llamada indica que a lo mejor no lo hizo. ¿Tuvo ocasión de hablar ayer con el personal del hotel?

—Hablé con la recepcionista y con el conserje... Espere, voy a por el informe —tardó unos segundos—. Harvey Dulapp y Sarah Littlejohn. Ambos conocían bien a Terry porque llevaba un tiempo allí.

Decker sacó una libreta.

—¿Cuándo fue la última vez que la vieron?

—Ninguno recuerda haberla visto el domingo. Ha pagado el mes entero. Si quiere volver a la habitación para echar un vistazo, no hay problema.

—¿Habló con alguien del aparcamiento? A lo mejor alguien recuerda haberla visto irse...

—No he tenido ocasión de hablar con los aparcacoches de servicio. También hay una zona de aparcamiento para aparcar uno mismo y hay allí un empleado. Probablemente ahí es donde ella dejaba su coche. Me gustaría regresar hoy y ver si alguien recuerda haberla visto irse después de que el chico hablara con ella. ¿Quiere que quedemos en el hotel?

—Tengo muchos frentes abiertos sobre la mesa. Esta tarde puedo sacar tiempo.

—Estaría bien. Estoy intentando reconstruir los movimientos de Donatti el domingo. ¿A qué hora se marchó del hotel?

—Sobre las dos y media. Chris y yo caminamos juntos hasta el aparcamiento. Le vi salir. Conducía un Lexus negro de 2009, un GS 10 o ES 10. Soy idiota y no me quedé con la matrícula.

—¿Y no regresó?

—Si lo hizo, Terry no me llamó para decírmelo. Pero, quizá, después de reunirse con él y de salirse con la suya, se sintiera lo suficientemente segura para verle a solas.

—Tenemos que hablar con él, teniente.

—Primero tenemos que encontrarlo. Es un pez gordo, muy gordo, detective. Si intentamos sacarlo del agua demasiado deprisa, romperá la caña y se escapará. Tiene que agotarlo.

—De acurdo, teniente, usted no solo tiene el rango, sino la experiencia. En este caso seguiré su consejo. ¿Cuándo quiere que quedemos en el hotel?

—¿Qué le parece a las dos de la tarde?

—Puedo hacerlo. Le veré en el aparcamiento. También he pedido que localicen el coche de Terry. Si este tío es el imbécil que dice que es, quizá ella decidió largarse.

—Es posible, pero no me la imagino abandonando a su hijo —Decker hizo una pausa—. No lo dejaría a merced de Chris. Me imagino que habría dejado a Gabe conmigo.

—Quizá por eso ahora lo tiene usted. Nos vemos a las dos.

Eliza colgó el teléfono y Decker se frotó las sienes. La siguiente de la lista era Melissa McLaughlin. Descolgó el teléfono al segundo tono.

—Melissa, soy el teniente Decker. ¿Cómo estás?

—¿No se sabe nada de mi hermana?

—Si tuviera información, te llamaría de inmediato. Sigue desaparecida.

—¡La mató él! ¡Lo sé! ¡El cabrón al fin lo ha logrado!

El cabrón que había estado manteniendo a su cuñada los últimos cuatro años, el tiempo que Melissa llevaba viviendo sola. Decker la oía caminar al otro lado del teléfono.

—¿Has sabido algo de Chris?

—¿Qué quiere decir?

—¿Te ha llamado?

—¿Por qué iba a llamarme a mí?

«Despacio», se dijo a sí mismo.

—Melissa, cabe la posibilidad de que la haya matado. También cabe la posibilidad de que no lo haya hecho y la esté buscando. Puede que te llame para pedirte información.

—¿Qué tipo de información?

—Información del tipo de «¿has sabido algo de Terry?».

—¿Cómo voy a saber algo de ella si la ha matado?

Decker suspiró para sus adentros.

—A lo mejor no la ha matado. Quizá haya desaparecido por su propio pie.

—Ella nunca abandonaría a Gabe. Siempre tenía miedo de lo que Chris pudiera hacerle.

—¿Maltrataba a Gabe?

—Ella no me dijo nada, pero Chris es capaz de cualquier cosa.

«Aborda el asunto desde otro ángulo».

—Melissa —dijo Decker—, si Terry quisiera huir, y no digo que lo hiciera, pero, si quisiera escapar, ¿tienes idea de dónde podría ir? ¿Tenía algún lugar favorito de vacaciones?

—¡Vacaciones! ¡Ja! Si el tío no la perdía de vista. No tenía ninguna libertad. Su único intento de libertad fue mudarse aquí después de que él le diera una paliza. Y ahora ha desaparecido.

—Así que no sabes de ningún sitio o país al que podría haberse ido.

—No me está escuchando. Ella no abandonaría a Gabe... ¿Me disculpa un momento? Tengo una llamada por la otra línea.

—Claro —Decker puso los ojos en blanco. Paciencia. Al fin y al cabo era una cría ella también.

Volvió a ponerse al teléfono un minuto más tarde.

—Hola. Tengo que colgar. Encuentre a ese cabrón, ¿de acuerdo?

—De acuerdo. Si el cabrón se pone en contacto contigo, ¿me lo dirás?

—Si se acerca a mi puerta, llamaré al 911.

—Probablemente sea buena idea. Si Terry se pone en contacto contigo, dímelo también.

—Si se pone en contacto conmigo, será durante una sesión de espiritismo. Porque, tal como yo lo veo, la única manera en la que podría hablar conmigo sería desde la tumba —colgó el teléfono.

Kathy Blanc era la siguiente en la larga lista de obligaciones de Decker.

—¿Cuándo podremos enterrarla como es debido? —preguntó la afligida madre.

—Tengo que llamar al patólogo —explicó Decker—. La llamaré en cuanto sepa que han terminado.

—¿Y cuándo será eso?

—Dentro de poco. Probablemente para finales de semana.

—Eso es mucho tiempo.

—Intentaré acelerar el proceso. Gracias por su paciencia.

—¿Acaso tengo elección? —cuando Decker no contestó, agregó—: ¿Cómo va el caso de mi hija?

—Estamos interrogando a sus amigos y conocidos.

—¿Y si no fue uno de sus amigos o conocidos?

Se refería a que el asesino pudiera ser un desconocido.

—Estamos explorando todas las posibilidades, incluyendo la de que el crimen lo cometiera alguien a quien ella no conocía. Voy a enviar a un equipo para examinar la urbanización donde vivía. ¿Adrianna se había quejado de que alguien estuviera molestándola..., tal vez acosándola?

—¿Alguien que viviera en su urbanización?

—Alguien de su urbanización, alguien del trabajo, cualquier cosa por el estilo.

Hubo un momento de silencio.

—No recuerdo que mencionara nunca a un acosador. Pero era una persona muy amable. Es posible que alguien confundiera su sociabilidad con otra cosa más profunda.

—Por supuesto —dijo Decker—. ¿Conoce por casualidad alguno de los sitios donde le gustara ir?

—Le encantaba el cine.

—¿Y los restaurantes? —más bien restaurantes con bar, pero Decker no cambió la pregunta.

—Su amiga Crystal trabajaba en Garage, en el centro. A veces iba allí. Y también sé que le gustaba el puerto deportivo.

—¿Y los restaurantes cercanos a su trabajo? Sé que su amiga Sela Graydon a veces va a Ice.

—La verdad es que no lo sé, teniente. Éramos madre e hija, no colegas de copas.

—Está bien, señora Blanc. Necesito preguntarlo. ¿Puedo hacer algo más por ayudarla en este momento?

—Averigüe... cuándo podemos recogerla.

—Lo haré. Llámeme si necesita algo.

—Necesito muchas cosas, teniente, pero dudo que pueda ayudarme usted con eso.

Marge golpeó el marco con los nudillos y entró por la puerta abierta. Iba con ropa de verano, aunque la primavera acabara de empezar: pantalones de lino color crudo, blusa y deportivas blancas. Le dejó una taza de café caliente sobre la mesa.

—Para ti.

Decker cogió la taza y dio un trago sin levantar la mirada.

—Está bueno —se pasó los dedos por el pelo, se alisó el bigote y dirigió una sonrisa a su sargento favorita—. Gracias.

—De nada. Pareces agotado y solo son las diez de la mañana.

—Estaba poniéndome al día con las llamadas —señaló una silla y Marge se sentó—. Adrianna murió asfixiada. Pero en su cuerpo no había nada salvo las marcas del cable en el cuello: ni hematomas, ni arañazos, ni nada bajo las uñas. En mi opinión, la drogaron o estrangularon antes de colgarla... o ambas cosas. El cable que tenía alrededor del cuello podría haber borrado las huellas digitales.

—¿Y el contenido del estómago?

—En el momento de la muerte no había ingerido mucha comida. Analizamos su sangre en busca de alcohol, pero dio negativo. Tampoco parecía haber cocaína ni hierba en su organismo. Para las drogas más exóticas, tendremos que esperar a que nos envíen los resultados del laboratorio.

—¿Alguna prueba de agresión sexual?

—No se ha encontrado semen, pero últimamente los psicópatas se han vuelto muy listos y no dejan pruebas. Podría haberse puesto un preservativo.

—¿Algún indicio de actividad sexual?

—No fue forzada.

—Lee Wang está revisando antiguos casos abiertos para ver si tenemos algún ahorcamiento sin resolver —dijo Marge—. De momento no aparece nada.

—Es una extraña manera de morir, a no ser que sea un suicidio o un ahorcamiento erótico, y eso suele ser más cosas de hombres que de mujeres. Y normalmente con una cuerda, no con un cable eléctrico. ¿Has encontrado algún taburete o caja sobre la que pudiera haberse sujetado?

—No —respondió Marge—. Pero había mucha madera a sus pies. Te diré lo que sí he encontrado. Me ha llamado la compañía de cable. Dicen que nadie estuvo ayer por la zona.

—Mierda. ¿Hemos podido localizar a Aaron Otis?

—Es curioso que lo preguntes.

—¿Lo habéis encontrado? —preguntó Decker irguiéndose en su silla.

—Al fin decidió vaciar su buzón de voz. Acabo de colgar después de estar hablando con él.

—¿Y qué pasa?

—Aaron habló con Adrianna por teléfono y, según él, esto es lo que ella le dijo —Marge revisó sus notas—. Dice que Adrianna le pidió que le diera un mensaje a Garth. El mensaje era, y cito textualmente, «que le jodan». Después empezó a decir que estaba harta de darle dinero que él se gastaba en viajes sin ella. También le dijo que no hacía falta que Garth se molestase en volver a llamarla nunca. Decía que le colgaría el teléfono. Cuando Aaron se ofreció a pasarle el teléfono, Adrianna colgó de verdad. La conversación, según él, duró unos dos minutos. Según el historial, fueron dos minutos y cincuenta y dos segundos.

Decker lo pensó durante unos segundos.

—Si quería romper con Garth, ¿por qué no llamarlo a él?

—No lo sé, Pete. Aaron piensa que a lo mejor estaba utilizándolo como mensajero para dar malas noticias.

—¿Le dio el mensaje a Garth?

—Sí, y ahora es cuando se pone interesante.

—Continúa.

—Se suponía que los chicos iban a pasar una semana haciendo rafting, pero decidieron reducirlo a cinco días y pasar unos días en Reno.

—Eso cuadra con lo que te dijo Crystal anoche.

—Así es. Aaron recibió la llamada de Adrianna pocas horas antes de que se fueran a hacer rafting, en torno a las ocho de la mañana.

—Eso también cuadra con el historial.

—Al principio, Aaron no se lo dijo a Garth porque supuso... —volvió a revisar sus notas—... y de nuevo cito textualmente, «¿por qué estropearle la diversión?». Pero después se lo pensó mejor y supuso que era mejor decírselo antes del viaje por si acaso deseaba llamar a Adrianna. Cuando se adentraran en las montañas, los móviles no funcionarían.

—¿Y?

—Garth reaccionó de forma inesperada. «¡El tío se puso como loco!», es lo que me ha dicho. Quiso regresar a Los Ángeles de inmediato. Pero los otros no querían regresar. Hacía tiempo que tenían el viaje planeado e intentaron convencer a Garth para que siguiera adelante. Pero él seguía empeñado en volver a casa. A Aaron le sorprendió la reacción de Garth. Son amigos desde hace mucho tiempo y no pensaba que a Garth le importara tanto Adrianna.

—De acuerdo. ¿Y qué hizo?

—Según Aaron, Garth hizo la maleta allí mismo y tomó un taxi al aeropuerto.

—¿Así que Aaron cree que Garth regresó a Los Ángeles?

—Ese era su plan.

—¿Sabe Aaron qué hora era cuando Garth se marchó?

—Cree que sobre las nueve de la mañana. Aaron y Greg cargaron su coche y se fueron a las montañas una hora más tarde. Durante varias horas sus teléfonos estuvieron sin cobertura, así que no respondía a las llamadas.

—¿Así que eso fue sobre... mediodía, tal vez la una de la tarde?

—Algo así —confirmó Marge—. Cuando al fin llegaron al punto donde debían acampar, ambos se dieron cuenta de que el río estaba muy crecido. Además, hacía mucho frío. Cambiaron de idea con respecto al rafting. Acamparon durante la noche y decidieron regresar a Reno. En cuanto volvió a tener cobertura, Aaron revisó sus mensajes. También Greg. Se enteraron de lo de Adrianna más o menos a la vez porque todos estaban llamándoles.

Se asustaron. Aaron se asustó especialmente porque tenía una llamada nuestra. Ambos han intentado llamar a Garth, pero no contesta al móvil ni al fijo. Aaron dice que está en shock por el asesinato.

—¿Dónde están Aaron y Greg ahora?

—Están volviendo en coche desde Reno. Ya les he informado de que tienen que venir a la comisaría. Es un asunto policial serio. Hasta el momento ambos han cooperado.

—¿Y no saben dónde está Garth?

—No tienen ni idea. He hecho un par de llamadas a las aerolíneas, Oliver ha estado llamando a la familia y amigos de Garth, y Brubeck y Messing están registrando su apartamento —a Marge le vibró la BlackBerry. Miró el teléfono—. Mmm..., esta sí que es buena.

—¿Qué?

—Un mensaje de texto. Ayer hubo un vuelo de Mountanieer Express de Reno a Burbank que salió a las diez y diez de la mañana y aterrizó en el aeropuerto Bob Hope a las once cuarenta y cinco. Era la mujer de las aerolíneas. Ha accedido a revisar la lista de pasajeros para ver si Garth iba en ese vuelo —se guardó el teléfono en el bolsillo—. Volveré a llamar en un rato.

—Si Garth iba en ese vuelo —dijo Decker—, no tuvo mucho tiempo para actuar.

—Solo hacen falta entre seis y nueve minutos de estrangulamiento para que la persona expire —respondió Marge—. Según mis cálculos, es tiempo más que de sobra.

CAPÍTULO 17

Dado que la mitad de las clases eran asignaturas judías, Gabe tenía muchas horas libres. A fin de cuentas no estaba tan mal.

A las 7:35 de la mañana había Oración.

No tenía que ir a eso.

Había otra cosa llamada *Gemara*; Hannah le explicó que era la interpretación de las escrituras.

No tenía que ir a eso.

El inglés era inglés. La única diferencia era que la clase era más tumultuosa de lo que estaba acostumbrado. Si sus amigos hubieran hablado a sus profesores como hablaban aquellos chicos judíos, no solo habrían sido expulsados, sino que sus padres les habrían dado una paliza. Se suponía que St. Luke's era una escuela preparatoria católica, pero, en general, era un lugar en el que tener a los alumnos hasta que los chicos se iban a trabajar al negocio de sus padres y las chicas se quedaban embarazadas, se casaban y se divorciaban. Había algunos chicos listos que llegaban a la Ivy League, pero la mayoría acababa en las universidades estatales, siempre y cuando su materia gris no hubiera quedado completamente destruida por el alcohol o las drogas en el momento de graduarse.

Hasta el momento, el nuevo sitio estaba bien. Nadie intentaba meterse con él y él no hablaba mucho.

Después de inglés tocaba historia judía. Dado que la clase se daba en inglés, le dijeron que fuera a probar. Trataba sobre el

Holocausto: de hecho, encontró una situación que era mucho peor que la suya. Estaban hablando sobre el gueto de Varsovia, del que él nunca había oído hablar.

Historia americana era historia americana.

Y, después de asistir a clase de matemáticas, quedó claro que aquel lugar valoraba los cerebros por encima de los músculos. Podía competir a ese nivel, pero ¿por qué molestarse? No es que los demás fueran imbéciles, sino que su vida inestable se había vuelto aún más temporal, así que no tenía sentido intentar integrarse. Las chicas ocupaban el espectro entre feas y monas. No había muchas rubias. En torno a la mitad de las morenas tenían la piel sonrosada y clara, la otra mitad tenía la piel bronceada y el pelo negro y rizado, de estilo mediterráneo, que a él le gustaba porque había crecido con muchos italianos. Las chicas le dirigían miradas furtivas con los ojos medio cerrados. A él no le interesaba y, aunque así fuera, ¿de qué serviría? La única pelirroja de verdad que había visto era Hannah.

Le caía bien Hannah. Era fácil estar con ella, no hacía preguntas, tenía un sentido del humor perverso y no había ninguna tensión sexual entre ellos. Era como si se hubiera convertido al instante en una hermana mayor. Le asombraba que aceptase tan bien su intrusión. Sabía que, si hubiese sido al revés, él no se habría mostrado tan magnánimo.

La siguiente clase era Biblia, y se daba en hebreo, así que pudo saltársela. Quería ir a algún sitio a dormir durante doce horas, pero, dado que dependía de Hannah para volver a casa, no le quedaba más remedio que quedarse allí. Además, si no iba a clase de biología, alguien podría decir algo y no quería causar problemas.

Durante los descansos había estado tocando muchas escalas, pero el instrumento estaba desafinado y le destrozaba los tímpanos. No le importaba aporrear una *My Heart Will Go On*, pero Chopin se merecía algo mucho mejor. Dado que afinar un piano era una destreza especializada, terminó por rendirse.

Había una cafetería al otro lado de la calle y no le iría mal una taza de café. Técnicamente a los estudiantes de segundo año no les estaba permitido salir del centro, pero los guardias eran de risa. En cuestión de segundos se escabulló y quedó en libertad, fuera lo que fuera eso.

No había recorrido más de unos pocos pasos cuando oyó un silbido, una melodía que iba desde Sol hasta Do sostenido. Siempre el mismo silbido, siempre el mismo tempo, la misma duración y el mismo tono.

Gabe tenía buen oído por algo.

Dejó de andar, sintió el ardor en el estómago y, por un momento, se quedó en blanco. No tenía sentido fingir que no lo había oído, obviamente lo había oído porque había dejado de andar, así que ya solo era cuestión de elegir el coche correcto para no quedar como un idiota.

Había tres coches aparcados junto al bordillo. El Honda Accord no era una opción; era demasiado vulgar y sin aceleración. El Jaguar era demasiado llamativo y no tenía el color adecuado; él jamás conduciría un coche azul claro. El último era un Audi A8 negro de 2008. Un buen coche con suficiente aceleración y, lo más importante, con espacio suficiente en la parte delantera para que cupiesen sus piernas largas y su envergadura de metro noventa. Las lunas estaban tintadas, pero no tanto como para levantar sospechas.

Con un movimiento fluido, Gabe abrió la puerta del copiloto y se metió en el coche. Una vez allí, se quedó mirando hacia el parabrisas, contando los segundos a medida que pasaban. Sabía que la única manera de tratar con Chris Donatti era encarar los golpes según vinieran. Su padre tardó cinco minutos en emitir algún sonido.

—¿Estás bien?

Gabe asintió sin dejar de mirar hacia el cristal.

—Sí —oía la respiración de su padre. No olía a alcohol; estaba sobrio y eso daba más miedo. Segundos más tarde un sobre de color manila aterrizó sobre su regazo. Estaba cerrado con una hebilla metálica y con varios trozos de cinta adhesiva en la solapa.

—Tu certificado de nacimiento, tu pasaporte, tu tarjeta de la Seguridad Social y unos diez mil dólares en efectivo —dijo Donatti—. Dos tarjetas de débito y los números de tu cuenta bancaria. Tienes una cuenta activa con unos cincuenta mil dólares. Puedes extender cheques desde esa cuenta o utilizar la tarjeta de débito. La segunda cuenta está bajo custodia y será tuya cuando cumplas los dieciocho. Tiene unos cien mil dólares. La última cuenta es tu fondo fiduciario. Tendrás acceso a él cuando cumplas los veintiuno: en esa hay unos dos millones. El banco es el administrador. Si necesitas algo antes de cumplir la mayoría de edad, tienes que acudir a ellos. No sé cuánto tiempo te durarán los cincuenta mil, pero lo comprobaré de vez en cuando. Si necesitas más, lo sabré y meteré más dinero en la cuenta. No creo que te falte.

Gabe todavía no había tocado el sobre. Asintió.

—¿Alguna pregunta?

El chico miró el sobre, su salvavidas en el mundo.

—¿Vas a abandonar el país?

—Gabe, ahora mismo estoy tan jodido que no sé qué diablos estoy haciendo.

Aquella confesión le hizo mirar a su padre antes de volver la vista hacia el parabrisas. Chris pocas veces parecía sano, pero en aquel momento estaba increíblemente demacrado. Tenía la cara cubierta por una incipiente barba rubia. Sus ojos eran patrióticos: rojos, blancos y azules. A veces costaba trabajo creer que Chris tuviera solo treinta y cuatro años. Luego había veces, cuando se arreglaba, no bebía alcohol y dormía y comía bien, en las que la gente pensaba que eran hermanos.

—Pensaba que lo mejor que podía hacer por ti era encargarme de todos tus asuntos por si acaso me ocurriese algo.

—¿Qué iba a ocurrirte? —preguntó Gabe.

Donatti dejó escapar una breve carcajada.

—¿Hablas en serio?

Silencio.

—Mírame, Gabriel —le dijo. Cuando el chico obedeció, pronunció la frase palabra por palabra—. No... la... he... matado.

Gabe apartó la mirada.

—Vale —silencio—. Te creo.

—Pero... —Donatti se metió un puño en la boca y volvió a sacarlo—. Pero es complicado.

Silencio.

—Regresé al hotel... después de que Decker se marchara... —pausa—. ¿Cómo te trata?

—Bien.

—¿Te ha hablado de mí?

Gabe negó con la cabeza.

—No me lo creo.

—Quiero decir que me pidió que se lo dijera si sabía algo de ti. Pero no sabía nada, así que...

—¿Y de qué hablas?

—¿Con Decker?

—Sí, con Decker.

—En realidad de nada. Si hablamos, me pregunta por mamá. Que si parecía triste la última vez que hablé con ella...

—¿Lo parecía?

Gabe miró a su padre.

—En realidad no, pero no presté mucha atención —el corazón le latía con fuerza en el pecho—. ¿Qué ocurrió, Chris?

—Regresé después de que él se fuera... Decker —Donatti se retorció en su asiento—. Ella me dejó entrar. Discutimos. Fue una discusión acalorada, Gabe. Perdí los nervios.

—¿Volviste a pegarle?

—No, no, no —hizo una pausa—. No le pegué y desde luego no la he matado. Estaba viva cuando abandoné la habitación. Muy asustada, pero viva.

—¿Por qué estaba asustada?

—Porque le dije que, si no movía su culo hasta el lugar que le pertenecía, me encargaría de hacerlo yo, viva o muerta.

Donatti se limpió la saliva de la comisura de los labios y se encendió un cigarrillo.

Chris solo fumaba cuando estaba exhausto.

—Debí de gritar. Ya me conoces, yo nunca grito.

—No, la verdad es que no.

—Nadie me enfurece tanto como tu madre. Ella sabe cómo provocarme y aquel día me provocó de lo lindo. Joder, exploté. Grité y dije de todo.

Dio una calada al cigarrillo.

—Lo peor de todo es que uno de los jodidos jardineros u hombres de la limpieza o lo que sea me oyó gritar. Llamó a la puerta para preguntar si iba todo bien.

—¿Llamó a la policía?

—No. Tu madre abrió la puerta y le dijo que todo iba bien, pero habría que ser gilipollas para creérselo. Obviamente el tío estaba a punto de decir algo. Así que aparecí y le di un poco de dinero. Unos mil dólares.

Donatti se rio.

—Él aceptó el dinero y el problema desapareció... temporalmente —dio otra calada al cigarrillo—. No me cae bien Decker. Creo que es un hijo de puta arrogante y santurrón que disfruta torturándome, pero es un buen detective. ¿Cuánto tiempo crees que tardará en localizar a ese imbécil?

Gabe se quedó callado.

—Descubrirá que discutí con ella. Descubrirá que la amenacé. Y ahora ha desaparecido —otra calada—. Son pruebas circunstanciales... porque no hay cuerpo y, sin cuerpo, no hay un buen informe forense. Sería difícil obtener pruebas contra mí. Mi abogado diría que ella huyó y se escondió. Esa es una calle de doble sentido, teniendo en cuenta la reciente interacción de mis puños con la cara de tu madre. Esconderse tiene sentido, pero también tiene sentido que yo la matara. Los jurados son impredecibles y no estoy dispuesto a arriesgarme.

Echó la ceniza en un vaso de papel.

—Si se ha largado para alejarse de mí, la encontraré. No tiene ninguna posibilidad.

Gabe lo miró y después esquivó su mirada.

Donatti resopló.

—Lo que quiero decir es que puedo encontrar a cualquier persona. Y, cuando lo haga, no voy a hacerle daño. Solo necesito que me escuche. Necesito..., ya sabes..., enmendar las cosas.

Gabe asintió, aunque dudaba que tuvieran la misma definición de «enmendar las cosas».

—Pero también cabe la posibilidad de que le haya pasado algo malo... —Donatti terminó el cigarrillo y lo dejó caer en el vaso. Debía de contener líquido, porque chisporroteó—. Tengo que saber qué le ha pasado y, si es malo, quién ha sido. Ver cómo vengarme de ese cabrón. Y, si estoy encerrado, ¿cómo diablos iba a hacerlo?

Gabe se quedó mirando el sobre de color manila; su vida resumida en un paquete de papel.

—Lo entiendes, ¿verdad?

—Por supuesto.

—¿Y vas a guardar silencio?

—Por supuesto.

—Mírame y dímelo a la cara.

Gabe miró a su padre a los ojos.

—Si no hiciste daño a mamá, nunca te traicionaría. Eres mi padre.

—Lo que sea que eso significa.

—Para mí significa algo.

—¿Me odias?

—A veces. Y a veces te quiero. La mayor parte del tiempo intento no ponerme en tu camino.

Donatti se quedó mirando la cara del adolescente.

—Sabes que fuiste un accidente, pero no me entristeció la noticia.

—Gracias... creo.

—¿Y cómo vas a explicarle eso a Decker? —Donatti señaló el sobre.

—Antes de salir del hotel, saqué algunas cosas de la caja fuerte y me las metí en la mochila.

—¿Qué tipo de cosas?

—Joyas de mamá y mucho dinero en efectivo. El tema es que el teniente no sabe lo que me llevé.

—¿Cuánto dinero?

—No sé. No lo he contado.

—Aproximadamente.

—Tal vez cinco mil dólares. Está en billetes de cien. ¿Lo quieres?

—No, no lo quiero —Donatti encendió otro cigarrillo—. Si tu madre ha dejado el dinero, no es buena señal —aspiró el humo—. Por otra parte, ¿dónde iba a ir con cinco mil dólares? ¡Mierda! Esta historia me está volviendo loco. No duermo, no como, no puedo trabajar, no puedo pensar. Probablemente ni siquiera pueda apuntar bien. Tengo muchos enemigos, Gabe. Siempre voy mirando por encima del hombro. Tengo que estar alerta. Tengo que saber qué le ha ocurrido. No puedo vivir con normalidad hasta que deje atrás este asunto, para bien o para mal —hizo una pausa—. No dirás nada sobre esta conversación, ¿verdad?

—Por supuesto.

—No te creo —dijo Donatti—. No porque seas un mentiroso, sino porque eres demasiado sincero. Se te va a escapar.

—Sé mentir —miró a su padre—. He aprendido del mejor.

—¿Eso crees? —Donatti se carcajeó—. Eres hijo de tu madre. Si no tuvieras tan buen oído, juraría que tu madre se tiró a otro tío alto cuando yo estaba en la cárcel. Es fácil interpretar tus gestos y, si yo puedo hacerlo, Gabe, Decker también.

—Juro que no diré nada. ¿Qué más quieres de mí?

Donatti se quedó callado durante un minuto o dos. Después dijo:

—Dame tres días para desaparecer. Puedo borrar mi rastro en tres días, ¿de acuerdo?

—De acuerdo.

—Después de eso, quiero que le digas que hemos hablado. Dile que vine para darte toda la mierda que te he dado. Y dile que yo no lo hice, pero no le digas lo de la pelea ni lo del tío al que callé con dinero. Que lo averigüe él solo. ¿Entendido?

—Lo que tú quieras, Chris. Tú eres quien manda.

—Eso es lo que quiero.

—Haré y diré lo que tú quieras siempre y cuando no hicieras daño a mamá.

—Cuando la dejé estaba viva. Te juro por la tumba de mi madre que es verdad.

—Entonces trato hecho.

Donatti colocó una mano firme en el hombro de su hijo.

—¿Estarás bien?

—Estoy bien —de hecho le aliviaba la confesión de su padre. Claro, su madre seguía desaparecida, pero en aquel momento le venía mejor creer a Chris.

Donatti dio una última calada a su segundo cigarrillo y lo dejó caer también en el vaso.

—Sabes que estás en buenas manos. Mejor que conmigo. Ambos lo sabemos.

—Contigo estaría bien, Chris. Estoy bien en cualquier parte.

—Esa chica con la que vas... es la hija de Decker, ¿verdad?

—Sí.

—Deberías tirártela.

Gabe sintió que se le ponía la cara roja.

—Me parece que no.

—¿Por qué no? —Donatti hizo una pausa—. ¿Eres marica?

—No, no soy marica.

—No me importaría si lo fueras.

—Ya sé que no —era la verdad. Probablemente su padre fuese bisexual. Con frecuencia, cuando su madre trabajaba hasta tarde o estaba fuera de la ciudad, Gabe veía que Chris se llevaba al dormitorio no solo a las chicas jóvenes, sino también a los chicos jóvenes que «trabajaban» para él. Chris Donatti se tiraba a cualquier cosa que se moviera.

—¿Aún eres virgen?

—¿Podemos hablar de otra cosa?

—¿Sí o no?

—Chris, ningún chico de más de catorce años en el St. Luke's sigue siendo virgen —eso también era verdad. Era un ritual: una de las pijas del St. Beatrix se lo montaba contigo en su coche. Su primera vez había tenido, más o menos, la misma complejidad que una interpretación *Heart and Soul* al piano. Ella era rara, pero aun así él dijo que sí. A él, igual que a su padre, no le costaba trabajo encontrar chicas.

Chris estaba hablándole.

—... no quieres tirártela?

Miró a su padre y vio aquellos ojos fríos, sin vida. Por imposible que pareciera, se volvían más gélidos cuando Chris se enfadaba.

—¿Sabes, papá? No todo gira en torno al sexo.

—Te equivocas, Gabriel —Donatti se acarició la cara—. Todo gira en torno al sexo.

CAPÍTULO 18

El aparcamiento de huéspedes se encontraba frente al hotel, elevado y pavimentado, una plaza de asfalto que se extendía sobre la montaña como la mantequilla sobre una magdalena. Los terrenos sin edificar en Bel Air eran valiosos y era cuestión de tiempo que algún conglomerado hiciera números y elaborase un plan de explotación urbanística.

Y parecía que ese momento había llegado.

Decker leyó el cartel que había en la garita del aparcacoches. Anunciaba el cierre del hotel debido a las reformas y agradecía su colaboración a sus leales clientes. Le preguntó sobre el cierre a un aparcacoches con camisa aguamarina. Era alto, joven y se llamaba Skylar.

—Van a modernizar el hotel. Tardarán un par de años. ¿Puedo ayudarle en algo, señor?

—Estoy esperando a alguien —entonces Decker se dio cuenta de que el aparcacoches había estado de servicio el domingo anterior—. Pero, ya que estoy aquí... —sacó la placa—. Estoy intentando localizar a una mujer que se hospedaba aquí con su hijo —sacó unas fotografías que había descargado de la página de Facebook de Gabe. No eran de una gran calidad, pero en ellas aparecían los rostros de Terry y de Gabe—. Ha estado aquí seis semanas.

Skylar miró la placa y después contempló las fotografías sin dejar de mascar chicle enérgicamente.

—Es la señorita McLaughlin.

—Sí, lo es.

—¿Y está intentando encontrarla?

—Sí, así es.

—¿Ha desaparecido?

—Podría estar desaparecida o podría haberse ido de la ciudad por voluntad propia. Todavía estamos investigando.

—¿Por qué la investigan?

—A petición de su hijo.

—Ah —Skylar le devolvió las fotografías a Decker—. Era encantadora —hizo una pausa—. Quiero decir, encantadora por su personalidad. Era guapa, pero también muy amable. Solía darnos propina aunque nunca usara el servicio de aparcacoches. En un par de ocasiones la ayudé a llevar cosas desde su coche en el aparcamiento hasta su *suite*. Entonces me daba el doble de propina, aunque yo le dijese que no era necesario.

Decker había sacado su libreta.

—¿Cuándo recuerdas haberla visto por primera vez?

—No sé..., quizá hace cosa de un mes.

—¿Qué te pareció?

—¿Parecerme? —no esperó a que se lo aclarase—. Tenía un par de moratones en las mejillas y debajo del ojo... y el labio hinchado. La gente a veces viene aquí a relajarse después de una operación de cirugía estética. No sé cómo era antes, pero la cirugía debió de ser un éxito. Era guapísima.

Decker no se molestó en aclarar la confusión.

—¿Cómo descubriste su nombre?

—Ella se presentó. Nos dijo que se alojaría aquí durante un tiempo para descansar y relajarse. Siento que haya...

Decker asintió.

—¿Alguna vez pareció preocupada..., inquieta?

—No que yo sepa. Siempre se mostraba simpática.

—¿Alguna vez la viste con alguien que no fuera su hijo?

En aquel momento un Rolls-Royce Phantom se acercó a la

garita. Skylar se excusó, saludó al conductor y aparcó el vehículo en un hueco privilegiado. Regresó poco después.

—¿Qué me había preguntado? —Decker repitió la pregunta y el muchacho lo pensó durante unos segundos—. No, no recuerdo haberla visto con nadie que no fuera el chico. Tiene unos quince años, ¿verdad?

—Casi.

—Un chico callado. Ella solía darnos conversación, decía cosas del estilo de «Ey, Skylar, ¿qué tal van los *castings*?», o «¿Cuándo voy a ver tu nombre en un cartel luminoso?». Cosas para hacernos saber que nos veía como a seres humanos. El hijo... —lo pensó durante un momento—. ¿Se llamaba Dave?

—Gabe.

—Sí, eso es.

Un Ferrari rojo clásico entró rugiendo en el aparcamiento. Skylar se acercó con el recibo y una sonrisa. Después de aparcarlo, regresó corriendo junto a Decker.

—El chico era callado. Siempre que su madre le hacía hablar, se quedaba ahí con cara de vergüenza..., ya sabe, como hacen los adolescentes cuando están con sus padres. Era un chico guapo —chasqueó los dedos—. Tocaba el piano.

—¿Cómo lo descubriste?

—Tenemos un piano en el salón principal. El gerente le dejaba tocar cuando no había nadie. Yo le oí un par de veces. Era increíble, un auténtico profesional —Skylar pareció perplejo—. ¿De verdad ha desaparecido?

—En estos momentos estamos intentando localizarla.

—¿Y qué pasa con Gabe?

—Ya se han hecho cargo de él —Decker le mostró una foto de Donatti—. ¿Y qué me dices de este hombre? ¿Lo habías visto antes?

Skylar se quedó mirando aquella cara.

—Puede que lo viera hace un par de días.

—¿Cuándo? ¿El sábado? ¿El domingo?

—Tal vez el domingo.

—¿Recuerdas qué hora era?

—En torno al mediodía, quizá. A esa hora servimos el *brunch* y suele haber mucho ajetreo con los coches. Creo que no llevaba coche. Probablemente aparcara él mismo.

—¿Dais recibo para los coches que aparcan sus propios dueños?

—Sí, pero no para los huéspedes que se quedan durante estancias largas. En ese caso, te lo cargan diariamente a tu habitación. ¿Qué sentido tendría entonces el recibo?

—Pero, alguien que usara el restaurante, por ejemplo, ¿tendría recibo?

—Sí, probablemente.

—Vuelve a echar un vistazo a la foto. ¿Puedes decirme algo sobre él?

Skylar se quedó mirando la fotografía.

—Era alto... ¿llevaba flores, tal vez?

Ese era Chris.

—¿Le viste marcharse?

—Creo que no —se fijó en un Aston Martin color ciruela que se acercaba—. Pero salgo de trabajar a las tres, así que puede que se marchara después. ¿Por qué no habla con uno de los empleados del otro aparcamiento?

—¿Quién estaba trabajando ese domingo?

—O Trent o Alex. Creo que Alex entra a las tres. Disculpe.

Mientras Decker esperaba a que el aparcacoches se encargara del Aston Martin, vio a una morena bajita que le saludaba. Le devolvió el gesto a pesar de no estar seguro de ser él el destinatario del saludo. Iba vestida con un traje negro y una blusa roja con zapatos de tacón bajo. Llevaba un maletín y atravesaba el aparcamiento con paso rápido. Cuando regresó el aparcacoches, Decker dijo:

—¿Hay alguien más con quien hablara la señorita McLaughlin además de ti?

—Hablaba con todos los aparcacoches. Probablemente con los demás empleados también. Era muy simpática.

—De acuerdo. Una última pregunta. ¿Cuándo fue la última vez que recuerdas haberla visto?

—Oh, Dios... —pensó durante unos segundos mientras daba vueltas al recibo que tenía en las manos—. No recuerdo haberla visto el domingo —miró a Decker—, pero no estoy seguro. Lo siento.

—Has sido de mucha ayuda —Decker le estrechó la mano—. Muchas gracias, Skylar. Espero que te reserven tu puesto.

—Van a despedir a todo el mundo —anunció el aparcacoches con una mezcla de amargura y anhelo—. Están intentando acabar con el sindicato y la única manera que tienen de lograrlo es cerrar durante dos años. Pero no se preocupe por mí. Como decía la señorita McLaughlin, algún día verá mi nombre en un cartel luminoso.

De cerca, Eliza Slaughter debía de medir un metro cincuenta, pesaría unos cuarenta y cinco kilos y tenía la delicada estructura ósea de un pájaro cantor.

—¡Madre mía! —exclamó ella—. ¿Cuánto mide usted? ¿Metro noventa y cinco?

—Metro noventa.

—Yo parezco uno de sus bastones de esquí. Siento llegar tarde —dijo con la cabeza echada hacia atrás—. El tráfico estaba fatal.

—No se preocupe.

Su rostro era igualmente delicado. Tenía el pelo corto y fino, pendientes de aro y las mejillas sonrosadas. Llevaba muy poco maquillaje y las uñas muy cortas. Decker se la presentó a Skylar, que se excusó y fue a aparcar un Maserati.

—El chico ha sido de mucha ayuda.

Decker resumió la conversación mientras cruzaban juntos el puente y caminaban por un sendero que atravesaba una jungla tropical de plantas en flor. El aroma iba de acre a dulce, y de las hojas verdes goteaba el agua de la reciente neblina.

—Dado que Terry parecía muy simpática —le dijo—, creo que deberíamos hablar con los empleados. Incluso aquellos que no estaban trabajando el domingo. Quizá alguien del vestíbulo pueda darnos una lista.

—No sé si van a cooperar. Por violar los derechos de sus huéspedes, ya sabe.

—Si la administración del hotel se muestra agresiva, sí —respondió Decker—. Por otra parte, el lugar va a cerrar, así que quizá nos den un poco de libertad. Pediremos una lista de todos los empleados, cosa que no obtendremos. Entonces pediremos solo una lista de la gente que estaba trabajando el domingo, cosa que probablemente sí obtengamos. Vayamos a la oficina después de echar un vistazo a la *suite* de Terry. Con quien de verdad tenemos que hablar es con Alex o con Trent, los empleados del aparcamiento donde los clientes aparcan su propio coche. Ahora que Terry ha desaparecido oficialmente, quiero ver si (a) alguien recuerda haberla visto marcharse con su coche; (b) si iba sola, en caso de que alguien recuerde haberla visto irse; (c) si no estaba sola, con quién iba; (d) si alguien recuerda ver a Chris Donatti marcharse y regresar después; y (e) si recuerdan todo eso, ¿en torno a qué hora fue?

—Eso es mucho para recordar.

—Tal vez el empleado no prestara demasiada atención a Chris, pero estoy seguro de que un empleado se acordaría de Terry. Llevaba un tiempo recluida aquí y, como ya he dicho, parecía ser una persona sociable.

Se detuvieron frente a la puerta de la *suite* de Terry. Dado que había pagado hasta final de mes, la tarjeta llave que Gabe le había dado aún funcionaba. La noche de la desaparición o partida de Terry, Decker había dado en el hotel instrucciones de no entrar ni limpiar la *suite*. Fue un acuerdo al que llegó con un reticente recepcionista. A cambio, Decker prometió no colocar en la puerta la cinta amarilla que se usaba para marcar las escenas de un crimen.

Las habitaciones estaban exactamente como Marge y él las habían dejado. Con el calor, el aire estaba un poco viciado. Decker abrió la puerta del jardín y salió. Examinó la zona de plantas que rodeaba el cubículo de ladrillo: azaleas, alegrías de la casa, gardenias y camelias. Buscaba cualquier cosa que señalara que hubiera habido una pelea o un forcejeo: ramas rotas, arbustos aplastados, pisadas en la tierra. El lugar estaba en perfecto estado y con todas las plantas en flor. Regresó a la *suite*.

Eliza estaba en el cuarto de baño.

—El armario de las medicinas está vacío.

—Metimos lo que había en bolsas.

—¿Qué encontraron?

—Advil, Tylenol, Benadryl, una receta reciente de Ambien y otra de Vicodin. El bote era de hacía dos meses y estaba medio lleno. No creo que estuviera tomándolas últimamente. ¿Quiere que deje todo eso en la comisaría de la zona oeste?

—No, pueden quedárselo en su sala de pruebas —respondió Eliza—. ¿Y qué me dice de métodos anticonceptivos?

Decker enarcó las cejas.

—No hemos encontrado nada.

—¿Cuánto tiempo lleva con su marido?

—No sé cuándo se casaron exactamente, pero se conocen desde hace unos dieciséis años.

—Debía de estar tomando algo para evitar futuros bebés, ¿no le parece?

—De hecho, eso fue lo que hizo que Donatti perdiera los nervios. Pensaba que ella había abortado. Resultó que le había pagado el aborto a su hermanastra.

—Así que han estado intentándolo o...

—¿Quién sabe? Obviamente él no quería que abortara —Decker lo pensó durante unos segundos—. Terry iba a alquilar una casa en Beverly Hills. Consiguió que Donatti accediera a pagársela aunque probablemente él no fuese a vivir allí.

—¿Y su marido, el sicario controlador, accedió a eso?

—Chris parecía arrepentido —Decker se alisó el bigote—. Terry dejó claro que le permitiría tener la llave y que podría ir cuando quisiera. Insinuó que seguirían compartiendo habitación cuando él estuviese en la ciudad.

—Así que probablemente estaría tomando la píldora si su relación todavía se mantenía.

—O deseaba que Chris y yo pensáramos que se mantenía.

—¿Cree que le estaba engañando?

—Engañándome no. Tal vez estuviera intentando convencer a la gente como yo de que algo le pasaba. Tal vez lo hubiera planeado, sabía que no iba a volver a ver a Chris Donatti y se deshizo de los anticonceptivos.

—¿Y cree que iba a levantarse un día sin más y marcharse sin su hijo?

—Sí, eso es lo extraño. Es más que posible que Donatti regresara a por ella.

—¿Para llevársela?

—Quizá. No sé. En teoría le parecía bien que ella fuese a alquilar la casa mientras yo estaba delante, pero tal vez estuviera fingiendo —miró a su alrededor—. Si Terry abandonó el hotel con Chris, no me ha dejado ninguna prueba que indique que se marchó angustiada.

—¿Cree que pudo matarla aquí y no trasladar ningún tipo de prueba?

—Normalmente siempre queda algo, pero él... es muy bueno en su trabajo. Marge y yo examinamos la moqueta, las paredes y los rodapiés. Rastreamos los baños, los lavabos y el desagüe de la bañera. No encontramos ni pizca de sangre. Tampoco encontramos ningún indicio de que alguien hubiera limpiado. No olía a desinfectante, no faltaban toallas, no se habían usado cajas de Kleenex.

—Su coche no está —dijo Eliza—. Si ha desaparecido para siempre, es decir, si ha muerto, tal vez hubiera dejado aquí sus anticonceptivos.

—Sí, podría haberse fugado con otro hombre. Donatti prácticamente la acosaba, así que no sé cómo iba a mantener otra relación.

—Pero ni siquiera el más diligente de los acosadores puede estar presente en todo momento. ¿Qué dice su hijo al respecto?

—Parece verdaderamente sorprendido por su desaparición. Quizá ella no le contó sus planes.

—O quizá no tenía planes —sugirió Eliza—. Donatti regresó y la asesinó.

—O la asesinó otra persona. Hasta que no encontremos su cuerpo, no tenemos idea de a qué nos enfrentamos —Decker echó un último vistazo a la habitación—. No creo que encontremos mucho más aquí. Vamos a ver lo que dicen los empleados de la simpática doctora McLaughlin y de su tímido hijo, Gabe.

CAPÍTULO 19

Lo bueno que tenía tocar era que anulaba todo lo demás. Cuando se ponía a ello, Gabe no tenía energía física para enfrentarse a anda más. Tocar le transportaba a otro lugar. Se concentraba tanto en lo que estaba haciendo que se olvidaba del resto del mundo. Por desgracia tenía solo una hora de soledad antes de que Hannah y los demás llegaran para empezar el ensayo del coro. Tal y como tenía los nervios, a flor de piel, no le habría importado pasarse una semana solo; él y el señor Steinway.

Hannah fue la primera en llegar. Se le acercó de inmediato.

—Hola —se sentó en la banqueta del piano junto a él—. ¿Dónde te habías metido?

Gabe sintió que se le calentaba la piel.

—¿Alguien se ha dado cuenta de que me había marchado?

—Sí, yo. Me tenías preocupada.

—¿Preocupada? —estaba desconcertado—. ¿Por qué?

Hannah pareció confusa.

—Después de lo que le ha ocurrido a tu madre, pensaba que querrías tener un poco de cuidado.

—He ido a por una taza de café. Estoy bien. Hazme un favor y olvídate de mí, ¿de acuerdo?

Ella se quedó callada.

—No pretendo estar mirando por encima de tu hombro, Gabe. Es solo que mi padre está un poco preocupado por ti.

—¿Por qué? ¿Qué cree que va a ocurrir?

—Probablemente le inquiete lo que pueda hacer tu padre.

De nuevo Gabe sintió que se sonrojaba.

—No paro de decirle a tu padre que a mi padre le importo una mierda —movía los dedos por el teclado—. Mira, tu padre piensa como un padre. Mi padre no piensa así. A no ser que yo tenga algo que él desea, no le sirvo para nada. Cuando estaba unido a mi madre y ambos íbamos en el mismo paquete, deseaba a mi madre, así que me hacía caso. Pero ahora mi madre no está. *Ergo*, no le importo lo más mínimo.

—No creo que eso sea cierto.

—Quédate tranquila, mi padre no va a volver a aparecer —se volvió hacia el teclado y esperó que sus mentiras, o medias mentiras, resultaran convincentes.

Cuando era pequeño, antes de que sus padres se casaran, Chris solía ir a visitarlos en Chicago, donde su madre asistía a la facultad de medicina. Chris y él solían pasar un día juntos. Por la mañana iban al parque, comían en un restaurante y luego regresaban al apartamento, donde Chris lo sentaba al piano para darle una clase de dos o tres horas. Aunque Chris no era pianista, era músico y alcanzaba la brillantez con cualquier instrumento.

Era uno de los mejores profesores que Gabe había tenido jamás.

Después de que sus padres se casaran y se mudaran a Nueva York, las cosas empezaron a ir cuesta abajo y se instaló el caos a su alrededor. Nadie podía vivir con ese hombre las veinticuatro horas del día.

—Hablaré con tu padre —le dijo Gabe a Hannah—. Y deja de preocuparte por mí. Sé cuidarme solo. Llevo haciéndolo toda la vida.

Fueron llegando otros estudiantes.

Gabe se levantó.

—Te ayudaré a colocar las sillas.

Hannah le puso la mano en el hombro.

—No te enfades.

—No me enfado, es que... —apretó la mandíbula con tanta fuerza que se hizo daño en los dientes—. A veces me golpea la enormidad de lo que ha ocurrido, y me arrastra como si fuera una ola gigante... y resulta complicado mantenerme a flote porque el agua no deja de crecer y crecer. Y, cuando consigo sacar la cabeza para tomar aliento, llega otra ola gigante a la que tengo que enfrentarme —la miró—. Tengo mucha rabia en mi interior —se dio cuenta de que estaba asustándola y se obligó a sonreír—. Pero entonces se me pasa y estoy bien.

Hannah apartó la mano de su hombro.

—No tienes por qué estar feliz, Gabe. Lo que te está pasando es una mierda.

—Estaré bien.

Ella se quedó mirándolo a la cara.

—¿Sabes? Por eso no hay que juzgar a la gente basándose en las primeras impresiones. Eres muy guapo y tienes talento, y las chicas de la escuela no dejan de preguntarme por ti. Y los chicos preguntan por ti porque les pareces un tío guay con esa actitud de fanfarrón.

—Yo no actúo como un fanfarrón.

—Sí que lo haces.

Gabe se rio.

—Mi padre fanfarronea. Yo no.

—Sí que lo haces.

La voz de la señora Kent interrumpió el debate.

—Decker, ya tendrá tiempo de flirtear después del coro. Ahora, por favor, coloque las sillas.

—Ahora mismo —Hannah agarró una pila de sillas plegables y empezó a colocarlas. Se volvió hacia Gabe y dijo—: No soy una puma. No flirteo con jovencitos.

—Lo sé. Eso es lo que me gusta de ti. Eres muy..., como... como una hermana para mí.

—Así soy yo —Hannah suspiró—. Soy la eterna hermana mayor de todos.

—No lo decía en ese sentido.

—Te estoy tomando el pelo, Gabe.

—Quiero decir que creo que eres muy guapa.

Hannah sonrió.

—Ya puedes parar.

—Estoy seguro de que todos los chicos están colados por ti. Yo estoy colado por ti.

—¿Es tu propia tumba lo que estás cavando?

—Es que necesito una amiga más que una novia.

—Lo pillo —Hannah le puso las manos en los hombros—. Para tu información, ya estoy pillada. Se llama Rafi. Fuimos juntos de campamento el verano pasado. Está en Yeshivat HaKotel, pero va a hacer el *Shana Bet*, así que podremos estar juntos en Israel el año que viene.

—He entendido todo lo que has dicho salvo la última frase.

—No importa. Significa que, en lo referente a mi disponibilidad, Whitman, no has tenido suerte.

—Bueno..., me parece bien.

—Y no te atrevas a ponerte tristón. Acabas de decir que me ves como a una hermana mayor.

—Sí que te veo así. Y no me pongo tristón. Y, aunque me pusiera así, no sería por ti. Estoy tristón porque me encuentro en una situación difícil. Así que deja de intentar atribuirte mi tristeza.

—¡Bueno, perdona!

Ambos se rieron.

La señora Kent los miraba con rabia.

—¿Le importaría compartir con el resto de la clase eso que le hace tanta gracia, señorita Decker?

Hannah tuvo que contener otro ataque de risa.

—¿Por qué la toma conmigo, señora Kent? Él se estaba riendo igual que yo.

—Es usted la presidenta del coro. Tiene que dar ejemplo.

Hannah empezó a colocar la última fila de sillas.

—¿Así que a mí me regaña y él sale impune?

—Así es, señorita Decker. El mundo no es justo.

—Le prefiere a él porque una contralto mediocre es más prescindible que un acompañante espectacular.

—Está moviéndose por un terreno peligroso, jovencita.

—Lo sé, lo sé —dijo Hannah—. La verdad duele, pero eso no es culpa suya. Entre las dos, yo también lo elegiría a él.

La señora Kent suavizó la mirada.

—Hannah, tú eres única e irremplazable —dio una palmada—. Todos a sus puestos. Señorita Decker, dado que es usted la presidenta electa, ¿querría darnos el pie para empezar con el *Hatikvah*?

A Hannah se le iluminó la cara.

—Será un placer, señora Kent.

Alex, el empleado del aparcamiento donde los clientes aparcaban su coche, tenía sesenta y tantos años, era alto y lucía un aspecto elegante con su camisa aguamarina, sus pantalones blancos y sus mocasines a juego. Estaba sentado detrás de un atril bajo una sombrilla de playa. A las cinco de la tarde, el sol calentaba con fuerza en el horizonte. Decker se dio cuenta de que era el hombre que le había dado el recibo el domingo. Eso significaba que Alex estaba trabajando cuando Chris llegó y se marchó.

Cuando le mostró la fotografía de Terry, la identificó de inmediato.

—Es una mujer muy agradable. Siempre sonriendo, y me daba dinero cuando entraba y salía con el coche, aunque no tuviera que hacerlo.

—¿Cuándo fue la última vez que la vio? —preguntó Eliza Slaughter.

—¿La última vez que la vi? —Alex frunció el ceño—. ¿Le ha ocurrido algo a la señorita McLaughlin?

—Ha desaparecido —respondió Decker.

—¿Desaparecido? —Alex frunció el ceño—. Dios mío, eso es malo.

—Puede que se marchara por voluntad propia —le tranquilizó Decker—. Por eso estamos intentando reconstruir sus pasos. ¿Cuándo es la última vez que recuerda haberla visto?

—Debió de ser hace un par de días. Tal vez el domingo —se quedó mirando a Decker a la cara—. A usted le he visto antes.

—Estuve aquí el domingo también. Me marché sobre las dos y media.

—Ajá.

—Cuando me marché, la señorita McLaughlin seguía en el hotel. ¿Recuerda si la vio después de las tres de la tarde?

—No, señor. Estaba muy ocupado.

—Pero ¿recuerda al teniente? —puntualizó Eliza.

—Es difícil no fijarse en él.

Decker le mostró a Alex una foto de Donatti.

—¿Qué me dice de este hombre?

Alex contempló la imagen durante unos segundos.

—Este tipo... —el empleado golpeó la fotografía con los dedos—. Estuvo aquí el domingo. Llevaba un ramo de flores. ¿Quién es?

—El marido de la señorita McLaughlin.

—¿Está casada?

—Sí —dijo Eliza—. ¿Eso le sorprende?

—Sí, un poco. Me parecía demasiado despreocupada para estar casada —cuando Decker y Eliza empezaron a reírse, Alex agregó—: No me refería a eso. Llevo cuarenta y dos años casado...

—Yo también estoy felizmente casado —le informó Decker—, pero sé lo que quiere decir.

—Así que recuerda a este hombre que llevaba flores —dijo Eliza—. ¿Le dio un recibo?

—Le doy recibo a todo aquel que no es huésped de larga duración. Tienen que sellárselo en el hotel o en el restaurante. De lo contrario, no pueden aparcar aquí.

—¿Recuerda a qué hora llegó? —preguntó Decker.

—Los domingos el *brunch* se sirve entre las once y las cuatro. Hay mucha gente —chasqueó los dedos—, pero les diré algo que podría serles de ayuda. Siempre que alguien entra aquí, escribo el número de la matrícula en el recibo. De ese modo, al finalizar el día, cuando entrego los recibos, los de contabilidad pueden comparar las validaciones con los coches.

—Un número de matrícula sería muy útil, ya que yo no me molesté en anotarlo —dijo Decker.

—¿Sabe cuánto tiempo conservan los recibos en contabilidad? —preguntó Eliza.

—No. Tendrían que preguntárselo a ellos.

—¿A qué hora salió de trabajar el domingo? —preguntó Decker.

—¿Yo? Sobre las cinco.

—¿Y no recuerda haber visto a la señorita McLaughlin entrar en el aparcamiento para recoger su coche? —preguntó Eliza.

Alex lo pensó durante un rato.

—No puedo decirles sí o no. No quiero decir algo que después pueda confundirles.

—Está bien —dijo Decker—. Veremos si podemos conseguir el recibo de su marido. Gracias, Alex, ha sido de gran ayuda.

—Ojalá hubiera podido ayudarles más —se quejó el empleado—. Pero ya saben, no se puede prestar atención a todo.

—Tampoco se espera que preste atención a todo —dijo Decker.

Él, por otra parte, era un maldito teniente. ¿Por qué no habría anotado el número de matrícula de Chris?

Un olvido bastante grave.

Lo pensó por un momento intentando retroceder en el tiempo.

Vio el coche alejarse. Y entonces se acordó. Las matrículas delantera y trasera eran de papel.

—Oiga, Eliza.

—¿Qué?

—El Lexus que conducía Chris tenía las matrículas de papel. Así que, o las cambió o el coche era nuevo y alquilado.

Mientras Eliza anotaba los establecimientos locales de alquiler de coches, Decker comprobó su móvil. Tenía un mensaje urgente de Marge. La llamó y, cuando respondió, le dijo:

—Dime que has encontrado a Garth Hammerling.

—Aún no —respondió Marge—. Pero acabo de hablar con Aaron Otis. Los dos chicos llegarán a la ciudad dentro de una hora.

—Marge, apenas te oigo. Hay muchas interferencias.

—Porque estoy en un aparcamiento..., espera, Pete —subió corriendo las escaleras hasta llegar al nivel del suelo. Entonces salió—. ¿Mejor?

—Mucho mejor. ¿En qué aparcamiento?

—En el del St. Tim's. Estamos sacando las cintas de las cámaras de seguridad del aparcamiento. El jefe de seguridad nos ha dicho que las cintas se borran y se sustituyen una vez al mes.

—Alégrame el día.

—Por los pelos. Iban a cambiarlas dentro de unos días. Otra cosa es lo claras que sean las grabaciones o si Adrianna o su coche aparecen en ellas.

—¿Cuántas cámaras graban la zona donde estaba el coche de Adrianna?

—Una cámara. Puede que obtengamos una visión periférica con otra. También vamos a sacar las cintas de las entradas y salidas del aparcamiento para ver a qué hora se marchó Adrianna del hospital. Probablemente las veamos en un rato.

—¿En la comisaría?

—No, aquí, en la garita de seguridad del hospital. Los guardias vigilan las cintas como halcones.

—Bien por ellos. Es una pena que no fueran tan diligentes con Adrianna.

CAPÍTULO 20

La mujer que había detrás del mostrador de recepción se llamaba Grace. Tenía cuarenta y pocos años, la piel clara y el pelo rizado y rubio. Llevaba un traje negro y una blusa aguamarina con el nombre del hotel estampado en el bolsillo. Sus ojos marrones se apagaron cuando habló del cierre.

—Empecé a trabajar aquí cuando tenía veintitrés años, acababa de terminar los estudios. Estaba tan verde que el primer día me temblaba la voz. Parecía que estuviera haciendo gárgaras.

—Estoy segura de que lo hiciste muy bien —dijo Eliza con una sonrisa.

—Fue horrible —aseguró Grace—. Pero en dirección tuvieron mucha paciencia —puso los ojos en blanco—. Supieron apoyar mi carrera.

—¿Cuánto tiempo llevas aquí? —preguntó Decker.

—Veintidós años.

—¿Tienes algún plan para el futuro?

—Tomarme unas largas vacaciones. Después, ¿quién sabe? El negocio de los hoteles no está muy boyante ahora mismo, pero, como todo, va por ciclos. Tal vez para cuando empiece a buscar, las oportunidades se presenten solas —Grace les dirigió una sonrisa ensayada—. Pero no están aquí para escuchar mis problemas. ¿En qué puedo ayudarles?

—Estamos buscando a una de sus huéspedes.

—La señorita McLaughlin. Alguien llamó ayer preguntando por ella.

—Esa fui yo —dijo Eliza.

—He estado pensándolo. No la he visto quizá desde mediados de la semana pasada.

—¿En torno al miércoles? —preguntó Eliza.

Sonó el teléfono. Grace levantó un dedo, respondió la llamada y la transfirió al comedor.

—El miércoles..., tal vez el jueves.

—¿Y no la viste durante el fin de semana?

—No trabajé el fin de semana.

Eliza repasó sus notas.

—Esos fueron Harvey Dulapp y Sara Littlejohn. No vieron a Terry el domingo, pero sabemos que estaba aquí.

—Me han dicho que la señorita McLaughlin era una persona muy simpática —dijo Decker—. ¿Alguna vez se pasó solo para decir hola?

—No solo para darle al pico —respondió Grace—. Si se pasaba, era para recoger el correo o los mensajes. Eh..., recuerdo que hace unas semanas hubo un problema con su lavabo. Vino personalmente para contárnoslo. Y sí que fue simpática.

—¿Sabes quién le arregló el lavabo?

—¿Eso importa? —preguntó Grace con una sonrisa.

—Nos importa cualquiera que entrara o saliera de su suite —le dijo Decker.

—Llamaré a mantenimiento para ver si tienen registro de quién respondió esa llamada. Debo decirles que cuentan con el personal mínimo. Si algo se rompe, hemos recibido órdenes de trasladar al huésped a otra habitación y cerrar la habitación problemática.

—¿Y trasladaron a la señorita McLaughlin a una suite mejor? —preguntó Eliza.

—No, ella estaba en una *suite premium*. Tuvieron que arreglarle el lavabo. Lo que digo es que... —sonó el teléfono—. Disculpen.

Grace estuvo varios minutos al teléfono. Cuando regresó, dirigió a los detectives una mirada de agotamiento.

—Al hilo de nuestra conversación, una de las televisiones no funciona. Tengo que buscarle otra habitación a este huésped. Disculpen, ¿qué era lo que querían?

—Los nombres de cualquiera que entrara o saliera de la suite de la señorita McLaughlin.

—Se refieren a los de mantenimiento.

—Mantenimiento, limpieza, servicio de habitaciones. Tal vez fuera más fácil si me diera una lista de los empleados. Así la detective Slaughter y yo podríamos revisarla e ir tachándolos uno a uno.

—Lo siento, teniente, no puedo darle eso. Tendrá que hablar con alguien de dirección. Además, muchos de nuestros empleados ya se han marchado.

Decker pareció pensar durante unos momentos, pero sabía lo que iba a preguntar.

—¿Al menos podrías llamar a mantenimiento y limpieza y averiguar quién estaba trabajando el domingo por la tarde cuando desapareció?

—Podría intentarlo —dijo ella con un suspiro—, pero probablemente tardaría un poco.

—¿Hay alguien con quien podamos hablar en el departamento de mantenimiento y limpieza para ahorrarte molestias?

—Qué amable. Yo llamaré a mantenimiento y limpieza por ustedes.

—Muchas gracias —dijo Decker—. Una cosa más. El empleado del aparcamiento de huéspedes me ha dicho que entrega los recibos del aparcamiento a los de contabilidad al acabar el día. ¿Dónde podemos encontrar ese departamento?

—Ya no es un departamento, sino una persona. Debra está en la parte de atrás. ¿Quieren que envíe a alguien a buscarla?

—Sería más fácil que nos enviaras a nosotros —sugirió Eliza.

—Le preguntaré si está ocupada —dijo Grace.

—Gracias. Es importante que encontremos a esa mujer. Tiene un hijo.

—Sí, el chico..., Gabe. Qué pena —Grace negó con la cabeza—. Esto es terrible. Nunca antes había ocurrido aquí algo así. Le da mala imagen al hotel —hizo una pausa—. Aunque, claro, van a cerrarlo de todos modos durante al menos dos años. Por suerte para los nuevos dueños, la gente de esta ciudad tiene muy mala memoria.

La garita de seguridad del hospital se encontraba en el sótano del St. Tim's; era una zona futurista sin ventanas llena de monitores en blanco y negro, alarmas, sensores, reproductores de casete y de DVD y un panel lleno de botones que ocupaba toda una pared. Las cámaras estaban situadas en las entradas y salidas de la institución, en los ascensores, en las escaleras, en los pasillos interiores y en todos los armarios que contenían medicinas de clase tres. El lugar era como una cueva: compacto y en penumbra para ver mejor los monitores. Marge no soportaba los espacios pequeños y oscuros desde un episodio acaecido años atrás en el que se había visto obligada a arrastrarse por un túnel para evacuar a los jóvenes de una secta y de un maniaco homicida. Una de las mejores cosas que sacó de la experiencia fue a su hija adoptada, Vega. Oliver estaba al corriente de su debilidad y le dio una palmadita en el hombro para tranquilizarla.

El jefe de seguridad era un ruso llamado Ivan Povich. En aquel momento compartía la madriguera con un guardia uniformado llamado Peter, que no apartaba la vista de los monitores y aún no había abierto la boca. Povich hablaba con un ligero acento.

—También tenemos una pequeña garita de seguridad en cada planta.

Marge estudiaba las imágenes de las pantallas; gente entrando y saliendo. Así se relajaba.

—Pero aquí es donde controlan todas las entradas y salidas del hospital.

—Sí —confirmó Povich—. Y siempre tenemos a alguien vigilándolas a todas horas. Nos tomamos el trabajo muy en serio. Normalmente es Peter.

Peter saludó con la mano.

—¿Y qué me dice de los descansos para comer o para ir al baño? —quiso saber Oliver.

—Quien sea que esté de servicio avisa a otro antes de marcharse. Así siempre tenemos un par de ojos vigilando. Si hubo algún problema, alguien debió de verlo.

—¿Quién estaba de servicio ayer por la mañana? —preguntó Marge.

Peter volvió a agitar la mano.

—¿Cuánto hace que trabaja aquí? —le preguntó Marge.

—Toda la vida —respondió Povich—. Es mi mejor hombre. No tengo problemas con ninguno de mis hombres ni mujeres. Si me dan problemas, se largan —le entregó a Marge una caja—. Aquí están las cintas de ayer. Normalmente las reutilizamos, pero ya he puesto nuevas cintas en las cámaras, así que pueden tomarse su tiempo. Si necesitan algo, pídanselo a Peter y él se lo conseguirá. Antes de empezar, ¿quieren café o agua?

—Agua estaría bien —contestó Marge.

—¿Y usted, señor? —preguntó Povich.

—Café..., todo lo fuerte que sea posible.

—No hay problema. ¿Sabe cómo utilizar este reproductor de casetes?

—Seguro que podré apañarme —respondió Oliver.

—Si necesitan ayuda, pregunten a Peter.

—¿Habla? —preguntó Marge.

—Solo cuando tiene algo que decir.

Diez minutos más tarde, ambos detectives estaban viendo la cinta en blanco y negro. Habían rebobinado la primera cinta hasta las diez y media de la noche del domingo anterior. Después habían adelantado deprisa la grabación, aunque no tanto como para no fijarse en la gente que aparecía. A las diez y cincuenta un Honda aparecía en el aparcamiento.

—Ese es el coche —dijo Marge.

Oliver volvió a reproducir la cinta a velocidad normal y ambos vieron a Adrianna salir del asiento del conductor, mirando hacia delante hasta que su imagen desaparecía. Rebobinaron la cinta varias veces para asegurarse de no perderse nada. Cuando decidieron que ya se habían fijado en todos los detalles posibles, permitieron que la grabación siguiera su curso y en pantalla quedó aparcado el Honda de Adrianna.

A medida que avanzaba la cinta siguieron mirando... y mirando... y mirando.

Debra, de contabilidad, se mostró dispuesta a cooperar y les entregó todos los recibos del aparcamiento cuando Decker le explicó que lo único que deseaban era asignar cada número de matrícula a un nombre. Le aseguró que no estaba interesado en ninguno de los huéspedes salvo uno: Chris Donatti, el marido de Terry McLaughlin.

—Aun así, agradecería que no le dijera a nadie de dónde ha sacado la información —dijo ella—. ¿Cuándo me los devolverán?

—Los revisaré lo más rápido posible —respondió Eliza—. Si necesita algo, trabajo en la comisaría de la zona oeste. Puedo volver aquí sin que me avise con antelación.

—Gracias, se lo agradezco.

—¿Cómo puedo llegar a los departamentos de mantenimiento y de limpieza? —preguntó Decker.

—Podría decírselo, pero es más fácil que le pidan a Grace un mapa.

—Gracias por su ayuda.

—No hay problema. Les diría que estoy aquí para lo que necesiten, pero teniendo en cuenta que me quedaré sin trabajo en unas semanas... — dijo Debra—. Pero no se preocupen por mí. Mis hijos están encantados, mi marido está encantado y mi anciana madre está encantadísima —sonrió—. Mi antigua ama de llaves y mi antiguo entrenador personal, que cobraban de mi salario, no están tan encantados.

Mientras caminaban por los senderos de madera, Eliza echó un vistazo al montón de recibos del aparcamiento.

—Algunos de ellos no llevan escrito un número de matrícula.

—Probablemente fuese una hora de mucho ajetreo y él no prestó tanta atención —Decker se encogió de hombros—. No hay nada que podamos hacer al respecto.

—Teniente —de pronto Eliza parecía entusiasmada—, tenemos dos sellos por cada recibo. Uno con la hora de la entrada y otro con la hora de la salida. Si encontramos el Lexus de Donatti, sabremos cuándo entró y cuándo se marchó.

—Si el empleado fue lo suficientemente listo como para marcarlo como un Lexus con las matrículas de papel.

—Si Donatti iba a hacer algo malo, ¿habría aparcado su coche en el aparcamiento? Probablemente alguien le vería.

—A no ser que fuera algo no planeado, aunque normalmente Donatti no es impulsivo —dijo Decker—. Pero sí que pegó a su esposa... usando solo la mano abierta, se apresuró a decírmelo. Como si eso fuese a impresionarme.

—Menudo cerdo.

—Un cerdo y un psicópata —le dijo Decker.

—¿Cómo está el chico?

—Callado..., no da problemas. Es difícil saber en qué está pensando. Mi hija parece haber desarrollado una relación con él.

—Oh, oh.

—Sí, ya lo he pensado —dijo Decker—. Es un chico guapo. Pero ella tiene diecisiete años y tiene novio, y se irá de casa en unos meses. Él solo tiene catorce —hubo una pausa—. Si fuera un par de años mayor, sé que no le habría permitido quedarse con nosotros.

—La genética, ¿eh? Los pecados del padre.

—Sobre todo en lo relativo a mi hija. Hannah es lista, pero ingenua. No sé mucho sobre Gabe, pero sospecho que es mucho más espabilado que ella.

Caminaron un rato más en silencio hasta llegar al despacho de mantenimiento. La puerta estaba abierta, de modo que cruzaron el umbral. Dentro hacía calor y había poco espacio. Sentado tras el escritorio había un hombre moreno que sudaba profusamente.

—¿Sí?

—Estamos buscando a Gregory Zatch.

—Soy yo.

Decker sacó la placa y anunció que eran detectives de homicidios.

—¿Homicidios? —repitió Zatch—. ¿Han matado a alguien?

—Alguien ha desaparecido —explicó Eliza—. A veces nos dan esos casos. Estamos aquí porque hace un par de semanas llamaron a mantenimiento por un problema de fontanería en la *suite* 229. Un lavabo que goteaba —se abanicó con un puñado de recibos del aparcamiento—. Nos gustaría saber quién se encargó de la avería.

—¿La persona desaparecida se hospedaba en la 229? —preguntó Zatch.

—Sí.

—¿Cuánto tiempo lleva desaparecida esa persona?

—Desde el domingo por la noche —respondió Eliza.

—Teresa McLaughlin —añadió Decker—. ¿La conoce? Según nos han dicho, era una mujer simpática.

—No la recuerdo —respondió Zatch tras pensarlo unos segundos.

—Tenía un hijo de catorce años —dijo Decker—. No creemos que pudiera dejarlo solo de manera voluntaria.

—Ah, el chico. Me acuerdo de él. Toca el piano como un maestro —negó con la cabeza—. No suena muy prometedor... que haya desaparecido. ¿Y creen que uno de mis hombres tiene algo que ver con ello?

—Esto es rutinario, señor Zatch —explicó Decker—. Solo estamos comprobando quién entró y salió de la *suite* mientras ella se hospedaba allí.

Zatch puso cara de amargura.

—¿Se dan cuenta del calor que hace aquí?

—Es difícil no darse cuenta —contestó Eliza sin dejar de abanicarse.

—En dirección han cortado el aire acondicionado del despacho.

—Qué mala suerte.

—Ya me he quejado. Dicen que, si no nos gustan las condiciones laborales, deberíamos marcharnos. ¿Y saben una cosa? Casi todos lo han hecho. Quedamos cuatro... No, cuatro no, tres hombres. Uno de ellos lo dejó ayer por la mañana. Eso significa que los supervivientes trabajan turnos dobles. Ninguno de nosotros hizo daño a la señorita. Estábamos demasiado ocupados atendiendo llamadas.

—¿El tipo que reparó el lavabo de la 229 ha dejado el trabajo?

—Tengo que mirarlo... ¿Cuál fue la fecha de la avería?

—No sé la fecha exacta. La llamada se realizó hace un par de semanas.

Zatch suspiró.

—¿Cuál era el número de la *suite*? ¿Dos veintinueve?

—Sí.

Consultó sus libros. Tardó como diez minutos en encontrar la llamada en el libro.

—Fue Reffi Zabrib. Se marchó hace unas dos semanas. Casi toda la gente se marchó entonces porque la nueva dirección ofreció dos semanas de sueldo gratis si se marchaban un mes antes del cierre. Casi todos mis hombres se quedaron con el dinero y empezaron a buscar otro trabajo. Yo necesito el dinero y horas extra. De lo contrario también me iría.

—Entonces, ¿quién se haría cargo del servicio de mantenimiento?

—Nadie, porque no hay nada que mantener. Lo único que hago es responder llamadas. Si algo se rompe, se queda roto a no ser que sea una tubería principal. Entonces llamo a un fontanero. Es una estupidez responder llamadas, ver el problema y después no hacer nada.

—¿Así que sus hombres están ocupados, pero usted no hace nada?

—Estamos ocupados respondiendo llamadas. Si es un problema sencillo, como el enchufe de una tele, lo arreglamos. Si no, vacilamos y en recepción los trasladan a otra habitación. Aun así, tengo que responder todas las llamadas que recibimos. Y, dado que no se ha reparado nada en más de tres meses, recibimos muchas llamadas.

—¿Podría darnos su número de todos modos?

—¿El número de quién? ¿De Reffi?

—Sí.

—Probablemente haya vuelto a Europa, pero les daré el número que tengo.

—Muchas gracias. ¿Y ha dicho que alguien más dejó el trabajo ayer por la mañana?

—Sí. Eddie Booker. Aguantó tanto por la comida gratis. Yo pensaba que necesitaba el dinero, pero dijo que se largaba de aquí. No le culpo.

—¿Podría darme también su número?

—Claro —buscó una lista, anotó los números y se los entregó a Decker.

—Gracias. ¿Puede decirme quién estaba trabajando aquí el domingo?

—No era yo —comprobó los libros—. Era Booker. Oh, esto tiene sentido. Terminó su turno, trabajó durante la noche, y fichó para salir el lunes por la mañana. Después dejó el trabajo —Zatch miró a Decker—. Eddie es un buen hombre. Lleva veinte años casado y tiene hijos. Va a la iglesia.

Eso no significaba nada. Más de un asesino en serie había sido un diácono. Lo que llamaba la atención de Decker era que Booker hubiera elegido ese momento tan oportuno. No solo que trabajara la noche de la desaparición de Terry, sino que dejara el trabajo a la mañana siguiente.

—Gracias por su ayuda —le dijo Decker.

—No hay de qué, detective. Al menos hago algo útil además de sudar.

El Honda de Adrianna siguió aparcado en su sitio, sin moverse, hasta que la hora de la grabación alcanzó las dos y catorce de la tarde del lunes; la hora a la que el cadáver de Adrianna había sido descubierto. En ese momento, Marge apagó el reproductor.

—Nunca llegó al coche.

Oliver se puso en pie, se estiró y parpadeó para humedecerse los ojos secos.

—¿Podría haber salido del hospital por otra puerta diferente?

—Solo hay una manera de averiguarlo —Marge levantó las cintas de las cámaras.

—¿Qué hora es?

—Las seis menos diez.

—¿No debemos reunirnos con Aaron Otis y Greg Reyburn?

—Tengo que ver mis mensajes. Se supone que tienen que llamarme cuando lleguen a la ciudad. Aquí no tengo cobertura.

—¿Así que podrían haber llamado y no te habrías enterado?

—Exacto. Vamos a tomarnos un descanso. Iré a ver si tengo mensajes,

Justo cuando Marge se levantó regresó Povich.

—¿Han tenido suerte?

—Hemos repasado una vez la cinta más importante —explicó Oliver—. Hemos visto a Adrianna aparcar su coche y entrar en el hospital a las once menos cuarto. En esta cinta no se la ve volver al coche.

—Eso no significa que no se marchara —dijo Marge—. Pero ahora tenemos que revisar el resto de entradas y salidas del hospital. Eso nos va a llevar tiempo. Nos ayudaría si pudiéramos ver las cintas en nuestra comisaría. Así podría encargárselo a varias personas a la vez e iríamos más deprisa.

—Al final el hospital tendrá que darnos las grabaciones —dijo Oliver—. Son pruebas.

—¿Pruebas de qué? —preguntó Povich—. Aquí no se ha cometido ningún crimen.

—Eso no lo sabemos —respondió Marge—. Si revisamos las otras cintas y la vemos salir por otra puerta, eso no solo ayudaría en nuestra investigación, sino que el hospital quedaría libre de cualquier delito. Pero, dado que no la hemos visto salir, tenemos que visionar todas las cintas.

Povich tamborileó con los dedos sobre la mesa.

—Tómense un descanso —les dijo—. Llamaré a dirección para ver si se las pueden llevar. Pero una cosa. Si las ven en la comisaría, quiero estar presente. Entonces creo que podré convencerles.

—No hay problema —Marge le estrechó la mano—. Puede venir con nosotros.

—Echaremos de menos a Peter, pero tendremos que apañárnoslas sin él.

Peter agitó la mano sin apartar los ojos del monitor.

CAPÍTULO 21

Eran más de las siete cuando Decker regresó a la comisaría. La sala de la brigada estaba tranquila, salvo por algunos rezagados, incluyendo a Wanda Bontemps, una recién llegada a homicidios de Devonshire. Decker y ella habían trabajado juntos en el caso de Cheryl Diggs cuando Chris Donatti no era mucho mayor que Gabe. Persiguiendo a un asesino, Decker había llegado al distrito de Wanda. Al principio había habido tensión entre ellos, pero, para cuando se resolvió el caso, Decker se había rendido a su profesionalidad. Había sacado la cara por ella cuando quiso trasladarse a la división de detectives y, desde entonces, ella le había sido leal.

A sus cuarenta y muchos años, Wanda medía un metro sesenta y cinco y tenía la cintura ancha. Recientemente había empezado a hacer abdominales y eso se notaba en los músculos de sus brazos. Tenía la piel tostada, los ojos oscuros y el pelo muy corto y entrecano, con algunas zonas rubias.

—¿Tienes un segundo?

—Claro —Decker sacó las llaves y abrió la puerta de su despacho—. Adelante —se sentó a su mesa y Wanda al otro lado con papeles en las manos—. ¿Qué pasa?

Wanda revisó sus notas.

—He estado revisando las muertes por ahorcamiento. Casi todas han sido suicidios o muertes accidentales; asfixia autoerótica. Es una forma de suicidio poco usual en mujeres. He podido encontrar dos homicidios por ahorcamiento, pero ambos son antiguos, casos antiguos llevados a cabo en la comisaría de South Central.

Decker había sacado una libreta.

—¿Casos abiertos?

—Sí. Lo que se dijo en su momento fue que se trataba de un asesino en serie, porque ambas mujeres eran prostitutas.

—¿De cuándo estamos hablando?

—De hace veinticinco años.

—No me parece que encaje con el caso de Adrianna.

—Eso pensaba yo.

—¿Y qué hay de los ahorcamientos fuera de Los Ángeles?

—Ese fue mi siguiente paso. Asesinar a alguien de ese modo es muy extraño, así que tal vez sea un asesino en serie que se ha trasladado recientemente a la zona.

—Precioso —dijo Decker—. Aunque válido.

—Además, aunque nadie de la compañía de cable estuvo por la zona el lunes, el capataz me ha dicho que una empresa audio-visual privada estaba cableando la casa para poner pantallas planas y ordenadores. Se llama Rowan Livy. Tengo que llamarlo.

—Bien. ¿Y quién te habló de él?

—El capataz.

—¿Chuck Tinsley o Keith Wald?

—Tinsley.

—El que encontró el cuerpo —dijo Decker—. Deberíamos volver a hablar con él. Tal vez recuerde algo cuando no esté tan agotado. Y el primero en llegar a la escena del crimen siempre es sospechoso.

—Estoy de acuerdo. También he charlado con Bea Blanc, la hermana de la víctima. Hacía años que Adrianna y ella no estaban unidas. Bea es corredora de bolsa. Está casada y tiene dos hijos, y ambas llevan vidas muy diferentes. Ella no sabía gran cosa sobre los asuntos personales de Adrianna.

—¿Detectaste animosidad entre ellas?

—No cuando hablé con ella. Parecía bastante destrozada.

—Así que, como fuente de información, no nos sirve de nada y, como sospechosa, está muy abajo en la lista.

—Exacto.

—De acuerdo. Buen trabajo. ¿Algo más?

—De momento no. Pensaba reunirme con los demás en la sala de visionados para echar un vistazo a las grabaciones con las entradas y salidas del St. Timothy's. Hasta ahora parece que Adrianna nunca llegó a regresar a su coche. Marge y Oliver quieren saber si Adrianna llegó a salir del hospital.

—Pensaba que en el hospital no iban a entregárnoslas.

—Al parecer cambiaron de opinión. ¿Quieres venir y echar un vistazo?

—Quizá más tarde. Todavía tengo un par de llamadas que hacer. Diles que estoy aquí por si acaso alguien quiere hablar conmigo.

—Eso haré.

Después de que Wanda se marchara, Decker empezó a llamar al personal de mantenimiento del hotel. El primero a quien llamó fue Eddie Booker. Respondió un chaval que, a juzgar por su voz, debía de estar en plena adolescencia.

—Mi madre y mi padre acaban de irse de vacaciones.

—¿Sabes cuándo volverán? —le preguntó Decker.

—No sé. Puede hablar con mi abuela. Volverá dentro de una hora.

—¿Puedo dejarte mi número y que me llame cuando pueda?

—Eh, no tengo lápiz. ¿Voy a por uno?

—Por favor —Decker le dictó el número, le dio las gracias y colgó sabiendo que había una alta probabilidad de que la abuela no recibiera el mensaje. Después llamó a Reffi Zabrib. Gregory Zatch, el jefe de seguridad, había dicho que Zabrib había vuelto a Europa. Así que a Decker no le sorprendió descubrir que habían cortado la línea. Dado que Zabrib había dejado el trabajo cuando Terry todavía seguía por allí, no era de los primeros en la lista de sospechosos.

Todavía tenía que llamar a seis personas de mantenimiento y a otras quince de la limpieza. Estaba a punto de hacer otra llamada cuando llamaron al marco de su puerta. Entró Marge frotándose los ojos.

—Nos hemos tomado un descanso. ¿Quieres ver las películas? Decker miró el reloj.

—Creo que iré a casa a ver si mi esposa aún se acuerda de mí. ¿Qué tenemos hasta ahora? Wanda me ha dicho que Adrianna no regresó a su coche.

—La vimos entrar, aparcar y caminar hacia la puerta del ascensor.

—¿Y esa fue la última vez?

—Hasta ahora no la hemos visto pasar por ninguno de los aparcamientos del hospital. Acabó en la obra. En algún punto tuvo que abandonar el hospital. El problema es que las grabaciones no son muy claras. Hay mucha gente entrando y saliendo a la que no podemos identificar.

—O alguien la sacó sin que la vieran. Adrianna pareció sufrir una muerte sin sangre. Eso es estrangulamiento o envenenamiento. Hay muchas maneras de hacerse con productos químicos potentes en un hospital.

—Povich dijo que hay cámaras en los armarios de los narcóticos. Les echaré un vistazo para saber quién examinó las medicinas fuertes. ¿Cuándo llegarán los resultados toxicológicos?

—Dentro de dos semanas —respondió Decker—. ¿Qué pasa con Aaron Otis y Greg Reyburn? ¿No deberían haber llegado ya a la ciudad?

—Se les ha estropeado el coche a unos ochenta kilómetros al norte de Santa Bárbara. Hasta mañana no se lo arreglarán. Es casi más fácil que Oliver y yo subamos en coche que esperar a que regresen, pero supuse que sería más profesional interrogarlos aquí.

—Puede esperar a mañana. ¿Has conseguido localizar a Garth Hammerling?

Marge negó con la cabeza.

—¿Qué me dices de esto, Pete? ¿Y si, después de que Adrianna llamase a Aaron, Garth la volvió a llamar y le dijo que había acortado sus vacaciones solo para hablar con ella? Tal vez ella no quería reunirse con él en casa y accedió a hacerlo en el hospital.

—Continúa.

—Se encuentran, hablan y entonces discuten. Ocurre algo malo y Adrianna muere. A Garth le entra el pánico y consigue librarse de ella de algún modo. Apuesto a que sabría cómo sacarla sin que nadie se diese cuenta.

—Pero en el registro de llamadas del teléfono de Adrianna no aparece ninguna de Garth.

—Tal vez llamó a Adrianna al hospital porque sabía que ella no respondería a sus llamadas si lo hacía al móvil.

—Debió de tardar al menos tres o cuatro horas en volver a Los Ángeles. Si ella estuvo esperándolo tanto tiempo en el hospital, alguien debió de haberla visto en ese intervalo.

—A lo mejor estaba agotada y fue a dormir a una de las salas de guardia mientras esperaba.

—Vuelve al St. Tim's e intenta averiguar si alguien la vio después de que terminara su turno.

—Tenemos que hacer eso de todos modos —Marge hizo una pausa—. Si ocurrió eso, en alguna de las grabaciones debería aparecer Garth entrando en el hospital. Así que probablemente deba buscarlo también.

—Sí.

—Salvo que no tengo ni idea de cómo es Garth, excepto por la horrible foto del carné de conducir.

Decker abrió el cajón de su escritorio y sacó algunas fotos.

—Encontré esto en el apartamento de Adrianna. Mira en Facebook a ver si Garth tiene cuenta. Probablemente podamos obtener en el ordenador fotos más recientes. Además, y no sé cómo no se me había ocurrido antes, mira si ha publicado algo recientemente.

—Buena idea —dijo Marge—. La gente no hace más que exponerse metafóricamente. Últimamente la privacidad está tan pasada de moda como un desmayo victoriano.

Aparcó en casa a las ocho y cuarto y vio que el coche de Hannah no estaba. Cuando Rina lo recibió en la puerta, él le dijo:

—¿Estamos solos los dos?

—Los tres. Hannah no está, pero tenemos un huésped.

—¿Dónde está ella? —preguntó Decker con el ceño fruncido.

—En casa de Aviva.

—¿Y por qué no se lo ha llevado con ella?

—No sé, Peter. A lo mejor quería tiempo para estar sola. ¿Por qué no pasas y hablamos dentro? Puedes hacerlo, porque vives aquí.

Ambos fueron de la mano hasta la cocina. Decker se sentó frente a su cena. Estaba caliente y deliciosa: un sándwich Reuben completo con queso de soja sin lácteos, ensalada de col y un gran pepinillo agridulce. Se lo comió demasiado deprisa.

—Estaba riquísimo.

—¿Quieres otro?

—No. Con uno es suficiente —Decker advirtió una ligera melodía acariciando el aire. Nunca había oído una guitarra eléctrica tocada de forma tan hermosa—. ¿Qué tal está el chico?

—Le he dado de comer y me ha dado las gracias.

—No habla mucho, ¿verdad?

—No. Hemos charlado un poco. Le he preguntado si se sentía cómodo en la escuela. Si no, le he dicho que le buscaría otra cosa, pero ha dicho que está bien, sobre todo porque todo es temporal —Rina se rio—. Me ha dicho que no era tan diferente a una escuela católica.

—¿Y eso? —preguntó Decker riéndose.

—Dice que los rabinos le recordaban a los curas. Que todos son amables. Después me ha dado las gracias por el sándwich y ha empezado a comer. Le he dicho que tenía que hacer unas llamadas. Él ha dicho: «Por mí no te preocupes». He supuesto que debía de ser un gran esfuerzo para él conversar sobre asuntos triviales, así que le he dejado en paz. Al regresar, me ha vuelto a dar las gracias y ha dicho que el sándwich estaba delicioso. Después se ha excusado y ha estado tocando la guitarra las últimas dos horas. El chico tiene aguante.

Sirvió dos tazas de café y se sentó.

—¿Has avanzado algo con el caso de Terry?

—Si fuera así te lo diría —Decker dio un trago al café—. He interrogado a varios trabajadores del hotel donde se hospedaban Gabe y ella. Todos dicen que el chico toca el piano como un profesional. ¿Tenerlo aquí te supone algún estrés?

—En realidad no.

—Rina, debes decírmelo. Si hay algo que no te gusta de él, podemos enviarlo al apartamento de su tía. Porque en realidad no sabemos nada de él salvo que le gusta la música.

—Parece estar bien. Quizá deberíamos alquilarle un piano.

—¿Un piano?

—¿Por qué no?

—¿No crees que eso sería implicarse demasiado?

—Fuiste tú quien lo trajo a casa —al ver que Decker no decía nada, agregó—: ¿Por qué no hablas con él y averiguas lo comprometido que está con su música? No querría ser yo la que frenara sus progresos, sobre todo si es uno de esos niños prodigio.

—Su desarrollo no es responsabilidad nuestra.

—Lo será si se queda aquí.

—¿Y tenemos que plantarnos con el piano? ¿Y qué me dices de un profesor? ¿Y si necesita un profesor especial que cueste una fortuna?

—¿Por qué no empezamos con el piano? —sugirió Rina.

—¿Cuánto cuesta el alquiler?

—No sé, pero lo averiguaré.

—¿Y qué hacemos con un piano si de pronto su madre aparece, o su padre, o si él decide marcharse?

—Yo recibí clases cuando era pequeña. El tiempo pasa. Creo que es hora de reencontrarme con mi lado creativo.

Cuando Decker llamó a la puerta, la música cesó. Segundos más tarde Gabe abrió.

—Hola.

—¿Tienes un minuto? —Decker cruzó el umbral y se sentó en la cama de uno de sus hijos—. ¿Cómo lo llevas?

—Estoy bien —Gabe dejó la guitarra y se retorció las manos—. ¿Ocurre algo?

—No ocurre nada, pero no hemos avanzado mucho. Hoy hemos hablado con varias personas del hotel. Tu madre era una mujer simpática, sobre todo con los empleados, lo cual podría facilitar nuestro trabajo.

—¿Y eso?

—Se acuerdan de ella —Decker hizo una pausa—. Tal vez, si hablo con los suficientes, alguno recuerde algo que tú no sabías.

—¿Como qué?

—Como que tu madre llevase a algún invitado a su habitación —Gabe no respondió, así que Decker preguntó—: ¿Recuerdas que contactara con alguien que no fuera de la familia? Tal vez algún antiguo amigo.

El chico negó con la cabeza.

—Pero yo no siempre estaba allí. Me alquiló una sala de ensayo en UCLA, así que pasaba fuera unas seis horas al día.

—Así que es posible que tu madre tuviera una vida de la que tú no sabías nada.

—¿Qué es lo que está diciendo? ¿Que se fugó con alguien? Estaba claramente disgustado.

—Solo digo que, como tú no estabas allí todo el tiempo, podría haberte ocultado cosas —respondió Decker.

El muchacho asintió.

—Mi madre podía ser reservada, pero no se fugaría. Primero, Chris se enteraría, la matar..., se enfadaría mucho. Probablemente la encontraría y la traería de vuelta, así que ¿de qué serviría? Segundo, no se marcharía sin decírmelo.

—Probablemente tengas razón. Todo el mundo me ha dicho que estaba muy unida a ti.

Gabe se quedó callado y apesadumbrado. Obviamente Decker había metido el dedo en la llaga.

—Te mantendré informado. Siento no saber nada más —el chico seguía taciturno—. Vaya, seis horas al día. Eso es mucho practicar.

—Es la media —respondió Gabe encogiéndose de hombros.

—¿Practicabas tanto en tu casa?

—Solo iba a clase hasta la una —hizo una pausa—. Me parecía bien, porque casi todo lo del instituto era una pérdida de tiempo.

—Creo que Hannah estaría de acuerdo contigo en eso. ¿La mayoría de los chicos que son como tú reciben la formación en casa?

—Sí, pero yo no quería eso. Mi padre es un ave nocturna y con frecuencia duerme hasta media mañana. Es muy sensible al ruido. Cuando duerme, necesita silencio; así que me venía bien salir de casa.

—¿Y hasta qué punto te tomas en serio tu música? —preguntó Decker.

El chico se quitó las gafas, se las limpió con la camiseta y volvió a ponérselas.

—No sé cómo responder a eso.

—¿Quieres ser músico profesional? ¿Eres músico profesional?

—Creo que me está preguntando si quiero ser concertista. Es una pregunta interesante. Probablemente tenga que preguntarles a mis profesores si tengo el talento necesario.

—¿Quiénes son tus profesores?

—Iba a la ciudad tres veces a la semana, a Juilliard. ¿Sabe?, con respecto a dónde podría vivir, podría solicitar plaza en Juilliard en otoño. Mi último profesor da clases allí y me dijo que podría ir cuando quisiera. Probablemente podría entrar en otoño. Así se solucionaría el problema del alojamiento si este asunto no se arregla.

—¿Es eso lo que deseas?

—Me gustaría más que vivir con mi tía, eso seguro —tamborileó con los dedos—. Esperaba poder ir a una universidad normal, como Harvard o Princeton. Es demasiado tarde para solicitar plaza para el año que viene, pero sé que aceptan a chicos jóvenes con talentos especiales. Supongo que tendría que hacer el examen de admisión.

—¿Has hecho el examen de aptitud preliminar?

Gabe asintió.

—¿Qué tal te fue?

—Saqué doscientos diez puntos, lo cual está bien, pero en mi caso es irrelevante. Podría entrar en una de las universidades de la Ivy League con una beca de música. He ganado suficientes competiciones sin importancia como para aparentar que soy impresionante y sé cómo hacer las pruebas y que parezca que toco mejor de lo que realmente toco. Se me da bien deslumbrar.

—¿Qué te parecería vivir solo a los dieciséis años? —le preguntó Decker.

—He vivido solo casi toda mi vida, así que no es para tanto —Gabe hizo una pausa—. Eso no es del todo cierto. Mi madre ha sido un factor en mi vida —se le humedecieron los ojos—. La echo de menos. En cualquier caso, en respuesta a su pregunta inicial, soy lo suficientemente bueno para convertirme en músico clásico profesional. Podría tocar música de cámara y en pequeñas compañías. Pero eso es muy diferente a ser concertista de calidad. Mi profesor de Nueva York quería que participase en la competición de Chopin de Varsovia cuando tenga la edad necesaria, dentro de cinco años. Me encanta Chopin y lo interpreto muy bien. Pero me ayudaría tener un profesor —se rio—. Me ayudaría tener un piano.

—Rina y yo hemos estado hablando. Me ha preguntado si crees que deberíamos alquilarte un piano.

—¡Dios, me encantaría! —se le iluminó la cara—. Ni siquiera tendrían que pagarlo. Yo tengo el dinero de mi madre. Pagaré si están dispuestos a traer uno a casa.

Decker lo miró.

—Gabe, no te lo pedí en su momento porque me pareció demasiado intrusivo, pero te lo voy a pedir ahora. Me gustaría ver lo que tu madre dejó en la caja fuerte.

—Eran solo papeles y algo de dinero.

—Me gustaría ver los papeles.

El chico se puso nervioso.

—De acuerdo, pero no es gran cosa. Solo mi certificado de nacimiento, mi pasaporte y quizá algunas cuentas bancarias.

Se resistía.

—¿Y qué hay de su certificado de nacimiento y de su pasaporte?

—No sé, teniente. Separé el dinero del resto de cosas y lo guardé.

—Me gustaría ver qué papeles tienes. Las cuentas bancarias podrían decirme muchas cosas.

—Ah, claro —Gabe se puso en pie—. Deme unos minutos para buscarlos y yo se los llevo.

En otras palabras, «fuera de la habitación mientras lo hago».

Decker se puso en pie.

—No estoy intentando husmear en tus finanzas, pero ¿cuánto dinero guardaba en la caja fuerte?

—Unos cinco mil dólares.

—Eso es mucho dinero teniendo en cuenta que pagaba casi todo con tarjeta de crédito.

Gabe se encogió de hombros.

—¿Tú no tienes tarjeta de crédito?

El muchacho asintió.

Estaba sacándole información a la fuerza.

—¿Eres el titular principal?

—¿A qué se refiere?

—¿Quién paga la tarjeta de crédito? ¿Tu madre o tu padre?

—Chris lo paga todo.

—De acuerdo. Tu madre trabajaba, ¿verdad?

—Sí.

—Así que tenía su propio dinero.

—Probablemente.

—¿Le daba su dinero a Chris? —Gabe se encogió de hombros. Estaba siendo evasivo—. ¿Te importaría que echara un vistazo a los recibos de tu tarjeta?

—No he pagado nada con ella, salvo un par de tazas de café y algunos libros.

—Solo quiero ver el registro. Estoy intentando localizar a tu padre y, si él lo paga todo, quizá el banco tenga información sobre él.

Gabe miró hacia abajo.

—Teniente, quizá sea mejor dejar a mi padre al margen. Si él no tuvo nada que ver con ello, ¿por qué provocarle y cabrearle? Y, si lo hizo él, yo no querría saberlo.

—¿Eso es un no a lo de ver los recibos de tu tarjeta?

Gabe se estremeció.

—¿Puedo pensármelo? No me gusta Chris, pero no querría enviarlo a prisión o algo así.

—¿Incluso aunque hubiera asesinado a tu madre? —el chico se quedó callado—. Mira, pareces algo reticente con lo de los papeles. Me da la impresión de que tu padre se ha puesto en contacto contigo y te ha dado instrucciones sobre lo que no tienes que hacer —hizo una pausa y contempló al muchacho mientras se le sonrojaban las mejillas. Estaba colocándolo en una posición difícil—. Gabe, soy policía. Voy a preguntar. Pero no tienes que hacer nada de lo que luego te arrepientas. Piénsatelo. Quiero hacer todo lo posible por tu madre. Tú también.

—Lo pensaré. Gracias por ser tan comprensivo.

—¿Quién dice que estoy siendo comprensivo? —Decker le revolvió el pelo—. Tu padre está en mi lista de cosas por hacer y nada podrá disuadirme de encontrarlo. Pero tú no eres yo y no tienes por qué entregarlo. Entiendo las lealtades divididas.

—La historia de mi vida —respondió el chico con una sonrisa ofuscada.

CAPÍTULO 22

El miércoles a las ocho de la mañana, Decker estaba en su despacho tomando un capuchino cortesía de una máquina de expresos y de las recientes habilidades de Marge como cafetera. Había llevado la máquina hacía cosa de un mes y la experiencia del café en la sala de la brigada no había vuelto a ser la misma. En aquel momento ostentaba el puesto de honor como la detective más popular. Era la única que sabía hacer espuma en la leche.

—¿Habéis visto todas las grabaciones?

—Así es —dio un sorbo y acabó con espuma de leche en el bigote, que se quitó con la lengua—. Al final ya me dolían los ojos. Povich ha dicho que nos las podemos quedar un día más, así que les echaré otro vistazo.

—La visteis entrar, pero no la visteis salir.

—Como ya te dije ayer, había mucha gente inidentificable. Por eso me gustaría volver a verlas.

—¿Qué hay de Garth Hammerling? —preguntó Decker.

—No lo vi si estaba allí, pero ya te digo que había mucha gente inidentificable.

Oliver entró por la puerta abierta.

—Huele bien. Me encantaría tomar uno de esos.

—Te prepararé uno, pero solo si puedo enseñarte a hacerlo —dijo Marge.

—Soy un inepto en lo relativo a cafés.

Ella no hizo amago de moverse.

—Estaba diciéndole al teniente que no hemos visto a Adrianna después de que saliera del coche y entrara en el hospital el domingo por la noche.

Oliver acercó una silla.

—Sí, menudo dolor de ojos, y ni siquiera estaba viendo porno.

—Anoche tuve un sueño —dijo Marge.

—¿Salía yo?

—No, no salías, pero Adrianna Blanc sí.

Oliver le quitó el café a Marge.

—Por fa.

—Termínatelo. Yo ya voy por la segunda taza de todos modos.

—¿Y tu sueño? —preguntó Decker.

—Sí, mi sueño. Durante toda la noche no he parado de ver las grabaciones. Gente granulada en blanco y negro entrando y saliendo... y entonces me despierto de golpe con algo en la cabeza. Ni siquiera estoy segura de si era real o solo el fantasma de una mala noche.

Oliver se incorporó en su silla.

—¿Qué viste?

—¿No hubo una serie de imágenes en las que vimos a una mujer con ropa quirúrgica salir por la entrada principal en torno a las seis de la mañana? Iba mirando el móvil, después se sacó algo del bolsillo que parecía un segundo teléfono móvil y volvió a entrar.

Oliver se apretó el entrecejo.

—Sí... ¿Crees que era Adrianna Blanc?

—Se me quedó grabado. ¿Por qué no pensamos que pudiera ser ella?

—No la descartamos, Marge, es que no pudimos verle la cara. Además, Adrianna estuvo en el hospital hasta más o menos las ocho y cuarto. Así que, incluso aunque fuera ella, no ayuda mucho.

—Me gustaría volver a ver la cinta —dijo Marge—. Me pregunto por qué alguien saldría del hospital y acto seguido se daría la vuelta y volvería a entrar. ¿Y por qué iba a llevar dos teléfonos móviles?

—A lo mejor salió a hacer una llamada con el móvil porque trabaja en una zona del hospital que no tiene cobertura.

—De acuerdo. Eso explicaría un teléfono móvil. ¿Por qué dos?

—Tal vez el segundo teléfono fuese un busca, miró el número y regresó porque la necesitaban.

Marge asintió.

—Supongo que lo más sensato sería averiguar si alguien le envió a Adrianna un mensaje a esa hora.

—No había hecho ninguna llamada con su móvil antes de las ocho y cuarto —anunció Oliver.

—Algo la distrajo. ¿A quién iba a llamar tan temprano?

Decker se encogió de hombros.

—Tal vez estaba a punto de llamar a Garth para romper con él, pero le enviaron un mensaje para que volviera y tuvo que entrar otra vez.

—Pero ¿por qué romper con él a esa hora?

—Tendría unos minutos y querría acabar con ello cuanto antes —sugirió Oliver.

—¿Qué piensas, Marge? —preguntó Decker.

—Me pregunto si no conocería a alguien en Garage que por fin le infundió el valor para romper. Y entonces tal vez míster perfecto y ella se vieron a la mañana siguiente y él fue quien la asesinó.

—Pero ¿cómo iba a verse con alguien si no la hemos visto salir del hospital? —preguntó Oliver.

—Tuvo que salir y nos lo perdimos. Si pudiéramos mejorar la imagen de esa mujer que se me viene a la cabeza, al menos veríamos qué aspecto tenía el día que fue asesinada.

—Intentadlo —dijo Decker.

—El asesinato es raro —dijo Marge—. El asesino no intentó esconder el cuerpo. En su lugar lo presentó de manera dramática..., como para alardear. Parece planeado. Ella no pareció forcejear. No creo que fuese una pelea entre novios fuera de control.

—Estás convencida de que quedó con alguien que la mató —dijo Oliver.

—Solo quiero averiguar con quién estaba hablando Adrianna la noche antes de morir.

—Vuelve a Garage y pregunta a ver si alguien lo identifica —dijo Decker—. Ya he dicho esto antes. Es posible que no vieras a Adrianna en las grabaciones porque no salió del hospital con vida. Creo que la sedaron o envenenaron antes de colgarla. Vuelve al St. Tim's. Consigue un lapso de tiempo más preciso. Eso te ayudará mucho.

—Tuvo que salir en algún momento porque la encontramos muerta en la obra.

—De los hospitales salen cadáveres a todas horas en coches fúnebres y furgonetas forenses —dijo Decker—. Puede que alguien la sacara en una bolsa.

—He avanzado con Donatti —dijo Eliza por teléfono—. En uno de los recibos aparecía un Lexus de 2009 con una matrícula de papel procedente de Coches y furgonetas de lujo, en Westwood. Está a unos quince o veinte minutos del hotel. El contrato de alquiler lo rellenó Donatti. Según su recibo del aparcamiento, entró a las doce y dieciocho y se fue a las dos y cuarenta y siete. Donatti devolvió el coche a la oficina a las tres y veintisiete de la tarde.

—Buen trabajo.

—Lo malo es que, a partir de ahí, no hay rastro. Tuvo que usar algún medio de transporte desde la empresa de alquileres hasta el lugar al que se fuera. He llamado a las compañías de taxi locales. La recogida más cercana que tienen registrada se produjo a unos ochocientos metros de allí a las cuatro y cinco minutos.

Estoy intentando localizar al taxista para ver si recuerda a Donatti. Pero puede que el cliente no fuera él. Y no me lo imagino tomando el autobús.

—Probablemente no. ¿Qué hay de los hoteles? Chris llegó el sábado por la mañana. ¿Dónde se alojaba?

—He llamado a todos los hoteles de Westwood y ahora estoy con Beverly Hills; Montage, Beverly Wilshire, el Beverly Hills Hotel. Hasta ahora no he tenido suerte. Quizá deba buscar en sitios más pequeños.

—A lo mejor durmió en el parque... Dios, qué difícil de localizar es este hombre —Decker se revolvió el pelo con las manos—. Gabe habló con su madre a las cuatro de la tarde. Dice que su madre sonaba normal. Regresó a la suite del hotel entre las seis y media y las siete y ella ya no estaba. Si Donatti le hizo algo a Terry, solo tuvo una horquilla de tiempo de dos o tres horas como máximo; eso significa que tendría que haber regresado inmediatamente después de marcharse. ¿Consta que algún servicio de transportes le dejara de nuevo en el hotel?

—No consta ningún taxi, pero aún no he probado con los servicios de alquiler de coches.

—A lo mejor contaba con un segundo vehículo y desde el principio tenía planeado regresar a visitar a su esposa después de que yo me marchara.

—¿Y ella sería tan estúpida como para dejarle entrar?

—Se despidieron de manera amistosa. Él parecía estar bien. Quizá ella bajó la guardia.

—O quizá él nunca regresó —sugirió Eliza—. Estamos centrados en él, pero debemos tener en cuenta que Terry era una mujer simpática. A lo mejor un mal tipo confundió su simpatía con otra cosa.

—Entonces habríamos encontrado indicios de forcejeo en la habitación del hotel. Además, su coche ha desaparecido y también su bolso y las llaves —Decker lo pensó durante unos instantes—. Los coches no desaparecen con la misma facilidad que las personas. Lo lógico sería que hubiéramos encontrado ya el coche, y el hecho de que no sea así me extraña.

—Llamaré a algunos garajes y almacenes de la zona —dijo Eliza.

—Buena idea. Me pregunto si se habrá marchado hace días. Creo que su hijo encontró su pasaporte y su certificado de nacimiento en la caja fuerte del hotel, pero no el pasaporte ni el certificado de nacimiento de ella. A lo mejor Terry se los llevó y se largó.

—Suena plausible. ¿Qué quiere decir con que cree que el chico tiene su pasaporte?

—Le pedí que me mostrara los papeles que había en la caja fuerte, pero se mostró reticente a enseñármelos. Cuando le pregunté por el pasaporte y el certificado de nacimiento de su madre, se quedó callado. Oculta algo. Tarde o temprano se lo sacaré.

Eliza hizo una pausa.

—¿Así que no ha visto su certificado de nacimiento?

—No. ¿Por qué?

—Me preguntaba si ella habría puesto a Chris como padre. A lo mejor Terry ocultaba un profundo secreto y Chris lo descubrió. Quiero decir que siempre sabemos quién es la madre, pero no siempre sabemos quién es el padre.

—No lo tengo claro. Ella tenía dieciséis años y era virgen cuando lo conoció.

—Así que perdió su virginidad con él. Eso no significa que la dejara embarazada. ¿No dijo usted que pasó un tiempo en prisión? A lo mejor ella se cansó de esperar.

—Puede ser —Decker hizo una pausa—. La habría matado de haber descubierto que el niño no era suyo.

—Usted lo ha dicho. Quizá el verdadero padre aparezca en el certificado de nacimiento. O quizá ella ocultara una prueba de ADN. Ya sabe cómo es esto, teniente. La furia del infierno no es comparable con la de un sicario enfadado.

* * *

La mujer al otro lado de la línea parecía mayor. Se identificó como Ramona White.

—Busco al teniente Detter.

—Yo soy el teniente Decker.

—Ah, ¿es Decker? No entiendo la letra de mi nieto.

—¿En qué puedo ayudarla, señorita White?

—Es señora White. Llamo porque me ha llamado usted.

—Con respecto a...

—No sé con respecto a qué. Me han dado el mensaje de que le llame.

Decker tuvo que pensar durante unos segundos. Nieto..., abuela.

—Ah, sí. Llamo por su yerno, Eddie Booker. ¿Sabe dónde está?

—Mi hija y él están de crucero.

—¿Sabe cuándo volverán?

—En un par de días. Se han ido de crucero a Acapulco. Me invitaron a irme con ellos, pero me mareo en el barco. Además, alguien tiene que cuidar de los monstruos en casa.

—¿Sabes cuál es la empresa de cruceros?

—Seacoast o Seacrest. Algo así.

—¿Hay alguna manera de localizarlos?

—Probablemente a través de la empresa. Me dejaron un itinerario en alguna parte. ¿Se trata de una emergencia?

—No, no es una emergencia. Si Eddie se pone en contacto con usted, ¿podría decirle que estoy intentando localizarlo?

—¿Qué sucede? ¿Eddie tiene problemas?

—No que yo sepa. ¿Ha tenido problemas antes?

—No que yo sepa, pero nunca se sabe. He estado casada tres veces. Al principio eran todos maravillosos, pero al final resultaron ser escoria. Así que perdone si soy cínica. Los hombres sacan esa parte de mí.

* * *

Por mucho que disminuyeran la velocidad de la cinta, los detectives no lograban distinguir un rostro. La mujer que salía del hospital a las seis de la mañana y volvía a entrar pocos segundos más tarde seguía siendo un misterio.

Oliver encendió las luces.

—No ha servido de nada.

—Desde luego. Podríamos revisar las grabaciones otra vez.

Oliver miró el reloj de la pared.

—Aaron Otis y Greg Reyburn vienen dentro de media hora. ¿Por qué no revisamos las cintas después de interrogarlos?

— Buena idea —Marge miró su móvil—. Mmm... —llamó a su buzón de voz y escuchó los mensajes—. Era del St. Tim's. Una mujer llamada Hilda o algo así. Adrianna recibió un aviso a las seis y siete minutos. Así que tal vez el segundo teléfono fuese un busca.

—Y eso significa que la mujer del vídeo probablemente sea ella —dijo Oliver.

—¿A quién estaría intentando llamar? —preguntó Marge.

—Probablemente a Garth, pero no consta en el historial de su teléfono. Quizá no llegó a dar señal. ¿Hacemos una pausa para tomar café?

—Decker me ha dado el diario de Adrianna. Voy a revisarlo antes de hablar con los chicos. A ver si puedo encontrar algún indicio sobre una posible relación romántica entre Aaron y ella. Pero puedes usar tú la máquina.

—Ya sabes que no sé cómo hacerlo.

—Y eso es problema mío porque...

—De acuerdo, de acuerdo —se puso en pie—. Haré de tripas corazón. Enséñame a hacer espuma.

—Ahora tendrá que esperar, Scott. Tengo cosas que hacer.

—¿Cuánto tardarás?

—La verdad es que probablemente tarde un rato, pero esa no es la cuestión. Esta mañana estaba dispuesta a enseñarte, pero no has querido.

—¿Y si te suplico?

Marge se levantó.

—Si vas a rebajarte, que sea por algo más que un café con leche.

—Cariño, me he rebajado por mucho menos. Al menos un café con leche no me abofeteará cuando terminé de bebérmelo.

CAPÍTULO 23

Marge era lo suficientemente mayor como para recordar los tiempos en los que un tatuaje significaba algo, cuando el arte en la piel iba ligado a un comportamiento delictivo y a la afiliación a una banda de macarras. Por entonces, los únicos tatuajes aceptables, como el de MADRE dentro de un corazón, se asociaban con los hombres que servían en el ejército de Estados Unidos. El resto de la población masculina no lucía tatuajes. Hoy en día la tinta se aceptaba como si fuera una joya permanente. Se atrevería a decir que los tatuajes casi se habían convertido en un adorno convencional. Lo más útil de todo aquello era la identificación, porque dos imágenes nunca eran idénticas.

Aaron Otis iba engalanado con espirales multicolores que recorrían su brazo izquierdo, mientras que en el derecho llevaba tatuados una serie de brazaletes que incluían un círculo de alambre de espino, una pulsera con letras japonesas, un brazalete formado por una serpiente y un despliegue de balas sobre un cinturón de munición. El único lugar donde Aaron no llevaba nada era la cara; era rubio y tenía la piel bronceada y rugosa, como si se hubiera pasado la vida en el campo. Llevaba una camiseta negra y pantalones anchos color beis. En los pies, sin calcetines, lucía unos mocasines Vans.

Greg Reyburn era un poco más perspicaz a la hora de elegir sus dibujos corporales, pero aun así su piel lucía tinta suficiente para escribir una novela corta. Era de estatura y complexión medias. El joven tenía el pelo rizado y negro, pómulos marcados y barbilla puntiaguda. Al igual que su amigo, tenía los ojos cansados y enrojecidos. Llevaba unos vaqueros, un polo negro y sandalias.

Marge los había ubicado en dos salas de interrogatorios diferentes. Mientras Scott se encargaba de Greg Reyburn, ella hablaba con Aaron Otis. Le llevó un refresco y se sentó a su lado, inclinada hacia delante para parecer maternal.

—Pareces cansado.

—Agotado —Otis aceptó el refresco y le dio las gracias—. Han sido unos días horribles —bebió con fruición—. Entre la reparación del coche y las vacaciones, estoy sin blanca —entrecomilló con los dedos la palabra «vacaciones»—. Ha sido un desastre. ¡Además ahora usted me mira con desconfianza!

Marge sacó una libreta.

—¿Por qué dices eso?

—Porque Adrianna me llamó a mí y no a Garth. Si hubiera sabido que iba a morir, habría..., bueno, no sé qué habría hecho. Da miedo. Hablar con ella y después... da miedo.

Marge asintió.

—¿Qué ocurrió? Estaba bien cuando hablé con ella..., estaba muy enfadada, sí, pero... es que es tan extraño.

—¿A qué te dedicas, Aaron?

—¿Yo?

—Sí. ¿Cómo te ganas la vida?

—Soy contratista.

—¿Construyes casas?

—Principalmente soy capataz de estructuras para empresas más grandes.

—De acuerdo —¿sería casualidad que el cuerpo de Adrianna hubiera sido encontrado en una obra? Aunque Otis no podía haberlo hecho si se encontraba a kilómetros de distancia—. ¿Cómo conociste a Garth?

—Fuimos juntos a la escuela. Lo conozco desde séptimo curso.

—¿Qué puedes decirme de él?

—Es un buen tío..., un poco superficial, pero, oye, ¿por qué no?

—¿Estáis muy unidos?

—Somos buenos amigos. Lo suficientemente buenos como para sorprenderme si... —se detuvo.

—¿Se ha puesto en contacto contigo desde que se marchó? —preguntó Marge.

—No. Eso me pone nervioso. ¿Dónde se iría si no se fue a casa?

—Eso es lo que nos preguntamos nosotros. Hemos revisado las listas de pasajeros de la aerolínea. Se bajó del avión en el aeropuerto de Burbank, pero después de eso le perdimos la pista. Es tu amigo. Si quisiera esconderse, ¿dónde crees que iría?

—No sé —flexionó un bíceps. Sus brazaletes se expandieron y después se contrajeron—. Su familia está aquí. ¿Han intentado hablar con ellos?

—Fue lo primero que hicimos. Su madre pensaba que seguía con vosotros.

—Desaparecer de pronto no le hace quedar muy bien.

—O a lo mejor le ha ocurrido algo malo. Me gustaría encontrarlo para asegurarme de que está bien.

Otis abrió mucho los ojos.

—¿Cree que está... muerto?

—No sé, Aaron. Sabemos que Adrianna fue asesinada. Me daría pena pensar que Garth ha corrido la misma suerte.

—Vaya —se rascó el brazo cubierto de espirales de colores—. Qué raro. Pensaba que..., ya sabe...

—No, no sé. Dime.

—Que ustedes pensaban que Garth era sospechoso. Aunque no sé cómo iba a hacer algo. Para cuando se marchó de Reno, no habría tenido suficiente tiempo.

Marge no le quitó la razón. Garth habría tenido tiempo suficiente, pero habría ido justo.

—Háblame de la reacción de Garth cuando le contaste la llamada de Adrianna.

—Se entristeció.

—¿Qué dijo?

—No recuerdo sus palabras exactas..., algo como... que no soporta cuando se pone así. Iba a tener que volver a casa y hablar con ella porque una llamada de teléfono no sería suficiente.

—¿Cuando se pone así? ¿Había roto con él antes?

—Sí, discutían a todas horas.

—¿De qué?

—Cosas. Cosas de parejas.

—¿Puedes darme algún ejemplo?

—Él se quejaba de que Adrianna era controladora..., le vigilaba demasiado. Y no era la más indicada para hacerlo porque ella tampoco era un ángel, precisamente —Otis se quedó mirándose el regazo—. No debería hablar por Garth.

—¿Y qué hay de ella?

—Yo de ella no sé nada. Soy amigo de Garth.

—Y aun así te llamó a ti para decirte que iba a dejarlo a él. ¿Qué significa eso?

—Que tenía mi número y no quería hablar con Garth.

Marge se inclinó más hacia él.

—Es más que eso. Creo que Adrianna y tú también estabais muy unidos.

—En absoluto —esquivó la mirada.

—Tal vez quieras replantearte esa declaración, Aaron —Marge se apartó para darle un poco más de espacio—. ¿Sabías que Adrianna escribía un diario?

El joven se puso rojo. Aunque Adrianna hablaba de encuentros con otros hombres, no daba nombres. Marge no tenía ni idea de si uno de ellos sería Aaron, pero, si Otis era como la mayoría de los hombres, se consideraría a sí mismo lo suficientemente importante como para tener su propia entrada.

—¿Aaron?

—No fue nada serio.

—Fue más que una noche —mintió Marge.

—Fueron quizá tres o cuatro veces. No significó nada para ninguno de los dos. Se enfadaba con Garth y tonteaba por ahí porque Garth la engañaba.

—¿Y por qué no rompieron sin más?

—Obviamente ella sí que rompió con él. O al menos iba a romper con él.

—¿Por qué tardó tanto tiempo?

—No sé. Llevaban tiempo teniendo problemas.

—Bueno, ¿y por qué crees que Garth se quedó con ella?

—Porque estaba muy cachonda. Al menos eso es lo que creo.

—¿Y lo sabes por experiencia?

—Vamos, no sea tan dura conmigo.

—Está muerta, Aaron. Tenemos que saberlo todo. ¿Por qué dices que estaba cachonda?

El joven pareció languidecer.

—Hacía cosas que muchas chicas no harían. Nada estaba prohibido. Además, le daba dinero a Garth.

—Parece la novia perfecta. ¿Por qué iba a engañarla?

—Porque los chicos son como perros —respondió él con una sonrisa torcida.

Una definición adecuada, aunque no del todo justa, del sexo opuesto. Pero Adrianna también tenía sus fallos.

—Si tan cachonda estaba, Aaron, ¿por qué fueron solo tres o cuatro veces?

—Fue suya la idea de parar.

—¿Eso te molestó?

—No, me dio igual.

—¿Por qué entonces le enfadaba que Garth la engañara con otras cuando ella hacía lo mismo?

—No sé. Estoy cansado, sargento. Ahora mismo no puedo pensar con claridad.

—¿Te dijo por qué dejó de quedar contigo?

—Dijo que había dejado de hacer eso, ya sabe a lo que me refiero.

—No estoy segura de saberlo. Explícamelo.

—Mire, sargento, yo no fui el primero con el que se acostó para vengarse y no fui el último.

—¿Cómo sabes que se acostaba con hombres para vengarse?

—Porque cada vez que se liaba con un tío del que Garth no sabía nada me lo contaba.

—Parece que erais muy buenos amigos si te hablaba de su vida amorosa. ¿Por qué crees que te lo contaba?

—No sé. Tal vez pensara que se lo contaría a Garth y él se pondría celoso.

—¿Y se lo contabas?

—Dios, no. Si le hubiera dicho algo, me hubiera cortado en trocitos.

—¿Crees que Garth se habría enfadado contigo incluso aunque él también la engañara?

—Supongo que, en cierto modo, él le tenía cariño. De lo contrario, ¿por qué iba a acortar sus vacaciones solo para tranquilizarla?

—No sé, Aaron. Francamente, me pregunto qué pasaría si no la hubiera tranquilizado.

—No sé. Todo esto es muy raro.

—Tal vez la relación tuviera menos que ver con el sexo y más que ver con que Adrianna le diese dinero a Garth. ¿Cómo sabías que Adrianna financiaba sus viajes a Las Vegas?

—Le pregunté a él por ello, porque siempre tenía dinero para ir a Las Vegas. Me dijo que ella le daba dinero.

—¿Y qué le dijiste tú?

—Algo así como «qué buen trato», o una mierda parecida.

—Ella era enfermera. ¿De dónde sacaba dinero para darle?

—Probablemente de su madre. Sus padres tienen dinero.

—¿Ella te dijo que lo sacaba de su madre?

—Puede. El caso es que ambos siempre tenían dinero para comprar alcohol y hacer fiestas. A ella le encantaban las fiestas

—se le humedecieron los ojos—. Es horrible, imaginar que murió ahorcada. ¿Quién iba a hacer una cosa así?

Marge suspiró para sus adentros. Era una pregunta retórica. Aun así, podría haberle dado varias respuestas y todas habrían dado miedo.

—Resulta interesante que Otis sea contratista —Decker lo pensó durante unos segundos—. ¿Es relevante?

Marge acercó una silla, se sentó y echó la cabeza hacia atrás hasta quedarse mirando al techo.

—Veré si tuvo algo que ver con el proyecto de Grossman donde encontraron a Adrianna.

—En mi opinión, los contratistas son culpables hasta que se demuestre lo contrario —intervino Oliver.

—Hablando de eso, ¿habéis localizado a Keith Wald y a Chuck Tinsley?

—He contactado con Wald —dijo Marge—. Nos hemos puesto de acuerdo. Pero Tinsley no me ha devuelto la llamada —se volvió hacia Oliver—. ¿A qué se dedica Reyburn?

—Es técnico en los estudios Warner Bros. En Burbank.

—¿Cómo conoció a Garth? —preguntó Decker.

—Los tres son amigos desde séptimo curso.

—¿Creéis que, si alguno de ellos tuviera problemas, los otros intentarían ayudarlo?

—¿Cómo los tres mosqueteros? —preguntó Oliver—. Quizá, aunque la lealtad es extraña cuando tu amigo se tira a tu novia.

—Me pregunto si Greg Reyburn también se acostó con Adrianna —comentó Marge.

—No lo sé, porque no le he preguntado.

—¿Sigue aquí? —preguntó Decker.

—No. Se ha ido hace una hora. Puedo preguntárselo, pero sabemos que Adrianna era promiscua y que Garth también lo es. Uno más no va a cambiar nada.

—Estaba pensando que, si sus amigos se sentían culpables por acostarse con Adrianna, tal vez habrían estado dispuestos a ayudarle con el cuerpo —sugirió Marge.

—¿Cómo iban a ayudarle si estaban a kilómetros de distancia? —preguntó Oliver.

—A lo mejor Aaron le dijo a Garth que dejase el cuerpo en la obra de los Grossman.

—Si Aaron tenía relación con ese proyecto, habría sabido que en algún momento las sospechas se centrarían en él.

—No pretendo calumniar al señor Otis, pero no es que esté hecho para Harvard —dijo Marge—. Quizá Garth le llamó asustado y Aaron le sugirió el primer lugar que se le ocurrió.

—Pregúntale a Wald si Otis está asociado al proyecto —dijo Decker—. ¿Cuándo vais a volver al St. Tim's? Tenéis que reconstruir los movimientos de Adrianna.

—Es lo siguiente en la lista —respondió Oliver—. Justo después de la pausa para el café.

—Creo que paso —dijo Marge—. Apáñatelas tú con la máquina, Scott.

—La última vez que lo intenté, me quemé la mano —explicó Oliver.

—Con la práctica se obtiene la perfección —Marge se puso en pie—. Pero te enseñaré una vez más. ¿Quién habría imaginado que una maquinita pudiera ser tan adictiva?

—No es una adicción, es una preferencia.

—Y así continúa la negación hasta que se convierte en hábito —dijo Marge—. A lo mejor deberíamos formar centros de rehabilitación para cafeteros, chicos. ¿Quién no ha tenido dolor de cabeza por la cafeína? Si la gente está dispuesta a gastarse cinco pavos en algo que cuesta cuarenta céntimos, podemos venderles la idea de que tienen una adicción que hay que romper. Todo forma parte de la moderna filosofía de cargar el muerto. Te llevas el mérito, pero no la responsabilidad personal.

CAPÍTULO 24

Decker tenía los pies sobre el escritorio. Su puerta estaba cerrada y era uno de los pocos momentos que se permitía un respiro. Necesitaba recomponerse después de una emotiva conversación telefónica con Kathy Blanc. El deseo de resolver un asesinato era como un picor persistente que no podía rascarse. Ahora estaba al teléfono con Eliza Slaughter y apenas entendía lo que decía.

—¿Dónde está? Hay muchas interferencias.

—Estoy... campo. Espere. Iré... coche. Le... a llamar.

Eliza colgó el teléfono. Mientras aguardaba su llamada, Decker revisó sus mensajes telefónicos. Había pasado casi toda la mañana hablando con los empleados que quedaban en el hotel. Era difícil hacer interrogatorios por teléfono y a algunos tendría que ir a verlos en persona. También había mantenido una breve conversación con el patólogo. El informe de la autopsia de Adrianna Blanc mostraba que la muerte se había producido por la asfixia provocada por el ahorcamiento. También tenía marcas y moratones en la piel, consecuencia de haber arrastrado el cuerpo.

Sonó el teléfono y Decker descolgó.

—¿Así mejor? —preguntó Eliza.

—Mucho mejor. ¿Qué sucede?

—He pasado casi todo el día revisando garajes, talleres y desguaces. Dado que los garajes y almacenes necesitan llaves y el permiso de los dueños, he empezado por lo que tenía a mano, los desguaces. A nadie parece importarle que rebusques entre montones de coches destartalados. Voy por el número tres. Están todos en el valle.

—En la parte este y norte del valle. Yo antes trabajaba en Foothill.

—En el que me encuentro ahora está en su distrito. ¿Le suena La Chatarra de Tully?

—Está a la salida de Rinaldi.

—Debería venir. He visto algo que ha llamado mi atención.

—Algo como un Mercedes E550 de 2009.

—Eso es lo que estaba pensando, aunque es difícil saber el modelo cuando el vehículo está despiezado. Es plateado.

—¿Cuándo entró?

—El chico que trabaja aquí ahora no está seguro. Cree que hace un par de días. Ahora mismo estamos intentando localizar al dueño del desguace. Tiene los archivos.

—Estoy más o menos a un kilómetro.

—Ahora le veo —Eliza esperó un instante. Terry estudió en la zona oeste del valle, ¿verdad?

—Correcto.

—Entonces, es posible que estuviera familiarizada con este lugar.

—Cualquier cosa es posible.

—Pero tiene sus dudas.

—No sé. Creo que lo más importante es que Chris Donatti, Chris Whitman en aquella época, estudiaba en el valle. Y conducía un deportivo cuando era joven. Terry, por otra parte, iba andando o tomaba el autobús.

Los capuchinos tenían para Oliver un efecto relajante. Tal vez fuese algo de la leche, porque Scott estaba saboreándolo con un placer casi orgásmico. No solo había aprendido a usar la máquina de café, sino que al fin había dominado el arte de la espuma. Ambos iban de camino al St. Tim's: Marge conducía y Scott iba en el asiento del copiloto.

—Me estoy convirtiendo en una nenaza —dijo Oliver.

—Beber café con leche no te convierte en una nenaza. Los italianos beben capuchinos y cafés con leche a todas horas —Marge sonrió—. Claro, no los beben por las tardes. Beben expreso porque los cafés con leche se toman para desayunar.

—¿Estamos en Italia, Marge?

—Solo digo que...

—La última vez que lo comprobé, el idioma oficial no era el italiano...

—Solo te estaba dando una pequeña lección de historia culinaria.

—¿Sabes, Dunn? En tu futuro veo un programa de televisión por cable. Tú, vestida de uniforme, calentando leche de soja mientras miras a cámara. Lo llamaremos *Poli se hace café*.

—Parece una peli porno.

—Eso también estaría bien —dijo Oliver con una sonrisa antes de terminarse el café—. ¿Cuál es el plan?

Marge puso el intermitente para girar a la derecha.

—Primero le devolvemos las cintas a Ivan Povich.

—¿Has hablado ya con él?

—Le he dejado un mensaje pidiéndole las cintas de las zonas de los vehículos de emergencias.

—¿Por qué no nos las daría desde el principio?

—No sé. Supongo que, cuando se las pedimos, pensó que solo queríamos ver las entradas y salidas a pie.

—¿Así que te gusta la teoría de que a Adrianna la sacaron en una bolsa? —preguntó Oliver.

—Puede —Marge hizo una pausa—. Si el asesinato tuvo lugar dentro del St. Tim's, me pregunto qué sería lo que salió mal.

¿Quién, además de Garth, estaría tan cercano a Adrianna como para que una discusión acabara en asesinato?

—¿Por qué crees que la mató alguien cercano a ella? —le preguntó Oliver—. Por lo que Aaron y Greg nos han contado de Adrianna, podría haberse tratado de una aventura que salió mal. A lo mejor estaba tonteando con un médico o un gerente casados. Quizá amenazó con delatarlo.

—Pero ¿por qué iba a decidir de pronto empezar a delatar a sus ligues?

—Porque estaba cabreada con Garth y la pagaba con otros hombres —respondió Oliver—. Eso es lo que hacen las mujeres.

—¿Y los hombres no? —Marge se rio—. Piensa en los asesinos en serie que odiaban a sus madres.

—Estaba tomándote el pelo —esperó unos instantes—. Aunque, si alguien intentó matarla, lo lógico sería que ella se hubiese resistido.

Marge giró a la izquierda.

—A no ser que ambos estuvieran colocados. ¿Y si estaba borracha?

—En su organismo no se han encontrado cocaína, alcohol ni marihuana. Eso sí lo sabemos.

—Podría haber sido algo más exótico. ¿Quién tendría mejor acceso a las drogas que alguien en un hospital capaz de abrir todos los armarios de los medicamentos?

—No pueden abrirlos sin más —dijo Oliver—. Creo que tienen que registrar sus nombres. Deberíamos comprobar el registro. Ayudaría a la investigación que hubieran solicitado alguna droga extraña y que se encontrara en su organismo.

—El problema es que a veces tienes que saber lo que estás buscando para poder encontrarlo en los análisis toxicológicos.

Oliver abrió el termo y rebañó la espuma con el dedo.

—Pareces escéptica. ¿Qué te preocupa?

—Que el ligue de Adrianna de pronto se volviera mortal. ¿Qué podría haber pasado para que todo acabara así de mal?

—Ya sabes cómo son estas cosas, Margie. Empieza como una estupidez y acaba en tragedia.

Una vez más, Marge y Oliver estaban sentados en la garita de control del St. Tim's. Lo más asombroso era que Peter seguía de guardia.

—¿Alguna vez se va a casa? —le preguntó Oliver a Ivan Povich.

—Se va a casa, vuelve —Povich sacó la cinta—. He recibido su mensaje, sargento. Esta cinta es de la zona de entrada de los vehículos de emergencia. Tenemos cámaras por todas partes. Al pedir las entradas y salidas, no pensé en la zona de emergencias. Fue un error por mi parte. Les habría entregado esto.

—No se preocupe —le dijo Marge.

—Estamos de suerte. Estábamos a punto de grabar encima. Pero tengo lo que necesitan.

—Se agradecen los pequeños favores —dijo Marge.

Povich metió la cinta en el reproductor y la adelantó hasta que en la pantalla apareció la fecha del lunes anterior. Los tres observaron el monitor. Las ambulancias entraban con pacientes desafortunados en camillas y vías en los brazos. Durante el espacio de tiempo que estudiaron, vieron principalmente a las mismas personas en los mismos vehículos, aunque ambulancias diferentes llegaran de muchos lugares diferentes.

No vieron bolsas de cadáveres, pero Marge sí que se fijó en algo interesante. A las once y trece, un coche particular daba marcha atrás hacia las dársenas y desaparecía del ángulo de la cámara. Siguió mirando durante un minuto o dos y entonces abrió mucho los ojos.

—¡Para la máquina!

—¿Qué pasa? —preguntó Oliver.

Marge no respondió.

—Retrocede unos fotogramas.

—¿Qué ves, Marge? —insistió Oliver.

—No estoy segura. Por eso quiero volver a verlo.

Rebobinaron la cinta, las figuras en blanco y negro daban saltos acelerados mientras se movían de un fotograma a otro.

—¡Para! —Marge señaló una figura pequeña y solitaria de pie en las dársenas—. ¿Puede ampliar esa imagen?

—Peter, ven aquí —dijo Povich—. ¿Puedes ampliar esto?

Sin decir una sola palabra, Peter se levantó, se hizo con el control del monitor y la pequeña figura creció. Con cada ampliación, la imagen iba perdiendo nitidez.

—¿Te resulta familiar, Scott? —preguntó Marge.

—No. Yo solo veo un borrón.

—Hazla un poco más pequeña, Peter —el guardia de seguridad taciturno redujo ligeramente la imagen—. ¿Y ahora?

Oliver se quedó mirando la figura.

—Nada.

—No te fijes en la cara. Mira la ropa quirúrgica, después fíjate en el tamaño y la complexión de la persona.

—Mandy Kowalski.

—Podría ser.

—Quizá.

—¿Qué está haciendo ahí? ¿Ver cómo cargan y descargan camillas de las ambulancias?

—Solo hay una manera de averiguarlo —Oliver se levantó—. Vamos a buscarla y a preguntárselo.

CAPÍTULO 25

La Chatarra de Tully llevaba en las colinas del oeste casi cuarenta años. Actualmente lo regentaba Caleb «Audi» Sayd, un tipo de veintiocho años cuyos antepasados tal vez fueran egipcios, pero él era californiano auténtico. Medía en torno al metro ochenta, pesaría unos noventa kilos, tenía el pelo negro y los ojos oscuros. Vestía con vaqueros de tiro bajo, camiseta blanca y botas de combate. Tenía los brazos cruzados a la altura del pecho y las manos debajo de las axilas. Negó con la cabeza cuando Decker le mostró la foto de Terry McLaughlin.

—No la había visto antes —dijo Audi.

—¿Estás seguro? —preguntó Eliza Slaughter.

Audi golpeó la foto.

—Esa cara... me acordaría de ella si la hubiera visto.

Se encontraban en mitad de un océano de coches desguazados. Muchos de ellos hacía tiempo que no recorrían una carretera. La pieza de metal que les interesaba era un marco plateado comprimido que podría haber formado parte de un Mercedes E550 en otra vida. Había llamado la atención de Eliza nada más llegar.

Decker contempló el pedazo de metal.

—¿Qué puedes decirnos de esto? A juzgar por la ausencia de óxido, debe de ser reciente.

—Lo es —respondió Audi—. Llamó mi atención. Normalmente no se desguaza un coche bueno.

—¿Así que desconfiaste? —preguntó Eliza.

—Claro que desconfié. No me lo trajo uno de mis contactos habituales.

—¿Sabes quién lo trajo?

—No lo había visto antes. Pero tenía los papeles del coche y lo verifiqué en el departamento de tráfico antes de hacerle una oferta. Era todo legal.

—¿Tienes un nombre? —preguntó Decker.

—Los papeles los tengo en mi despacho —Audi señaló una caravana—. Se apellidaba Jones.

—¿Y de nombre?

—No me acuerdo. No sé si llegué a verlo.

—¿Cómo era? —preguntó Eliza.

—Piel oscura. Pelo liso y oscuro, ojos marrones. Más bajo y más delgado que yo.

—¿Hispano?

—Podría ser. Tenía un ligero acento, pero no lo ubiqué.

—¿Oriente medio?

—No, señora. Eso sí lo ubicaría.

—¿Cuándo lo trajo?

—El sábado o el domingo pasado. Tengo la fecha apuntada.

—¿Sábado o domingo? —preguntó Decker.

—Sí, fue durante el fin de semana.

Eso descolocó a Decker. Ahora se preguntaba si se habría equivocado de coche.

—¿Cómo iba vestido?

—Como un mecánico, con mono y camiseta, pero tenía las uñas limpias. Sus manos eran suaves, como si no hubiera trabajado con ellas en su vida. Es raro, pero bueno, hay historias para todos los gustos.

—¿Y cuál era su historia?

—Dijo que el coche le traía malos recuerdos de su exmujer o su exnovia. Me pareció mentira, pero, como ya he dicho, lo comprobé y él era el dueño del vehículo.

—¿Y no hiciste preguntas? —preguntó Eliza.

—En este negocio tratas con un montón de bichos raros. ¿Quién más comercia con piezas de coches y chatarra? —empezó a enumerar con los dedos—. Si el coche no es robado, si no se ha utilizado en un delito, si el dueño no se ha visto envuelto en un delito y si la propiedad es legítima, no se hacen preguntas. No quiero problemas, detective.

—¿Cuánto le pagaste? —preguntó Decker.

—Negocié a la baja y él aceptó. No le importaba el dinero, lo que quería era que el coche fuera desguazado cuanto antes. Regresó para asegurarse de que lo hubiéramos hecho y me pidió que lo escondiera entre la chatarra. Le dije que eso le costaría un poco más y estuvo de acuerdo. Cuando consiguió lo que quería, se fue.

—¿Qué hiciste con las piezas?

—Se llevó el armazón a remolque. No sé qué pasó con las tripas del coche.

—¿Y nunca antes habías hecho negocio con él? —preguntó Eliza.

—Se lo diría de ser así.

—¿Podría buscar la ficha del señor Jones? —le pidió Decker—. Un nombre nos sería de gran ayuda.

—Claro —los tres caminaron hasta la caravana y entraron. Dentro hacía calor y había varios ventiladores encendidos. Los muebles incluían un escritorio con varias pilas de papeles ordenadas, una silla de escritorio, cuatro sillas plegables y varios archivadores. Audi se sentó y bebió agua de un enorme vaso de refresco. Levantó una de las pilas de papeles y encontró de inmediato lo que estaba buscando. Le entregó a Decker la factura amarilla—. Aquí tiene.

—Gracias —lo primero en lo que Decker se fijó fue que la fecha correspondía al sábado anterior; el día antes de que Terry desapareciera. Así que tal vez no fuera por el buen camino. El nombre del cliente era Atik Jones—. Es un nombre raro.

—¿Cómo se llama?

—Atik —dijo Decker.

—No me resulta familiar. Probablemente no me lo dijera.

—¿Y cómo es que lo escribiste en la factura?

—Lo saqué de los papeles del coche. Voy a buscarlo —Audi giró su silla y comenzó a rebuscar en los archivadores. Poco después pareció sorprendido.

—No lo encuentro. Debo de haberlo archivado mal. Deme otra vez la factura.

Decker se la entregó. Audi escribió algunos números y volvió a rebuscar en los archivos.

—Debo de haberme equivocado en algo. Dios, qué molesto. Déjenme empezar por el principio de la J. Puede que me lleve unos minutos. Tengo muchos.

—Esperaremos —dijo Eliza.

Pasados varios minutos, Audi dijo:

—Vale, aquí está. Apunté mal el nombre en la factura. Habría jurado que me dijo Jones.

Le entregó los papeles del coche a Decker. El apellido no era Jones, sino Jains. Atik Jains. Decker lo pensó durante unos segundos.

—¿Podría ser indio?

—¿En plan Navajo?

—Indio de la India. Jain o Jains es un apellido de la India.

Audi asintió.

—Sí. Sí, eso era. Era de la India.

Decker contempló los papeles.

—¿Puedes hacernos una fotocopia de la factura y de los papeles?

—Claro —mientras Audi fotocopiaba los documentos, Decker habló con Eliza.

—Jains tuvo el coche durante seis semanas, y después el sábado lo desguazó.

—¿El sábado?

—Eso es lo que dice en la factura.

—Si tuvo el coche durante seis semanas y lo desguazó antes de que Terry desapareciera, ¿nos hemos equivocado de coche?

—No sé. Pero sí que sé que Teresa McLaughlin se mudó aquí hace seis semanas —dijo Decker—. En los papeles aparece el número de identificación del vehículo. Eso nos ayudará a saber de dónde procede.

Audi le entregó a Eliza las fotocopias.

—¿Algo más?

—De hecho, sí - Decker sacó una foto de Chris Donatti—. ¿Has visto alguna vez a este hombre?

Audi miró la fotografía y después otra vez a Decker.

—¿Un tipo alto más o menos de su misma estatura?

Decker notó que se le aceleraba el pulso.

—Sí.

—Sí, estuvo aquí..., parecía más viejo que en la foto.

—Es más viejo que en la foto. ¿Cuándo estuvo aquí?

—Hace un día o dos. Estaba husmeando por aquí cuando llegué a trabajar.

—¿Qué quería?

—No sé. No compró nada, no me vendió nada. Solo estuvo mirando. Cuando se marchó, me dio un billete de cincuenta pavos por dejarle mirar —sonrió—. Lo sacó de un enorme fajo que llevaba como si lo hubiera hecho miles de veces. Yo pensé que iba a decirme que quería que su visita quedara entre él y yo, pero no dijo nada de eso. Me dio el dinero y las gracias.

—¿Cuánto tiempo estuvo aquí?

—En torno a una hora.

—¿Y no te dijo nada sobre el motivo de su visita? —preguntó Eliza.

—No. Otro bicho raro, pero estoy acostumbrado a ellos.

—Si regresa, ¿puedes llamarme para decírmelo? —Decker le dio su tarjeta y Eliza hizo lo mismo—. Y, al contrario que el señor Donatti, te pido que nuestra visita quede entre nosotros. No le digas que has hablado con la detective Slaughter y conmigo.

—¿Donatti?

Decker asintió.

—¿El tipo es italiano? —Audi frunció el ceño—. A mí no me pareció italiano. ¿Qué es? ¿Un mafioso o algo así?

—Ahora mismo no es más que una persona que nos interesa —dijo Eliza.

—¿Que les interesa por qué? —preguntó Audi—. En la tarjeta pone que son de homicidios.

—Por eso no tienes que decir nada —dijo Decker—. Puede que reaccione de manera extraña.

—¿Extraña cómo?

Decker hizo una pistola con los dedos y apretó un gatillo imaginario.

—¿Así que es peligroso?

—Sobre todo si le cabrean. Y ahora mismo, sabiendo lo que sé, diría que está bastante alterado.

—Mandy no trabaja hoy.

Oliver y Marge estaban hablando con Hilly McKennick, la enfermera jefe de la octava planta, donde se encontraba la unidad de cuidados torácicos y cardiacos. Hilly tenía cuarenta y tantos años; se trataba de una mujer de aspecto masculino con los ojos marrones, la nariz fina y el pelo corto de color platino. Mandy Kowalski llevaba seis meses en Cuidados Intensivos y Hilly solo tenía cosas buenas que decir de ella.

—¿Cuándo fue la última vez que hizo un turno? —preguntó Marge.

—Creo que hizo un turno doble del domingo al lunes, así que podía tomarse ayer y hoy libres.

—¿Por qué cambió su horario?

—No sé. Me lo pidió y yo pude concedérselo. Mandy nunca pide favores. En general trabaja como loca y me echa una mano cuando lo necesito. Dado que me pidió ese favor, pensé que podría ayudarla.

—Le cae bien —declaró Oliver.

—No es que seamos amigas, pero se toma en serio su trabajo —Hilly hizo una pausa—. Demasiado, creo. Casi todos los que trabajamos de manera intensiva necesitamos una pausa. La jardinería es mi refugio. Las camelias son mi pasión. A Janice le encanta esquiar. Darla canta en un bar cerca de su casa. Mandy solo trabaja. No tiene aficiones, ni un novio, al menos que yo sepa. Como me pidió unos días libres, esperaba que tal vez tuviera algo por ahí. Pero no se lo pregunté.

—¿Y amigas? —preguntó Marge.

—Bueno, sé que Adrianna y ella fueron juntas a la escuela de enfermería. Las he visto comer juntas, así que a lo mejor estaban unidas. Sé que, cuando se enteró de lo de Adrianna, se derrumbó. Le pregunté si quería tomarse el día libre, pero me dijo que no.

Hilly pareció pensativa y Oliver le preguntó al respecto.

—Estaba preocupada —dijo la enfermera jefe—. Me sentía rara teniéndola trabajando en una unidad intensiva cuando estaba tan triste. Pero hizo su trabajo bien, como siempre, y se marchó.

Marge le mostró a Hilly una fotografía en blanco y negro.

—¿Diría que esta mujer es Mandy Kowalski?

Hilly se quedó mirando la imagen.

—Está borrosa.

—Es de la cinta de la cámara de seguridad.

—Quizá —Hilly la estudió con cuidado. Después levantó la cabeza—. ¿Por qué?

—Hemos sacado esta foto de la cámara de la zona donde están los vehículos de emergencia —le informó Oliver—. Si esa es Mandy, nos preguntamos qué estaba haciendo allí.

—No tengo ni idea —dijo Hilly.

—Así que no tenía asignada esa zona.

—No, en absoluto. Así que quizá no sea ella. Pero, aunque lo sea, ¿qué más da?

—Solo estamos intentando saber dónde estaba todo el mundo el lunes en que murió Adrianna —explicó Marge—. Esta foto se sacó el lunes. Estamos intentando acotar el espacio de tiempo desde que Adrianna terminó su turno hasta que fue descubierto el cuerpo.

—Ahora mismo tenemos un espacio en negro entre las ocho de la mañana y las dos de la tarde —añadió Oliver. La enfermera jefe pareció inquietarse. Oliver le preguntó en qué pensaba—. Este no es momento para callarse las cosas.

Hilly se mordió la uña del pulgar.

—El día de la muerte de Adrianna estaban las dos tomando café juntas... en la cafetería. Tampoco es que fuera un secreto ni nada.

Marge le dirigió una mirada a Oliver.

—¿Recuerda la hora?

—Era por la mañana. Recuerdo el olor del beicon.

—¿Les dijo algo?

Hilly miró hacia abajo.

—Es extraño recordar esto ahora. No les dije nada, pero me molestó. Mandy no debería haberse tomado un descanso. De hecho, era la hora de mi descanso. Recuerdo que estaba escasa de personal porque no la encontraba. Pensé que habría ido al baño porque normalmente es muy responsable. Así que fui a la cafetería a por un bollo. Me moría de hambre. Cuando la vi hablando con Adrianna, me fastidió. Me señalé el reloj y Mandy se levantó de inmediato. Se disculpó más tarde y le dije que lo olvidara. Sabía que estaba haciendo un turno doble y lo achaqué al cansancio, pensé que tal vez necesitara cafeína.

Marge estaba escribiendo en su libreta.

—¿Habría alguna manera de que nos dijera una hora aproximada?

—Déjeme pensar... Yo volví a fichar a las nueve y cuarto. Así que debió de ser esa hora más o menos. ¿Eso ayuda?

—¡Acabamos de ganar otra hora! —exclamó Marge con aire triunfal.

—¿Tiene idea de lo que estaban hablando? —le preguntó Oliver a Hilly.

—No. Pero sí que recuerdo que Mandy pareció avergonzada cuando me vio, probablemente porque yo la había reprendido sin palabras —de nuevo Hilly hizo una pausa—. Ahora que lo pienso, no sé de qué estaban hablando, pero la conversación era intensa. Cuando entré y las vi juntas, Mandy ni siquiera se dio cuenta. Y, cuando me vio, se sonrojó. Claramente sabía que no debería haberse tomado un descanso.

—¿Intensa en qué sentido? —preguntó Marge.

—Mandy estaba inclinada sobre la mesa y Adrianna estaba hablando con las manos. Pero solo tuve oportunidad de observarlas durante un par de segundos.

—¿Y era Adrianna la que hablaba?

Hilly asintió.

—Parecía disgustada. Tal vez por eso no fui demasiado estricta. Mandy, como de costumbre, estaba intentando ayudar.

—¿Tiene la dirección de Mandy? — preguntó Oliver—. Si Adrianna estaba disgustada, tal vez Mandy pueda decirnos qué le ocurría.

—¿No han hablado ya con Mandy?

—Sí —respondió Marge—, pero no mencionó que hubiera tomado café con Adrianna. Ahora nos preguntamos por qué.

—Era algo a la vista de todos —dijo Hilly—. No era nada clandestino ni nada por el estilo.

—Y eso hace que nos preguntemos por qué no nos lo dijo —observó Oliver.

—Supongo que, aunque no les diera su dirección, podrían conseguirla por otros medios —les dijo Hilly—. Así que será mejor que se lo ponga fácil.

—Eso sería de agradecer —respondió Oliver.

—Ha sido usted muy abierta —dijo Marge—. Muchas gracias.

—Así es mi familia..., abierta. Tiene sus ventajas y sus inconvenientes. Meto la pata con frecuencia, pero lo bueno es que nunca me saldrá una úlcera por estrés.

CAPÍTULO 26

—No contesta al teléfono ni abre la puerta —le dijo Marge a Decker por teléfono.

—¿Dónde vive?

—En un apartamento a unos tres kilómetros del hospital.

—Tiene sentido que no esté en casa a las cinco de la tarde. Quizá haya salido a cenar temprano y haya desconectado el teléfono —hizo una pausa—. Hace calor. ¿Hueles algo raro?

—Un ligero olor a pis de gato junto a la puerta.

—¿Puedes ver algo del interior?

—Las persianas están bajadas. En la puerta de entrada y en las ventanas no hay indicios de que hayan sido forzadas.

—Deja tu tarjeta —dijo Decker—. Si no sabes nada de ella en un par de horas, puedes regresar.

—Oliver y yo vamos a volver a Garage. Cenaremos algo allí.

—¿Vas a interrogar de nuevo a Crystal Larabee?

—Eso y también ver si puedo identificar al hombre misterioso con el que estaba hablando Adrianna. A lo mejor alguien se acuerda de él.

—Es un poco pronto para que haya mucha gente en el bar —observó Decker.

—Esa es la cuestión —dijo Marge—. Cuanto antes lleguemos, más probabilidades tendremos de encontrar materia gris que no haya sido contaminada por el alcohol.

* * *

Para cuando ambos terminaron de recoger las sillas y limpiarlo todo, el Volvo de Hannah era el único coche aparcado en el aparcamiento mal iluminado situado al otro lado de la calle, frente a la escuela. Ella agitó las llaves con la mano.

—Tengo que cerrar la verja —intentó encontrar la llave correcta palpándola—. Dios, estoy muy cansada.

—Eres la presidenta —le dijo Gabe—. ¿No puedes nombrar a un ayudante que recoja las sillas?

—Sí. Probablemente debería haberlo hecho a principios de año.

Esperaron en el semáforo. Cuando se puso verde, atravesaron la calle.

—¿Qué hora es? —le preguntó Gabe.

—Las siete y media. Debería llamar a casa. Mis padres van a empezar a preocuparse. Lo haré desde el coche. Solo quiero largarme de aquí.

Caminó hasta la verja de hierro forjado, le dio un empujón e intentó deslizarla sobre el rail.

—¿Puedes ayudarme a encarrilarla?

—¿No deberíamos sacar primero el coche?

—Primero quiero encarrilarla.

Gabe se metió el maletín bajo el brazo y dijo:

—Tú ve a por el coche. Yo voy a...

Y fue entonces cuando oyó el ruido y notó algo en las costillas antes de ver la figura sombría a su derecha. Una voz siniestra le hablaba mientras intentaba arrebatarle el maletín.

Pero en realidad él no oyó lo que la figura le decía. Porque lo único de lo que Gabe estaba seguro era que le estaban arrebatando su irrisoria vida, resumida en formularios oficiales y cuentas bancarias. Así que no solo se quedaría sin padre, sino también sin identidad. Porque, para recuperar todo lo robado, tendría que contactar con Chris y explicarle a su padre por qué había permitido que un cabrón le robase el maletín.

Y pensó en todo aquello en medio segundo mientras golpeaba al atracador en la cabeza con el maletín y al mismo tiempo lo tiraba al suelo, lo cual hizo que el objeto que tenía presionándole las costillas saliese disparado. Le dio una patada con el talón izquierdo para lanzarlo hacia los arbustos y comenzó golpear a su atacante sin parar, hasta que la figura quedó de rodillas, llorando y suplicándole.

Pero en realidad no oyó las súplicas.

Lo que oyó fue a Hannah gritándole:

—¡Para, para, para!

Y de pronto los gritos se colaron en su cabeza y lo devolvieron al presente. En ese instante sintió un intenso dolor en la mano izquierda y maldijo su estupidez. Soltó la camisa del atracador y el hombre se alejó a cuatro patas antes de ponerse en pie y salir corriendo.

Gabe tenía la mano dolorida y húmeda. Retorció los dedos y comprobó que no se había roto nada.

Dios era un ser benevolente... en esa ocasión.

Hannah seguía chillando. Él intentó proyectar la voz por encima de su histeria.

—No pasa nada, no pasa nada, no pasa nada.

—¿Estás loco? —le gritó ella.

Se sentía confuso. En su mente acababa de hacer algo bueno. ¿Por qué seguía gritándole?

—Tenía una pistola apuntándome a las costillas.

—¿Tenía una pistola? ¿Tenía una pistola? ¡Podría haberte matado!

—Pero no lo ha hecho, ¿vale? —seguía apretándose la mano. No tenía nada roto, pero le dolía mucho—. Estoy bien.

—¿Estás bien? —le gritó Hannah—. ¿Estás bien? ¡No estás bien! ¡Estás loco!

—¿Debería haber dejado que ese cabrón me robara?

—Exacto. ¿Por qué no le has dado el maldito maletín?

—¡Porque no quería hacerlo!

Aquella excusa le sonó patética incluso a él. Y por un segundo pensó en contárselo. Contarle que la tarde anterior había visto a su padre, que Chris le había dado toda esa mierda; sus cuentas bancarias, sus cheques, su pasaporte, y que se había olvidado de sacarlo del maletín porque era un idiota. Y, como había sido un idiota, habría tenido que acudir a Chris y admitir que una escoria le había atracado. Y no podría volver a mirar a su padre a los ojos nunca más. Era mejor morir que enfrentarse al desprecio. Quería contarle todo eso, pero no podía confesarlo sin traicionar a su padre.

Tendría que esperar un par de días más.

Para él una promesa era una promesa.

—¿No querías hacerlo? —le gritó Hannah—. ¿Y merece la pena morir por eso?

—Es mío. ¿Por qué iba a dárselo?

—¿Qué llevas dentro que sea tan valioso como para arriesgar tu vida por ello?

—No es gran cosa. Mis partituras.

—¡Estás completamente pirado! —le dijo ella asqueada.

—¡Estás gritándole a la persona equivocada! —sus gritos empezaban a cabrearle—. Yo no he atracado a nadie, ha sido él. ¡Y, si quiero arriesgarme a que me peguen un tiro, es asunto mío!

—¡De verdad, estás loco!

—¡Deja de decir eso! ¡No es conmigo con quien deberías enfadarte!

—Al contrario, eres la persona idónea para enfadarme. Casi te matan por un estúpido maletín lleno de partituras. ¿Y si hubiera intentado dispararme a mí?

—Por eso le he detenido...

—Y encima parece que te has destrozado las manos. ¡Qué estupidez!

—Mira, ya tengo suficientes problemas en la vida como para que me digas que soy estúpido, ¿de acuerdo? —la apartó con un gesto—. ¡A la mierda todo! ¡Me largo de aquí!

Comenzó a andar por la calle en la oscuridad sin saber dónde estaba o dónde iba. La oyó corriendo tras él. Le agarró del brazo.

—Vámonos a casa.

—Vete tú a casa, Hannah —dijo sin parar de caminar—. ¿Ves? Tú tienes una casa. Ahora mismo yo no tengo casa, ¿recuerdas?

—Gabe, para. ¡Para! —le tiró del brazo—. ¡Deja de andar!

Había empezado a sollozar.

Él se detuvo y soltó un gruñido.

Otra ridícula mujer llorosa incapaz de controlarse. Su madre, cuando estaba desesperada, abría las compuertas. Su tía estaba chiflada, siempre llorando por algo real o imaginario. A veces era más fácil tratar con la furia de su padre que con la histeria de su madre.

Estaba oscuro y se moría de hambre. Si iba a marcharse para estar solo, imaginó que tendría que hacerlo con el estómago lleno.

—De acuerdo, Hannah. Volvamos a tu casa a ver a tus padres y a comer tu cena, preparada por tu madre.

—¡Deja de hacerme sentir culpable! —gritó ella.

—¡Y tú deja de gritar!

Hannah resopló y se dirigió hacia el coche, pero Gabe vaciló.

—Quiero buscar la pistola. Es mala idea dejarla por ahí tirada para que la encuentre un niño u otro cabrón.

Hannah dejó de andar.

—Buena idea. Te ayudaré.

—No, lo haré yo. Tú acerca el coche y alumbra los arbustos con los faros para que pueda ver, ¿de acuerdo?

Ella obedeció sus órdenes. Cuando se dio cuenta de que estaba tardando bastante, salió del coche y le ayudó en su búsqueda. Estaban ambos de rodillas moviéndose entre los arbustos que apestaban a basura, a comida podrida y a excrementos de perro. Era asqueroso rebuscar allí.

—A lo mejor no era una pistola, Gabe. A lo mejor te ha atracado con estos asquerosos palillos chinos.

—No eran palillos chinos, era una pistola.

—¿Y sabes lo que se siente con una pistola en las costillas?

—Será mejor que me creas.

Ella no dijo nada. A veces era mejor no continuar con una conversación. Minutos más tarde vio algo brillante.

—¿Qué es eso?

—¿Dónde?

—Debajo de ese arbusto a la derecha del envoltorio de McDonald's.

Gabe se tumbó boca abajo y se arrastró bajo el arbusto.

—Buena vista. Vete al coche. Yo la sacaré.

—Te esperaré.

—Hannah, en caso de que se dispare, no deberías estar cerca. Vete al coche, ¿de acuerdo?

—Me apartaré, pero no pienso dejarte aquí solo —ya le fastidiaba bastante recibir órdenes de su padre; no estaba dispuesta a plegarse a los deseos de un chico tres años menor que ella.

—Está bien, pero apártate —Gabe extendió la mano izquierda con cuidado por debajo del arbusto. Tenía espinas, claro. Tenía los dedos muy largos, pero la hinchazón se los había convertido en salchichas. Al final logró agarrar la culata del arma y sacarla de debajo del arbusto. Se levantó y extrajo el tambor con cuidado—. Una semiautomática de nueve milímetros. No son unos palillos chinos, hermana —se guardó la pistola en el maletín, después intentó cerrar la verja y frunció el ceño.

—Lo haré yo —dijo Hannah.

—Pesa mucho.

—Siempre y cuando esté encarrilada, puedo cerrarla. Tú ten cuidado con la mano —cerró la verja, le puso el candado, después se sentó al volante y puso en marcha el motor—. Siento haberte gritado —tenía lágrimas en los ojos—. Estaba asustada.

—Olvídalo. Siento haberte asustado.

—Me has dado más miedo que el atracador —comentó mientras salía a la carretera—. Dios, pensé que ibas a matarlo.

—Mejor él que yo.

—Eso seguro. ¿Dónde está la pistola?

—En el maletín.

—Se la daremos a mi padre. Quizá él pueda averiguar a quién pertenece. Deja que le cuente yo lo ocurrido. No quiero que se asuste. Puedo manejar la situación con más calma.

—¿Puedes manejar la situación con más calma? —repitió Gabe.

—Estoy más calmada.

Pasaron los siguientes minutos en silencio.

—Tu padre no habría permitido que le atracaran —dijo él.

—Mi padre es agente de policía desde hace cuarenta años.

—Eso no importa. O eres ese tipo de persona o no lo eres.

—De acuerdo. Eres un superhéroe.

—Dios, no digo que...

—Tú deja que se lo cuente a mi padre, ¿vale?

—Haz lo que quieras, ¿vale? Es tu padre. Yo solo soy un forastero abandonado.

—Deja de intentar hacer que me sienta mal.

—No hago eso —pero sí lo hacía. Dejó escapar el aire—. Creo que llamaré a mi tía y me quedaré con ella este fin de semana. Debería verla de todos modos.

Hannah no protestó.

—¿Qué tal tus manos?

—La izquierda me está matando —miró hacia arriba—. Ha caído al primer golpe. No hacía falta que siguiera golpeándole. Ha sido una estupidez.

—¿Eres zurdo?

—Diestro, pero me parecía más fácil pegarle con la izquierda. De hecho, probablemente, haya sido lo mejor.

—Vamos a pasar por un 7-Eleven. Te compraré una bolsa de hielo.

—La compraré yo. Tú quédate en el coche.

Hannah metió el coche en el aparcamiento. Él salió y, cinco minutos más tarde, llevaba una bolsa de hielo de dos kilos y medio. Después de sentarse la abrió y metió dentro la mano izquierda, que mantuvo ahí hasta que casi dejó de sentirla. Entonces la sacó y volvió a hacerlo.

—No me he roto nada. Solo la tengo inflamada.

—Menos mal.

Más silencio hasta que llegaron a casa. Ambos salieron. Ella abrió la puerta y Gabe entró primero. Decker estaba sentado en el sofá leyendo el periódico.

—Llegáis tarde —se fijó en la mano de Gabe y en la bolsa de hielo—. ¿Qué te ha pasado?

El muchacho no respondió y se fue directo a su refugio temporal.

—No te asustes, ¿vale? —dijo Hannah.

Rina entró en el salón.

—¿Qué sucede?

—Estamos bien..., estoy bien —explicó Hannah—. Alguien ha intentado atracarnos.

—¡Dios mío! —Rina se acercó corriendo y abrazó a su hija—. ¿Estás herida?

—No. Estoy bien.

Decker se puso en pie.

—¿Habéis llamado al 911?

—No.

—¿Por qué no?

—El tipo se ha escapado...

—Aun así deberíais haber llamado al 911. Deberíais haberme llamado a mí.

—*Abbá*, no ha pasado nada, así que...

—Sí que ha pasado. Él no está bien —la reprendió Decker—. Obviamente está herido. Deberíais haberme llamado de inmediato. ¿En qué estabais pensando?

—Por favor, ¿podrías no gritarme? —Hannah rompió a llorar.

—No pasa nada, hija —la tranquilizó Rina—. Estás bien. Estás a salvo.

Decker volvió a sentarse en el sofá y le ofreció las manos a su hija.

—Tienes razón. Este no es el momento. Siéntate, calabacita. Por favor —Hannah se sentó entre sus padres—. ¿Puedes decirme qué ha ocurrido?

—Ni siquiera lo sé —se secó las lágrimas con la camiseta—. Gabe y yo estábamos cerrando la verja del aparcamiento...

—¿Por qué estabais cerrando la verja? —quiso saber Decker.

—Porque hemos sido los últimos en marcharnos de la escuela.

—No es responsabilidad tuya cerrar —dijo Decker—. Voy a llamar a la escuela y...

—¡*Abbá*, no!

—¿Cómo que no?

—Peter, ¿quieres dejar que termine? —dijo Rina.

Decker apretó y abrió los puños varias veces.

—Lo siento. Continúa. Estabais cerrando la verja.

—Estábamos cerrando la verja. De pronto Gabe estaba encima de este tío dándole una paliza. Yo no he sabido exactamente qué pasaba hasta después.

—¿Y qué ha pasado entonces?

—Ha dicho que el tío había intentado robarle el maletín. Y él se ha defendido. Es un chico violento.

Rina y Peter se miraron.

—¿Y así se ha hecho daño en la mano? —preguntó Decker.

Hannah asintió.

—Entonces, ¿el atracador no llevaba un arma?

—Oh, tenía una pistola. La tenía apuntando a Gabe a las costillas.

—¿Tenía una pistola y Gabe le ha atacado?

—Sí, una estupidez, ¿verdad? Podría haberle dado el maletín sin más. Todo ha ocurrido muy deprisa. Me ha dado mucho miedo. Pero no lo gritéis, que ya le he gritado yo bastante. Ahora mismo se siente como un estúpido.

—Debería sentirse así —dijo Decker.

Hannah no dijo nada.

Rina miró a su marido.

—¿Qué hacemos?

—¿A qué te refieres? —preguntó Hannah.

—Se refiere a que su estúpido comportamiento podría haberos costado la vida a los dos.

—Ha reaccionado exageradamente, nada más —se defendió Hannah—. Ya sabéis lo que pasa cuando te da un subidón de adrenalina. A decir verdad, *Abbá*, te imagino a ti haciendo lo mismo.

—Yo soy un agente de policía entrenado, Hannah.

—Seguro que lo harías aunque no lo fueras.

Decker obvió aquella declaración.

—¿De pronto eres su abogada?

De nuevo Hannah consideró que su mejor opción era no decir nada.

Decker se volvió hacia su esposa.

—¿Qué debería hacer?

—¿Por qué no hablamos con él y le preguntamos qué ha pasado?

—No me interesa una sesión de terapia. ¿Le dejamos quedarse o lo enviamos con su tía y nos lavamos las manos en todo este asunto?

—¿Te preocupa que sea violento? —preguntó Rina.

—Lo he pensado. No sabemos nada sobre él salvo que tiene una mala genética por parte de padre.

—No es violento —aseguró Hannah.

—Acabas de decir que le ha dado una paliza a un tío.

—Ha pegado al atracador, no a mí. Por el amor de Dios, puede que me haya salvado la vida. No es impulsivo. De hecho está bastante contenido. Cualquiera lo estaría teniendo en cuenta sus circunstancias. Yo no puedo deciros lo que tenéis que hacer, pero sabéis que básicamente no tiene hogar.

—Tiene parientes, Hannah, pero esa no es la cuestión —dijo Rina—. ¿Se castiga a un chico por actuar de manera altruista?

—De manera estúpida —puntualizó Decker.

—Quizá sí, pero quizá no. No sabemos qué ocurrió. Y quizá en su entorno, o peleas o te dan una patada en el culo tus amigos y tu padre.

—No cuando hay un arma de por medio —dijo Decker.

—De hecho... —Hannah se detuvo.

—¿Qué? —dijo Decker.

—Nada.

—Dímelo, Hannah. Necesito saberlo todo si quiero tomar una decisión sensata.

—Después hemos estado buscando la pistola —explicó Hannah—. Gabe no quería dejarla ahí por si regresaba el atracador.

—Técnicamente era un ladrón.

—Lo que sea, *Abbá*. Gabe no quería dejar la pistola allí por si acaso algún niño se ponía a jugar en los arbustos y la encontraba.

—Bueno, muy inteligente por su parte —comentó Rina.

—A mí no me impresiona —dijo Decker.

—En cualquier caso, estábamos buscándola por el suelo y yo he encontrado unos palillos chinos. Entonces le he dicho en broma que tal vez le había atracado con palillos. Y Gabe ha dicho que no eran palillos, que parecía una pistola. Yo le he preguntado si sabía lo que era tener una pistola apuntándote. Y me ha dicho: «Será mejor que me creas».

Los tres se quedaron callados durante unos segundos.

—Como si tuviera experiencia con armas —dijo Hannah—. Quizá por eso ha reaccionado así. Quizá las pistolas no le asusten tanto.

—Ese es el problema, Hannah. Las pistolas deberían asustarle —Decker resopló—. Pero, conociendo a su padre, hay algo de verdad en lo que dices. ¿Seguro que estás bien?

—Estoy bien.

—¿Dónde está la pistola? —preguntó Decker.

—La tiene Gabe.

—Bueno, lo primero es lo primero —Decker se puso en pie—. Voy a quitarle el arma.

CAPÍTULO 27

A primera hora de la noche, las barras de casi todos los restaurantes tendían a estar vacías, pero la hora feliz de Garage era muy animada. Las bebidas a mitad de precio y los aperitivos gratis debían de haber atraído al gremio de los administrativos, porque el lugar estaba lleno de trajes de ambos sexos. Si Marge hubiera tenido que apostar, habría jurado que la mayoría eran abogados, ya que los juzgados del centro se encontraban a pocas manzanas de distancia. Los ajenos al sistema legal serían banqueros, corredores de bolsa y contables de empresas de Los Ángeles. La mayoría eran jóvenes, desde veintimuchos hasta treinta y tantos.

Encontrar una mesa resultó todo un desafío, pero, con su vista de águila, Marge divisó una en un rincón. Oliver y ella se sentaron y estudiaron la carta de bebidas y comidas. Finalmente le pidieron una fuente de humus y un par de refrescos a una camarera llamada Yvette. Tenía los ojos azules, la melena platino a la altura de los hombros, las piernas largas y el pecho neumático. Su cabeza parecía muy pequeña en proporción a su cuerpo y a Oliver le recordó a una muñeca hinchable.

Colocó las servilletas sobre la mesa.

—Enseguida vuelvo con sus bebidas.

—¿Sabes cuándo entra a trabajar Crystal? —le preguntó Oliver.

—¿Crystal? —repitió ella, como si el nombre la hubiera dejado sin palabras.

—Crystal Larabee —aclaró Marge—. Trabaja aquí como camarera.

—Se ha tomado unos días libres.

—Porque su amiga ha sido asesinada —explicó Oliver.

Yvette asintió.

—Estaba muy triste. Bueno, ¿quién no lo estaría?

Oliver sacó su placa.

—Estamos investigando el homicidio. ¿Podríamos hablar contigo durante unos minutos?

—Eh... estoy bastante ocupada. Déjenme ocuparme de unos asuntos y enseguida regreso.

—Gracias —Marge se volvió hacia Oliver—. Mandy se toma unos días libres, Crystal se toma unos días libres..., ¿coincidencia?

—Todo el mundo tiene derecho a unas vacaciones.

—Llama a Crystal al móvil. Vamos a localizarla.

Oliver marcó el número y colgó después de diez tonos.

—No contesta.

—De nuevo repito: Mandy no está en casa, Crystal no está en casa.

—¿Quieres que vayamos al apartamento de Crystal?

—Creo que deberíamos —respondió Marge—. Empiezo a tener un mal presentimiento, Scott, sobre todo teniendo en cuenta que Garth está desaparecido.

—Como dijo el teniente, tienen derecho a salir a cenar.

—¿Así que no piensas que sea nada?

—No pienso, luego existo.

Yvette, la camarera de cabeza pequeña, regresó con sus refrescos y el plato de humus. La crema de garbanzos iba acompañada además de aceitunas, cebolla, pepinillos, tomates y un plato con pan de pita. De pronto Marge recordó que tenía hambre.

—Qué buena pinta. ¿Puedes traernos otro?

—Claro.

—Pero primero siéntate —le dijo Oliver.

—Solo un minuto —dijo Yvette—. En serio, no puedo decirles nada porque no sé nada.

—¿Y si empezamos con lo básico? —sugirió Oliver—. Sabemos que Adrianna estuvo en Garage la noche antes de que fuera asesinada.

—La noche del domingo —especificó Marge.

—Lo sé —respondió Yvette— Yo también estaba aquí. Qué raro.

—¿Raro en qué sentido? —le preguntó Oliver.

—Ves a una persona y después muere —se le nubló la vista—. Crystal estaba invitándola a copas. Yo le dije que no lo hiciera, que el jefe se enfadaría si se enteraba, pero lo hizo de todos modos.

—¿Adrianna estaba bebiendo?

—Sí, por supuesto.

—¿Alcohol?

Yvette lo pensó durante unos segundos.

—No lo sé. ¿Por qué?

—No tenía alcohol en su organismo —explicó Marge—. Nos dijeron que solo estaba bebiendo cosas suaves porque tenía que ir a trabajar.

—Podría ser. Yo no estaba prestando atención. Pero, fuera lo que fuera, Crystal estaba invitando a Adrianna y a ese tío bueno con el que estaba hablando. Estoy segura de que él sí estaba bebiendo.

—¿Qué bebía?

—Cerveza. Después de tomarse dos, le dije a Crystal que parase o se lo contaría al jefe —hizo una pausa—. Se cabreó conmigo, pero dio igual. Adrianna se marchó. Y luego, una media hora después, el macizo se marchó también.

—¿A qué hora fue eso? —preguntó Marge.

—En torno a las nueve y media.

—¿Parecía que estuvieran disfrutando la compañía el uno del otro?

—Estaban hablando. Más allá de eso, no sabría decirles.

—¿El tío bueno tenía un nombre? —preguntó Oliver.

—No me quedé con el nombre —respondió ella encogiéndose de hombros.

—¿Farley te resulta familiar?

—¿Farley?

—Crystal recordaba que el tío se llamaba Farley —dijo Oliver.

Cuando Yvette se encogió de hombros por toda respuesta, Marge dijo:

—O quizá era Charley.

—Ni idea —respondió la camarera.

—¿Cómo era?

—Corpulento. Pecho grande, manos grandes..., como si hiciera mucho ejercicio. Encajaría a la perfección en un bar gay. No llevaba traje, pero sí una chaqueta.

—¿Qué tipo de chaqueta?

—Una americana. Una americana negra, camiseta negra y vaqueros. Llevaba sandalias.

—Parece más alguien de Hollywood que un abogado o un corredor de bolsa —observó Oliver.

—Así es. Sí que parecía de Hollywood. O eso aparentaba.

—¿Crees que podrías identificar su cara? —preguntó Marge.

—Lo vi bastante bien. Tenía la mandíbula cuadrada, rasgos masculinos. Ojos oscuros.

—¿Podrías venir a la comisaría mañana para ayudar a elaborar un retrato robot? —sugirió Oliver.

—Supongo.

—Eso sería fantástico —dijo Marge—. Muchas gracias. Has sido de gran ayuda. ¿Tienes un número en el que podamos localizarte?

Yvette se metió la mano en el bolsillo y les entregó una tarjeta.

LA BANDA DE YVETTE JACKSON
especializados en jazz, rock y los clásicos
anima tu próxima fiesta con lo más auténtico
tarifas especiales entre semana

En la tarjeta figuraba un número de móvil y una dirección de correo electrónico.

—¿Eres cantante? —se interesó Marge.

—Cantante, bailarina, música. Estudié en el Conservatorio de Música de Oeste durante cinco años. Me especialicé en guitarra clásica, pero ya he dejado eso. Nadie se levanta por la mañana y decide ser camarera. Pero pagan bien si te tragas el ego y haces tu trabajo. Tengo una sonrisa bonita y tetas grandes. Hasta ahora la mayoría de los clientes recuerda mis atributos cuando llega la hora de la propina.

—Gracias por la tarjeta —dijo Marge—. Puede que te contrate algún día. A mí me encanta la guitarra clásica.

—A mí también, pero presenta sus inconvenientes. Tenemos la misma demanda que una máquina de escribir. Hay un viejo chiste al respecto. ¿Cuál es la diferencia entre un guitarrista clásico y una *pizza*?

—Me rindo —dijo Oliver—. ¿Cuál es la diferencia?

Yvette se levantó de la mesa.

—Una *pizza* da de comer a una familia de cuatro.

El chico estaba hablando por el móvil cuando Decker entró. Tenía la ropa estirada de forma ordenada sobre la cama. A juzgar por su tono de voz, estaba nervioso.

—No pasa nada, Missy, otra vez será... —Gabe puso los ojos en blanco—. Creo que paso, pero gracias por preguntar... Sí, estoy seguro. No pasa nada. Vale..., vale..., vale, te llamaré cuando regreses. Adiós.

Colgó, tiró el teléfono sobre la cama y miró a Decker.

—Hola.

Decker miró la ropa.

—¿Vas a alguna parte?

—Pensé que tal vez sería buena idea estar algo de tiempo con mi tía, pero se va a Palm Springs a pasar el fin de semana —Gabe se dejó caer sobre el colchón y apoyó la cabeza en su mano derecha metía y sacaba la izquierda de la bolsa de hielo, que ahora era una mezcla de agua fría y hielo medio derretido—. Mi madre ha estado manteniéndola desde que se fue de casa hace tres años. Mi madre ha desaparecido. Puede que haya muerto. Cualquiera pensaría que mi tía se sentiría un poco avergonzada por irse de fiesta a Palm Springs con sus amigas.

Decker no dijo nada.

—No sé —continuó Gabe—. Tal vez ella esté en lo cierto. Tal vez Chris esté en lo cierto. Porque desde luego es mucho más fácil pasar de todo.

—Asegúrate de que no se te enfríe demasiado la mano —dijo Decker.

—Tiene razón —Gabe la sacó y flexionó los dedos. Estaban agarrotados, pero podía moverlos. Giró la muñeca.

—¿Cómo estás?

—Me pondré bien —levantó la mirada—. Lo siento, teniente.

—¿Sientes que te hayan atracado?

—Debería haberle entregado el maletín.

—Tal vez habría sido buena idea. ¿Qué llevabas dentro que fuera tan valioso?

—Partituras —sus ojos verdes esquivaron la mirada de Decker—. Ahora tengo ahí la pistola. Le he quitado el tambor.

—¿Puedo echarle un vistazo?

—Claro.

Decker levantó el maletín de la cama, sacó el arma y el tambor y los metió en una bolsa de papel. Se sentó en la otra cama.

—El tipo no se andaba con tonterías. ¿Por qué decidiste derribarlo?

—No pensé. Lo hice sin más —respondió Gabe.

—¿Por unas partituras?

El chico volvió a apartar la mirada. Esta vez no dijo nada.

—Gabe, tu padre estuvo ayer en la ciudad.

Gabe siguió callado.

—Esto es lo que yo creo —dijo Decker—. Creo que se puso en contacto contigo. Sospecho que Chris te dio algo y eso es lo que llevabas en el maletín. Y probablemente por eso reaccionaste de ese modo. Así que volveré a preguntártelo. ¿Qué llevabas dentro?

Gabe no respondió.

—De acuerdo, volvamos al principio —continuó Decker—. ¿Qué te dijo Chris?

—¿Por qué cree que Chris estuvo en la ciudad?

—Porque ambos estamos buscando a tu madre y vamos en la misma dirección. Él me saca algo de ventaja porque puede dedicar toda su energía a esto.

—¿Así que le ha visto?

En esa ocasión fue Decker quien esquivó la pregunta.

—Creemos haber localizado el coche de tu madre.

Gabe levantó la mirada.

—¿De verdad? ¿Dónde?

—Ha sido desguazado. Tenemos los papeles y el número de identificación del vehículo. Estamos intentando vincular ese coche al coche que conducía tu madre. Porque el que hemos encontrado no le pertenecía.

—Entonces, ¿por qué cree que han encontrado su coche?

—¿Cuántos Mercedes nuevos se venden para chatarra?

—¿De quién es el coche? —preguntó el adolescente tras una pausa.

—De Atik Jains. ¿Te resulta familiar ese nombre?

—No.

—Es indio... Indio, indio. El jainismo es una religión común en la India. ¿Tu madre conoce a algún indio?

—No —le dijo Gabe, pero se le sonrojaron las mejillas.

—¿Sabes que te estás ruborizando? —Decker hizo una pausa antes de seguir hablando—. Gabriel, ambos tenemos el mismo objetivo. Encontrar a tu madre. Tenemos que trabajar juntos.

—No tengo ni idea de si conoce a algún indio. No estaba al corriente de la vida social de mi madre. Que yo sepa, no tenía muchos amigos.

—Y aun así te has sonrojado cuando te he preguntado si conocía a algún indio. ¿A qué ha venido eso?

—Probablemente no sea nada.

—Cuéntamelo de todos modos.

El chico se retorció.

—Fue hace un tiempo. Yo estaba esperando en el hospital a que mi madre terminase. El sitio estaba lleno de tíos con turbante. Pensé que era una amenaza terrorista o algo así. Cuando le pregunté a mi madre por ello, me dijo que no era nada, que a un maharajá muy rico estaban operándole del corazón y que todos esos hombres eran sus guardaespaldas.

—¿Hace cuánto fue eso?

—Déjeme pensar. Yo acababa de empezar las clases en Juilliard. Así que debió de ser hace dos años.

Decker sacó una libreta.

—De acuerdo. ¿Qué más?

—Nada más —respondió Gabe—. Creo que dije alguna ocurrencia como que en la India había millones de personas y que el maharajá tenía que ir hasta Nueva York a buscar un cirujano. Mi madre me dijo que el hijo del maharajá era un cirujano cardiaco de visita en el hospital y que quería que a su padre le operasen donde pudiera tenerlo vigilado.

Pasaron los segundos.

—Eso es todo.

—Entonces, ¿tú tenías unos doce años?

—Más o menos. Lo recuerdo porque no se ven todos los días veinte tíos con turbante.

—¿Tu madre volvió a decir algo sobre el maharajá o su hijo?

—No —esquivó su mirada y volvió a meter la mano en el hielo—. Pero ella lo conocía..., al hijo del maharajá..., que de hecho es un viejo, de unos cincuenta y tantos años.

Decker sonrió.

—Continúa.

Gabe suspiró.

—Yo recibía clases en la ciudad, así que pasaba mucho tiempo en Manhattan. Solía tomar el autobús desde mi casa y, después de clase, iba andando hasta el hospital y mi madre me llevaba a casa en coche. Una vez, hace más o menos un año, terminé temprano, cosa que nunca ocurre. Mi antiguo profesor me tenía esclavizado, pero no se encontraba bien. El caso es que me fui andando al hospital y vi a mi madre hablando con ese tío que se parecía a Zubin Mehta: pelo gris, bien vestido, solemne.

—De acuerdo —Decker escribió en la libreta—. ¿Parecía que se conocían bien?

—No se tocaban ni nada, pero estaban hablando... mucho. Y ella sonreía, mi madre. Entonces a él le llamaron por el busca y eso fue todo. Mi madre me vio y nos fuimos a casa. Le pregunté con quién estaba hablando. Ella me dijo que era el cirujano cardiaco, hijo del maharajá que tenía todos esos guardaespaldas.

—¿Parecía avergonzada de haber hablado con él delante de ti? —preguntó Decker cuando Gabe no explicó nada más.

—No —respondió el muchacho—. Pareció bastante directa. Pero lo recuerdo porque era raro verla cómoda en presencia de un hombre. Normalmente evitaba a los hombres incluso aunque mi padre no estuviese.

—¿Así que no parecía avergonzada?

—No —Gabe empezó a recordar—. Muchas veces hacíamos cosas y no se las decíamos a mi padre. Ir al cine o a algún restaurante cuando él se quedaba en la ciudad. Una vez fui a una fiesta de Navidad con ella. Si quería que fuese un secreto, me decía que quedara entre nosotros. Esa vez no lo dijo, así que se me olvidó.

—¿Alguna vez volviste a ver al cirujano con tu madre?

—No —miró a Decker—. Si hubiera vuelto a verla con él, habría sido raro. ¿Así que cree que el cirujano es el indio dueño del coche?

—Gabe, no tengo ni idea, pero me gustaría averiguar el nombre del cirujano.

—Y si es el mismo tipo..., ¿cree que la ha secuestrado o...?

—No sé —ni siquiera consideraba la posibilidad de que Terry se hubiese fugado con él—. Quizá deberían echarle un vistazo a tu mano.

—Estoy bien.

—Por si acaso —Gabe se quedó callado—. Mira, hijo, voy a ser sincero contigo. Sé que viste a tu padre. No querrás tener pruebas materiales que puedan implicar a tu padre en la desaparición de tu madre. No te pareces en nada a Christopher Donatti. No te hundas por él.

Gabe no lo miraba a los ojos.

—¿Cómo sabe con certeza que mi padre estuvo ayer en la ciudad?

—Ya te lo he dicho. Estuvo en el desguace. No nos vimos por una diferencia de treinta y seis horas. No te llamó al móvil porque eso aparecería en tu historial de llamadas, pero sé que se puso en contacto contigo. Y sé que te dio algunas cosas. Solo quiero asegurarme de que no fuera algo empleado en un delito.

Gabe levantó la cabeza y pensó en la manera más limpia de quitárselo de encima.

—Lo vi durante cinco minutos. Me dio el pasaporte, mi certificado de nacimiento y algo de dinero —«no le digas lo de los extractos bancarios. Eso se puede localizar»—. Nada más.

—Algo es algo —dijo Decker—. ¿Qué te dijo?

—Dijo: «Podrías necesitar estas cosas. Adiós».

—¿Y esas cosas las llevabas en el maletín?

Gabe asintió.

—¿Dónde están las cosas ahora?

Gabe sacó su certificado de nacimiento, su pasaporte y un fajo de dinero de la mochila y se los entregó a Decker.

—Si son las pruebas materiales de un delito, quédeselas.

—No son pruebas materiales —Decker ojeó el pasaporte del muchacho. Había estado en Inglaterra, en Bélgica, en Alemania, en Austria y en Polonia—. ¿Qué te parece Europa?

—Fui para participar en competiciones de piano, así que no vi gran cosa.

—¿Y cómo te fue?

—Gané algunas, perdí otras.

—Gabe, si esto es todo lo que te dio, ¿por qué no me lo dijiste ayer?

El chico se encogió de hombros.

—No sé.

—No me lo estás contando todo.

—Mire, teniente, si pensara que ha matado a mi madre, lo mataría yo mismo, pero no creo que le haya hecho daño. Así que preferiría dejarlo en paz. Sé que usted no va a hacer eso, pero, si Chris no lo hizo, ¿por qué debería ayudarle?

—Si Chris no le hizo daño a tu madre, podría absolverlo. Ya lo he hecho antes.

—A lo mejor no confía en usted.

—¿Quieres saber lo que pienso? —hizo una pausa—. Que quizá tengas razón. Quizá él no mató a tu madre. Quizá tu madre huyó de tu padre. Y, si Chris está buscándola, que Dios se apiade de ella si la encuentra. Comprendo tu lealtad hacia tu padre, Gabe. Pero será mejor que la encuentre yo antes de que lo haga él.

—Estoy de acuerdo, pero no puedo ayudarle. No sé dónde están. Ni ella ni él.

—¿Así que tu padre te dio esas cosas y se despidió sin más?

—Exacto. Está claro que no quiere tener ninguna relación conmigo. Y me parece bien.

—Y aun así sigues siendo leal a él.

—Dijo que no la mató —Gabe se mostró firme—. Le creo. Después me dio las cosas y se marchó. Eso es todo. No tengo nada más que decirle.

Decker se guardó el certificado de nacimiento y el pasaporte. Revisó el fajo de billetes con el pulgar. Estaba todo en billetes de cien, y había muchos. Se lo devolvió al chico.

—Quédeselo —dijo Gabe—. Como alquiler.

—Déjalo ya —Decker aguardó—. Se me está cansando el brazo. Guárdate el dinero.

Gabe aceptó el fajo.

—Necesito estar a solas durante un tiempo. Mi tía me ha dejado una llave de su casa bajo el felpudo. Creo que pasaré allí el fin de semana.

—No puedes quedarte solo en su apartamento. Si quieres mudarte con tu tía, tendrás que esperar a que regrese de Palm Springs.

—¿Qué voy a hacer allí, teniente? Yo no bebo, no me drogo. Si quisiera fastidiarme la vida, podría hacerlo aquí igual que allí. No conozco a nadie en la ciudad, pero le garantizo que podría encontrar un camello en cosa de una hora.

—No me cabe duda.

—Entonces deje que me quite de su camino y me traslade al apartamento de mi tía, y así todos contentos.

—Eres demasiado joven, Gabe. No puedo dejar que hagas eso.

—Está bien —dijo el chico con un gruñido—. Me marcharé el lunes.

—No te estoy echando.

—No puedo quedarme aquí. Está intentando cazar a mi padre. Eres el enemigo.

—No soy el enemigo. Tu padre no te permitiría quedarte aquí si fuera el enemigo. Sabe quién soy y sabe que cuidaré bien de ti. Pero también sabe que voy a hacerte muchas preguntas porque tu madre está desaparecida y, ahora mismo, esa es mi prioridad. Tus sentimientos no; el bienestar de tu madre. Si quieres irte a vivir con tu tía el lunes, no te detendré. Pero no lo cargues sobre mis hombros.

Gabe se frotó los ojos por debajo de las gafas.

—¡Esto es una puta mierda!

—No digas tacos. ¿Por qué crees que tu padre no mató a tu madre?

El adolescente pareció confuso.

—No sé. Me pareció sincero.

—Tu padre es un mentiroso patológico.

—Lo sé. Pero aun así, parecía disgustado de verdad. Y ahora usted me dice que la está buscando. ¿Por qué iba a hacer eso si la hubiera matado?

—Tengo un par de preguntas que hacerte —Gabe esperó—. ¿Tu madre usó el coche a lo largo del fin de semana?

—Déjeme pensar..., parece que hace mil años de eso.

—Tómate tu tiempo.

—El sábado por la mañana yo estaba ensayando. Volví al hotel y después fuimos andando a Westwood, vimos una película y cenamos. El domingo estuve ensayando todo el día. No sé si mi madre usó el coche, pero a mí no me llevó a ninguna parte. Creo que dijo que quería estar cerca del hotel porque iba a venir Chris.

—¿Y el viernes?

—La verdad, no lo recuerdo.

—Inténtalo.

—El viernes, el viernes... estuve ensayando desde las diez hasta las cuatro, más o menos —suspiró—. Cenamos en el hotel. ¿Qué hicimos después? —hizo una pausa—. Yo me fui a nadar. Hacía una noche cálida. Cuando regresé a la habitación, no estaba allí. Regresó una hora más tarde con la ropa del gimnasio, así que supongo que fue a la sala de *fitness*. Vimos la tele y nos fuimos a dormir. Nada especial. ¿Por qué me pregunta si usó el coche el fin de semana?

Decker estaba tomando notas.

—Porque el dueño del desguace dice que el coche lo llevaron el sábado.

—Entonces..., eso significa que no es el coche de mi madre, dado que ella desapareció el domingo, ¿no?

—Desapareció el domingo. Eso no significa que se fuera en su coche el domingo. Nadie recuerda haberla visto irse. Podría haberse escabullido.

—¿Por qué iba a hacer eso?

—Tal vez el encuentro con Chris no fue tan bien como yo pensaba. Quizá se sintió amenazada por tu padre y aprovechó la oportunidad para desaparecer de una vez por todas.

—Me dijo que iba a alquilar una casa en Beverly Hills.

—Eso fue lo que le dijo a tu padre. Pero hemos hablado con todos los agentes inmobiliarios de Beverly Hills y ninguno ha oído hablar de tu madre.

—No lo entiendo... —el chico parecía tan confuso como triste—. ¿Por qué iba a mentir?

—Si mintió, estoy seguro de que tenía sus razones.

—¿Cree que se fue sin mí a propósito?

—No lo sé, Gabe, pero, si lo hizo, debía de sentirse muy amenazada.

Sus palabras fueron de poco consuelo para el chico. Parecía devastado... desalentado.

—Tal vez las cosas no fueron bien con tu padre..., tal vez tu madre reaccionó justo cuando Chris se marchó, y pensó «ahora o nunca».

Gabe se encogió de hombros.

—¿Eso es lo que cree?

—Es una posibilidad.

O tal vez lo hubiera planeado todo mucho antes de la llegada de Donatti, y por eso desguazó el coche el sábado, pensaba Decker.

Ella sabía que no volvería a necesitarlo. Pensaría que, si hacía que Donatti se sintiera seguro, este regresaría a casa.

Y cuando él se marchó, ella se fugó.

Lo que significaba que sabía que se iría sin su hijo.

Así que tal vez ese fue el motivo por el que lo llamó a él en un principio. Su objetivo final no era contratar a Decker para que la protegiera, sino más bien darle a su hijo un refugio seguro después de que ella se fuera para siempre.

Si ese fuera el caso, Gabe no sería el único engañado.

CAPÍTULO 28

—Cero de dos —dijo Oliver tras colgar el teléfono—. Mandy no contesta al teléfono y Crystal tampoco.

—A Crystal le gusta la fiesta —dijo Marge—. No me sorprende que no conteste al fijo, pero debería contestar al móvil.

—A lo mejor está en un bar con mucha gente y no lo oye.

Iban en el coche hacia el norte por la 5 y tenían el parque Griffith a su izquierda; una amplia franja de vegetación y árboles donados a Los Ángeles como recompensa después de que el coronel Griffith disparase a su esposa. A saber qué clase de animales se escondían en la oscuridad, de cuatro patas o de dos. Habían logrado evitar casi todo el tráfico de la gente que volvía de trabajar por la noche. La niebla nocturna comenzaba a descender cuando llegaron a la parte más alta de la colina y comenzaron a bajar hacia el valle.

—Llama a Sela Graydon —dijo Marge—. A ver si puede localizar a Crystal.

—Claro —Oliver hizo una pausa—. ¿Qué opinas de que Mandy Kowalski haya desaparecido sin previo aviso?

—Por lo que nos han dicho, es una chica de fiar y de pronto no responde a ninguno de sus teléfonos. ¿Qué quieres hacer si tampoco abre la puerta de su casa?

—¿Qué hora es?

—Las ocho y media.

—¿Sabemos si tiene amigos o parientes que puedan tener una llave?

—No parecía disfrutar de mucha vida social —respondió Oliver.

—Tengo una sensación extraña al respecto. Tal vez haya oído demasiadas confesiones, ¿entiendes lo que digo? ¿Sabes qué coche lleva? Me gustaría ver si está en el aparcamiento del bloque de apartamentos. Y, si está allí y ella no abre la puerta, podríamos tener una justificación para entrar en su casa sin su permiso.

—Llamaré al Departamento de tráfico. ¿Quieres que lo haga antes o después de llamar a Sela Graydon?

—Primero pide la información del coche. Eso es fácil.

Oliver habló con el Departamento de tráfico mientras Marge bajaba hacia el valle, paralela al lecho de cemento del río de Los Ángeles. A esa hora de la noche era un abismo oscuro a su derecha. Dejó atrás la salida hacia el Zoo de Los Ángeles, se incorporó a la 134 en dirección oeste y pasó junto al cementerio de Forest Lawn.

—Es un Toyota Corolla negro de 2003 —Oliver recitó el número de la matrícula—. ¿Tienes el teléfono de Sela Graydon?

—No lo llevo encima.

Oliver hizo una segunda llamada y, en cuestión de minutos, tenía los dígitos que necesitaba. Cuando llamó, Sela no contestó. Dejó su número de teléfono en un mensaje. Miró a Marge, que parecía pensativa.

—¿Qué opinas?

—Solo estaba pensando.

—Eso siempre es peligroso.

—¿Recuerdas la conversación con Yvette Jackson, la camarera? Le he preguntado si conocía a alguien llamado Farley. Y luego he dicho que tal vez fuese Charley.

—Sí, no conocía a nadie con esos nombres.

—Eso me ha dado una idea. Tal vez fuese Charley... Chuck Tinsley —al ver que Oliver no respondía, añadió—: ¿Sí, no, quizá?

—Interesante —dijo Oliver—. El teniente nos dijo que volviéramos a interrogarlo. Hagámoslo.

—¿Por qué no conseguimos una foto de Tinsley, la mezclamos con otras cinco y se la enseñamos a Yvette Jackson?

—¿Crees que sería tan estúpido como para colgar a Adrianna en la propiedad que él supervisaba y después informar de su muerte?

—Hemos visto a muchos criminales a lo largo de nuestros años en el cuerpo —le dijo Marge—. Personalmente, nunca he conocido a ninguno que brille por su inteligencia.

Rina llamó a la puerta, pero no esperó a que la invitaran a entrar en la habitación.

—Acabo de llamar a Matt Birenbaum. Nos hará un hueco mañana.

—¿A él? —preguntó Decker.

—Sé que es un poco excéntrico, pero también es un gran cirujano de la mano.

Gabe se dio cuenta de que estaban hablando de él.

—Estoy bien, señora Decker. No tengo nada roto.

—Puede ser, pero tienen que mirártela. Incluso aunque no fueras pianista, yo lo haría. *Kal v'chomer*, debería hacerlo por alguien que necesita las manos para vivir.

Gabe no entendió todo lo que decía, pero consideró que su mejor defensa era no discutir.

—*Kal v'chomer* significa que debería llevarte al médico a ti *especialmente* —explicó Rina—. Se me ha olvidado el equivalente legal en inglés. Tenemos cita a las once de la mañana. El doctor Birenbaum se enorgullece de tocar bien el piano, así que al menos sabrá cuáles son tus necesidades.

—Se cree que es Mozart —dijo Decker—. Es terrible, y yo ni siquiera tengo oído.

—Es un poco creído, pero eso es lo que buscas en un cirujano —observó la ropa del chico extendida sobre la cama—. ¿Vas a alguna parte?

—Pensaba ir a visitar a mi tía el fin de semana, pero no va a estar en casa. El teniente Decker ha sido tan amable de permitir que me quede hasta que ella regrese el lunes.

—¿Te marchas?

—Puede que sea lo mejor. Muchas gracias por su hospitalidad. Algún día tal vez pueda devolvérselo.

—No es necesario que nos lo recuerdes. Pero no vas a ninguna parte hasta que te hayan mirado la mano. Cuando te haya visto el médico podrás irte donde tu tía. ¿De acuerdo?

Gabe asintió.

—Peter, ve a buscarle una bolsa de hielo en condiciones.

—Sí, señora —Decker se puso en pie y sonrió al ver la expresión desolada del chico—. No te ha escogido a ti, Gabe. Es estricta con todo el mundo.

—Eso no debería ser un problema para él. Debería estar acostumbrado a las mujeres estrictas —después de que Decker saliera, Rina se sentó en la otra cama, frente al muchacho—. ¿Qué tal la mano? Quiero una respuesta sincera, por favor.

—Dolorida.

—Por eso los boxeadores usan guantes. Déjame verla —Gabe sacó la mano de la bolsa de hielo y se la ofreció. Ella la estudió con cuidado—. Tienes algunos moratones muy feos. ¿Puedes mover los dedos?

—Sí.

—Qué afortunado.

—Ha sido una estupidez.

—Puede que sí, o puede que haya sido lo más inteligente. No lo sé. Yo no estaba allí. Todo ha salido bien, así que vamos a dejarlo ahí. ¿Tienes hambre?

—En realidad no.

—Hannah tampoco, pero tenéis que cenar. Cuando empecéis a comer, recuperaréis el apetito.

—¿Hannah está enfadada conmigo?

—Se estaba comportando como si fuera tu abogada, así que supongo que la respuesta es no. La cena estará lista en unos diez minutos. ¿Eres diestro o zurdo?

—Diestro con una izquierda fuerte..., al menos eso era antes.

—Te pondrás bien. Siendo diestro, tus estudios no deberían verse afectados —esperó unos segundos—. Después de la consulta pensaba llevarte a mirar pianos de alquiler. Pero, si vas a mudarte con tu tía, eso no tendría mucho sentido.

El chico se quedó callado.

—Si quieres vivir con ella porque es tu tía y te sentirías más cómodo allí, me parece bien tu decisión. Es difícil vivir con desconocidos. Pero no te marches porque creas que estamos enfadados contigo. Conociendo a tu padre, deberías ser capaz de soportar un conflicto sin venirte abajo.

—No es un conflicto. Estoy acostumbrado a eso —Gabe apartó la mirada—. Estoy cansado de ser una carga.

—Si fueras una carga, no estarías aquí. Yo no quiero cargas, Gabe. Soy demasiado mayor. Además, yo no tengo cargas, eres tú quien las tiene. Yo estoy bien. Y no te preocupes por mi nivel de estrés. He criado a dos chicos. Siempre se metían en peleas, aunque debo admitir que no creo que alguna vez les hayan apuntado con una pistola.

El chico se encogió de hombros.

—Soy un imán para los problemas. Es como si las cosas sucedieran cuando estoy cerca.

—No es muy inteligente estar en un aparcamiento en esa zona a oscuras. Voy a llamar a la escuela. Al menos podrían mejorar la iluminación —Rina lo miró—. Conociendo a tu padre, probablemente hayas estado rodeado de pistolas toda tu vida.

Gabe asintió.

—¿Tienes alguna pistola? Si la tienes, dámela y la guardaré en la caja fuerte.

—No tengo ninguna pistola.

—No me estarás mintiendo, ¿verdad?

—No. Lo juro. Si tuviera una pistola no habría usado los puños.

—Puede que no fueras armado, pero eso no significa que no tengas un arma.

—No la tengo. Puede registrar la habitación.

—Puede que lo haga cuando no estés —dijo Rina—. No leería tus cosas personales, como correo o papeles, pero no me importa mirar debajo de los colchones y en otros lugares donde se pueden esconder armas o drogas.

—No soy un adicto. En mi vida he comprado esas cosas. No bebo. Mi padre es alcohólico y mis abuelos por ambas partes eran alcohólicos. Lo llevo en los genes, así que no tiento a la suerte.

—¿Y no tienes una pistola?

—No. Eche un vistazo si quiere.

—Pero sabes disparar, ¿verdad?

—Sí. Chris se encargó de eso.

—¿Tienes buena puntería?

—No tan buena como Chris, pero me defiendo. Sinceramente, odio las pistolas.

—Ya somos dos. Pero yo también sé disparar. Aprendí porque mi marido pensaba que sería buena idea.

—Lo mismo pasó con Chris —se quedó pensativo unos segundos—. Mi padre tiene muchos enemigos. Dijo que tenía que aprender a proteger a mi madre y a mí mismo. Me obligaba a practicar. Solía dispararme solo para que me acostumbrara al sonido de las balas.

—Eso es una locura.

—Mi padre está loco —el chico sonrió—. Quizá fueran balas de fogueo. Nunca me lo dijo.

—Eso es horrible, Gabriel.

—Sí, lo era. Chris no habría sido el padre de mi elección —se encogió de hombros—. Supongo que es mejor que su propio padre. Chris nunca ha abusado de mí.

Rina arqueó las cejas.

—¿No crees que dispararte sea abuso infantil?

—Me refiero al abuso físico. A Chris solía pegarle su padre. En circunstancias normales pensaría que mi padre estaba mintiendo, pero he visto las cicatrices —miró a Rina—. Estoy muy preocupado por mi madre. La echo de menos. Pero hay una pequeña parte de mí que echa de menos a Chris también. ¿Eso es raro?

—En absoluto. Estoy segura de que echas de menos tu antigua vida.

—Sí, puede ser. Distaba mucho de ser perfecta, pero al menos era mía.

La verja del aparcamiento del bloque de apartamentos tardó unos quince minutos en abrirse. Marge siguió al coche y asustó a la conductora. Después de que Oliver y ella le mostraran sus placas, la mujer se calmó. Tenía treinta y tantos años y era de piel oscura.

—Me han dado un susto de muerte.

—Lo siento —dijo Oliver—. ¿Conoce por casualidad a Mandy Kowalski? Es enfermera en el St. Tim's.

—¿En qué apartamento está?

Marge le dio el número.

—Suele estar en casa por las noches, pero no abre la puerta.

—A lo mejor está dándose un baño relajante.

Mandy no parecía de las que se daban baños relajantes.

—¿La conoce? —preguntó Marge.

—No, lo siento. Aquí hay muchos apartamentos.

Marge le dio su tarjeta.

—Si la ve, llámenos.

La mujer se guardó la tarjeta en el bolso. Marge y Oliver la observaron hasta que desapareció tras la puerta que conducía hacia los ascensores. Entonces Marge escudriñó el aparcamiento en busca del coche de Mandy.

—¿Habrá unos cuarenta espacios dobles?

—Sí, pero un tercio tiene solo un coche —dijo Oliver—. Tú ve por la izquierda y yo por la derecha.

Veinte minutos más tarde se reunieron y ninguno pudo decir que hubiera localizado el coche de Mandy.

—Son más de las nueve —dijo Oliver . Esto no me gusta.

—Vamos a llamar otra vez a su puerta —sugirió Marge.

—Su coche no está aquí. ¿Qué te hace pensar que está en su apartamento?

—Vamos a echar un vistazo, ¿de acuerdo?

Tomaron el ascensor hasta el tercer piso. En cuanto salieron empezó a sonar el teléfono de Oliver. Miró el número y se encogió de hombros.

—Me resulta familiar, pero no sé quién es —pulsó el botón para responder—. Detective Oliver.

—Soy Sela Graydon. Le llamo porque me han llamado.

—Sí, señorita Graydon, muchas gracias. Estamos intentando localizar a Crystal Larabee. ¿Usted sabe dónde está?

—No. De hecho, iba a llamarles por eso. No la localizo. No me ha devuelto las llamadas y empiezo a ponerme nerviosa.

—¿Cuántas veces la ha llamado?

—Unas cuatro..., quizá cinco.

—¿Cuándo fue la última vez que habló con ella?

—Sobre las nueve o las diez de la mañana de ayer. Dijimos algo de quedar a tomar café y eso fue lo último que supe de ella. Estaba pensando en ir a su casa, pero no quiero parecer ridícula. Quiero decir que es una mujer adulta.

—¿Y si nos encontramos allí? —le sugirió Oliver.

—¿Saben dónde vive?

—Así es. Podríamos estar allí en unos veinte minutos.

—Yo tardaré media hora.

—Entonces, nos veremos dentro de media hora.

—¿Así que no piensa que estoy siendo ridícula?

—Preocuparse por el bienestar de su amiga nunca es ridículo. ¿Sabe de alguien que pueda tener una llave de su piso?

—Yo tengo una llave. No sé si funciona. Nunca la he usado.

—Tráigala por si acaso.

—¿Por si acaso qué? —preguntó Sela.

Oliver no respondió y prefirió colgar el teléfono.

CAPÍTULO 29

Mandy seguía sin abrir la puerta, pero, dado que su coche no estaba en el aparcamiento, Oliver y Marge sentían más curiosidad que preocupación. Tal vez la mujer se hubiera pedido unos días libres para tomar el sol en alguna playa de México. Más preocupante era el caso de Crystal Larabee. Cuando los amigos empezaban a preocuparse, era el momento de prestar atención y estar alerta.

La casa de dos plantas que Crystal llamaba hogar estaba iluminada con luces blancas que proyectaban sombras sobre las paredes de estuco. Sela Graydon estaba esperando fuera, vestida con un traje rojo chillón y un enorme bolso de cuero negro colgado del brazo. Caminaba de un lado a otro agitando las llaves, pero se detuvo al ver a Marge salir del coche. Su intento por sonreír fue un pésimo fracaso.

—Hola —Sela se ajustó el bolso en el hombro y extendió la mano—. Gracias por venir. Hace que me sienta un poco menos loca.

Marge negó con la cabeza.

—Su amiga murió hace unos días. Tiene todo el derecho a estar preocupada.

—Estoy de los nervios. No me concentro en el trabajo. Tengo que leerlo todo dos veces —se mordió la uña del pulgar—. Estoy muy triste, claro. Es horrible. No dejo de preguntarme en qué andaría metida Adrianna.

—Hasta que lo sepamos, lo mejor es ir con cuidado —dijo Marge.

—¿Con cuidado por qué? Quiero decir que esto no tiene nada que ver conmigo, ¿verdad?

—¿Se le ocurre alguna razón por la que la muerte de Adrianna podría tener algo que ver con usted? —preguntó Marge.

—No. El hecho de que fuéramos amigas no significa que estuviéramos metidas en las mismas cosas —hizo una larga pausa—. ¿Debería preocuparme?

—Paso a paso —comentó Oliver—. ¿Tiene la llave del apartamento de Crystal?

Sela levantó un llavero con media docena de llaves.

—Aquí tienen.

—Crystal le dio la llave —dijo Marge—. Y con ella le dio el permiso implícito de entrar en su propiedad. Así que le dejaremos hacer los honores.

Los tres subieron las escaleras. Cuando llegaron a la puerta de Crystal, Oliver llamó con fuerza.

—¿Crystal? —volvió a llamar—. Crystal, ¿estás ahí?

Sela se mordió la uña.

—¿Es mi imaginación o algo huele fatal?

—No, algo apesta —confirmó Marge—. ¿Podría abrir la puerta?

—No quiero entrar.

—Díganos que nos ha llamado usted y que quería que registrásemos su apartamento porque sospecha que algo no va bien —dijo Oliver.

—Les he llamado para que registren su apartamento. Sospecho que algo no va bien.

—Genial —respondió Oliver—. Abra la puerta y nosotros nos ocupamos del resto.

Sela consiguió meter la llave en la cerradura con una mano temblorosa y la giró. Cuando se abrió la puerta, el hedor se volvió más intenso. No era exactamente el olor de un cuerpo en descomposición; más bien el de la basura acumulada.

Sela estaba pálida.

—¿Y si nos espera abajo en su coche? —sugirió Marge.

—Buena idea —se tambaleó y Oliver la agarró del brazo—. Deje que la ayude a bajar las escaleras.

—Estoy... bien.

—Seguro que sí, pero los peldaños son inclinados y usted lleva tacones.

Sela no ofreció resistencia cuando Oliver la acompañó hasta el primer piso. Regresó un minuto más tarde. Marge ya estaba dentro inspeccionando la cocina. Se había puesto unos guantes de látex y había abierto una de las dos bolsas de basura apiladas contra la pared.

—¡Huele muy fuerte! Debería haber traído mascarilla.

—Debería, podría... —Oliver se puso los guantes también y espantó un par de moscas; eso nunca era buena señal—. ¿Ves algún resto humano?

—No. Solo un montón de verduras podridas —levantó la mirada, espantó una mosca y arrugó la nariz con asco—. Dado que yo he empezado con el trabajo sucio, lo terminaré. ¿Por qué no echas un vistazo por ahí y me dices si encuentras algo interesante?

Oliver agitó una mano frente a su cara con movimientos rápidos.

—No te lo discutiré.

Marge siguió rebuscando en la basura. Además de las verduras en descomposición, había varios cartones de leche, uno de zumo de naranja, queso mohoso y trozos de carne verduzca. Ató la bolsa y abrió la siguiente. Su contenido incluía varios condimentos medio usados como kétchup, mostaza, mahonesa, salsa de soja, salsa de pepinillos, un bote de mermelada de fresa, vinagre, *wasabi,* rábano picante, cerezas marrasquino, cebolletas y aceitunas rellenas de pimiento.

Oliver regresó a la cocina unos veinte minutos más tarde, cuando Marge estaba atando la segunda bolsa.

—Hay ropa en el suelo y la cama está sin hacer.

—¿Hay signos de pelea?

—A mí me parece más la casa de una guarra que la escena de un crimen.

—¿Sexo reciente?

—No hay preservativos usados. La habitación no olía a limpio, pero tampoco apestaba a esperma. El baño también está desordenado, pero no había nada como toallas ensangrentadas o salpicaduras en la pared. ¿Y tú?

—Para ser una guarra, acababa de hacer una limpieza general en la cocina.

Oliver miró a su alrededor. Como la primera vez, había platos sucios apilados en el fregadero y las encimeras estaban sucias.

—¿A qué te refieres? Este lugar es una pocilga.

—Ha vaciado la nevera —ambos se miraron—. O alguien se la ha vaciado —Marge agarró con la mano enguantada el tirador de la nevera y tiró con fuerza.

Asomó un brazo.

Pero no lo siguió el resto del cuerpo.

Ambos detectives se asomaron. El cuerpo desnudo de Crystal Larabee había sido empotrado allí con tanta fuerza que ni siquiera la fuerza de la gravedad había logrado liberarla de su gélida tumba. Habían quitado las baldas para dejar sitio al cuerpo, que estaba plegado como un acordeón. Tenía los pies doblados hacia arriba, las piernas dobladas a la altura de las rodillas de modo que tenía los muslos pegados al estómago y al pecho. Tenía la cabeza echada hacia delante, girada hacia la derecha, encajada entre las rodillas y la balda superior, que no se podía quitar.

Oliver resopló.

—Llama al forense. Yo voy al coche a por el kit de homicidios.

Marge sacó su teléfono.

—Ya que vas abajo, habla con Sela Graydon. Deberíamos vigilarla.

—¿Cómo posible sospechosa o como posible víctima?

—Ahora mismo yo diría que víctima —Marge marcó el número de Decker—. No sabemos a qué nos enfrentamos. No queremos una tercera víctima.

Sela estaba en el asiento trasero del coche. La pobre mujer había vomitado la cena. Ahora mismo estaba temblando y sollozando.

—¿Por qué está pasando esto?

—Debe de parecerte una pesadilla —dijo Marge.

—¡Es una. pesadilla! —Sela sollozó contra un kleenex—. Tengo miedo. ¿Y si es como en una de esas películas de terror? Alguien... del instituto que está vengándose de nosotras.

—¿Vives sola?

—Sí.

—¿Hay alguien con quien puedas quedarte a pasar la noche?

—Mis padres... —rompió a llorar de nuevo—. ¡Quiero irme a casa!

—¿Dónde viven tus padres?

—En Ventura.

A unos sesenta y cinco kilómetros de Los Ángeles.

—No creo que estés en condiciones de conducir ahora mismo —le dijo Marge—. ¿Y si les llamo y les digo que vengan a buscarte?

—Necesito mi coche —dijo Sela sonándose la nariz—. Tengo que ir a trabajar por la mañana. Ya voy retrasada porque he estado muy distraída... por Adrianna.

—¿Tus padres están casados?

—Sí, por supuesto.

—Quizá puedan bajar juntos y volver a casa en dos coches.

Sela se secó los ojos.

—Voy a llamarlos.

—Antes de que lo hagas, querría hacerte un par de preguntas —Marge sacó su libreta—. ¿A quién debo llamar para informar de lo de Crystal?

271

—¡Oh, Dios! —empezó a llorar de nuevo—. Supongo que a su madre. Ya no vive en Los Ángeles. Se mudó.

—¿Tienes su número?

Sela negó con la cabeza.

—¿Y su nombre?

—Pandy Hurst —Sela lo deletreó—. Es el diminutivo de Pandora.

—¿Y tienes idea de dónde vive?

—Seguro que Crystal tenía su número en el móvil.

—De acuerdo. La encontraremos —Marge hizo una pausa—. ¿Se te ocurre alguna razón por la que alguien querría hacer daño a Crystal y a Adrianna?

—Lo único que se me ocurre es ese tío con el que Adrianna estaba hablando en el bar. A lo mejor es un asesino en serie.

—Sí, estamos intentando identificarlo. Por otra parte, seguimos sin localizar a Garth Hammerling. Por lo que hemos oído, no era muy fiel. ¿Podría haber tenido algo con Crystal?

—Es posible. Garth es un imbécil.

—¿Y qué me dices de Aaron Otis? Tuvo una aventura con Adrianna.

—No lo conozco bien... —de pronto palideció—. Creo que voy a vomitar otra vez.

Abrió la puerta y vomitó sobre el bordillo. A lo lejos Marge oyó el ruido de las sirenas.

—Discúlpame un momento —Marge salió del vehículo para recibir a los dos coches patrulla u ordenó a los cuatro agentes que cortaran la calle y rodearan el bloque de apartamentos. La gente empezaba a arremolinarse y Marge necesitaba su ayuda. Oliver ya estaba arriba acordonando el apartamento.

Sela había dejado de vomitar y estaba sentada en el asiento de atrás con la cabeza entre las rodillas. Levantó la cabeza lentamente y se secó los ojos y la cara.

—¡Dios, estoy hecha un desastre! Tenía saliva en la comisura de los labios y se la limpió con un pañuelo—. Es gracioso —hizo una pausa—. No gracioso en plan divertido, sino irónico. Durante el último año había estado intentando distanciarme de esas dos. Y ahora han muerto... ¡y me siento fatal! Como si lo hubiera provocado yo por desearlo.

—Tú no has provocado nada —Marge había vuelto a sentarse a su lado—. Eres tan víctima como ellas.

—Salvo que yo sigo aquí.

La culpabilidad del superviviente.

—Gracias a Dios. Ahora voy a llamar a tus padres si quieres.

—Lo haré yo. Puedo hacerlo —Sela hablaba consigo misma además de con Marge. Marcó el número, pero, en cuanto su madre respondió, rompió a llorar. Su madre empezó a chillar con tanta fuerza que hasta Marge la oyó.

—Estoy bien, estoy bien, estoy bien —balbuceaba Sela.

Marge le quitó el teléfono y se presentó.

Otra conversación telefónica dolorosa.

Otra noche interminable.

CAPÍTULO 30

Dos investigadores forenses con chaqueta negra habían sacado el cuerpo del frigorífico y lo habían depositado sobre una manta. La mayor de los dos, una mujer hispana de cuarenta y tantos años llamada Gloria, se volvió hacia Decker.

—Tenemos que dejar que el cuerpo se caliente antes de estirarlo. Si alguna vez ha trabajado con ternera cruda fría, sabrá que no es tan maleable como la carne a temperatura ambiente. No queremos rasgar nada.

—Entendido —Decker se puso en cuclillas para examinar el cuerpo. Liberado de los confines de la nevera, se había desplegado un poco. Crystal se encontraba ahora en posición fetal. Sus uñas de manicura parecían intactas, aunque el esmalte estaba algo descascarillado. Los forenses se las cortarían para determinar si había material biológico o extraño. Había estado un tiempo en el frigorífico, porque ya había tenido lugar la lividez *post mortem* y la sangre había descendido hacia la parte inferior de las pantorrillas, los muslos y el torso de la mujer. A simple vista, Decker no observó heridas de bala ni apuñalamientos. Su tono de piel era gris azulado y tenía los labios morados. Le miró el cuello. Advirtió ciertos puntitos morados, petequia, en torno a la porción del cuello que podía ver. Eso solía significar estrangulamiento.

Se puso en pie y estudió el interior de la nevera. Hacía tiempo que no se limpiaba. Había partículas de verduras podridas adheridas a las paredes y en el cajón de las verduras, junto con algunas salpicaduras y manchas en la parte de abajo.

Sacó un test de sangre y recogió varias muestras con palillos con la punta de algodón. Casi todas las muestras salieron azules, lo que indicaba la posible presencia de sangre. No era de extrañar. Con frecuencia la carne cruda descongelándose en el frigorífico en un plato lo hacía sobre su propia sangre. Si uno manejaba el plato sin cuidado, y Crystal no parecía muy meticulosa, a veces la sangre goteaba o manchaba las paredes de la nevera. Dada la cantidad de manchas, Decker habría apostado a que la sangre era animal y no humana. En su mente, Crystal, al igual que Adrianna, había padecido una muerte sin sangre.

Oliver entró en la cocina.

—He metido en bolsas las sábanas, las toallas, la ropa del suelo, toda la basura que había por ahí tirada, el cepillo de dientes y el del pelo. ¿Hay algo más que quieras de la cama y del baño?

—¿Qué hay de las moscas y los gusanos?

—Había algunas moscas. No hemos encontrado gusanos. Supongo que la chica fue lo suficientemente lista para no dejar por ahí carne cruda.

—O alguien fue lo suficientemente listo para meterla en la nevera para que no atrajera a las moscas —Decker resopló—. Por no hablar de que nos dificulta establecer la hora de la muerte.

—Sela Graydon habló con ella ayer por la mañana —Oliver revisó sus notas—. Crystal sugirió que salieran a tomar café, pero después no volvió a hablar con Sela.

—¿Y qué hay del móvil de Crystal?

—No lo hemos encontrado.

—¿No tiene fijo?

—No.

—¿Habéis encontrado efectos personales?

—Solo un montón de basura. No hay ningún bolso con algún carné de identidad. Su coche sigue en el aparcamiento.

—Tiene sentido. Necesitamos el historial de su móvil.

Marge se reunió con Oliver y con Decker. Se quitó los guantes.

—La mujer era una guarra. Es difícil distinguir entre las pruebas y la basura —contempló el cuerpo... que iba desdoblándose lentamente—. Dios, qué triste. Parece que tiene el cuello roto.

—Creo que murió por estrangulamiento —dijo Decker.

—Sí, tiene las petequias —Marge resopló—. Adrianna murió ahorcada..., que es un estrangulamiento.

—¿Qué relación hay entre las dos chicas? —preguntó Decker.

Marge enumeró las posibilidades con los dedos.

—Eran buenas amigas, ambas estaban en Garage el domingo por la noche antes de que Adrianna muriera, ambas hablaron con el mismo desconocido en la barra y ambas conocían a Aaron Otis y a Greg Reyburn.

—¿No admitió Aaron haberse tirado a Adrianna? —preguntó Oliver.

Marge asintió.

—¿Podría haberse tirado también a Crystal?

—Puede ser —supuso Marge—. A lo mejor Greg se las tiró a las dos. Crystal y Greg eran buenos amigos.

—¿Garth se tiró a Crystal?

—No lo sé.

—Que Aaron Otis y Greg Reyburn regresen a comisaría para ser interrogados de nuevo. A ver qué tienen que decir sobre los últimos acontecimientos.

Oliver miró el reloj.

—Son más de las once. ¿Quieres que lo hagamos esta noche?

—Puede esperar hasta mañana. Nosotros aún tenemos cosas que hacer por aquí.

—Los llamaré a primera hora de la mañana —dijo Oliver—. Por cierto, Marge tiene una idea interesante.

—¿Qué idea? —preguntó Marge.

—Farley, Charley.

—Sí, sí —se volvió hacia Decker—. Adrianna estaba hablando con un tipo misterioso en Garage. Crystal creyó haber oído a alguien llamarle Farley. Yo pensaba que tal vez oyó «Charley» en vez de «Farley». Como Chuck Tinsley.

—Hace unas horas hemos interrogado a una mujer llamada Yvette Jackson que trabaja en Garage. Ha dicho que creía poder identificar al tipo con el que estaba Adrianna. Estábamos pensando en mezclar la foto del carné de conducir de Tinsley con otras y ver si ella puede identificarlo.

—¿Tinsley tiene antecedentes? —preguntó Decker.

—No aparece en el sistema. Pero no he ido más allá del Departamento de Policía de Los Ángeles.

—Inténtalo —dijo Decker encogiéndose de hombros.

Los tres se quedaron mirando el cuerpo en silencio. Gloria, la investigadora forense, se acercó y le tocó la piel con la mano enguantada.

—Sigue fría.

—¿Cuánto tardará en calentarse?

—Un rato.

Decker habló con sus detectives.

—Esperaré aquí. ¿Por qué no empezáis a registrar el complejo? No hay demasiados apartamentos, así que no os llevará mucho tiempo. Os avisaré cuando estén listos para mover el cuerpo.

—De acuerdo —Marge se quedó mirando a su jefe y amigo desde hacía tanto tiempo—. ¿Estás bien?

—Cansado.

—¿Qué tal el chico?

—Sigue sin padres —Decker se masajeó las sienes—. Me siento mal por él. También me siento como un estúpido por haberme metido en la vida de su madre —les resumió su día en un minuto—. No sé si Terry está realmente en apuros, en cuyo caso me sentiré culpable por estar enfadado con ella, o si me ha tomado el pelo y ha utilizado mi casa como refugio para dejar a su hijo mientras ella se reinventa a sí misma.

—¿Y no has sabido nada de Donatti?

—No, pero el chico ha admitido que le vio ayer.

—Así que está en la ciudad o...

—Probablemente ya se haya marchado. Donatti le dio a Gabe su pasaporte, su tarjeta de la Seguridad Social y un fajo de dinero. Es probable que le diera otras cosas, pero eso es lo único que ha admitido el muchacho. A mí me parece evidente que Donatti no piensa venir a recoger a su vástago en un futuro próximo.

—¿Su tía no vive en Los Ángeles? —preguntó Oliver.

—Su tía y su abuelo.

—Entonces tiene opciones. ¿Por qué cargas tú con el problema?

—El chico se ha ofrecido a irse donde su tía. Pero prefiere quedarse conmigo.

—No es su elección, sino la tuya.

—Lo sé. Debería dejar que se fuera. Pero mi conciencia me dice que dejarlo bajo la tutela de una chica irresponsable no es lo correcto.

—¿Ves? Ese es tu problema —dijo Oliver—. Haces caso a tu conciencia. Por experiencia te digo, Deck, que nunca pasa nada bueno si haces eso.

A las dos de la mañana, ya habían levantado el cuerpo, habían limpiado la zona y habían recopilado todas las pruebas. El apartamento había quedado clausurado. No era necesario que Decker esperase junto a sus dos detectives, pero decidió hacerlo de todos modos. Antes de que le llamaran había conseguido cenar algo, aunque resultaba tenso con los dos muchachos, que apenas probaban bocado. Cuando Marge le contó lo ocurrido con Crystal, se quedó perplejo, pero una parte de él sintió alivio por poder marcharse y hacer algo productivo.

—Os veré por la mañana —dijo Decker—. Llegaré sobre las ocho.

—Cuídate —le dijo Marge agitando las llaves—. Me gustaría pasarme por casa de Mandy Kowalski.

Oliver miró el reloj.

—¿Sabes qué hora es?

—No voy a aporrear su puerta. Solo quiero ver si su coche está en el aparcamiento.

—El aparcamiento está cerrado. ¿Cómo piensas entrar?

—Miraré a través de los barrotes. Mira, Scotty, nos mintió con lo de tomar café con Adrianna en la cafetería. Ahora Crystal ha muerto. Solo quiero ver si su coche está allí.

—¿Quieres que vaya yo con ella, Oliver? —se ofreció Decker.

—No. Iré yo —murmuró Oliver—. Son nuestras discusiones habituales. ¿Quién necesita dormir?

—Dormir está sobrevalorado —respondió Marge.

—¿Desde cuándo te has vuelto un ave nocturna?

—Desde que mi hija se fue de casa. A veces me cuesta dormir. Sigo pensando en ella.

—Pero la adoptaste cuando era una adolescente. Viviste sin ella durante años.

—Eso era entonces y esto es ahora. No puedo evitar preocuparme.

—Los hijos son como la heroína —dijo Decker—. Una inyección de dolor cuando están, pero, aun cuando no están, es como el próximo chute. No puedes dejar de pensar en ellos.

Cuando el reloj dio las seis, Decker se rindió. A través de las cortinas se filtraba la suave luz amortiguada por las nubes grises. Se levantó de la cama, se puso la bata y decidió preparar café. Estar a solas un rato antes de ponerse en marcha, pero no fue posible. Gabe se le había adelantado. Llevaba una camiseta y unos vaqueros y estaba sentado a la mesa del desayuno con el portátil abierto, pero a un lado. Estaba leyendo el periódico de Decker.

—Hola.

—Hola —respondió Decker con cierto resentimiento. O a lo mejor es que estaba cansado.

—Me he tomado la libertad de preparar café. ¿Quiere una taza?

—Gracias. Me la serviré yo. ¿Qué tal tu mano?

El chico dejó el periódico y flexionó los dedos.

—Dolorida. Supongo que ahora tendré que pasar el proceso. Me pondré bien.

—Cuídatela. Te has levantado temprano.

—No podía dormir. Anoche le oí llegar. Era tarde. ¿Va todo bien?

Decker sonrió para sus adentros. A nadie en su familia le extrañaban sus horarios.

—Cosas de trabajo —se sirvió una taza de café y se sentó—. ¿Cómo estás? —en esa ocasión su pregunta fue sincera.

—Estoy bien. ¿Puedo ayudarle con algo?

Decker sonrió.

—Tu madre decía que eras un buen chico. No mentía.

—Así soy yo —se subió las gafas sobre la nariz—. Pueden ponerlo en mi lápida. Era un buen chico.

—Si yo fuera tú, estaría furioso.

Gabe se quedó mirando el techo.

—Supongo que sale por algún lado. Como pelearme con ese idiota anoche —negó con la cabeza y se sacó una hoja de papel del bolsillo trasero—. Dado que no podía dormir, he estado trasteando con mi ordenador. Me he metido en la web del hospital.

—¿Qué hospital?

—Claro, es cierto. No puede leerme le pensamiento. El hospital donde trabajaba mi madre.

Eso llamó la atención de Decker.

—¿Y has encontrado algo?

Gabe le entregó el pedazo de papel.

—He anotado todos los nombres indios que han pasado por cardiología o cirugía cardiovascular en los últimos ocho años. Antes de eso mi madre y yo vivíamos en Chicago. Creo que algunos de los nombres podrían ser mujeres. No sé si alguno de ellos es el hombre con el que estaba hablando mi madre, pero de todos modos no estaba haciendo nada, así que...

Decker se quedó mirando los apellidos: Chopra, dos Gupta, Mehra, dos Singh, Banerjee, Rangarajan, Rajput, Yadav, Mehta y Lahiri.

—¿Ninguno te resulta familiar?

—Solo Mehta, y por el famoso director de orquesta. Ya le dije que no me dijo el nombre del tipo.

—¿Lo reconocerías en una foto?

—No creo —dio un sorbo al café—. Si quiere, puedo buscarlos en Google, uno por uno, y ver si alguno tenía un padre maharajá. Hoy no voy a la escuela. Así tendría algo que hacer.

Decker se quedó mirando al muchacho.

—¿Y qué harías con la información?

—Dársela a usted.

—¿Y dársela a tu padre?

Gabe se cruzó de brazos.

—¿Por qué iba a hacer eso?

—¿Por qué no ibas a hacerlo? Él también está buscando a tu madre.

—Teniente, si la está buscando, eso significa que está tan perdido como nosotros. Si la encuentra antes que usted, ¿por qué iba a ser algo malo?

—¿Hablas en serio?

—No le hará daño.

—Ya le ha hecho daño.

—Bueno, no creo que vuelva a hacerlo.

—¿Eso es lo que te dijo cuando le viste?

—De hecho, sí.

—¿Y tú le crees?

—Sí, le creo —tenía rabia en la mirada—. Pero no me ha llamado para pedirme ayuda y no sé cómo localizarlo, así que todo esto no importa. Si hubiera querido darle a Chris la información, podría haberla enviado a uno de sus locales. Pero no lo he hecho.

Si quiere ayuda, yo los buscaré por usted. Si no, también me parece bien.

«Echa el freno, Decker. Chris sigue siendo el padre del chico y no vas a cambiar ese vínculo nunca», pensó Decker.

—A caballo regalado no le mires el diente. Agradeceré cualquier ayuda que puedas prestarme. Así que, claro, búscalos en Internet. Y, para el futuro, lo que hagas con tu padre es asunto tuyo.

Gabe se quedó callado. Después dijo:

—No sé por qué defiendo a ese bastardo.

—Es tu padre. Tiene un pasado contigo.

—Sí, y casi todo es malo —hizo una pausa—. Eso no es justo. Tiene algunas cosas buenas. Pero elige no mostrarlas con mucha frecuencia —miró a Decker—. No confío en mi padre. Nunca he confiado. Pero no quiero ser yo quien lo meta en la cárcel.

—Es del todo comprensible —si Decker quería un aliado, tenía que empezar por tratar al muchacho como tal. Levantó el papel con la lista de nombres.

—Esto es muy útil. Haré una copia y a ver qué encontramos cada uno por nuestro lado, ¿de acuerdo?

—Claro.

—Gabe, mi objetivo principal es encontrar a tu madre, no joder a tu padre.

—Lo sé. Pero también sé que, llegado el caso, si mi padre hiciese daño a mi madre, usted iría tras él sin tener en cuenta mis sentimientos.

—Eso es cierto.

—Yo haría lo mismo. Si fuera usted, quiero decir.

—¿Y no prefieres ser tú mismo?

—No sé, teniente. Como diría mi terapeuta, puede que no sea un buen momento para abrir esa puerta.

Decker se rio.

—Conoces la jerga.

—Siempre he tenido un oído excelente.

CAPÍTULO 31

Marge le puso delante a Oliver un café con leche.

—Puede que esto te ayude. Pareces cansado.

—Estoy cansado. Cuando terminamos de ser unos fisgones, ya eran más de las tres.

—Y te dije que no era necesario que vinieras. Dejemos el tema. Y de nada por el café.

Oliver murmuró un «gracias».

Marge puso los ojos en blanco.

—Mandy Kowalski sigue sin responder al teléfono. También he llamado al hospital y he hablado con Hilly McKennick, la enfermera jefe. Se suponía que Mandy debía regresar hoy, pero no ha aparecido.

—Eso no es buena señal —dio un trago al café—. Dado que ya es de día, estaré encantado de ir al piso de Mandy para ver qué pasa.

—Podemos ir ahora.

—¿Qué pasa con Aaron Otis y Greg Reyburn?

—Greg no me ha devuelto la llamada, pero sí que he hablado con Aaron. Vendrá a las diez. Solo son las ocho. Tenemos tiempo de sobra para ir y volver.

—¿Le has dicho a Aaron lo de Crystal?

—Le he dado la noticia hace veinte minutos. Actúa como si estuviese de los nervios.

—Probablemente lo esté. ¿Por qué entonces esperar a las diez para que venga?

—Está trabajando y quería terminar unas cosas. He pensado que sería mejor dejarle elegir a él la hora, utilizarlo como aliado y no como sospechoso, aunque lo sea. Tengo agentes de uniforme vigilándolo y también en el apartamento de Greg, por si acaso alguno de los dos decide huir. Está todo bajo control —se colgó el bolso del brazo—. ¿Listo?

Oliver se terminó el café de un trago.

—Dios, esta mañana has sido muy productiva. ¿Cómo consigues estar activa tras haber dormido tan poco?

—En realidad no me he acostado. Sabía que sería horrible despertarme después de solo tres horas, así que decidí hacer cosas útiles. He averiguado dónde vive la madre de Crystal. Una pensaría que no sería difícil localizar a una mujer llamada Pandora Hurst, pero he tardado casi una hora. La he llamado a las seis de la mañana, para ella eran las ocho. Viene desde Missouri.

—No es una buena manera de empezar la mañana.

—Ha sido una manera muy mala de empezarla, pero había que hacerlo. Además he preparado seis fotos con la foto del carné de Chuck Tinsley para mostrárselas a Yvette Jackson. Todo eso me ha llevado otra hora.

—No habrás llamado todavía a Yvette Jackson.

Marge miró el reloj.

—Lo haré cuando estemos de camino hacia el piso de Mandy. Vamos.

—¿No estás agotada?

—En este momento estoy bajo el efecto del café y del Red Bull. Si me muriera ahora, estoy segura de que mi corazón seguiría latiendo durante horas después de mi muerte, como una rana diseccionada. Aun así, estoy dispuesta a admitir que puede que mi percepción espacial esté ligeramente alterada —le entregó las llaves—. ¿Te importa?

Oliver agarró las llaves.

—Gracias por encargarte de todo. Te debo una. ¿Y si cenamos esta noche?

—¿Y si aguantas un día sin quejarte?

Oliver la señaló con un dedo.

—No tientes a tu suerte.

Un nombre resaltaba sobre los demás: Paresh Singh Rajput. Había sido cirujano cardiovascular visitante durante dos años y a lo largo de ese tiempo Gabe había cumplido los doce. El nombre, que significa «hijo de un rey», era un nombre de guerrero y la familia real a la que pertenecía había gobernado varios principados entre los siglos IX y XI. Había en torno a cinco millones de Rajput en la India, casi todos en la región central de Uttar Pradesh, pero también en las regiones del norte.

Según la información de Google que Decker había recopilado, resultaba difícil asegurar si el padre de Rajput era maharajá porque casi todos los artículos se centraban en los logros profesionales del doctor Rajput, que eran muchos. Era un respetado cirujano, pero también había dedicado gran parte de su tiempo a trabajar en comunidades desfavorecidas. Además formaba parte activa de Médicos Sin Fronteras.

La información biográfica de la que Decker disponía indicaba que tenía cincuenta y pocos años y dos hijos adultos, ambos médicos también. Una información más detallada revelaba que la esposa de Rajput, Deepal, había muerto tres años atrás; en torno a la época en que aceptó el puesto temporal en Estados Unidos. Actualmente estaba soltero.

Decker obtuvo varias fotos de Rajput. Las instantáneas mostraban a un hombre de buena constitución y piel oscura, nariz fina, labios carnosos, cejas gruesas, ojos negros y el pelo canoso. Vestía trajes occidentales de calidad, así como prendas tradicionales indias. En esas fotografías, sus dedos resplandecían con piedras preciosas lo suficientemente grandes como para que Decker se fijara en ellas. Parecía que un hombre que vestía así de bien y dedicaba tanto tiempo a los desfavorecidos no tenía que preocuparse por el dinero.

La información conducía a varias posibilidades interesantes si Terry estaba viva. No era difícil imaginar que Terry, después de pasar años atrapada en una relación con un hombre violento y psicópata, hubiera encontrado a su salvador en un viudo adinerado que dedicaba su dinero, su conocimiento y su poder a ayudar a los desfavorecidos.

Y no era difícil imaginar que el doctor Paresh Singh Rajput hubiera acudido en su ayuda: un viudo adinerado y solitario que libera a una hermosa y brillante damisela en apuros. Terry no solo era despampanante. Poseía esa belleza herida que derretía el corazón de cualquier hombre, su exquisitez resultaba tanto más embriagadora porque nunca alardeaba de sus mejores cualidades.

Juntos volverían a la India y Terry podría empezar una nueva vida.

Si ese era el caso, para Decker supondría el fin de la búsqueda. Tal vez Donatti fuese a buscarla, pero Decker no pensaba rastrear un país de miles de millones de habitantes en busca de una mujer que deseaba perderse.

En cualquier caso, estuviese viva o muerta, Gabe seguía sin madre. Pobre chico. No tenía ni quince años y ya estaba solo. Sus padres le dieron la inteligencia, el físico y el talento, pero sus carencias no lograron ofrecer al muchacho seguridad alguna. Ambos lo habían abandonado a merced de los desconocidos.

Le daban ganas de retorcerle el cuello a alguien.

—No contesta al móvil y su coche no está aquí —le dijo Marge a Decker por teléfono—. ¿Forzamos la cerradura o no?

—¿Y estáis seguros de que tenía que ir hoy a trabajar? —preguntó Decker.

—Según la enfermera jefe, sí. Está preocupada.

—¿Has intentado llamar a sus padres?

—Le he dejado un mensaje a su madre. Todavía no me ha devuelto la llamada.

—¿Cuándo fue la última vez que llamaste a la madre?

—Hace diez minutos.

—¿Y el padre?

—No sé si se ven. No tengo su número.

—¿Amigos?

—Salvo Adrianna, no lo sé. Hilly no ha podido ayudarme con eso.

Decker lo pensó durante unos segundos.

—No sé qué tiene que ver con Crystal Larabee, pero ella fue una de las últimas personas en ver a Adrianna con vida. Forzad la cerradura.

—¿Qué quieres que hagamos cuando estemos dentro?

—Echad un vistazo. Ved si sus paredes hablan.

—Eso nos llevará tiempo. Aaron Otis llegará a la comisaría en media hora. ¿Quieres interrogarlo tú?

—Claro. ¿Qué ocurrió la última vez que hablaste con él?

Marge le resumió la conversación lo mejor que pudo.

—Sabemos que tuvo una aventura con Adrianna. Conoce a Crystal, pero no sé hasta qué punto. Sí que sé que Greg Reyburn es amigo de Crystal. Le he llamado y le he dejado un mensaje, pero no me ha devuelto la llamada.

—Si tienes su número, le volveré a llamar yo.

Marge le recitó los dígitos.

—Lo último que me contó Tim Brothers, el agente de guardia, el coche de Reyburn sigue en el aparcamiento de su casa. Podría decirle al agente que llamase a la puerta de Reyburn.

—Puede que sea buena idea. Lo que pase a partir de ahí es cosa tuya.

—Eso haré —Marge hizo una pausa—. Todo esto es muy extraño, Pete. Adrianna no paraba de prestar dinero a Garth para que él se fuera de vacaciones sin ella. Entonces se enfadaba y se tiraba a otros tíos, incluyendo a Aaron Otis. Quizá también a Greg Reyburn.

—¿Alguien le ha preguntado a Reyburn si mantuvo una relación con Adrianna?

Marge le entregó el móvil a Oliver.

—El teniente quiere saber si Greg Reyburn admitió haberse acostado con Adrianna.

Scott agarró el teléfono.

—Reyburn dice no haberse tirado nunca a Adrianna.

—¿Y qué hay de Crystal Larabee? —preguntó Decker.

—Alguna vez quedaron para acostarse, pero principalmente eran amigos.

—Vamos a ver si lo he entendido. Garth y Aaron se tiraban a Adrianna, Greg se tiraba a Crystal, pero no a Adrianna. ¿Garth se tiró alguna vez a Crystal?

—No sé.

—¿Y dónde encaja Mandy Kowalski en todo esto?

—Mandy trabajaba con Garth —explicó Oliver—. Se queja de que él se le insinuó.

—Estoy apuntando todo esto, a ver si puedo hacer un flujograma —dijo Decker—. Por otra parte, Kathy Blanc me dijo que pensaba que Mandy era la que había presentado a Adrianna y a Garth. Así que hay otra relación. Tenemos más flechas de las que pensaba. De acuerdo. Yo me encargo de Aaron. Veremos qué dice.

—Sería muy conveniente que admitiera haberse acostado con Crystal.

—Sí, desde luego. Tampoco es que vaya contra ley haberse acostado con dos chicas que han aparecido muertas, pero después de mirar el flujograma, te aseguro que sobre el papel no tiene muy buena pinta.

Tal vez el mundo fuese el lienzo de un artista, pero Aaron Otis usaba su propio cuerpo para ese propósito. Iba tatuado de cuello para abajo y hacía que su cara resultase una máscara monótona. Piel bronceada, pelo rubio, ojos marrones claros y muchas arrugas que indicaban que pasaba la vida al aire libre. Tenía el pelo rizado y revuelto. Parecía un león multicolor.

—Esto es horrible —agarraba una taza de café con manos temblorosas—. Una horrible coincidencia.

—¿Una coincidencia? —repitió Decker.

—O quizá no.

—¿Ambas chicas eran amigas tuyas?

—Conocidas, sí.

Decker tenía muchas conocidas. Solo se acostaba con su esposa.

—Estoy intentando localizar a Greg Reyburn. No abre la puerta y en su móvil salta el buzón de voz. ¿Sabes tú dónde está?

Aaron se frotó la cara.

—Anoche estuvimos de fiesta. Yo me marché del bar a la una.

—¿Dónde? —Decker sacó su libreta.

—El Wild Card... está en Cahuenga, pasado Ventura.

—De acuerdo. Te marchaste a la una. ¿Y Greg?

—No sé. Estaba hablando con una chica. A lo mejor se lio con ella.

—Pero su coche está en la plaza de aparcamiento de su apartamento.

—Anoche conducía yo. Cuando me marché, le dije a Greg que le llevaba a casa. Él me dijo que se quedaba. Así que podría estar en casa de cualquiera durmiendo la mona. No es tan tarde.

Eran las diez y diez. Decker llevaba cuatro horas levantado.

—Retrocedamos un poco. ¿Por qué no comienzas con el principio de vuestro viaje?

—¿Se refiere al viaje con Greg y Garth?

—Sí. A eso es justo a lo que me refiero.

—Eso es retroceder mucho.

—Hace menos de una semana.

Aaron se mostró reticente, pero al final contó su historia, que básicamente era un resumen de lo que le había contado a Marge. Cuando estaban preparándose para irse de acampada, Adrianna le llamó. Aaron le dio el mensaje a Garth; que iba a romper con él. A Garth le entró el pánico y volvió a Los Ángeles para hablar con ella. Garth se marchó al aeropuerto de Reno en taxi mientras Aaron y Greg proseguían con su viaje. Pero en las montañas hacía demasiado frío para quedarse.

—Estaba todo nevado. Llevábamos forro polar y todo, pero hacía más frío del que pensábamos. Así que nos dimos la vuelta al día siguiente y regresamos.

—¿Hasta dónde viajasteis en coche?

—Debieron de ser, no sé... unos trescientos kilómetros. Tardamos todo el día en llegar. Las carreteras son horribles.

—¿Hay gasolineras por el camino?

—Sí, pero no muchas. Hay que tener cuidado para no quedarse sin gasolina.

—¿Parasteis a repostar?

—Claro.

—¿Dónde?

—En varios lugares. Le dije a la detective que cargué todas mis compras en mi tarjeta de crédito —Aaron hizo una pausa—. Estaba lejos cuando murió Adrianna. Mi tarjeta lo demuestra.

—Demuestra que tu tarjeta estaba lejos. ¿Te vio alguien en las gasolineras?

—Sí, claro. Entramos en una tienda. Compramos cosas de picar. Recuerdo a la dependienta. Era rubia, tenía los ojos marrones y un *piercing* en la nariz. Era mona. Creo que se llamaba Ellie o algo así.

Decker sabía que casi todas las tiendas de las áreas de servicio tenían cámaras de vigilancia. Si se hacía con el extracto bancario de la tarjeta de Otis, podría ponerse en contacto con la tienda y obtener el vídeo si la dependienta no había borrado la cinta.

—También paramos a la vuelta —dijo Aaron—. Era la misma dependienta, por cierto.

—¿Puedo ver los tickets de tu tarjeta para saber el nombre de la tienda?

—Claro. Lo que sea con tal de demostrar que no estaba cerca de Los Ángeles.

—De acuerdo. Si todo se confirma, probablemente no estuviste implicado de manera directa en el asesinato de Adrianna. Ahora vamos con Crystal.

—Yo no soy amigo de Crystal..., o sea, tampoco es que me cayese mal, pero era mejor amiga de Greg que mía.

Decker levantó la mirada de la libreta y miró al muchacho a los ojos.

—Voy a preguntarte una cosa y quiero una respuesta sincera. Si descubro que me estabas mintiendo, seré mucho menos indulgente con tus declaraciones. ¿Entendido?

Aaron dejó la taza de café.

—No le estoy mintiendo.

—Aún no te he hecho la pregunta —Decker lo miró fijamente a los ojos—. ¿Alguna vez te has acostado con Crystal Larabee?

—Sí, hace mucho tiempo..., unos dos meses.

Decker tuvo que contener una sonrisa.

—A mí no me parece tanto tiempo. ¿Cuánto duró vuestra historia?

—No fue una historia. Vino a casa de Greg y yo estaba allí. Greg tenía que irse a trabajar y... una cosa llevó a la otra.

—¿Cuánto duró vuestra historia? —repitió Decker.

—Lo hicimos como seis veces. Fue algo informal. Crystal se acostaba con cualquiera.

—¿Y la última vez que te acostaste con ella fue hace unos dos meses?

—Quizá incluso tres.

—¿Por qué dejaste de hacerlo?

—No lo dejamos oficialmente..., simplemente no volvió a presentarse la ocasión. Tampoco es que yo la llamara para acostarme con ella. De vez en cuando nos encontrábamos y surgía —se frotó la cara—. Sinceramente, no había visto a Crystal al menos en un par de semanas.

—De acuerdo —dijo Decker—. Dime lo que hiciste ayer. Cuéntame tu día.

—Me levanté sobre las siete..., me fui a trabajar —se encogió de hombros.

—¿Cuándo te vas a trabajar?

—Sobre las ocho.

—Continúa.

—Estuve en el trabajo todo el día. Volví a casa sobre las cinco. Pedí una *pizza* vegetal de Muncher's. Me marché para ir a Wild Card a eso de las ocho y media —una pausa—. Eso es todo.

—¿Llamaste a alguien mientras estabas en casa?

—Llamé a Greg. Volví a llamar a Garth, pero no obtuve respuesta. Me llamó mi madre. Lo normal.

—¿Al fijo o al móvil?

—Solo tengo móvil.

—¿Puedo ver el historial?

—Claro. Desde luego.

—¿Cómo decirlo? —dijo Decker—. Me parece que tienes mucho sexo sin compromiso..., con Adrianna y ahora con Crystal Larabee.

—¿Por qué no? —la cara del chico era de inocencia absoluta.

—¿No te importaba tirarte a la novia de Garth?

—Era algo informal..., cuando Garth no estaba..., que era con frecuencia. Pasaba mucho tiempo en Las Vegas.

—Sin Adrianna.

—Sí, sin ella, sí. Era raro.

—¿En qué sentido?

—Que Adrianna le financiara los viajes a Las Vegas sin ella.

O sea, no es que a ella le gustara. Se quejaba de ello. Yo le preguntaba por qué seguía haciéndolo.

—¿Y ella qué te decía?

—Decía que no se puede acorralar a los tíos. Que se cabreaban, y es cierto... Así que lo hacía, y entonces la que se cabreaba era ella. Cuando nos acostábamos, decía cosas como: «No lo haría, pero es que Garth pasa mucho tiempo fuera». Se acostaba con varios. Sé que yo no era el único.

—¿Con quién más?

Aaron se dio cuenta de que acababa de meter la pata.

—Quiero decir que me decía que se acostaba con otros.

—No has respondido a mi pregunta. ¿Con quién más se acostaba? Y, por favor, no me mientas.

Aaron levantó las manos.

—Sí, se tiraba a Greg. Le encantaba tirarse a los amigos de Garth. Supongo que así pensaba que estaba vengándose de algún modo.

—¿Garth lo sabía?

—Algo sabía. No parecía importarle.

—Pero, según tú, le importó lo suficiente como para cancelar su viaje y volar a verla.

—Cierto. Se asustó cuando ella dijo que iba a dejarlo. A mí me sorprendió.

—¿Por qué?

—Porque no parecía preocuparse tanto por ella.

—Tal vez se preocupó porque se exponía a perder su fuente de crédito sin intereses.

Aaron se quedó callado unos segundos.

—Puede ser. Sí que viajaba mucho a Las Vegas.

—Garth va a Las Vegas, Garth va a Reno. ¿Tiene Garth un problema con el juego?

—¿Garth? —Aaron se rio—. Juega en las mesas de dos dólares y en las tragaperras de veinticinco centavos. A veces juega a las máquinas de póquer. Yo me burlo de él todo el tiempo. Una vez le dije que era el único tío que conozco capaz de hacer que cincuenta pavos le duren un fin de semana.

—¿Por qué entonces va tanto a Las Vegas si en realidad no juega?

—Está de broma, ¿verdad?

Decker no dijo nada.

—Ya sabe lo que dicen —respondió Aaron—. Lo que pasa en Las Vegas se queda en Las Vegas.

—¿Y qué pasa en Las Vegas?

—Nada en particular —pero Aaron parecía muy incómodo—. Quiero decir que a Garth le gustan mucho las mujeres. Son como muescas en su cinturón, ya sabe a lo que me refiero.

—¿Qué tipo de mujeres?

—Eso es lo que digo. No tiene un tipo concreto. Le gustan todas: jóvenes, viejas, negras, blancas, asiáticas, hispanas, gordas, flacas, rubias, morenas, pelirrojas, calvas, lo que sea. Me dijo que su objetivo en la vida es tirarse a todo tipo de mujeres del mundo. Le dije que eso era imposible porque cada una es diferente. Entonces me dijo que esa era la cuestión; nunca las tendría a todas, así que tenía que seguir.

—¿Y qué dijiste tú a eso?

—No sé. Nos reímos o algo así. Vamos, teniente. Somos tíos. Eso es lo que haces cuando eres joven y estás soltero, y desde luego eso es lo que haces cuando estás en Las Vegas.

—¿Sabes si a Garth le gustaban los fetiches?

—Según él, siempre andaba buscando algo nuevo —Aaron apretó los labios—. Llámeme anticuado, pero a mí me pone que una tía se corra conmigo. A Garth eso parecía darle igual. En varias ocasiones me dijo que le gustaba hacerlo por detrás. Me decía que, por detrás, el tío lleva las riendas y no tiene que mirar a la tía a los ojos. Dejaba claro que, por detrás, el tío siempre tiene el control.

CAPÍTULO 32

Mandy Kowalski no tenía alma de decoradora.

Su casa parecía decorada para una venta, con buen gusto, pero muy genérico. El patrón cromático era apagado. Los muebles incluían un sofá gris topo, una mesa de café de madera de teca, un sillón y una otomana. A un lado había una mesa de comedor con cuatro sillas tapizadas. Una librería independiente contenía libros de bolsillo, DVDs y libros de enfermería. Dispersas por las estanterías había velas y media docena de fotos de naturaleza muy bien enfocadas. Una marcada falta de personalidad, nada que sugiriera que Mandy tuviera madre, padre, hermanos o amigos.

La cocina era pequeña y estaba inmaculada; el fregadero limpio y las encimeras despejadas. Oliver abrió el frigorífico.

—En el cajón de las verduras hay una bolsa de ensalada —la sacó y estudió el contenido—. Todavía está en buen estado —cogió un cartón de leche—. A la leche aún le queda una semana.

—¿Hay algo más? —preguntó Marge mientras revisaba los armarios.

—Café, condimentos y un paquete de mortadela —cerró la puerta—. No es gran cosa para preparar una comida. Quizá comía en el hospital.

—Por lo que nos han dicho, pasaba mucho tiempo allí. ¿Has vuelto a llamar al hospital para asegurarte de que no ha aparecido?

—Sí, he llamado y no, no ha fichado —Oliver se apoyó contra el frigorífico—. Está en paradero desconocido desde hace poco más de un día. No se puede decir que esté desaparecida. Nadie ha denunciado su desaparición.

Marge pensó durante unos instantes.

—Mandy estaba muy abajo en nuestra lista de sospechosos hasta que nos mintió. Y luego está el vídeo. ¿Qué estaba haciendo en la dársena de los vehículos de emergencia?

—¿Es ella?

—Eso creo, pero no estoy segura al cien por cien —Marge se encogió de hombros—. Tenemos buenas razones para querer hablar con ella. Así que, aunque nadie haya denunciado su desaparición, tenemos que encontrarla.

—Bueno, esté donde esté, en el apartamento no obtendremos respuestas.

—Todavía nos queda el cuarto de baño y el dormitorio —Marge entró en el único baño del apartamento. Como el resto de la vivienda, estaba limpio y ordenado. En el armario no había ninguna medicina inusual; Advil, Tylenol, vendas, pomada antibiótica, crema de corticoides, pasta de dientes, hilo dental y una lima de uñas. Lo único que Marge advirtió fue que casi todo en el armario eran paquetes de muestra y no los que podían comprarse en farmacias. Una de las ventajas de trabajar en un hospital: medicinas gratis. Las toallas estaban colgadas de manera ordenada y la bañera y el lavabo estaban limpios.

El dormitorio de Mandy era espacioso, con un amplio ventanal y una puerta que daba a un pequeño balcón con vistas a las azoteas. La cama estaba hecha y en las mesillas de noche no había nada salvo un cargador de móvil y un despertador. Los armarios estaban organizados por color. Marge revisó la ropa, después abrió los cajones de la cómoda, que estaban tan ordenados como el armario.

—Si se ha marchado, no parece que se haya llevado mucha ropa. Se ha dejado muchas cosas.

Oliver se incorporó después de mirar debajo de la cama.

—No he encontrado ninguna maleta. La enfermera jefe dijo que Mandy estaba planeando unas vacaciones. Quizá haya decidido prolongar su viaje.

—¿Sin decírselo a su jefa?

—Sí, no nos la han pintado como una mujer espontánea.

—Quizá tenga un lado oscuro —Marge empezó a hablar para sí misma—. Vale, lado oscuro, si fuera tú, ¿dónde me escondería? Si consumiera drogas, tal vez me escondería en el congelador o en la cisterna del baño.

— Haré una Intentona —dijo Oliver, pero regresó pocos minutos más tarde con las manos vacías—. Estamos perdiendo el tiempo. Podría solicitar su historial telefónico, pero, dado que no han denunciado su desaparición, no sé si me lo darían.

—¿Tiene MySpace o Facebook? A veces cuelgan cosas que podrían ayudarnos.

—No sé. Soy demasiado viejo para esas tonterías.

—¿Quieres decir que no deseas tener mil amigos en Facebook?

—Al contrario, me encantaría perder algunos que ya tengo. Llama al teniente y veamos dónde vamos ahora.

Pero Marge no estaba dispuesta a marcharse aún. Regresó al armario de Mandy y examinó las paredes y el suelo.

—¿Qué estás buscando? —le preguntó Oliver.

—Tal vez una caja fuerte... —suspiró—. Otro intento, Scotty, para quedarnos tranquilos.

—Claro, ¿por qué no? Registraré de nuevo el salón.

Marge empezó a rebuscar entre la ropa de Mandy por segunda vez. La cómoda estaba tan baja que le dolía la espalda. Y, si se arrodillaba, no alcanzaba a ver correctamente el interior del cajón superior. Decidió sacar el cajón y colocarlo sobre la cama para revisar el contenido sentada. Comenzó con el cajón inferior, lleno de jerséis gruesos y sudaderas. Mandy era meticulosa hasta un punto neurótico y colocaba papel de seda dentro de cada sudadera y jersey para evitar que la prenda se arrugara. La ropa desprendía electricidad estática mientras Marge la manipulaba, prenda por prenda, desdoblándola y volviéndola a doblar. Cuando llegó a un grueso jersey de punto verde trenzado, palpó algo más sólido entre las partes delantera y trasera de la prenda.

Dentro había una bolsa de plástico de doble capa.

—¿Y esto qué es? —observó el contenido y abrió mucho los ojos—. ¿Oliver? —no hubo respuesta—. Eh, Scott.

—¿Qué? —gritó él desde la otra habitación.

—Tienes que venir a ver esto —dijo Marge—. Hemos encontrado su lado oscuro.

Oliver regresó corriendo mientras Marge extendía las fotografías sobre la cama. En varias instantáneas Mandy aparecía a cuatro patas, ataviada con medias de rejilla negras, un liguero y un corsé de cuero. Al cuello llevaba un collar de perro con pinchos atado a una correa. El hombre que la sujetaba iba enmascarado, no llevaba camiseta y tenía el torso y los abdominales bien definidos. Aunque llevara la cara cubierta, tenía muchos tatuajes. No parecían los diseños de Aaron Otis, pero tendría que volver a mirar los brazos del joven con atención.

Tanto Oliver como ella habían visto muchas fotos de ese estilo. Generalmente las fotos mostraban inocentes juegos sexuales. Pero esta vez no. La pose ya era suficientemente amenazadora, pero algo en la expresión de Mandy sugería que no se trataba de una broma. El látigo de nueve puntas que el hombre sostenía en la mano derecha lo dejaba claro.

—Una pregunta rápida —dijo Marge.

—Dime.

—Las fotos parecen estar muy bien enfocadas, ¿no?

—Sí, se ven todos los detalles. ¿Por qué?

—No parecen haber sido hechas con una cámara con temporizador montada en un trípode. Así que mi pregunta es, ¿quién hizo las fotos?

* * *

Llamaron a la puerta de la sala de interrogatorios y acto seguido entró Wanda Bontemps.

—La sargento Dunn por la línea tres. Dice que es importante.

Decker asintió y se puso en pie.

—Discúlpame un momento, Aaron. ¿Quieres algo de beber? ¿Café o refresco?

—Agua estaría bien.

—Yo se la traeré —se ofreció Wanda.

Decker cerró la puerta tras él y respondió a la llamada en su despacho.

—¿Qué pasa?

—¿Ha ido Aaron Otis a comisaría?

—Justo estaba terminando con él. ¿Qué pasa?

—¿Puedes hacerle unas fotos a sus brazos? —Marge le explicó por qué—. No creo que sea él, pero me gustaría estar segura.

—Puedo retenerlo aquí unos veinte minutos más. Si traes las fotografías, quizá él pueda identificar los tatuajes.

—Quizá. O quizá él también estuviera allí. Las imágenes parecían posados y eso significa que alguien hizo las fotos. Si Garth y Aaron se intercambiaban chicas, ¿por qué no también a Mandy?

—Buena idea. Aaron acaba de confesar que a Garth le gusta hacerlo por detrás porque le gusta tener el control.

Marge se acuclilló y volvió a meter el cajón inferior en la cómoda.

—Yo diría con total seguridad que al tío de las fotos le gusta tener el control.

—Vuelve aquí lo antes posible con esas fotografías.

—¿Y qué justificación tenemos para llevarnos objetos personales del apartamento de Mandy?

—Tenemos dos homicidios brutales y no encontramos a Mandy Kowalski por ninguna parte. Entonces vemos esas fotografías y ahora estamos preocupados por la seguridad de Mandy. Es un peligro inminente. Y eso no es mentira.

* * *

Lo único que deseaba era pasar desapercibido.

En su lugar, sentado en la consulta del médico, se dio cuenta de que era un auténtico grano en el culo.

—La mano está bien, señora Decker. Esto no es necesario.

—Llámame Rina. ¿Y cómo sabes tú lo que es necesario? —se fijó en él. Gabe iba pulcramente vestido con una camisa blanca y unos vaqueros. En los pies llevaba unas grandes deportivas. Parecía cansado, tenía los ojos apagados detrás de las gafas y la frente cubierta de granos. El pelo se le metía en los ojos y le rozaba los hombros. Un pelo bonito; espeso y brillante.

Gabe se retorció los dedos.

—No tengo nada roto.

—Tienes nervios y tendones, ¿no? Sería muy negligente si no me asegurase.

—¿Negligente por qué? No me debes nada.

Rina lo miró con severidad.

—No soy tu madre. No soy tu padre. Ni siquiera soy tu tutora legal. Apenas te conozco. Pero, por alguna razón, la providencia te ha traído hasta mí. Y cuidaré de ti hasta que me ordenen lo contrario.

—Mi padre está en alguna parte —dijo el chico—. Seguro que firmaría los papeles para que me fuera a un internado el año que viene.

—¿Es eso lo que deseas?

—No sé —hizo una pausa—. El curso está un poco avanzado para empezar a solicitar plaza, pero estoy seguro de que podría meterme en alguna parte. El talento lo supera todo.

—¿Tienes en mente alguna escuela específica?

—No importa. Ya le dije al teniente que podría entrar en Juilliard cuando cumpla los dieciséis, así que supongo que lo que tengo que hacer es esperar poco más de un año. En cuanto al instituto, todos son iguales —puso cara de hastío—. Sería útil encontrar un profesor de piano.

—¿Dónde puedo encontrar el tipo de profesor que necesitas?

—Hay dos muy buenos en la Universidad del Sur de California. Tendría que hacer una prueba. Probablemente debería esperar hasta que mi mano estuviese del todo recuperada.

—Claro. Primero vamos a curarte y después veremos.

Gabe se apartó el pelo de los ojos.

—Agradezco mucho que me dejéis quedarme con vosotros —hizo una pausa—. Me cae bien mi tía. Es una persona agradable, pero es inmadura y muy descuidada. Me pongo físicamente enfermo cuando estoy en un entorno desordenado.

Rina se rio.

—La habitación de mis hijos nunca había estado tan ordenada. ¿Puedo animarte con la habitación de mi hija?

—No puedo entrar ahí —dijo Gabe—. Me pone nervioso.

El chico hablaba muy en serio. La enfermera anunció su nombre. Cuando se puso en pie, la enfermera le dijo a Rina:

—Usted puede entrar con él si quiere.

—Depende de ti —le dijo Rina al muchacho encogiéndose de hombros.

—No me importa —respondió él—. Solo es la mano.

Se sentaron los dos en la consulta y, veinte minutos más tarde, entró Matt Birenbaum: un hombre bajito de cincuenta y tantos años con el pelo gris peinado con una mala cortinilla. Rina se levantó de la silla.

—Siéntate, siéntate. Estoy bien. ¿Qué tal la familia? ¿Qué hace el teniente últimamente?

—Lo de siempre. ¿Qué tal los chicos, Matt?

—Josh empieza en la Escuela de Medicina de Penn en otoño.

—*Mazel tov*. Debió de gustarle crecer contigo.

—Intenté disuadirle, pero no me hizo caso —Birenbaum apartó la mirada del formulario que Gabe había rellenado en la sala de espera—. Rina me ha dicho que eres pianista.

—En mis días excepcionalmente buenos.

—¿Y te fastidiaste la mano en una pelea? —el médico lo miró con desaprobación.

—Intentaron atracarle —explicó Rina.

Birenbaum levantó la mirada.

—Vaya. Qué miedo. ¿Te hizo daño en otras zonas además de la mano?

—No, solo en la mano. Y fue por golpearle. Creo que me pasé.

—Bueno, gracias a Dios que fueron los puños y no una pistola —Gabe no se molestó en corregirlo—. ¿Ningún otro problema de salud?

—Tengo buena salud salvo por los granos. Me han salido muchos en la frente.

El médico le examinó la frente.

—Ayudaría que te cortaras el pelo.

—Probablemente.

—Puedo recetarte una crema —dejó el informe—. Voy a hacerte una revisión rápida.

Le midió la presión arterial y el ritmo cardíaco, le auscultó el pecho, le miró los ojos, los oídos y la garganta. A Rina le impresionó su minuciosidad.

—Bueno, jovencito, echémosle un vistazo a tu mano —dijo Birenbaum.

Gabe le ofreció la mano izquierda. El médico la examinó.

—Tienes unas manos grandes. ¿Cuánto mides?

—Uno ochenta.

—¿Y qué edad tienes?

—Casi quince.

—Así que aún te queda por crecer un poco —le dio la vuelta a la mano—. Está un poco magullada, eso seguro —flexionó los dedos y le giró la muñeca—. No tienes nada roto —presionó y tiró en busca de zonas sensibles, atento a la cara del chico—. ¿Algún entumecimiento?

—No.

—¿Te duele cuando estiras el brazo o los dedos?

—No.

—¿Has intentado tocar el piano?

—No desde que me hice daño. En realidad no he tocado un teclado en cinco días, si no contamos las horas acompañando al coro de la escuela, y yo no las cuento.

Birenbaum sonrió.

—Yo estoy especializado en músicos profesionales. Tengo una sala de música que incluye un piano con conexiones eléctricas. Cuando los músicos tocan, la lectura me da una idea sobre sus manos y sus dedos, sus déficits y sus destrezas. Si eres un músico serio, me gustaría monitorizar tus manos mientras tocas.

—Claro.

El médico los llevó por el pasillo hasta una sala insonorizada. En las paredes había un violín, un chelo, una guitarra, un oboe, un saxo y una trompeta. El piano estaba en el centro de la habitación. Era un Steinway, pero las teclas blancas tenían pegatinas de colores: el Do era rojo, el Re era azul, el Mi era verde, y así toda la escala. Birenbaum dijo:

—También uso el piano para muchos de mis pacientes que no tocan. Por eso las teclas son de colores. Si toleras la distracción, yo me pondré al otro lado del cristal, donde tengo el equipo, y te escucharé tocar. No empieces hasta que yo te diga, ¿de acuerdo?

—Claro.

Se llevó a Rina a la cabina. Sentado en una de las sillas había un hombre de sesenta y tantos años, calvo salvo por una coleta gris. Era de estatura media, con la cara redondeada y los ojos oscuros e intensos. Birenbaum lo presentó como Nicholas Mark. El hombre se levantó y le ofreció su silla a Rina.

—Estoy bien —dijo Rina.

—Siéntate, por favor.

Rina se sentó. Birenbaum empezó a manipular algunos controles y habló a través de un micrófono.

—¿Me oyes, Gabe?

—Sí.

—La pieza que suelo pedirles tocar a los pianistas es el Fantaisie-Impromptu porque la mayoría se la saben bastante bien y es lo suficientemente larga para proporcionarme una buena lectura. En el banco está la partitura, y también otras piezas si no quieres esa. Si te duele la mano en algún momento, para.

—De acuerdo.

—La partitura está en el banco —repitió.

—Me sé la pieza —Gabe ajustó la banqueta para que pudiera pisar los pedales cómodamente. Se quitó las gafas, se frotó los ojos y volvió a ponérselas en lo alto de la nariz. Deslizó las manos por el teclado—. Buen piano.

—Puedes empezar cuando estés listo.

El chico no respondió, simplemente se quedó mirando al vacío durante unos segundos. Después levantó la mano izquierda y realizó una serie de arpegios con los ojos medio cerrados.

Rina se quedó con la boca abierta.

Durante los siguientes cinco minutos y catorce segundos se transportó a otro mundo. Había asistido a algunos conciertos de música clásica, pero, al no ser una persona muy musical, ni siquiera los recordaba. Pero en el chico había algo diferente. Nunca había oído tocar el piano con tanta técnica, sensibilidad y delicadeza.

Cuando terminó, nadie habló. Nicholas Mark, el hombre de la coleta que estaba en la habitación, dijo:

—Matt, pregúntale si conoce alguno de los Estudios en el Opus 10 de Chopin.

Birenbaum se aclaró la garganta y habló a través del micro.

—La fuerza de tus dedos queda bien registrada. ¿Conoces alguno de los Estudios en el Opus 10 de Chopin?

—Claro —el chico se quedó pensativo unos segundos—. ¿Y los Estudios transcendentales de Liszt?

Mark asintió y Birenbaum dijo:

—Liszt está bien.

—O los Grandes estudios de Paganini. *La campanella*. Me gusta esa pieza, y eso le dará una idea de la fuerza de mi mano.

—Dile que, si le duele, pare inmediatamente —dijo Mark.

—Está bien, Gabe —respondió Birenbaum—, pero vigila tu mano izquierda. Si sientes punzadas de dolor, deja de tocar. Lo importante aquí es tu mano.

—Claro —de nuevo, Gabe se quedó mirando al vacío durante unos segundos y reajustó la banqueta. El estudio comenzó con algunas notas suaves, pero después avanzó hacia una serie de pasajes exquisitos que recordaban a las campanas mientras el chico movía la mano derecha por el teclado a toda velocidad, hasta acabar en un apoteósico clímax. Era una pieza musical compleja y hermosa que abarcaba un amplio espectro emocional, pero Rina creía que Gabe la había escogido porque, sobre todo, demostraba su virtuosismo. Cuatro minutos y treinta y dos segundos más tarde, volvió a quedarse sin palabras.

Tenía a su cargo una auténtica joya.

Gabe se frotó los ojos detrás de las gafas.

—Un poco arriesgado. No es lo mejor que he tocado, tampoco lo peor. He cometido algunos errores. La mano izquierda no está bien del todo. Pero se curará, ¿verdad?

Birenbaum se aclaró la garganta y habló al micrófono.

—Se curará, sí. Salgo en un minuto, Gabe —Matt se volvió hacia su amigo el de la coleta—. Qué extraño.

—Podría llamarse así. ¿De dónde ha salido?

Ambos miraron a Rina.

—Es una larga historia.

—¿Qué te parece, Nick? —preguntó Birenbaum.

—¿Que qué me parece? —el hombre se encogió de hombros—. Ese chico es un fenómeno.

CAPÍTULO 33

Era la primera vez que Rina veía al chico mostrar una emoción sin restricciones. Una pena que fuese ansiedad. Abrió mucho los ojos y se le aceleró la respiración. Miraba fijamente a Nicholas Mark.

—¿Estabais escuchándome? —miró a Rina—. ¿Estaba todo preparado?

—¿Preparado el qué? —preguntó ella.

—Nadie ha preparado nada. Yo estaba aquí revisándome la mano —le explicó Mark—. El doctor Birenbaum me ha invitado a escuchar.

—Puedo hacerlo mejor que eso —dijo Gabe—. ¡Ha sido una mierda! Puedo hacerlo mejor. Lo juro. Tengo la mano mal. No es que quiera justificarme. Es solo que sé que puedo hacerlo mejor...

—Relájate —Mark le puso la mano en el hombro.

—Sé que he cometido errores. No ha sido mi mejor interpretación en absoluto.

—Disculpa mi ignorancia, pero ¿eres pianista? —preguntó Rina.

—Nicholas Mark no solo es un conocido pianista —explicó Birenbaum—, sino uno de los principales compositores modernos para piano.

—Eso es genial —dijo Rina—. Nosotros estamos buscando un profesor de piano...

El chico habló con los dientes apretados.

—Oh, no creo que el señor Mark quiera saber nuestros problemas sin importancia.

—Relájate —Mark volvió a ponerle la mano en el hombro—. No pasa nada. Respira hondo.

Gabe asintió, tomó aire y lo soltó.

—¿Mejor?

—Estoy bien —de pronto se sintió idiota por estar tan nervioso—. Estoy bien.

—Bien. Lo primero, ¿con quién has estudiado? —después de que Gabe enumerase media docena de nombres, Mark preguntó—: ¿Qué ocurrió? ¿Acababas por superar a tus profesores?

—Sí, eso mismo. Y además dependía de que mis padres me llevaran, porque no vivíamos en la ciudad, en Manhattan. Yo soy del este. Vivíamos a unos treinta minutos en las afueras.

Mark miró a Rina.

—¿Qué parentesco tenéis?

—Ninguno —dijo Gabe—. He sido abandonado...

—No has sido abandonado —dijo Rina—. Sus padres no están disponibles en este momento. Por ahora se queda con nuestra familia. Cuando se hizo daño en la mano, pensé en Matt. Vamos a la misma sinagoga y es el mejor.

—Vas a hacer que me sonroje —dijo Birenbaum—, pero no mucho.

Mark sonrió.

—Eres el mejor —se volvió hacia Rina—. ¿Cuánto tiempo se quedará Gabe con vosotros?

—Eso depende de Gabe y de sus padres. Por mí puede quedarse con mi familia, sobre todo si así va a tener el profesor que quiera.

—¿Dónde están tus padres?

Gabe se puso rojo, pero Rina mantuvo la calma.

—Ahora mismo eso es complejo. No sabemos dónde están sus padres, pero ellos saben que está con nosotros. Profesionalmente, ¿qué puedes hacer por él?

El chico se llevó las manos a la cara y Mark sonrió.

—He dicho que te relajes, ¿vale? No es prerrequisito para un ciudadano americano saber quién soy —se giró hacia Rina—. Lo que puedo hacer por él es esto. Quiero que ambos sepáis que no busco alumnos. Entre las clases en la universidad, la composición e ir y venir todos los fines de semana desde Santa Fe, no tengo mucho tiempo libre.

—Puedo mudarme a Santa Fe —dijo Gabe.

—No vas a ninguna parte —respondió Rina.

Mark volvió a reírse.

—Tengo una lista de espera muy larga y ponerlo al principio sería injusto.

—Por supuesto —convino Rina—. Quizá puedas recomendarnos a alguien.

—Un momento. He dicho que sería injusto... si lo aceptase de forma permanente. Pero, dado que esta parece ser una situación temporal, estaría dispuesto a verlo para darle unas pocas clases.

—Eso sería muy amable por tu parte —dijo Rina.

—Este es el trato, Gabe —dijo Mark—. No exijo perfección al cien por cien en tu ejecución, pero sí exijo dedicación al cien por cien. Si saco tiempo para ti, será mejor que estés preparado —consultó su BlackBerry—. Solo puedo verte una vez..., no, dos veces a la semana y a las... diez de la mañana en la Universidad del Sur de California. No tengo otro momento. No sé cómo afecta eso a tus clases.

—Podremos apañarnos —respondió Rina—. ¿Qué días?

—Martes y... si muevo esto y cambio esta cita de aquí... —estuvo unos segundos cambiando su agenda—. Veamos qué tal lunes y martes a las diez... en punto.

—Yo doy clases —dijo Rina—. Tengo que estar en la escuela a las nueve...

—Puedo tomar el autobús —aseguró Gabe.

Rina lo ignoró.

—Mi marido o yo podemos dejarlo temprano. Seguro que encontrará algo que hacer.

—Es una universidad con un importante departamento de música —explicó Mark—. Hay salas de ensayo —miró a Gabe—. ¿No conduces ni tienes coche?

—Es demasiado joven —le informó Rina—. Cumplirá quince años en junio.

—Más joven de lo que pensaba. Mejor aún. ¿Qué tipo de piano tienes?

—No tenemos piano —respondió Rina—. ¿Tienes alguna recomendación?

—Un piano bueno cuesta miles de dólares.

—Eso sería mucho —dijo Rina.

—Veré si puedo prestaros algo de la universidad —le dijo Mark—. Pero nada de tocar hasta que tu mano esté completamente recuperada y el doctor Birenbaum te dé permiso.

—Tardará en torno a una semana hasta que se le vayan los moratones —le dijo el médico.

—Daremos nuestra primera clase dentro de una semana, si sigues por aquí —metió unos datos en su agenda—. ¿Qué estudios conoces?

—Todos los de Chopin en el Opus 10 y algunos del 25. Y algunos trascendentales de Liszt. Tengo las partituras de esos y de los que no me sé de memoria.

—Trátelas. Empezaremos con eso —le ofreció su tarjeta—. Has hecho un gran trabajo con *La campanella*, pero quiero que prescindas de eso hasta que hayamos practicado algunos de los estudios. Llámame la noche antes si no vas a poder venir.

Gabe aceptó la tarjeta. Estaba exultante.

—Muchísimas gracias por esta oportunidad, señor Mark.

—De todos tus profesores... al único que conozco es a Ivan Lettech. Voy a llamarle. ¿Hay algo que desees decirme antes de que hable con él?

—Me dio clase durante casi un año. Creo que fue bien. Me dijo que tenía que presentarme a más competiciones importantes para darme a conocer.

—¿Y lo hiciste?

—La situación familiar en aquel momento hizo que fuera complicado. Pero ahora soy mayor y las cosas van mejor. O quizá no mejor. Quizá están más estables. Bueno, no sé si «estable» es la palabra correcta. ¿Estoy divagando?

—Un poco —respondió Rina—. Agradeceremos cualquier orientación que necesite.

—No hay problema.

Gabe miró hacia abajo.

—Creo que el señor Lettech se enfadó cuando me vine a California —miró entonces a Mark a los ojos—. Si habla con él, por favor, dígale otra vez que la idea no fue mía.

El hombre enmascarado del látigo no era Aaron Otis. Los tatuajes, por pequeños que fueran, no se correspondían. Aaron siguió mirando las fotos.

—No es Greg, eso seguro. Podría ser Garth. No distingo los tatuajes. ¿Podrían ampliar las fotografías?

Decker le entregó las fotos a Marge.

—Que alguien las escanee y veamos si podemos ampliarlas —cuando ella abandonó la sala de interrogatorios, Decker dijo—: ¿Reconoces a la chica?

—No se parece a Adrianna.

—¿Crees que podrías reconocerla si ampliáramos su cara?

Aaron negó con la cabeza.

—Sinceramente, teniente, no me resulta familiar —el joven arqueó una ceja—. Una pena. Nos lo habríamos pasado bien.

Decker no encontraba la parte divertida a dos cadáveres y una mujer desaparecida. Permaneció impasible y Aaron se puso rojo.

—Perdón.

—¿Y no has sabido nada de Garth?

—Nada. Se lo diría si así fuera. Quiero a Garth, pero, si está metido en algo malo, no quiero formar parte de ello.

En ese momento entró Oliver.

—¿Puede venir un momento, teniente?

Decker se excusó y ambos hablaron fuera de la sala.

—Marge sigue escaneando las fotografías —le dijo Oliver—. Greg Reyburn ha llegado a la comisaría hace cinco minutos. Le he metido en la sala número tres. ¿Quieres hablar tú con él o lo hago yo?

—Hazlo tú.

Oliver sacó su libreta y leyó de una lista.

—Averiguar dónde ha estado las últimas veinticuatro horas, comprobar su coartada, preguntarle otra vez por Garth y por su viaje, mostrarle las fotos que encontramos en el apartamento de Mandy, pedirle que identifique los tatuajes y, por último, preguntarle por Mandy Kowalski. ¿Algo más?

—Eso es todo. Aaron asegura no reconocer a Mandy en la foto, no cree haberla visto nunca.

—¿Crees que está mintiendo?

—Se ha mostrado muy dispuesto a cooperar. Obviamente no es el hombre enmascarado, pero podría haber hecho él las fotos. Incluso ha hecho una broma al respecto. Ha dicho que era una pena que no la conociera. Que se lo habrían pasado bien.

—Golpe de platillos —dijo Oliver golpeando unos platillos imaginarios.

—Desde luego. Ha sido un chiste de mal gusto y en el peor momento. Aaron tiene que modernizar su repertorio.

Greg Reyburn miró las fotos ampliadas con ojos cansados y enrojecidos.

—Esa serpiente en el brazo con las alas... es como el símbolo médico.

—El caduceo —dijo Oliver.

—Sí. Garth tiene uno igual —Reyburn se revolvió el pelo negro y frunció el ceño—. No soy ningún mojigato. Me gusta pasarlo bien como a cualquiera. Me veo haciendo algo así alguna vez... si estuviera muy pedo..., pero no creo que me sacara fotos haciendo el imbécil, por muy pedo que fuera.

Oliver asintió.

—¿Sabes si Garth se había disfrazado antes?

—Si acaso es Garth. Quiero decir que mucha gente podría tener un cadu..., ¿cómo ha dicho que se llama?

—Caduceo.

—Seguro que es un tatuaje frecuente entre los médicos.

Oliver no había conocido a muchos médicos tatuados en su vida, pero entre los jóvenes quién sabía. Había un mundo nuevo ahí fuera.

—¿Reconoces algún tatuaje más?

—Bueno... —Reyburn volvió a revisar las imágenes—. Este —señaló una viuda negra en su telaraña—. También tenía este.

—Demos por hecho que es Garth —dijo Oliver—. ¿Qué hay de la chica?

—No la ubico —respondió Reyburn encogiéndose de hombros.

—¿No la conociste nunca en una de las fiestas de Garth y Adrianna?

—Puede ser —le devolvió las fotografías a Oliver—. Sí que hacían muchas fiestas, a veces invitaban a gente extraña. No recuerdo a ninguna chica que llevara un collar con pinchos y un corsé de cuero, pero no me fijaba en todo el mundo.

Oliver le dio las fotos otra vez.

—Míralas de nuevo.

Reyburn cooperó. Una de las poses, en las que el hombre enmascarado cabalgaba sobre su espalda, llamó su atención.

—Quizá sí, quizá no. Eso es lo mejor que puedo hacer ahora mismo.

—¿Tienes idea de quién hizo la foto?

—No fui yo.

—¿Y Adrianna o Crystal?

—Contestaría al azar —negó con la cabeza—. ¿Puedo irme ya? Estoy muy jodido ahora mismo. Crystal y yo éramos amigos, ya sabe.

—¿Muy cercanos?

—¿Que si nos acostábamos? Sí —se le humedecieron los ojos e intentó disimularlo frotándoselos—. Crystal era un espíritu libre.

—¿Y su libertad incluía a Garth?

—Probablemente.

—Probablemente o sin duda.

—Sin duda. Recuerdo una vez... cuando Garth estaba muy borracho..., creo que me sugirió hacer un trío con ella.

—¿Y?

—No era mi rollo —se detuvo—. Al menos no con él. Quizá si hubiera sido con Adrianna y con Crystal, pero no con Garth y con Crystal.

—Volvamos a Adrianna. ¿Alguna vez te la tiraste?

Greg negó con la cabeza.

—No..., aunque no me hubiera negado de haber surgido la ocasión, pero nunca se dio el caso.

—Aaron sí lo hizo.

Reyburn se encogió de hombros.

—Bien por él. Yo no.

—¿Qué le parecía a Garth que Aaron se tirase a Adrianna?

—Nunca he hablado con él de eso —se rascó la cara. Tenía granos en la frente y en la barbilla—. Garth sabía que Adrianna se acostaba con otros. Y Adrianna sabía que Garth hacía lo mismo. Y ambos eran muy celosos el uno del otro. Por qué seguían juntos era un misterio.

—He oído que Adrianna le daba dinero a Garth para jugar y por eso él seguía con ella.

—Sí, le daba algunos cientos de dólares de vez en cuando.

—¿Qué hacía él con el dinero?

—Irse a Las Vegas.

—He oído que se gastaba más dinero en mujeres que en casinos.

—Quizá. A Garth le gustaban los coñitos.

—Así que quizá por eso seguía con Adrianna. Ella le daba dinero —Greg miraba de un lado a otro—. ¿Qué pasa?

Reyburn levantó las manos.

—Pensará que estaba ocultándoselo, pero se me acaba de ocurrir algo. Puede ser que Adrianna no fuera la única que le daba dinero a Garth.

—Continúa.

—Digo que puede ser porque en realidad yo nunca creí a Garth —Reyburn suspiró—. Esta es la cuestión. Una vez que estaba borracho, Garth nos dijo a Aaron y a mí que tenía un par de asaltacunas en Las Vegas que le daban dinero. Mucho más dinero que Adrianna. Por eso iba a Las Vegas con tanta frecuencia.

—De acuerdo —dijo Oliver—. ¿Y esas mujeres tienen nombre?

—Nunca nos dio nombres. Lo mencionó solo una vez y cuando iba súper pedo, y fue hace más de un año. Aaron y yo decidimos que sería mentira. No sé por qué he pensado ahora en ello..., quizá porque usted ha dicho que Adrianna le daba dinero.

—¿Os dijo algo sobre las mujeres? —preguntó Oliver.

Reyburn volvió a pasarse las manos por el pelo.

—Nos dijo que las mujeres estaban casadas con tíos de la mafia y que, cuando sus maridos no estaban, se las follaba por dinero. Le pedimos más detalles, pero dijo que no podía contarnos nada más. Que era todo muy secreto y que, si sus maridos se enteraban, lo matarían. Fue entonces cuando decidimos que era todo mentira. Nos imaginábamos a Garth tirándose a tías..., nos imaginábamos a Garth tirándose a tías que le diesen dinero. Pero lo de la mafia..., ¡venga ya! Eres un puto técnico de radiología, Garth. No te flipes.

—Así que no le creísteis.

—Lo de la mafia no. Garth decía muchas chorradas cuando se emborrachaba. Tendía a... adornar las cosas. Pero quién no dice estupideces cuando va pedo.

—¿Dónde os alojabais cuando ibais a Las Vegas?

—Garth iba mucho más que nosotros. Cuando íbamos juntos, solíamos ir al Luxor o al MGM. Eran un poco más baratos, pero seguían estando en la avenida principal.

—¿Y no tenéis idea de quiénes son esas mujeres?

—Ni siquiera sé si son reales.

—¿Me disculpas un momento?

—¿Puedo irme ya?

—Greg, creo que sería mejor que te quedaras un poco más. Hasta que hable con la chica con la que estuviste anoche. Ella es tu coartada.

—¿Podré irme entonces?

—Cada cosa a su tiempo. ¿Quieres más café, un refresco o algo de comer?

—Quiero irme a casa a dormir.

«Tú y todos nosotros», pensó Oliver.

—Solo tardaré un minuto. Espera aquí, ¿de acuerdo?

La respuesta de Reyburn fue una triste negación de cabeza. Oliver salió de la sala de interrogatorios y fue a buscar a Marge. Al no encontrarla, se dirigió hacia el despacho del teniente. Decker estaba al teléfono, pero le hizo un gesto para que entrara. Colgó un minuto más tarde.

—Era Sela Graydon. Kathy Blanc y ella vendrán mañana al despacho. Va a ser de lo más agradable.

—¿Para qué vienen?

—Para recibir las últimas noticias, para llorar en mi hombro, para gritarme, para maldecir al mundo: elige una o todas las opciones anteriores —resopló—. ¿Qué pasa?

—¿Aaron Otis sigue aquí?

—No. Lo hemos soltado hace unos veinte minutos.

—Mierda.

—¿Qué sucede? ¿Volvemos a llamarlo?

—Me gustaría hablar con él —Oliver le contó la historia de Reyburn sobre Garth y sus asaltacunas—. Me parece rocambolesco, pero me ha hecho pensar que tal vez Garth esté escondido en Las Vegas. Quizá Mandy y él hayan iniciado una nueva vida como el señor y la señora Dominator/Dominatrix.

—Ponte en contacto con el Departamento de Policía de Las Vegas.

—O Marge y yo podemos hacer un viajecito al este.

—Aunque lo hagáis, tenéis que poneros en contacto con la autoridad local.

—¿Qué te parece la historia? —preguntó Oliver.

Decker se encogió de hombros.

—Con los años he aprendido a guardarme las opiniones.

Wanda Bontemps llamó al marco de la puerta.

—Tengo a Eddie Booker por la línea dos.

—¿Quién? —preguntó Decker.

—Es lo único que me ha dicho. Que es Eddie Booker y que llama porque le ha llamado.

—¿Yo? —descolgó el teléfono—. Teniente Decker.

—Hola, teniente. Soy Eddie Booker. Mi suegra ha dicho que llamó hace un par de días y que quería hablar conmigo.

Decker se había quedado en blanco. Por suerte Booker le ayudó.

—Le habría llamado antes, pero en el barco no había manera de comunicarse.

El barco..., un crucero..., el guardia de seguridad del hotel donde se hospedaba Terry.

—Sí, señor Booker, muchas gracias por devolverme la llamada. Aguarde un momento —se volvió hacia Oliver—. Localiza a Aaron Otis y averigua si puede corroborar la conversación. Después llama a la policía de Las Vegas y ya decidiré si os envío a Marge y a ti allí. Ahora tengo que atender esta llamada.

Oliver asintió y se marchó.

Decker le dijo a Booker por qué le había llamado.

—Para tener toda la información posible, estamos interrogando a todos los que trabajaban en el hotel la noche en que desapareció la señorita McLaughlin. Sabemos que estaba usted trabajando esa noche y que se marchó... De hecho, dejó el trabajo al día siguiente.

Booker se quedó callado.

—Sabemos que el hotel ofrecía incentivos a cualquiera que se marchara antes.

—Así es.

—¿Y por eso decidió abandonar su trabajo?

De nuevo silencio.

—Nos gustaría hablar con usted..., averiguar si vio a la señorita McLaughlin u oyó quizá algo fuera de lo normal.

Se produjo una tercera pausa.

—Tal vez sea mejor que venga a comisaría —prosiguió Decker—. Dado que vive en el valle, creo que nosotros estamos más cerca que la comisaría de la zona oeste. ¿Podría estar aquí dentro de una hora?

La voz de Booker sonó temblorosa cuando se decidió a hablar.

—Yo no sabía que la señorita McLaughlin hubiera desaparecido el lunes.

—De hecho fue el domingo por la noche.

—Nadie me lo dijo.

—Pues ahora ya lo sabe. Estamos pidiendo ayuda a todo el mundo.

—Sabía que debería haber dicho algo.

—¿Algo de qué?

El hombre no respondió. Decker empezaba a sentirse frustrado y nervioso.

—¿Y si voy yo a su casa y hablamos allí?

—No. Voy yo.

—Genial. ¿Cuándo?

—¿Dónde está? ¿Devonshire?

—Sí, señor.

—Puedo estar allí en media hora.

—Aquí estaré. Gracias por su ayuda.

—Ella parecía estar bien —dijo Booker—. Juro que estaba bien cuando me marché.

—Estoy seguro de que sí —dijo Decker para tranquilizarlo—. Puede que todavía lo esté. Solo estamos intentando encajar las piezas del rompecabezas. Por eso le pedimos su ayuda...

—¿Y qué hay del muchacho? —preguntó Booker—. La mujer tiene un hijo.

Decker se rio para sus adentros.

—Lo único que puedo decirle con total seguridad es que el chico está bien.

CAPÍTULO 34

Eddie Booker llevaba una carga. El antiguo guardia de seguridad debería haber estado relajado después de pasar unos días de crucero en mar abierto. En su lugar parecía estresado. Era un hombre alto y huesudo de cincuenta y tantos años con ojos oscuros y cansados. Tenía la boca grande y el pelo espeso y gris. Llegó vestido con una camisa blanca y pantalones marrones. Sudaba y el interrogatorio ni siquiera había empezado aún. Decker lo había llamado solo para obtener información. Ahora se preguntaba si no estaría ante un sospechoso.

—¿Quiere un poco de agua?

—No. Solo quiero acabar con esto cuanto antes —agarró una caja de pañuelos que tenía al lado y utilizó uno para secarse la frente.

—Cuénteme —le animó Decker.

—Sabía que estaba mal —dijo Booker con un suspiro—. He trabajado en este negocio durante treinta y seis años y nunca había pasado algo así. No sé en qué diablos estaba pensando.

Decker asintió.

—Mi esposa cree que debería hacerme con un abogado.

—¿Por qué? —preguntó Decker.

—Eso le he dicho yo. Devolveré el dinero y ya está. Pero ahora me dice que la señorita McLaughlin ha desaparecido y puedo meterme en un lío —tenía los ojos vidriosos—. Le juro que ha sido la primera y la última vez que hago algo así. Y solo acepté el dinero porque ella me lo dijo.

—¿La señorita McLaughlin le dijo que aceptara el dinero?

—Sí, señor.

Decker sacó su libreta.

—Señor Booker, retrocedamos un poco. Comience con la hora. ¿Cuándo ocurrió todo esto?

—Eran sobre las... tres, tres y media de la tarde.

—¿El domingo por la tarde?

—Sí. El domingo por la tarde. Yo estaba haciendo mis rondas. Dando una vuelta por los jardines, y oí una disputa procedente de la habitación de la señorita McLaughlin.

—De acuerdo —Decker mantuvo una expresión impasible—. Cuando dice «disputa», ¿podría definirla?

—Gritos.

—¿Quién gritaba?

—Los dos.

—La señorita McLaughlin y...

—No sé cómo se llama el hombre. No me dijo su nombre. Solo me ofreció el dinero y yo, como un tonto, lo acepté. La única razón por la que me lo quedé fue que ella me lo dijo.

—La señorita McLaughlin se lo dijo.

—Así es, señor. Dios, estaba muy enfadada. Enfadada con él... pero parecía enfadada conmigo por interrumpirlos —se metió la mano en el bolsillo y sacó un fajo con billetes de cien dólares—. Ni siquiera me lo he gastado. Sabía que estaba mal —agitó el dinero frente a Decker—. Quítemelo. ¡Es veneno!

—No puedo hacer eso, señor.

—Bueno, yo desde luego no lo quiero —lanzó los billetes sobre la mesa.

Los billetes comenzaron a desdoblarse. Decker no hizo amago de agarrarlos, pero sabía que después se lo guardaría como prueba. Quizá fuese un soborno de Donatti para que hiciera algo malo.

—Retrocedamos un poco, señor Booker. Usted estaba haciendo sus rondas. Eran sobre las tres o tres y media del domingo por la tarde.

—Sí.

—Oyó una discusión procedente de la habitación de la señorita McLaughlin.

—Sí.

—Entonces ¿qué ocurrió?

—Llamé a la puerta. Grité su nombre y pregunté si todo iba bien.

—¿Qué ocurrió después de que llamara a la puerta y gritara su nombre?

—Bueno, para empezar, cesó la discusión. Los gritos. Después de llamar, nadie dijo nada.

—De acuerdo. Continúe.

—Volvía a llamar y a gritar su nombre. Me dirigí a meter la llave maestra en la puerta, pero ella abrió antes de que tuviera oportunidad de hacerlo.

—¿Qué aspecto tenía?

El hombre se sonrojó.

—Era una mujer hermosa.

—Me refería a cuál era su estado emocional.

—Estaba enfadada.

—¿Enfadada y asustada?

—No, señor, solo enfadada. Si hubiera parecido asustada, no me habría ido. Parecía cabreada.

—¿Y qué ocurrió después de que abriera la puerta?

—Me dijo..., vamos a ver si puedo expresarlo con claridad... —volvió a secarse la frente con el kleenex—. Me dio las gracias por mi preocupación. Dijo que sentía estar armando tanto alboroto, pero que todo iba bien.

—¿Parecía que hubiese estado forcejeando?

—¿Forcejeando? —el guardia se horrorizó—. ¿Cómo si la hubiesen golpeado?

—No sé. ¿Tenía el pelo revuelto, marcas en la cara...?

—No, no, no. Nada de eso. Si hubiera sospechado algo, habría llamado a mi supervisor o incluso a la policía.

—¿Qué llevaba puesto? —preguntó Decker.

—¿Que qué llevaba? —Booker frunció el ceño—. Tengo que pensarlo un momento. Llevaba algo rojo..., una camiseta amplia o algo así. Y pantalones oscuros. El pelo suelto. No paraba de apartárselo de los hombros. Y llevaba pendientes de diamantes.

—¿Iba maquillada? ¿Pintalabios, rímel?

—No lo recuerdo.

—¿Le pareció que hubiese estado llorando?

—No tenía los ojos rojos ni nada por el estilo. Ni marcas negras en la cara. Solo parecía enfadada. Que no era lo habitual cuando la veía. Normalmente era amable y simpática. Pero esta vez no.

—¿Llegó a ver con quién estaba discutiendo?

—Sí, por supuesto. Fue él quien me dio el dinero.

—¿Cómo era?

—Muy alto. Grande, rubio. Sus ojos daban miedo. Me preocupé por ella.

—¿Y ella no parecía asustada?

—No. Asustada no, no lloraba, solo estaba enfadada. Cuando me ofreció dinero por mis «molestias» —Booker hizo unas comillas con los dedos—, estuve a punto de llamar a la policía. Pero entonces ella me dijo que lo aceptara. Me dijo: «Acepta el dinero, Eddie. Y no comentes nada de este pequeño incidente. Sería vergonzoso para mí que se lo contaras a alguien» —el hombre frunció el ceño—. Comentó algo de que el hombre era el padre del chico y que tenían ciertas diferencias sobre cómo educarlo. Por eso le he preguntado por el hijo. ¿De verdad está bien?

—Sí, está bien. ¿Cree que estaban discutiendo realmente sobre eso?

Booker pareció agobiado.

—No podría decir que sí ni que no. Si quiere mi opinión, creo que discutían por algo más personal, no por la crianza del chico.

—¿Y eso?

Booker resopló.

—Oí que él la llamaba pequeña zorra mentirosa. Ella dijo que era un paranoico y un loco. Fue entonces cuando llamé a la puerta y se callaron. Esa clase de palabras... A mí no me parece que estuvieran discutiendo sobre su hijo. Sabía que debía haber dicho algo, pero... —negó avergonzado con la cabeza.

—¿Qué?

—Esto va a sonar mal.

—Cuéntemelo de todos modos.

Booker se tapó la cara.

—Me dio mil dólares. Me venía bien ese dinero, pero en mi cabeza tenía claro que no me lo iba a quedar. En cuanto regresara del crucero iba a devolverlo.

—Entonces, ¿por qué lo aceptó?

—No va a creerme.

—Inténtelo.

—Acepté el dinero porque la señorita McLaughlin..., bueno, ¿cómo decirlo? Como ya le he dicho, era una mujer hermosa, con una voz preciosa y suave y una sonrisa adorable. Me sonreía cada vez que me cruzaba con ella. Siempre me llamaba por mi nombre y se tomaba el tiempo de dedicarme algunas palabras. Siempre me trataba como a una persona, no como a un mueble.

—He oído que era muy simpática.

—Simpática, pero nunca flirteaba. Era un alma amable. Y, como le digo, muy guapa —miró hacia abajo—. A mí me gustaba un poco. Acepté el dinero porque no quería que estuviese enfadada conmigo.

—¿Has dejado que se fuera? —preguntó Marge.

—¿Y con qué motivo iba a retenerlo?

—A lo mejor volvió a entrar después de que Donatti se fuera y la mató.

—Me ha detallado todos sus movimientos. La única forma en que pudo haberla asesinado y deshacerse del cuerpo sería que lo hubiera hecho en las instalaciones del hotel. Y lo vio demasiada gente en el intervalo de tiempo desde que aceptó el dinero y Gabe regresó y descubrió que su madre no estaba.

—A lo mejor la asesinó, la metió en un armario y regresó después para deshacerse del cuerpo.

—Se fue a casa pasadas las seis y media y llegó cuarenta minutos más tarde. Dice que estuvo con su esposa todo el tiempo, haciendo las maletas para sus vacaciones. He revisado su cara, sus manos, sus brazos y sus piernas. Incluso me ha enseñado la espalda y el estómago. No tenía arañazos por ninguna parte. Ha aceptado someterse al polígrafo. Ya viste la habitación. ¿Había algún indicio de que hubiera tenido lugar una pelea?

—Ha admitido que Terry le gustaba. Quizá ella lo rechazó.

—Si se puso violento, ella no contraatacó, y eso me cuesta creerlo. No tenía ningún motivo para retenerlo aquí. No tiene antecedentes, tiene un historial laboral excelente, paga sus impuestos, sus hijos van a una escuela católica. A veces se tienen presentimientos sobre una persona. Yo le he creído, así que le he dejado marchar.

—No me gusta que diga que Terry le gustaba.

—Es una mujer encantadora. Probablemente no fuese el único.

—¿Incluyéndote a ti? —preguntó Marge.

—La recuerdo de adolescente, así que para mí siempre será una adolescente. Pero objetivamente es atractiva. Y creo que lo aprovechaba hasta el extremo. No conmigo, claro. Conmigo se comportaba como una mujer indefensa. «Por favor, teniente, usted es el único que sé que puede controlarlo. Me siento segura cuando está aquí». Y yo, como el imbécil que soy, me lo creí.

—Pareces enfadado.

—Soy un idiota. Pero al menos fui lo suficientemente listo como para pedirle opinión a mi esposa antes de acceder a ayudarla.

—¿Y Rina dijo que sí?

—Rina dijo que me apoyaría en cualquier caso. Pero ambos sabíamos que accedería a ello por el potencial comportamiento violento de Donatti. Puede que a Terry le ocurriera algo horrible, pero empiezo a pensar que lo tenía todo planeado desde el principio y que me han engañado. Y ahora tengo a un adolescente viviendo en casa y a mi esposa alquilándole un piano.

Marge se rio.

—¿Va a alquilarle un piano a Gabe?

Decker pareció resentido.

—Esta mañana le ha oído tocar. Al parecer es un genio del piano. Ahora le ha conseguido un profesor y no sé qué más. Lo único que sé es que me va a costar dinero —se golpeó la frente—. Estoy deseando retirarme. ¿En qué narices me he metido, Marge?

—No vas a retirarte. Te morirías.

—A lo mejor no retirarme del todo, pero sí que estaba deseando relajarme un poco. ¿Cómo he acabado metiendo a este chico en mi vida?

—¿Y a mí me lo preguntas? Yo adopté a Vega y desde entonces no he dormido —hizo una pausa—. Ahora todo va mejor, pero todavía me preocupo hasta que me llama y me dice «buenas noches, madre Marge» —elevó las manos—. Algunas personas recogen gatos callejeros. Nosotros recogemos criaturas de dos piernas. No es lo más inteligente, pero al menos no tenemos que limpiarles el arenero.

Oliver colgó el teléfono.

—Estaba hablando con Las Vegas —miró sus notas—. Con el detective Silver. Ha dicho que se pasaría por los hoteles, pero que no albergue mucha esperanza. Los hoteles mantienen un registro muy privado a no ser que haya una orden o una razón de peso para exponer a sus huéspedes.

—¿Dos chicas asesinadas no es razón de peso? —preguntó Marge.

—Por eso ha cooperado de esa forma. Pero, hasta que no tengamos más pruebas, será como golpear un muro de ladrillos.

—Podríamos ir allí y registrar los hoteles nosotros mismos —sugirió Marge—, pero no creo que obtengamos gran cosa. A lo mejor Garth está utilizando un seudónimo. Las Vegas es un lugar donde la gente va a reinventarse. Y cada hotel es enorme, con muchas alas y cientos de habitaciones.

—Como una aguja en un pajar.

Marge se encogió de hombros.

—¿Qué vas a hacer este fin de semana?

—Nada.

—Yo tampoco. Nunca he visto *O*, del Circo del Sol.

—No está mal —Oliver se encogió de hombros—. Yo volvería a verlo.

—Veré quién tiene los asientos más baratos —Marge se recolocó el bolso en el hombro—. Me voy a ver a Yvette Jackson con las fotos para la identificación. ¿Quieres venir conmigo?

—Sí, claro —Oliver se levantó y se puso la chaqueta—. Deberíamos comentarle al teniente lo de nuestro viaje a Las Vegas. Seguro que obtenemos una recompensa.

—Podríamos justificarlo bien —dijo Marge—. Salvo lo de las entradas para *O*.

—Entonces tendremos que pensar en la manera de presentárselo a los de contabilidad. ¿Qué te parece... qué te parece un curso de perfeccionamiento en primeros auxilios y reanimación cardiopulmonar?

Marge se rio.

—¿Y cómo hacemos eso?

—Todas esas mujeres bajo el agua... ¿Y si a una le da de pronto un calambre?

—Ahá. ¿Y cómo pretendes ayudar?

—Se me dan muy bien los masajes profundos.

CAPÍTULO 35

Era la una de la tarde, pero Yvette Jackson seguía en bata; una bata rosa de satén. Su apartamento era un estudio en Old Hollywood. Su sofá cama estaba cubierto por una colcha de satén rosa y cojines en forma de corazón. También tenía un sofá blanco con cojines de seda y una mesa de café de cristal y cromo adornada con un jarrón de lirios. La cocina era diminuta. Sobre la encimera había una cafetera solitaria. Con los ojos azules de Yvette, sus grandes pechos y su melena rubia, que le caía despeinada sobre los hombros, podría haber sido la heroína de una disparatada comedia de los cuarenta. Salvo que tenía los ojos enrojecidos y la expresión sombría.

—Gracias por acceder a vernos —le dijo Oliver.

—Accedí antes de enterarme —se dejó caer sobre el sofá blanco y se tapó con una manta—. He llamado al trabajo para decir que estaba enferma. No pienso volver a ese lugar hasta que sepa qué está pasando. Tengo miedo.

—¿Quién te ha contado lo del asesinato de Crystal? —Marge sacó su libreta.

—Uno de los camareros, Joe Melon, que se enteró por Jack Henry, uno de los dueños de Garage —se puso la manta debajo de la barbilla—. Llegados a este punto, no sé si sería muy inteligente por mi parte implicarme.

—No sabemos a quién nos enfrentamos —dijo Marge—. Si

tiene algo que ver con Garage, cuanto antes lo identifiquemos, mejor para todos.

—¿De verdad creen que es alguien del bar?

Marge esquivó la pregunta.

—¿Sabes si Crystal tenía problemas con alguien de Garage?

—¿Con un cliente o con alguien que trabajaba allí?

—Ambos —respondió Oliver.

—No que yo sepa —Yvette se quedó callada—. Crystal no tenía muchos límites. Si le caía bien un tío, empezaba a invitarle a copas. A lo mejor alguien lo malinterpretó —hizo una pausa—. No sé qué tendría eso que ver con Adrianna. Ella no trabajaba allí. Así que quizá sus asesinatos no tengan nada que ver con Garage.

—Desde luego —confirmó Oliver—. Crystal y Adrianna tenían una vida social muy activa que no tenía nada que ver con Garage.

—Estoy segura de que tenían muchos amigos en común —dijo Yvette.

—Y en eso estamos centrando la investigación —explicó Marge—. Por eso, si pudiéramos robarte unos minutos de tu tiempo, nos gustaría mostrarte unas fotos de algunos hombres y preguntarte si alguno te resulta familiar.

Yvette se levantó del sofá.

—¿Puedo preparar café primero?

—Por supuesto.

—¿Quieren una taza? Me da igual hacer para uno que para tres.

—A mí no me importaría —dijo Oliver.

—Bien —se fue hacia la cocina—. Es lo único que sé preparar —como para enfatizar sus palabras, abrió la nevera y lo único que había dentro eran diferentes tipos de café y varias botellas de agua con gas—. Ah, también tengo agua. ¿Quieren agua?

Estaba retrasando el momento de mirar las fotos. Unos pocos minutos más no cambiarían nada.

—Con el café vale —respondió Marge.

—¿Conocías mucho a Crystal? —preguntó Oliver mientras Yvette sacaba el café y el filtro.

—Éramos compañeras de trabajo, no amigas —llenó la cafetera de agua—. Esto puede parecer esnob, pero el trabajo para mí es solo un trabajo, una manera de ganar dinero hasta que despegue mi carrera de cantante. Para Crystal, ser anfitriona en Garage... —sacó tres tazas y las colocó sobre la encimera— ... para ella era una profesión. Lo mejor a lo que podía aspirar —se volvió hacia la policía—. ¿Leche o azúcar?

—Yo tomaré un poco de leche y sacarina, si tienes —dijo Marge—. ¿Conocías a muchos de los amigos de Crystal?

—Conocía a Adrianna. Y a su amiga la abogada. Era una chica maja. No sé qué hacía con esas dos payasas.

—¿Y sus amigos chicos?

—Sí, conocía a algunos... Del que me acuerdo es de Garth —Yvette puso los ojos en blanco—. No estaba mal, pero menudo elemento.

—¿En qué sentido?

—Se cree que es lo más. Cuando quedó claro que a mí no me interesaba formar parte de su club de admiradoras, se volvió hostil..., bueno, quizá «hostil» sea una palabra demasiado fuerte. Se cabreó. Empezó a comportarse como un imbécil, a dar órdenes a gritos, en plan... «eh, tú, tráenos más frutos secos» —se encogió de hombros—. Pero era un cliente y yo le seguía el rollo... como si me importara lo que pensara.

—¿Por casualidad viste a Garth la noche que Adrianna estuvo en el bar?

—No que yo recuerde —sirvió el café, le entregó una taza a cada uno de los detectives y volvió a sentarse en el sofá.

Marge dio un trago y buscó un posavasos con la mirada.

—Déjela sobre la mesa —le dijo Yvette—. No tengo posavasos porque no suelo recibir a nadie. No cocino y hay una cafetería a la vuelta de la esquina. Es mi casa cuando no estoy en casa.

—Suena muy práctico —le dijo Oliver—. ¿Estás preparada para ver las fotos?

—Supongo.

Marge le mostró las seis fotos que había recopilado esa mañana. Eran seis hombres con rasgos similares; tres en la parte de arriba y tres en la de abajo. Tinsley estaba abajo a la derecha.

Yvette aceptó la hoja con reticencia y contempló las imágenes. Entonces abrió mucho los ojos.

—Dios mío, es este —apuntó con el dedo a la parte inferior derecha—. Este es el tío con el que estaba hablando Adrianna.

Marge y Oliver se miraron.

—¿Estás segura?

—Segurísima. Si lo sabían, ¿por qué me lo preguntan?

—No lo sabíamos hasta que nos lo has dicho —respondió Oliver.

—Pero lo han puesto en la imagen —argumentó Yvette—. Debían de saberlo ya.

Marge se encogió de hombros, pero Yvette no se lo tragó. Empezaron a temblarle las manos.

—¡Me vio, sargento! Me vio y yo le atendí. Y ahora estoy identificándolo. ¿Tengo que estar nerviosa?

—Qué va. Iremos a verlo y hablaremos con él —dijo Oliver intentando parecer despreocupado—. Sabemos dónde encontrarlo.

—¿Cómo lo saben? ¿Quién es ese tío?

—Eso es lo que pretendemos averiguar.

Después de la visita al médico, Rina llevó a Gabe de compras. Él insistió en pagar y ella no le contradijo. Él estaba encantado. Rina conseguía que se sintiera tranquilo, pero no asfixiado. No intentaba ser su madre. Le dejaba tomar sus propias decisiones, pero, si tenía dudas, le ofrecía su consejo. También tenía un gran sentido del humor. Era como una profesora favorita. Para cuando terminaron, Gabe tenía dos bolsas de ropa y dos pares de deportivas nuevas. Ella le dijo que tenía cosas que hacer en su escuela, así que lo dejó en casa y le dio sus propias llaves.

Gabe se fue a la habitación y comenzó a organizar de nuevo el armario, vaciando algunas baldas para sus escasas pertenencias. No era como si estuviera mudándose, pero intentaba estar más cómodo. Después leyó hasta que empezaron a dolerle los ojos. Intentó dormir, pero no pudo. Aburrido y solo, agarró la guitarra, sabiendo que no debería tocar un diapasón con la mano izquierda magullada.

Qué diablos..., unas pocas notas no le harían mal. «Intenta no pasarte», se dijo a sí mismo. Contención..., algo que nunca le faltaba.

En todo caso, tenía que darle a su música tanto sentimiento como habilidad técnica. Eso era lo que solía decirle Lettech.

Se le había metido una melodía en la cabeza, una canción que habían oído en la radio. *Crossfire*, una canción de blues inmortalizada por Stevie Ray Vaughan. Le gustaba Stevie Ray. No solo era un gran guitarrista técnicamente, sino que tenía mucho gusto y era capaz de exprimir una nota al máximo. Le encantaba que Vaughan utilizara la guitarra como respuesta a su voz, como si estuviera manteniendo una conversación con el instrumento.

Había enchufado el amplificador. El instrumento era una mierda, pero el amplificador tenía una calidad decente y lo compensaba. Mientras la canción se repetía en su cabeza, comenzó a copiar a Stevie Ray nota por nota hasta que reprodujo toda la letra. Únicamente le quedaba el solo de guitarra. Estaba tan absorto en su música que no oyó abrirse la puerta. Cuando levantó la mirada, vio a dos chicos de veintitantos mirándolo. No sabía quién era el de pelo rubio, pero el del pelo negro y los ojos azules era la viva imagen de Rina.

—¿Te conozco? —preguntó el moreno.

El rubio miró al moreno.

—Yo soy Sam, él es Jake...

—Sí, vivimos aquí —agregó Jake.

—Y tú eres... —agregó Sam.

—Gabe Whitman —sabía que se estaba sonrojando. Se incorporó, apagó el amplificador y dejó el instrumento sobre la cama—. Perdón por haber tocado vuestras cosas.

—¿Estás de broma? —preguntó Jake—. Mi guitarra nunca había sonado tan bien. Desde luego no cuando yo la tocaba. Eres increíble, tío.

—Sobre todo comparado con nosotros —añadió Sam—. Esta familia no tiene mucho sentido musical.

Jake dejó su bolsa de viaje sobre la cama y abrió el armario.

—Limpio y organizado —miró la ropa de Gabe y sacó unos pantalones de camuflaje—. No son de mi talla.

El chico seguía rojo.

—Moveré mis cosas.

—Qué va, no hace falta —dijo Jake—. La pregunta es, ¿qué hacen aquí tus cosas?

—Es una larga historia. La versión corta es que vuestros padres han sido tan amables de dejar que me quede aquí.

—¿Cuánto tiempo llevas aquí? —preguntó Jake.

—Unos cinco días.

—¿Y cuánto piensas quedarte?

—Eso está por ver.

—Nosotros solo hemos venido a pasar el fin de semana —dijo Sammy—. Deja tus cosas donde están y nosotros nos adaptaremos.

—La última vez que hice la cuenta, había solo dos camas —dijo Jake.

—Yo puedo dormir en el sofá —le dijo Gabe.

—Sabes que hay una cama con ruedas debajo —dijo Sam—. Podemos apañarnos durante un par de días.

—No pienso dormir en una cama con ruedas —le respondió Jake.

—Yo dormiré en ella —se ofreció Gabe—. O puedo dejaros intimidad y dormir en el sofá. O dormir en el suelo.

—Tonterías —dijo Sam—. Jake y yo nos sortearemos la cama de ruedas.

—¿Qué?

—Sabes que *Eema* no le dejará dormir en el sofá. Deja de retrasar lo inevitable. Piedra, papel o tijera. Si no juegas, pierdes tu derecho y duermes automáticamente en la cama de abajo.

—¿Desde cuándo haces tú todas las normas?

—Bla, bla, bla. ¿Juegas o no?

Ambos se sentaron en la cama y jugaron a piedra, papel o tijera. El papel de Jake perdió frente a las tijeras de Sam

—Dos de tres —le dijo Jake.

—¿Estás de coña?

—Vamos.

En la segunda ronda, la piedra de Jake perdió frente al papel de Sam.

—Mierda. Tres de cinco.

—Dormiré yo en la cama de ruedas —insistió Gabe—. De hecho, no os molestéis. Puedo pasar el fin de semana con mi tía. No es problema.

—¿Quién es tu tía?

—¿Quién es mi tía?

—¿Qué tipo de pregunta es esa? —le preguntó Sammy a Jake.

—Es una pregunta razonable. A lo mejor es una delincuente y por eso no se ha quedado con ella desde el principio.

—Se llama Melissa y no es una delincuente.

—¿Y por qué no te quedas con ella? —preguntó Jake.

—¿Estás intentando torturar al chico o es que eres así de cotilla?

—Ambas cosas.

Gabe seguía rojo.

—Se va a Palm Springs a pasar el fin de semana con unas amigas. Me ha invitado a ir con ella, pero le he dicho que no.

—¿Por qué?

—¿Por qué? A sus amigas y a ella les gusta la fiesta. Yo tengo catorce años.

—Y el problema es que...

—Por tentador que suene, no es lo mío.

—¿Cuántos años tiene tu tía?

—Veintiuno.

—¿Es mona?

—Es muy mona.

—Tengo una idea —dijo Jake—. ¿Por qué no te quedas aquí y yo me voy con Melissa?

Sammy le dio un golpe.

—Ayúdame a mover la lámpara y la mesilla.

—Lo haré yo —Gabe desenchufó el amplificador y levantó la mesilla con la lámpara todavía encima—. ¿Dónde la pongo?

—En el rincón —respondió Sammy—. Vamos a sacar este trasto.

Los dos hermanos se agacharon y tiraron de la cama, que estaba guardada bajo una de las otras dos. Cuando el aparato quedó libre, la estructura y el colchón se abrieron con fuerza. Jake dio varias palmadas al colchón.

—Parece que está limpia.

—Ve a por las sábanas —dijo Sammy.

—Ve tú —le respondió su hermano.

—Yo he alquilado el coche, tú vas a por las sábanas.

Gabe no pudo evitarlo y empezó a reírse; era la primera vez en más de dos meses y resultaba agradable.

—¿Sabéis? Soy capaz de hacer una cama. ¿Dónde están las sábanas?

—Iré yo a por ellas —gruñó Jake antes de salir de la habitación.

—Lo sé —dijo Sammy—. Somos ridículos. Dentro de dos meses me caso y me licencio en la escuela de medicina. Él tiene un título en neurociencia. Venimos a casa y volvemos a tener diez y doce años. Adivina quién es el mayor.

—No hay duda —respondió Gabe—. ¿A qué escuela de medicina vas?

—Einstein. En Nueva York.

—La conozco. Soy de Nueva York. Mi madre es doctora.

—¿Cuál es su especialidad?

—Medicina de urgencias. ¿Y la tuya?

—Radiología. ¿Te interesa la medicina?

—No, gracias. No quiero tener nada que ver con la gente.

Sam se rio.

—Eso excluye muchos trabajos.

—La música no.

—Sí. Jake no mentía. Tocas como un profesional.

—De hecho, soy pianista. Bueno, eso suena muy pretencioso. El piano es mi instrumento principal.

—Nosotros no tenemos piano.

—Lo sé. Creo que vuestra madre me va alquilar uno.

—¿Así que vas a quedarte aquí un tiempo?

Gabe sintió que volvía a sonrojarse.

—La verdad es que no lo sé. Vuestros padres son muy amables.

—De hecho, son una joya.

Jake entró y le lanzó las sábanas a Gabe. Él las atrapó y empezó a hacer la cama.

—Es pianista —dijo Sammy.

—¿De verdad? —preguntó Jake—. ¿Y eres bueno?

—No se me da mal —respondió Gabe encogiéndose de hombros.

Jake se tiró en su cama.

—En serio, tío, ¿qué haces aquí?

Gabe se detuvo.

—Mi madre ha desaparecido y vuestro padre está investigando el caso —nadie habló—. Vuestro padre cree que mi padre podría haberla matado. Yo no creo que lo haya hecho. Vuestro padre quiere hablar con mi padre y mi padre no está disponible.

—Vaya —dijo Jake—. Siento haber preguntado.

—Es un lío, pero estoy acostumbrado.

—¿Y cómo acabaste aquí, con mis padres? —preguntó Sammy.

—Mi madre conocía a vuestro padre de cuando era adolescente. Así que, cuando vinimos a California, me dejó su número de móvil por si había alguna emergencia. Cuando mi madre no volvió a casa el domingo pasado, le llamé. Era tarde y no tenía ningún sitio al que ir, así que me acogió en su casa. Dejan que me quede aquí hasta que aparezca alguno de mis padres. Mi padre sabe que estoy aquí. Sospecho que mi madre está viva y que también sabe que estoy aquí.

—¿Y qué hay de lo de vivir con tu tía?

—Quiero a Melissa, pero no tiene los mismos criterios de limpieza que yo. Lo paso mal viviendo en entornos desordenados.

—Otro compulsivo —dijo Jake chocándole la mano a Gabe—. A lo mejor puedes ayudar a nuestra hermana. Yo no puedo ni entrar en su habitación.

—Yo tampoco —confesó Gabe—. Me pone nervioso.

—Vamos a tomar una *pizza* —anunció Sammy—. ¿Quieres venir?

Gabe tenía hambre, pero declinó la oferta.

—Estoy bien. Desharé vuestro equipaje, si queréis.

—Nadie toca mis cosas —declaró Jake.

—Perdón —dijo Gabe—. No volveré a tocar tu guitarra.

—Te estoy vacilando —Jake se levantó de la cama—. Puedes quedarte con la guitarra. Lo digo en serio. Ya nunca la toco. Antes tampoco la tocaba mucho, la verdad. Ven con nosotros, tío —le dio un suave puñetazo en el estómago—. Creo que te vendrían bien las calorías extra.

Gabe notó que se sonrojaba otra vez.

—Gracias. ¿Puedo preguntar por qué estáis aquí?

—¿Aparte del hecho de que vivimos aquí?

—Hemos venido a darle una sorpresa a nuestro padre —explicó Sammy.

—Técnicamente es nuestro padrastro. Pero, después de soportar todos los quebraderos de cabeza que le he dado, se ha ganado el título de padre.

—El teniente cumple sesenta años el domingo —dijo Sammy—. Vamos a dar una sorpresa a nuestra madre, a Hannah y a él. Tenemos una cena planeada en la comisaría hoy a las siete. Los únicos que lo saben son nuestra hermanastra y su marido.

—Cindy y Koby, ¿no?

—Llevando aquí tan poco tiempo, ya estás como en casa —dijo Jake—. Ya que estás aquí, puedes ayudarnos a recoger la comida.

—Hemos encargado comida como para alimentar a toda la comisaría —añadió Sam—. La recogeremos a las cinco. ¿Qué hora es?

—Las dos y media —respondió Gabe tras mirar el reloj.

—¿Tienes idea de dónde está nuestra madre? —preguntó Jake.

—Creo que en la escuela. Dijo que llegaría a casa sobre las cuatro.

—Perfecto —dijo Jake—. Llegaremos a casa justo a tiempo. ¿Vienes con nosotros a por *pizza* o no?

—Claro. Gracias —Gabe agarró su cartera y se la metió en el bolsillo—. Qué bien. No sabía que el teniente estuviera a punto de cumplir los sesenta.

Claro, ¿por qué diablos iba a saberlo?

Se le olvidaba que seguía siendo un extraño.

CAPÍTULO 36

Por el monitor los detectives vieron a Chuck Tinsley retorcerse y cambiar de postura, agitando su pierna derecha. También murmuraba, aunque sus labios finos emitían sonidos que no se correspondían con palabras. Aunque había acudido voluntariamente, ya que los policías le habían engañado diciendo que necesitaban su ayuda, su expresión facial decía: «Déjenme salir de aquí». Sus ojos oscuros observaban la habitación, pero era incapaz de fijar la mirada durante más de dos segundos. Sus brazos musculosos y su pecho iban cubiertos por una camiseta gris. Unos vaqueros gastados y unas zapatillas de atletismo completaban su look. Una cazadora de nailon negra reposaba sobre su regazo.

—Está nervioso —les dijo Decker a Oliver y a Marge—. Como si fuera culpable de algo. Estad atentos por si acaso necesito refuerzos.

—No vamos a ninguna parte.

En cuanto Decker se marchó, Oliver dijo:

—¿Cuándo llega la comida para su fiesta?

—Sobre las seis y media. Se supone que tenemos que sacarlo de la comisaría a las seis.

—Son las cuatro. ¿Crees que podrá terminar con esto en un par de horas?

—No sé cuánto tiempo tardará en confesar. Esperemos que el teniente esté inspirado.

Tinsley tenía la cara casi tan verde como la primera vez que Decker lo había visto. Tal vez debiera haberle llevado una bolsa para vomitar.

—Gracias por venir —dejó una taza de café frente al capataz, así como un poco de leche en polvo y dos azucarillos—. Pensé que le vendría bien tener algo que hacer con las manos.

Tinsley levantó la taza de café.

—¿Tan nervioso le parezco?

—Más bien parece que tiene usted mejores cosas que hacer con su tiempo.

—Eso es cierto —Tinsley dio un trago al café, puso cara de asco y después añadió la leche en polvo y el azúcar—. No sé qué podría contarle ahora que no le contara la primera vez. A decir verdad, no quiero recordar —agachó la cabeza—. Fue horrible. ¿Cómo hace usted eso todos los días?

—Me gusta encerrar a los malos —Decker ocupó la silla junto a él—. Está un poco más calmado que la primera vez que nos vimos. A lo mejor recuerda más detalles.

—¿Qué clase de detalles?

—No sé —el teniente sacó su libreta—. ¿Por qué no empieza por el principio?

—¿Cuando llegué a trabajar o cuando la vi por primera vez?

Tinsley le había dado la oportunidad perfecta.

—Bueno, empiece por la primera vez que la vio —le dirigió una sonrisa informal—. ¿Cuándo fue la primera vez que vio a Adrianna Blanc?

Tinsley se aclaró la garganta.

—Llegué a la obra a eso de las dos menos cuarto. Vi el cuerpo unos cinco minutos más tarde.

—Dígame exactamente qué ocurrió.

Se lo recitó de corrido, palabra por palabra. Llegó a la obra de los Grossman sobre las dos menos cuarto. Quería limpiar antes de que viniera el inspector. Empezó a recoger la basura, advirtió una zona con muchas moscas, vio el cuerpo, dejó caer la bolsa de basura y vomitó. Después llamó al 911. Su historia, de principio a fin, duró cinco minutos.

El problema era que Yvette Jackson había identificado a Tinsley como el hombre con el que Adrianna había estado hablando en Garage. Ahora eran casi las cuatro de la tarde. Decker no sabía cuánto tiempo estarían dando rodeos en torno a la verdad, pero sí sabía que Tinsley se derrumbaría tarde o temprano. El teniente contempló a su presa durante unos segundos, intentando desestabilizarlo.

—Señor Tinsley, no le he preguntado por la primera vez que vio el cadáver de Adrianna Blanc. Le he preguntado cuándo fue la primera vez que vio a Adrianna Blanc.

Tinsley se aclaró la garganta de nuevo.

—No lo entiendo. La vi colgada ahí unos cinco minutos después de llegar a la obra.

—No le estoy llevando la contraria. Estoy seguro de que vio el cuerpo colgado de las vigas a las dos menos cuarto de la tarde. Pero no es eso lo que le estoy preguntando. Escuche atentamente —Decker se inclinó hacia delante—. ¿Cuándo fue la primera vez que vio a Adrianna Blanc?

—A las dos menos cuarto de la tarde de ese lunes —Tinsley agitaba la pierna sin parar—. No sé a dónde quiere ir a parar.

—¿Por qué cree que quiero ir a parar a algún lado?

—Porque no para de repetirse.

—Eso es porque no ha respondido a mi pregunta. ¿Cuándo vio a Adrianna Blanc por primera vez?

—Ya he respondido a su pregunta. Sobre las dos menos cuarto de la tarde.

—¿Y esa es su historia?

—¿Qué quiere decir con que si esa es mi historia? —le temblaban las manos—. Es la verdad. Pensé que quería mi ayuda.

—Y la quiero. Por eso le he pedido que viniera.

340

—Y he venido. ¿Por qué me está haciendo pasar un mal rato?

—No pretendo hacerle pasar un mal rato, pero tenemos un pequeño problema.

—¿Qué tipo de problema? —preguntó Tinsley con aflicción.

—Déjeme hacerle otra pregunta. ¿Dónde estuvo usted la noche anterior? —Decker le dijo la fecha para refrescarle la memoria—. Era domingo por la noche. ¿Recuerda dónde estuvo entre las siete y las diez de la noche?

—Quiero un abogado —respondió Tinsley sin vacilar.

—Podemos buscarle representación — Decker se puso en pie—. O puede buscársela usted. Mientras tanto, le ficharán y le tomarán las huellas.

—¿Qué quiere decir con que me ficharán?

—Su abogado puede reunirse con usted aquí. La lectura de los cargos probablemente sea esta noche...

—¿Cargos por qué?

Tinsley se puso en pie de un salto. Decker era más corpulento que el capataz, pero un enfrentamiento físico era lo último que deseaba.

—¿Puede sentarse por favor?

El capataz miró a su alrededor como si no se hubiera dado cuenta de que estaba de pie.

—¿Qué coño está pasando? ¿De qué me acusan?

—Tengo varias opciones: obstrucción a la justicia, mentir a la autoridad, tal vez asesinato...

—¡Eh, eh, eh! —Tinsley volvió a sentarse en su silla con cara de horror—. ¡Un momento! ¡Yo no he matado a nadie!

—No estoy diciendo que lo hiciera. Pero acaba de preguntarme por qué iba a ficharle...

—¡No van a culparme por esta mierda! —jadeaba y sudaba—. Yo no tuve nada que ver con su muerte.

—No puede hablar conmigo, señor Tinsley. Ha pedido un abogado.

—Déjeme decir algo...

—Ha pedido un abogado —repitió Decker.

—¿Y si ahora digo que no lo quiero? ¿Puedo pedir uno más tarde?

—Señor Tinsley —dijo Decker con un suspiro—. Chuck, ¿puedo llamarte Chuck?

—Llámeme como le dé la gana llamarme, pero déjeme decir algo.

—Si quieres hablar conmigo, tienes que firmar una exención en la que declaras que te han leído tus derechos y renuncias al derecho a un abogado.

—Pero puedo pedir uno más tarde.

—Puedes, claro.

—Entonces, ¿dónde firmo?

—Primero deja que te lea tus derechos.

—No pienso firmar nada hasta que me diga de qué se me acusa.

—Empecemos por obstrucción a la justicia...

—¡Yo no obstruyo nada!

—Déjame leerte tus derechos. Entonces podrás decidir qué quieres hacer.

—¡Yo no he hecho nada!

—Cállate y escucha, ¿quieres? —Decker al fin logró recitarle la advertencia Miranda. Después le preguntó a Tinsley si le habían quedado claros sus derechos.

—¿Le parezco un imbécil?

—¿Sí o no?

—Sí.

—Entonces firma aquí.

Tinsley firmó la tarjeta.

—¿Ya puedo hablar?

—¿Deseas no aplicar tu derecho a un abogado? ¿Sí o no?

—Sí.

—Aunque antes hayas pedido uno, ¿ahora no quieres abogado?

—Solo quiero hablar con usted durante unos minutos. Después pediré un abogado.

Es decir, que quería averiguar cuánto sabía la policía.

—¿Estás declinando tu derecho a un abogado a pesar de haber solicitado uno hace cinco minutos?

—Ya le he dicho que sí.

—Entonces firma la tarjeta justo aquí. Dice que estás dispuesto a hablar con la policía sin un abogado delante. Y sabes que cualquier cosa que digas puede ser utilizada en tu contra ante un tribunal.

—Está bien, está bien —volvió a firmar la tarjeta—. ¿Puedo decir ya mi parte?

—Di lo que quieras, Chuck. Soy todo oídos.

—¡Yo no he matado a nadie! ¡Es mentira! se recostó y se cruzó de brazos—. Y eso es lo único que quería decir.

—Chuck... —comenzó Decker—. ¿De verdad pensabas que podías ir a Garage y flirtear con Adrianna durante más de una hora sin que nadie te reconociera?

—Yo no la maté.

—No he dicho que lo hicieras. Lo que digo es si crees que puedes flirtear con Adrianna durante más de una hora sin que nadie te reconozca.

Tinsley no respondió.

—Chuck, tenías amigos allí. Te llamaban por tu nombre. Chuck, aquí, Charley, tráeme una cerveza fría. La gente te reconocía, Chuck. No eres un imbécil, pero tampoco lo es la policía. Todos llevamos mucho tiempo haciendo esto.

—Yo no la maté. Vomité al verla allí colgada.

—¿Y cómo llegó hasta allí?

—¿Y yo qué coño sé? ¡Yo no la puse allí! —se le humedecieron los ojos—. Alguien está intentando inculparme. Sinceramente. Ella se marchó antes que yo... mucho antes que yo. Alguien debió de... —apretó los labios con fuerza—. Yo no le hice daño. ¡En mi vida le he hecho daño a una mujer!

—Entonces dime cómo acabó Adrianna en tu obra.

—¡Si lo supiera se lo diría! —se secó la frente con el dobladillo de la camiseta—. Debería haber dicho algo al principio, pero sabía que no me creería.

—Empieza por el principio, Chuck. Cuéntamelo todo. Te sentirás bien después de quitártelo de encima.

El hombre se encogió en la silla.

—Nunca antes había estado en Garage.

—¿Y qué te llevó allí?

—Un amigo me lo sugirió. Debí de llegar sobre las siete y media. Adrianna ya estaba allí. Me fijé en ella de inmediato.

—¿Qué estaba haciendo?

—Hablando con una de las anfitrionas. Creo que se llamaba Emerald. Tenía aspecto ordinario; Adriana no, la anfitriona. Me dio la impresión de que podría haberme ido con ella a casa esa noche, pero no era mi tipo. Ojalá lo hubiera hecho. Ella habría sido mi coartada.

A Decker se le ocurrieron de inmediato dos razones por las que eso no habría funcionado: (1) Adrianna Blanc fue asesinada al día siguiente, no el domingo por la noche, y (2) Crystal Larabee estaba muerta. Tinsley no sabía lo afortunado que era por no habérsela llevado a casa.

—¿Y eso fue sobre las siete y media?

—Sí, más o menos.

—Continúa.

—Pues estaba bebiendo con mi amigo Paul. ¿Han hablado ya con Paul?

—Es el siguiente en mi lista —mintió Decker—. ¿Me recuerdas su apellido?

—Goldback.

—Perdón por la interrupción. Continúa.

—Pues estaba hablando con Paul, pero mirando a Adrianna. Y ella estaba hablando con la anfitriona, pero me miraba a mí. Ya sabe cómo son esas cosas. Ambos sabíamos que había chispa.

—De acuerdo.

—Cuando me terminé la cerveza, me acerqué a ella. Le ofrecí invitarle a lo que estuviera bebiendo.

—¿A qué hora fue eso?

—Unos quince o veinte minutos más tarde.

—Así que sobre las ocho menos diez.

—Supongo —Tinsley hizo una pausa—. Pensé que era una alcohólica en recuperación. Bebía un refresco. Pero entonces me dijo que tenía que ir a trabajar, y que por eso no estaba tomando alcohol. Me contó que era enfermera y que trabajaba con bebés y que lo que sí prometía era que nunca bebería justo antes de trabajar. A mí eso me pareció muy honesto.

—Estoy de acuerdo —contestó Decker asintiendo con la cabeza.

—Entonces dijo que conocía a Emerald del instituto y, que si quería algo, probablemente pudiera convencer a Emerald para que nos lo diera gratis.

—No conozco a nadie que se llame Emerald que trabaje en Garage, Chuck. ¿Te refieres a Crystal?

—Sí, Crystal. Adrianna estaba hablándome de Crystal y su trabajo como enfermera y todo eso. Yo estaba hablando de mi trabajo. Debió de estar hablando durante más de una hora. Crystal no paraba de venir y de ofrecerme cervezas gratis. Al final dijo que tenía que irse a trabajar. Adrianna, digo.

—¿Qué hora era?

—Poco antes de las diez. Le pregunté dónde trabajaba y me dijo que en el St. Tim's. Le dije que yo trabajaba en una obra cerca de allí. Le pedí su número y le sugerí que quedásemos a comer o a cenar.

—¿Y qué te dijo?

—Ella me pidió mi número. No me lo pensé dos veces. Muchas mujeres investigan a los tíos antes de salir con ellos. Así que le di mi tarjeta. En ella aparecía mi móvil y mi dirección de correo electrónico. Pero recuerdo claramente escribir la dirección de donde trabajaba para demostrarle que efectivamente estaba trabajando cerca del St. Tim's y no era solo una frase para ligar.

—¿Escribiste la dirección de la casa de los Grossman?

—Sí, eso es.

—Encontramos su bolso, Chuck. No encontramos ninguna tarjeta tuya dentro.

Tinsley se puso blanco. Decker esperó a que hablase.

—Mi tarjeta estaba en el bolsillo de su abrigo cuando la encontré. Yo la saqué.

Decker se quedó mirándolo.

—¿Sigues teniendo la tarjeta?

—Sí, eso creo.

—¿Crees?

—Está en la mesilla de mi dormitorio. Se la traeré —Tinsley hablaba con intensidad—. ¿No lo entiende, teniente? Alguien encontró mi tarjeta en su bolso o en el bolsillo y la colgó en mi obra para inculparme.

—Es una posibilidad —respondió Decker.

—¡Es lo que pasó! ¿De verdad cree que sería tan estúpido como para matar a alguien y después dejarla en un lugar que esté relacionado conmigo? Tendría que ser muy imbécil.

Las cárceles estaban llenas de delincuentes estúpidos.

—¿Sabes que, al sacar la tarjeta, manipulaste las pruebas?

—Sabía que, si la policía la encontraba, yo quedaría fatal.

—Quedas fatal ahora mismo, Chuck.

—Mire, he admitido haber sacado la tarjeta. ¿Sería tan estúpido como para dejar un cuerpo en mi lugar de trabajo? Yo le responderé. La respuesta es no. Alguien dejó la tarjeta en su bolsillo para hacerme quedar mal.

—Podría ser. Porque, ahora mismo, tú estás en el punto de mira.

—Teniente, le juro que se marchó del bar con vida y que esa fue la última vez que la vi hasta que encontré su cadáver en la obra.

—Retrocedamos un poco. ¿Qué hiciste después de que Adrianna se marchara?

—Hablé con Em…, con Crystal un rato. Después hablé con una chica llamada Lucy. No había química. Me marché de

Garage a eso de las once y me fui directo a casa. No recuerdo lo que hice. Normalmente me voy a la cama entre las doce y la una.

—¿Vives solo?

—Por desgracia sí.

—Háblame del día siguiente. El lunes, el día que encontraste el cuerpo. ¿A qué hora te levantaste?

—A las siete y media. Me levanto siempre a esa hora. Fui a otro de los proyectos de Keith. El proyecto Rosen, en Chloe Lane.

—¿A qué hora llegaste al proyecto Rosen?

—Sobre las ocho y media. Estuve allí toda la mañana. La señora Rosen estuvo allí toda la mañana. Me llevó café. Ella puede decirle que estuve allí.

—¿Cuándo te marchaste de allí para ir al proyecto de los Grossman?

—Sobre las doce y media me fui del proyecto de los Rosen. Pasé por Ranger's a comer. Es una tienda de bocadillos. Me tomé un sándwich de ternera asada con mostaza. Eso lo recuerdo porque fue lo que vomité. Ya no puedo tomar ternera asada y antes me encantaba. Esto es una mierda.

—¿Cómo pagaste la comida?

—Como pago todas las comidas. En efectivo.

—Eso no me ayuda.

—Perdón. No sabía que necesitaría tickets para librarme de los cargos por asesinato.

—¿A qué hora te marchaste de Ranger's?

—Sobre la una y media. Me fui directo a la obra de los Grossman. Está a unos quince minutos. Puede cronometrarlo usted mismo.

—¿Qué hiciste mientras te comías el sándwich en Ranger's?

—No sé. Comí sin más. Puede que me pusiera al día con algunas llamadas de teléfono. A veces lo hago.

—¿Con el móvil?

—¿Cómo si no? No pedí que me dejaran usar el fijo.

—¿Te importa que revise tu historial telefónico?

—En absoluto.

—Mejor aún —dijo Decker—, ¿y si me entregas tu teléfono?

Tinsley se encogió de hombros.

—Bien —metió la mano en el bolsillo de su chaqueta de nailon y le entregó a Decker su móvil.

—Dame un par de minutos —Decker se puso en pie, salió y regresó a la sala de vídeo, donde Marge y Oliver seguían estudiando a Chuck a través del monitor. Tinsley había apoyado la cabeza entre los brazos sobre la mesa y parecía estar a punto de dormirse.

—Comprueba esto, Marge —Decker le entregó el teléfono—. ¿Qué te parece?

—Siempre desconfío de un tío que intenta echarse una siesta después de que le interrogue la policía.

—Ha dicho que la tarjeta que le dio a Adrianna está en su mesilla de noche —observó Marge—. ¿Por qué no intentamos que acceda a que registremos su casa?

—Buena idea.

—Podría estar mintiendo, pero no creo que sea el caso. Si su historia se confirma, no habría tenido tiempo suficiente, puesto que tiene justificación desde las ocho y media hasta que llamó a la policía.

—Si le crees —dijo Oliver—. Además, ¿cuánto se tarda en echar un polvo rápido?

—Si solo fue un polvo rápido, no se tardaría demasiado —respondió Marge—. Pero, si es un polvo con juegos que acaban en asesinato y en ahorcamiento con un cable eléctrico atado a las vigas y teniendo que asegurarse de que no haya nadie mirando, yo diría que llevaría mucho más tiempo.

CAPÍTULO 37

Mientras Marge revisaba el teléfono de Tinsley, Decker regresó a la sala de interrogatorios y se sentó a la mesa.

—¿De qué hablaste con Adrianna?

—De cosas —respondió Tinsley con un suspiro—. Tuvimos buena compenetración.

—¿Compenetración?

—Sí, compenetración. Ya no sé ni lo que digo —hizo una pausa—. Hablamos de muchas cosas.

—¿Puedes ser más específico?

Tinsley resopló.

—Hablé de mi trabajo..., de que me gustaba trabajar con las manos y ver que había hecho algo al final del día.

Decker asintió.

—Ella dijo que le gustaba mucho su trabajo por la misma razón..., que sentía que estaba haciendo algo importante —intentó ordenar sus pensamientos—. Dijo que su trabajo era muy estresante... cuidar de bebés enfermos —otra pausa—. Ah, ahora me acuerdo. Dijo algo de que su trabajo le resultaba más estresante porque estaba saliendo de una mala relación. Pero todavía tenía que trabajar con el tío.

—¿Mencionó el nombre del hombre?

—No..., solo dijo que trabajaba en el mismo sitio que ella. No siempre se veían, pero lo suficiente para que, cuando discutían, resultase incómodo.

—Lo entiendo —dijo Decker.

—Sí, sí, ya voy recordando —Tinsley comenzaba a entusiasmarse—. Dijo que estaba a punto de ser libre. Lo único que necesitaba era una excusa.

—¿Y qué le dijiste tú a eso?

—Creo que dije una tontería, en plan... «espero que yo sea tu excusa». Ella se rio —se quedó pensativo—. Tenía una risa bonita. Era una chica guapa. Me lo pasé bien —se llevó las manos a la frente—. Verla así... Todavía se me revuelve el estómago al pensarlo.

Tal vez sus emociones fueran reales, pero eso no significaba que no la hubiera matado.

—Chuck, ahora mismo tienes dos opciones.

—No me gusta cómo suena eso.

—Puedo ficharte por manipular pruebas y por obstrucción a la justicia. O puedo no hacer nada todavía, si accedes a quedarte en la comisaría hasta que revisemos tu teléfono y podamos determinar dónde estuviste el día del asesinato.

—¿Eso es una opción? En cualquier caso, estoy aquí.

—Estás aquí, pero no en la cárcel.

Tinsley lo pensó durante unos segundos.

—¿Cuánto tiempo cree que tardará?

—Puede que hasta la noche. Puedo conseguirte algo de cena si tienes hambre —la respuesta de Tinsley fue encogerse de hombros—. ¿Dónde encontraste la tarjeta que le diste a Adrianna?

—En su bolsillo.

—¿Y ahora está en el cajón de tu mesilla de noche?

—Ahí estaba la última vez que la vi.

Decker se preguntó por qué no la habría tirado. Tal vez la guardó como trofeo.

—¿Te importaría que entráramos en tu apartamento a por la tarjeta? Podría tener pruebas forenses.

—¿Mi ADN o mis huellas?

—Tú te la llevaste, así que ambas cosas son posibles.

—Sí, vayan a por la tarjeta. Quizá eso me ayude.

—Mientras estamos en tu apartamento, ¿te importa que echemos un vistazo? —preguntó Decker.

—¿Para buscar qué?

—Lo sabré cuando lo vea.

—Tengo cincuenta gramos de marihuana en el cajón inferior de la cómoda —levantó las manos—. No sé por qué le cuento esto. Debo de estar de humor para confesiones después de todos estos años siendo católico no practicante.

—Si lo peor que tienes son cincuenta gramos, no pasará nada. ¿Eso es un sí o un no?

Tinsley rebuscó en su bolsillo y le dio las llaves.

—Vaya cuando quiera. Ya que está allí, igual no le importa fregarme los cacharros.

—No creo. ¿Tu apartamento tiene alarma?

—No, no hay mucho que robar. Solo la pantalla plana. Pero tengo el canal de deportes. Los Lakers juegan esta noche. Cuando regrese, no me diga el resultado. Lo voy a grabar. Lo veré cuando llegue a casa..., sea cuando sea eso.

Como en cualquier coreografía, era esencial elegir el momento oportuno. La comida llegó diez minutos después de que Decker volviera a entrar en la sala de interrogatorios con Tinsley. Todos se coordinaron para colocar las cosas y estaba todo listo para el teniente mientras el interrogatorio llegaba a su fin. Cuando Decker salió de la habitación, se encontró con un estruendoso «sorpresa» de parte de su familia y compañeros de trabajo. Totalmente desorientado, miró a su alrededor y vio lo que todos habían preparado para su cumpleaños. Rina se acercó y le dio un abrazo.

—Felicidades, teniente.

Decker se dio cuenta, con sorpresa, de que sus hijos estaban presentes.

—¿Qué estáis haciendo aquí?

—Iría a cualquier parte con tal de comer gratis —dijo Jacob antes de darle un abrazo—. Feliz cumpleaños, papá.

Sammy fue el siguiente.

—Feliz cumpleaños, papá —le dio un abrazo de oso—. Como se suele decir, que llegues hasta los ciento veinte.

—Así que supongo que voy por la mitad —todos se rieron. Decker seguía asombrado—. ¿Todo esto es para mí?

—No, es para Chuck Tinsley —respondió Marge.

—Quiere una hamburguesa, por cierto.

—Tendrá que conformarse con ternera asada en pan de centeno.

—La ternera asada le da nauseas. Probad con el pavo.

Más risas. Marge dio varias palmadas para llamar la atención de todos.

—El tiempo corre y algunos tenemos que trabajar. La cena está servida, así que adelante.

Decker pasó los siguientes veinte minutos estrechando manos, abrazando a su familia y aceptando felicitaciones por su inminente cumpleaños mientras sus compañeros de trabajo hacían cola para disfrutar del bufet improvisado. Había fuentes de pollo a la parrilla, ternera asada, *pastrami*, pavo ahumado, mortadela, ensalada de patata, ensalada de col, hígado troceado, aceitunas y pepinillos, cebollas y tomates, y cestas llenas de rebanadas de pan de centeno y *jalá*.

Decker se volvió hacia Rina.

—¿Cómo has planeado esto sin que me enterase?

—Yo no lo he planeado. Cindy y los chicos lo han hecho todo. Lo que no entiendo es cómo lo han hecho sin que yo me enterase.

—Deberías haberles visto la cara al vernos —dijo Sammy—. La de *Eema* ha sido divertida, pero la de Hannah no tenía precio.

—Sí que he flipado un poco al verlos —Hannah apoyó la cabeza en el brazo de Sammy.

—¿Cómo está Rachel, Sam? —preguntó Decker.

—Estudiando para los exámenes finales. Te envía saludos.

—Ilana envía saludos también —dijo Jacob—. Quería venir, pero también tiene exámenes.

—La próxima vez —respondió Decker—. ¿Os quedáis el fin de semana? Claro que sí.

—Incluso hemos sacado la cama de ruedas porque parece que hemos sido suplantados por un modelo más joven —bromeó Jake. Cuando Gabe se puso rojo, añadió—: Ve a comer ternera asada, chico. Necesitas proteínas.

—Todavía estoy lleno después de la *pizza*.

—Pues ve a prepararme un sándwich. Tengo hambre.

—¿Perdón? —dijo Rina—. ¿Es así como te he enseñado a tratar a los invitados?

—No es un invitado, es un intruso.

—No pasa nada —respondió Gabe con una sonrisa tímida—. ¿Qué tipo de sándwich quieres?

—*Pastrami* con pavo ahumado en pan de centeno, mostaza, sin mayonesa, y con todos los acompañamientos.

—Entendido —Gabe se dio la vuelta para irse hacia el buffet. Cuando se marchó, Jacob dijo:

—Buen chico. Según creo, tiene un par de problemillas.

—Todos los tenemos —Decker rodeó a sus hijos con el brazo—. Gracias, Yonkel. Gracias, Shmueli. Nunca olvidaré este día.

—Te quiero, viejo —le dijo Jacob—. ¿Ahora puedo tener ya el coche?

Cindy se acercó a su padre masticando un muslito de pollo. Le dio un beso en la mejilla.

—Feliz cumpleaños, papi. Te mereces esto y más.

—Te quiero, princesa —la besó en la mejilla y se fijó en su tripa, que ya empezaba a notarse—. ¿Cómo te sientes?

—A esta hora siempre me muero de hambre.

—¿Cuándo es el gran día? —preguntó Jake.

—Navidad o Año Nuevo —dijo Cindy—... algo así.

—¿No sabes qué día sales de cuentas?

—No presté mucha atención después de que la prueba saliese positiva —Cindy le revolvió el pelo a su hermanastro y después dio otro mordisco al pollo—. Vaya, qué bueno está. Koby, ¿me traes otro muslito?

Koby se terminó su sándwich de pan de centeno con pavo y se limpió las manos con una servilleta.

—Sin problema. De todos modos, ya estoy listo para los segundos. ¿Alguien más quiere algo?

—Yo tomaré otro sándwich —dijo Sammy.

—¿Hannah? —preguntó Koby.

—Pavo ahumado con pan de centeno.

—¿Rina?

—Lo mismo que Hannah.

—¿Teniente?

—Yo no quiero nada.

—Pero si no has comido nada —dijo Rina.

—Sigo intentando averiguar cómo ha pasado todo esto.

—Tú averígualo —dijo Koby—. Yo voy a por comida.

—Va a haber muchas sobras —anunció Rina—. Tendréis que llevaros toda la comida, chicos.

—¿Por qué no nos la comemos el Sabbath? Así no tendrás que cocinar —sugirió Sammy.

—Es la primera vez en años que toda mi familia se reúne —dijo Rina—. ¿De verdad crees que voy a serviros sobras frías el Sabbath?

—¿Por qué no dejamos que los hombres y mujeres que trabajan aquí se lleven la comida a casa para sus familias? —propuso Decker.

—Creo que sería una idea fantástica —convino Rina.

—Entonces, si las sobras frías están vetadas para la cena, ¿puedo proponer costillas de cordero? —dijo Jacob—. Al punto, con judías verdes y puré de patata con ajo.

Rina puso los ojos en blanco.

—¿Algo más, Yonkel?

—Un buen pastel de manzana nunca hace daño a nadie.

Koby le llevó a Cindy un muslito de pollo, que ella devoró en cuatro bocados.

—Os quiero a todos, pero no podemos quedarnos. Ambos tenemos que volver a trabajar.

—Esperad —dijo Sammy—. Tenéis que quedaros a la tarta.

—¿Una tarta? —preguntó Decker—. ¿No iréis a cantarme el *Cumpleaños Feliz*? —se volvió hacia Rina en busca de ayuda—. No dejes que lo hagan.

—No es mi decisión.

Decker empezaba a estar desesperado.

—Tengo que volver a trabajar. Tengo a un posible sospechoso de asesinato sentado en la sala de interrogatorios preguntándose qué está pasando.

—De hecho, acabo de ir a verlo —dijo Oliver—. Está encantado con su sándwich de pavo ahumado.

—Ve a por la tarta, Yonkel —dijo Sammy.

—Ve tú.

—Iré yo —dijo Marge volviéndose hacia Oliver—. Venga, detective, vamos a avergonzar al teniente.

Llevaron la tarta, que parecía más un soplete que un pastel. Había sesenta velas clavadas en la cobertura de chocolate. Decker se preparó para el martirio cuando toda la sala empezó a cantar una versión desafinada del *Cumpleaños Feliz*. El único alivio, en su opinión, fue que pudo soplar todas las velas de una vez.

Mientras Rina cortaba la tarta, Decker se llevó a Marge a un lado.

—¿Qué pasa con el teléfono de Tinsley?

—Bueno, Chuck hizo algunas llamadas ese lunes durante el tiempo que supuestamente estuvo comiendo en Ranger's. Tengo a alguien revisando las antenas para ver de dónde procedían las llamadas y luego iremos hacia atrás.

—¿La antena de telefonía de Ranger's es la misma que la del proyecto Grossman?

—También estoy comprobando eso.

—Tinsley nos ha dado permiso para ir a buscar la tarjeta que sacó del bolsillo de Adrianna y también para que registremos su casa.

—Buen trabajo, teniente. Ahora sé por qué estás al mando.

—Mira, voy a tener que ponerme con eso. No puedo dejarlo aquí eternamente.

—No, Pete, tienes que quedarte aquí con tus invitados. Oliver y yo nos iremos al apartamento de Tinsley —Marge estiró la mano—. Las llaves, por favor.

—No vas a darme un respiro, ¿verdad?

—Hay un momento para todo —le dio una palmadita a Decker en el hombro—. Teniente, este es tu momento.

Al registrar la casa de Tinsley, encontraron la tarjeta en la mesilla de noche, varios gramos de marihuana barata y, lo más importante a ojos de los detectives, una bolsa con joyas de mujer. Tinsley juró que pertenecían a su difunta madre, pero Decker sabía que los asesinos con frecuencia se llevaban trofeos. Tenía que asegurarse de que ninguna de las joyas perteneciera a Adrianna Blanc, y eso significaba llamar a Kathy Blanc y preguntarle si identificaba alguna de las piezas. La mañana del día siguiente iba a ser infernal.

Tinsley realizó el proceso habitual, sin órdenes judiciales, después sus huellas fueron enviadas al Sistema de identificación de huellas dactilares, pero no obtuvieron ningún resultado. También dio una muestra de saliva para el ADN. Decker se enfrentaba a un dilema: podía arrestar a Tinsley por cargos menores, lo cual garantizaría su falta de cooperación en el futuro, o podía dejarlo marchar de la comisaría y mantener abiertas las vías de comunicación. Decker eligió dejarlo ir y mantenerlo en el punto de mira, con un coche patrulla vigilando sus movimientos.

Tanto Ranger's (la cafetería donde comía Tinsley) como la obra Grossman (el lugar donde trabajaba) tenían la misma antena de telefonía móvil, de modo que eso no les sirvió de mucho. La siguiente mejor opción, lejos de ser óptima, era ir a la cafetería y ver si alguien podía ubicar a Tinsley allí a las doce y media del lunes.

Era más de la una de la mañana cuando Decker terminó con el papeleo y llegó a casa. Seguía emocionado por la fiesta, pero su entusiasmo se veía afectado por la agenda que sabía que tenía para el día siguiente. Esperaba poder tener un poco de soledad antes de meterse en la cama. La casa estaba en silencio cuando abrió la puerta, iluminada solo por la lámpara del salón. Esperó encontrar a Rina leyendo, pero era Gabe el que estaba acurrucado entre las mantas.

—¿Qué estás haciendo aquí tan tarde?

El chico se quitó las gafas y dejó su libro.

—Éramos muchos en la habitación, así que me he ofrecido a dormir en el sofá.

—Qué amable por tu parte, pero no estás durmiendo.

—No. Últimamente no duermo mucho.

—¿Qué tal tu mano?

—Se pondrá bien —se frotó los brazos—. Ha sido un golpe de suerte... hacerme daño en la mano. De lo contrario, no podría haber conseguido una prueba con Nicholas Mark. Tiene una lista de espera de estudiantes larguísima.

—Debiste de impresionarle mucho.

—No sé cómo. Cometí errores. Probablemente menos que si hubiera sabido que él me estaría escuchando —se llevó las rodillas a la barbilla—. ¿Puedo hablar un minuto con usted?

—Claro —dijo Decker sentándose—. ¿Qué sucede?

—Sabe que hablé con Chris el martes. No quería contárselo todo porque le prometí que no le hablaría de nuestra conversación hasta tres días más tarde. Chris quería tiempo para irse de Los Ángeles.

Decker se quedó callado unos segundos.

—¿Y eso fue lo que te dijo? ¿Que necesitaba tiempo para irse de Los Ángeles?

—Más o menos. Probablemente piense que se ha escondido. Yo creo que estaba intentando despistarle para poder encontrar a mi madre sin que usted le molestara.

Decker no dijo nada.

—En cualquier caso, puede revisar mis cosas. La información del banco y del teléfono. No me importa. He cumplido la promesa que le hice y tengo la conciencia tranquila. A lo mejor ahora puedo dormir.

—Ya que hablamos de esto... Hoy he hablado con un guardia de seguridad del hotel. Me ha dicho muchas cosas de tu madre y tu padre.

—¿Se refiere a la pelea?

—Así que lo sabes.

—Chris me lo dijo. Dijo que fue una pelea muy fuerte. Dijo que usted lo averiguaría. Me juró que mi madre estaba viva cuando se marchó.

—¿Y tú le crees?

—Sí, le creo. También me dijo que le ofreció dinero al tío y que él lo aceptó. Si se dejó sobornar, no sé si sería de fiar.

—El guardia se sentía culpable por ello. Me ha devuelto el dinero. Creo que su relato es bastante fiable —Decker eligió sus palabras con cuidado—. Pero me ha dicho unas cosas sobre tu madre que hacen que me pregunte si Chris dice la verdad o no. El guardia me ha dicho que tu madre parecía más enfadada que asustada cuando él los interrumpió.

—¿Enfadada o disgustada?

—«Enfadada» fue la palabra que usó. Tu madre estaba enfadada con el guardia por interrumpir su discusión. Y parece que fue una pelea fuerte. Oyó que tu padre llamaba a tu madre zorra mentirosa y que tu madre le decía que era un loco y un paranoico. Lo que quiero decir es que al guardia tu madre no le pareció asustada.

—Eso es raro... —Gabe se humedeció los labios—. Chris tenía la impresión de que la había asustado mucho.

—¿Te lo dijo?

Gabe asintió.

—Interesante —dijo Decker—. Porque... me pregunto si...,
quizá después de todos estos años..., tu madre al fin ha aprendido a engañar a la gente. En mi opinión, era más probable que
Chris la dejara en paz si la creía asustada más que enfadada.

Gabe se quedó callado.

—Me gustaría mucho hablar con tu padre. Dudo entre su
culpabilidad y su inocencia y me ayudaría conocer su punto de
vista. Si pudieras llamarle y pedirle que viniera solo para hablar...,
quizá someterse al polígrafo, cosa que probablemente superaría
incluso aunque hubiera matado a tu madre —Decker lo pensó
por un momento—. Si Chris no le hizo nada, quiero centrarme
en otros indicios. Y, si tu madre desapareció por voluntad propia..., «para irse a la India con un adinerado doctor», entonces estaría bien no malgastar recursos departamentales buscando a gente que no quiere que la encuentren.

—Teniente, no puedo llamar a Chris y pedirle favores. Se
comportará como si le estuviera traicionando o algo así —Gabe
se frotó los ojos—. Espere a que él me llame.

—¿Qué te hace pensar que te llamará?

—Conozco a mi padre. Querrá saber qué sabe usted, y la mejor manera de averiguarlo es a través de mí. Entonces se lo diré.
Le diré «Decker quiere que vengas y te sometas al polígrafo». Probablemente me dirá «y una mierda» o algo así, pero al menos podré apoyarle sin parecer un traidor.

Era un acuerdo justo.

—Está bien. Esperaré a que te llame. Cuando lo haga, deja
que hable él.

—Eso ya se lo sabe. Chris utiliza los silencios con la misma
eficacia que su rifle. Pero puedo manejarlo —Gabe se frotó los
ojos—. Pero tendré que ofrecerle algo.

—Háblale de Atik Jains. Probablemente ya esté al corriente
de todos modos. No le digas que tu madre conocía a un médico
indio.

—¿Ha tenido ocasión de revisar los nombres que le di?

—Así es, y puede que tenga alguna información —hizo una pausa—. ¿Cuánto quieres saber, Gabe? Porque, si sabes cosas, entonces tal vez tengas que mentir a tu padre.

—Tiene razón. Mejor no saber —se cruzó de brazos—. Además, si mi madre se marchó a propósito, ¿por qué debería importarme? —tenía rabia en la mirada—. Que empiece una nueva vida sin mí. Está en su derecho.

—Estoy seguro de que, si ha hecho eso, pensaba que estarías mejor sin ella.

—Sí. ¿No es eso lo que dicen todas las madres cuando dan a sus bebés en adopción?

—Tú no eres un bebé. Eres un chico independiente. Sabía que podrías manejar la situación.

—Y aquí estoy... manejándola.

—Aguantó durante casi quince años. Después de la paliza, es probable que ya no se sintiera segura.

—Lo sé —Gabe suspiró—. Tiene razón. Probablemente pensara que esta era su última oportunidad de ser libre. Tenía muchas razones para hacer lo que ha hecho, pero eso no me ayuda a aliviar el dolor.

CAPÍTULO 38

Las joyas encontradas en el apartamento de Tinsley estaban ordenadamente colocadas sobre una sábana de plástico en el escritorio de Decker. Este le explicó a Kathy Blanc en qué punto de la investigación estaban y el propósito de la identificación. Se enfureció cuando le contó que había dejado marchar a Tinsley.

—¿Dejó que ese monstruo se fuera de aquí impune?

—No está en prisión, pero sí bajo vigilancia —le explicó Decker—. Podemos detenerlo en cualquier momento cuando tengamos pruebas contra él.

—¿Que una mujer del bar lo haya identificado como el hombre con el que habló mi hija no es suficiente? ¿Que su tarjeta estuviera en el bolsillo de mi hija no es suficiente? ¿Encontrar a mi hija muerta en su lugar de trabajo no es suficiente? ¿Qué necesitan ustedes para arrestar a alguien?

Las preguntas eran retóricas, pero Decker las respondió como si fueran sinceras.

—Si hubiéramos encontrado la tarjeta de Tinsley en su bolso, tal vez lo hubiera encerrado. La verdad es que fue él quien nos habló de la tarjeta. De lo contrario, no lo habríamos sabido.

Kathy iba enjoyada y bien peinada, llevaba unos pantalones grises y una camiseta roja de algodón. Su tez había adquirido el mismo tono que la camiseta.

—Les lanzó un hueso y ustedes lo aceptaron con entusiasmo.

—Está en nuestro radar. Tengo a la policía vigilándolo. Por desgracia, necesito pruebas concluyentes. He hablado con la fiscal del distrito esta mañana. No lo llevará a juicio a no ser que consiga más pruebas.

—Entonces es una idiota.

—Señora Blanc, las pruebas que tengo contra Tinsley quedan explicadas en su historia. Además, Garth Hammerling y Mandy Kowalski siguen desaparecidos. Nadie sabe por qué Garth no ha aparecido, pero desde luego no le hace quedar en muy buen lugar.

—Usted me dijo que Garth estaba a ochocientos kilómetros cuando ocurrió.

—No, dije que Garth estaba a ochocientos kilómetros cuando Adrianna entró a trabajar en el hospital el domingo por la noche. Sabemos que él regresó a Los Ángeles. Lo que no sabemos es si vio a Adrianna o no.

—¿Y por qué no logran encontrarlo? ¿No es ese su trabajo?

—Sí, es nuestro trabajo. Y estamos haciendo todo lo posible para dar con él y con Mandy Kowalski. Si está con Mandy, eso podría ser preocupante.

Kathy se cruzó de brazos.

—Nunca confié en esa chica.

—Interesante que diga eso. Ella mintió a la policía al menos en una ocasión. ¿Puedo preguntarle por qué nunca confió en ella?

—No sé —había bajado la voz—. Parecía maja, pero era muy seria —se le humedecieron los ojos—. Si hubiera sido amiga de Bea, quizá hubiera pensado de otro modo. Pero Adrianna no tenía amigas así. Le gustaba que sus amigas fueran como ella... despreocupadas. Además me daba la impresión de que ella... no aprobaba a mi hija.

—De ser así, ¿por qué cree que se hicieron amigas?

—Esto va a sonar fatal... y no está fundamentado en nada...

—Adelante —dijo Decker—. Me gustan las conjeturas.

—Me daba la impresión de que a Mandy le caía bien Adrianna porque podía sentirse superior a ella, como cuando la orientaba durante sus estudios de enfermería. Y sí que la ayudó. Pero cuando Adrianna dejó de... depender de Mandy, creo que a ella le molestó.

—¿Fue usted quien me dijo que Mandy presentó a Garth y a Adrianna?

—Eso creo —Kathy hizo una pausa—. Tal vez por eso Mandy estaba molesta. A lo mejor a Mandy le gustaba Garth. En cualquier caso, Mandy no era como las demás amigas de Adrianna.

—¿No como Crystal Larabee, por ejemplo?

—Pobre Crystal —las lágrimas resbalaron por sus mejillas—. Su madre viene esta tarde. He invitado a Pandy a quedarse con nosotros hasta que ambas muchachas... —empezó a sollozar— descansen en paz.

—Es muy amable por su parte.

Kathy se secó los ojos con un pañuelo.

—¿Va a asistir al funeral?

—¿Cuándo es?

—Mañana a las once.

Ese día no solo era Sabbath, sino además el primer fin de semana en años en el que se reunía toda su familia.

—Por supuesto —respondió.

—Sería maravilloso —Kathy volvió a secarse los ojos. Aunque eso no detuvo el río de lágrimas. Se quedó mirando los objetos dorados—. ¿Qué debería hacer exactamente?

—Hemos encontrado esto en el apartamento de Chuck Tinsley. Él dice que las joyas pertenecían a su difunta madre. Me gustaría que me dijera si alguno de estos objetos pertenecía a Adrianna. Si necesita tocar algo, le daré unos guantes de látex.

Ella observó los objetos con las manos en el regazo.

—Estas joyas son de oro amarillo. Adrianna nunca llevaba oro amarillo. Decía que el oro amarillo era de señora mayor.

Decker advirtió la cadena de oro amarillo que Kathy Blanc llevaba en el cuello.

—Entonces, que usted sepa, ninguna de estas joyas era de Adrianna.

—Que yo sepa, eso es correcto. No conozco todas sus joyas, pero estas no son de su estilo. Tal vez del mío sí, pero no del suyo.

—Eso nos ayuda mucho. Gracias por venir —se quedó observando las joyas durante unos segundos más de los necesarios. Algo le rondaba por la cabeza.

—¿Habría ayudado en su caso contra Tinsley si hubiera identificado alguna de las piezas?

—Por supuesto. Habría ayudado mucho.

—¿Y lo habrían arrestado?

—Probablemente.

—Debería haber mentido. Debería haber escogido un objeto al azar y haberle dicho que era de Adrianna —su expresión era de furia—. Qué estúpida. Tinsley debería estar entre rejas.

—Solo si es culpable —Decker dejó de guardar las joyas en bolsas y la miró—. Kathy, tiene que creerme. No querrá ser responsable de haber encarcelado al hombre equivocado.

—No sé, teniente —apretó los labios—. Tal como me siento ahora mismo, preferiría tener al hombre equivocado a no tener ninguno.

De nuevo en la sala de control de seguridad del hospital St. Tim's, Peter seguía tan callado como siempre. Pero le brillaron los ojos cuando saludó a Marge y a Oliver con la cabeza, indicando que ahora eran colegas. Ivan Povich sentó a los detectives frente a un monitor en negro y sirvió café de una jarra de cristal en cuatro vasos de poliestireno.

—Recién hecho —anunció Povich. Peter acaba de prepararlo.

Marge dio un trago.

—Está bien. ¿Hay algo que Peter no haga bien?

El hombre taciturno le hizo un saludo militar.

—Es Kona —explicó Povich—. Tiene menos cafeína, es menos ácido. Peter, ¿puedes traer la cinta original de la zona de vehículos de emergencia? La de antes de la mejora.

Peter comenzó a rebuscar entre las cintas y metió una en la ranura.

—¿Qué tal ha ido? —preguntó Marge—. ¿Se reconoce alguno de los rasgos?

—Lo verá con sus propios ojos —segundos más tarde aparecieron en el monitor las imágenes en blanco y negro—. Esta es la original —Povich enfocó a la chica solitaria en la dársena del aparcamiento. Con cada giro de la rueda, la mujer aumentaba—. Todo se vuelve borroso a medida que la imagen aumenta, ¿no? Ahora miren. Peter, pon la cinta mejorada.

Cuando las imágenes aparecieron en el monitor, Marge se quedó encantada. Vio las diferencias al momento: imágenes mucho más nítidas y claras.

—Vaya. Menuda diferencia.

Povich avanzó la cinta hasta llegar al fotograma que les interesaba. De nuevo todos se fijaron en la figura ubicada en el rincón de la dársena de carga. Giró la rueda hasta que la cara gris y granulada alcanzó su máximo tamaño en la pantalla.

Marge se quedó mirando el monitor.

—A mí me parece que es Mandy Kowalski —se volvió hacia Oliver—. ¿Tú qué crees?

—No apostaría mi vida —Oliver se recostó en su silla—, pero sí mi dinero.

—¿Cuál es la hora de la grabación? —preguntó Marge.

—Las once y catorce de la mañana —dijo Povich.

—¿Y Tinsley encontró el cuerpo a la una y cuarenta y cinco? —preguntó Oliver.

Marge asintió.

—Tiempo suficiente para colgar el cuerpo en la obra. El hospital está a muy poca distancia. Ivan, ¿puedes rebobinar la cinta?

—¿Hasta dónde?

—¿Un par de minutos? —sugirió Marge—. Nos interesa Mandy porque creemos que podría haber tenido algo que ver con el asesinato de Adrianna y usó la dársena para cargar el cuerpo.

—¿Así que buscan una bolsa para transportar cadáveres?

—Eso o una bolsa de basura, o una caja grande... algo —Marge se encogió de hombros—. Si Mandy o Garth querían sacar un cuerpo de manera furtiva, probablemente tendrían la precaución de evitar las cámaras de seguridad. Supongo que estoy buscando algo menos evidente..., como un coche o una persona que no encaje en la escena.

Povich dijo:

—Tal vez sea mejor ver esto en la comisaría.

—¿Cuándo puedes llevar la cinta?

—Pueden quedarse con esta. Es una copia. Peter la ha hecho para ustedes.

Marge se volvió hacia el hombre mudo.

—¿Has hecho una copia para nosotros?

—Así es —respondió Povich—. Pero no se lo digan al hospital —les advirtió mientras sacaba la cinta—. Aquí tienen. Buena suerte.

—Muchas gracias, caballeros —Marge se guardó la cinta en el bolso—. Gracias por la ayuda y por la cooperación.

—Sí, gracias —añadió Oliver.

Los dos detectives se levantaron y les dieron la mano. Al marcharse, Marge le dio a Peter una palmadita en la espalda; fue su manera de decir «buen trabajo» sin usar palabras.

—¡Justo ahí! —Marge señaló la parte trasera de un coche que tenía el maletero abierto—. No apartes la mirada porque está relegado a un rincón del monitor.

—Ahora mira lo que sucede —agregó Oliver.

Decker observó la grabación fotograma a fotograma mientras un hombre con uniforme gris entraba y salía de plano. En un momento dado, sujetaba una bolsa de basura industrial de color negro, que introducía con dificultad en el maletero abierto. Después cerraba el maletero y salía de plano. Segundos más tarde el coche se iba.

Marge encendió las luces y sacó la cinta. Aquel día iba vestida con un jersey azul marino y pantalones caquis.

—Mientras este hombre transportaba la bolsa y la metía en el maletero del coche, tenemos a Mandy que aparece en escena a las once y catorce. Después el coche se marcha dos minutos más tarde. Por desgracia, es imposible obtener la matrícula. Tenemos un buen plano del maletero. Visitaré algunos concesionarios y veré si alguien identifica la marca y el modelo.

—El tío de uniforme parece tener la misma altura y el mismo peso que Garth —dijo Oliver—, pero eso es lo más cerca que estamos de identificarlo.

—Consigue fotos de Mandy y de Garth y vuelve a hablar con las personas que estaban trabajando en la dársena de emergencias el lunes. Pregúntales si recuerdan haber visto a alguno de los dos —Decker se frotó las sienes—. ¿Algo más?

—Ahora mismo no —dijo Marge—. ¿Estás bien, Pete?

—Sí, estoy bien... —se pasó la mano por el pelo—. Quizá sea lo de cumplir sesenta. En fin, he enviado a Wanda Bontemps a la cafetería Ranger's para ver si alguien puede corroborar la historia de Chuck Tinsley. Ha encontrado a una camarera que lo conoce. Dice que come allí a todas horas. Cree que estuvo allí el lunes sobre las doce y media, pero no está segura.

—Quizá Tinsley diga la verdad —dijo Marge—. Que alguien encontró su tarjeta en el bolsillo de Adrianna y la usó para implicarlo.

—Podría ser.

—No te cae bien Tinsley, ¿verdad? —preguntó Oliver.

—Encuentra el cadáver y avisa a la policía, conoció a la víctima la noche antes. No nos lo dice. No, no me cae bien —Decker se alisó el bigote—. Hay algo en él que no me cuadra. Si estuviera entre rejas, me sentiría mejor. Pero no está bajo custodia y a mí se me escapa algo.

—Ya se te ocurrirá.

—Sí, así es. Solo espero que no sea demasiado tarde.

CAPÍTULO 39

La casa de los Decker era mucho más pequeña que la de Gabe en Nueva York y, con todo el mundo entrando y saliendo, el lugar estaba abarrotado. Los hermanos habían llamado a algunos de sus antiguos amigos y, en cuestión de horas, había chicos ocupando todo el espacio. El reducido espacio y el ruido le ponían nervioso. Cuando intentó refugiarse en la cocina, la encontró llena de ollas y sartenes, aunque los olores de la comida eran deliciosos. Rina llevaba un delantal y tenía la frente sudorosa. Por educación, Gabe le preguntó si podía ayudar. Se sintió aliviado cuando ella declinó la oferta.

—En ese caso, quizá vaya a dar un paseo.

—Esto es una locura. Ni siquiera yo estoy ya acostumbrada —Rina le entregó papel y lápiz—. Escribe tu número de móvil por si acaso. Y guarda mi número en tu teléfono. Deberías tenerlo en caso de emergencia.

—Lo haré, aunque no creo que pase nada.

—¿Y si tu atracador vuelve para vengarse?

Gabe sacó su iPod y sonrió.

—Me queda la mano derecha. ¿Necesitas que compre algo mientras estoy fuera?

—No, lo tengo todo —Rina le revolvió el pelo—. No te pierdas en tu música.

—De hecho, me parece lo mejor en lo que perderse.

Se alejó del barullo, y no llevaba fuera más de diez minutos, cuando notó que el móvil le vibraba contra la pierna. Sacó el teléfono, miró la pantalla y vio que el número era restringido. Sabía que el fijo de los Decker no figuraba en la guía. Probablemente sería Rina para preguntar cómo iba. Se planteó dejarlo sonar, pero seguro que ella insistiría hasta que respondiera. Se quitó el auricular izquierdo, pulsó el botón verde y dijo:

—Hola. Sigo vivo.

—Me alegra oírlo. ¿Qué te ha pasado en la mano?

La voz profunda que sonaba al otro lado de la línea no era la de Rina.

—¿Chris? —Gabe empezó a temblar—. ¿Dónde estás?

—Responde a la pregunta. ¿Qué te ha pasado en la mano?

—Nada. Estoy bien.

—Entonces, ¿por qué fuiste a un cirujano?

Ese hombre tenía ojos en todas partes.

—No es nada, Chris. Ni siquiera merece la pena hablar de ello.

—Pues habla de todos modos.

—Me metí en una pelea. Tenía la mano un poco magullada. No era grave, pero Rina..., la señora Decker, insistió en que fuera al médico. ¿Cómo lo sabías? ¿Dónde estás?

—¿Te metiste en una pelea? —se hizo el silencio al otro lado—. Eres la persona menos agresiva que conozco. ¿Qué diablos ocurrió?

—Alguien intentó quitarme el maletín. Yo me defendí.

—¿Por qué diablos hiciste eso?

—Porque dentro llevaba todas las cosas que me diste.

—Gabriel, toda esa mierda es remplazable. Tus manos no lo son. ¿Has perdido la puta cabeza?

—Bueno, no sabía hasta qué punto esas cosas eran remplazables, teniendo en cuenta que ha sido imposible localizarte últimamente y te cabreas cuando te pido algo.

—Pues me cabreo y punto. Es mejor que echar a perder tu vida. No te jodas las manos, ¿de acuerdo?

—No lo hice a propósito. ¿Dónde estás?

—Tengo que colgar.

—Decker cree que eres inocente.

Donatti soltó una carcajada irónica.

—Te está mintiendo. Quiere freírme en la silla eléctrica.

—Puede ser. Quiere que vengas y te sometas al detector de mentiras.

—Y una mierda.

—Cree que eso te exculpará. Dijo que podrías pasarlo incluso aunque hubieras asesinado a mamá.

En esa ocasión la carcajada de Donatti fue auténtica.

—En eso tiene razón. Dile que le jodan.

—¿Y si le digo que no estás interesado? Se enterará de que me has llamado. Revisa mi historial telefónico. ¿Qué quieres que le diga?

—Lo que te apetezca.

—¿Qué pasa con mamá?

—Pregúntale a tu amigo Decker. Ha estado pisándome los talones. ¿Qué más te ha contado?

—Déjame pensar... —«nota mental: finge que piensas»—. Sabía que estuviste en la ciudad el martes. Dijo que ibais por el mismo camino, solo que él va un par de pasos por detrás.

Silencio al otro lado de la línea.

—Continúa.

—Decker cree que quizá haya encontrado el coche de mamá. Dijo que tú estabas buscándolo en el mismo lugar que él.

—¿Y?

—El coche que encontró no estaba registrado a nombre de mamá. Así que quizá no era su coche. Está investigándolo. ¿Has encontrado a mamá?

—No, Gabriel, no la he encontrado. ¿Qué más te dijo sobre el coche?

«Nota mental: intenta no sonar forzado».

—Dijo que el dueño del coche era un indio. Indio de la India. Me dijo el nombre, pero se me ha olvidado.

—Atik Jains.

—Sí, eso.

—¿Te resulta familiar?

—No conozco a ese hombre. ¿Y tú?

—No —Donatti hizo una pausa—. ¿Así que nunca viste a mamá con un hombre indio? Pasabas con ella mucho más tiempo que yo.

Aquella era la parte en la que realmente tenía que parecer convincente.

—No la veía tanto. Estaba en clase o encerrado practicando. La única razón por la que nos veíamos era que mis clases las recibía en la ciudad.

—Interesante, Gabe, pero no has respondido a mi pregunta. ¿Alguna vez la viste con un hombre indio?

—No recuerdo a mamá con ningún hombre, y mucho menos indio —mintió—. O sea, seguro que la vi hablando con hombres, pero nada que me resultara llamativo.

Hubo una larga pausa.

—De acuerdo. Si descubres algo, me lo dirás, ¿verdad?

—Por supuesto —volvió a mentir Gabe—. ¿Estás en Los Ángeles?

—No. Te llamaré si encuentro a tu madre —Donatti se quedó callado. Por un momento Gabe pensó que había colgado—. ¿Estás bien donde estás? —preguntó su padre al fin.

—Son bastante simpáticos para ser completos desconocidos.

—Cuando todo se aclare, podrás venir a vivir conmigo. Si quieres regresar a Nueva York, te buscaré un ama de llaves. Personalmente creo que estás mejor donde estás.

—Estoy de acuerdo, principalmente porque he encontrado un profesor.

—¿Quién? —preguntó Chris tras una pausa.

Su padre parecía sentir verdadera curiosidad. Chris y él tenían solo dos cosas en común: su madre y la música. Ambos eran factores dominantes en sus vidas.

—Nicholas Mark.

Donatti volvió a quedarse callado.

—¿Cómo diablos has conseguido eso?

—Su médico es el cirujano al que fui a ver. Me oyó tocar por casualidad y después accedió a darme algunas clases. Yo esperaba que mi dedicación le convenciera para enseñarme de manera permanente. Necesitaré a alguien de su calibre si quiero participar en la competición internacional de Chopin dentro de cinco años.

—¿Qué tocaste?

—Fantaisie-Impromptu y *La campanella*.

—¿Tocaste *La campanella* con la mano izquierda mal?

—Sí. Cometí errores, pero no estuvo mal. Estaba relajado. No sabía que estuviera tocando para Nicholas Mark. El caso es que accedió a darme algunas clases.

—Quizá por fin vayas a desarrollar tu maldito potencial. Siempre te he dicho que, si te dejabas de tonterías, podrías ser uno de los grandes.

—Gracias por el cumplido..., creo.

—No seas presumido —hizo una pausa—. Los tíos como Mark no son baratos. Si necesitas más dinero, llama a uno de mis locales y yo meteré más dinero en tus cuentas. Me ha alegrado hablar contigo, Gabriel, pero el deber me llama. Tengo que colgar.

Pero Gabe no estaba listo para colgar.

—¿No te preocupa que puedan estar rastreando esta llamada?

—Rastrean las llamadas móviles con torres repetidoras. Y las torres pueden codificarse si tienes el equipo adecuado.

—Si encuentras a mamá, por favor, no le hagas daño.

—No voy a hacerle daño. Ya he acabado con eso —dijo más para sus adentros que para Gabe—. Estoy muy cabreado, pero no he perdido la perspicacia. Es imposible vivir conmigo. Si ella necesita quitárselo de encima, puedo asumirlo. Quiero encontrarla principalmente porque la quiero, pero, además, todos mis negocios están a su nombre. Tengo que pagar impuestos y tiene que firmar papeles o estoy jodido.

—¿Por qué no falsificas su firma?

—Hago eso constantemente. Ese no es el problema. El problema es que, si está oficialmente desaparecida, no muerta, solo desaparecida, no puede firmar nada. Eso significa que todo lo que posee está en el limbo hasta que tengamos una resolución legal. Preferiría que estuviera viva, pero preferiría que estuviera muerta antes que desaparecida. Si está muerta, tú te quedarías con todo. Yo podría vivir con eso. Si necesitas algo, llama a uno de mis locales en Elko, ¿de acuerdo?

—¿A qué te refieres con que me quedaría con todo?

—Tú eres su heredero legal, no yo.

—Pero no es mío, es tuyo.

—Pero legalmente sería tuyo.

—¿Y tendría que firmar algo para entregártelo?

—Gabe, yo no puedo tener burdeles y casinos. Soy un criminal.

—Creí que estabas absuelto.

—Me dejaron salir de prisión, pero sigo teniendo antecedentes. No me preocupa que mis posesiones estén a tu nombre. No vas a robármelas. Eso sería una estupidez. Si necesitas dinero, eso puedo dártelo. Cuídate. Y no vuelvas a pelearte —hizo una pausa—. No puedo creer que te pelearas con un atracador. No es propio de ti.

—A lo mejor soy más Whitman de lo que pensábamos.

—A lo mejor —Chris se quedó callado—. Así que quizá sí que seas hijo mío.

—¿Tienes dudas? —preguntó Gabe riéndose.

—Eres el único descuido que tuvo como consecuencia de un accidente, y he sido descuidado toda la vida.

—Gracias por considerar mi existencia una casualidad.

—Deja de ser tan nenaza. Te mantengo, ¿no?

—Hazte la prueba de paternidad, Chris. Yo estoy dispuesto.

—Quizá tú lo estés, pero yo no. Tienes parientes de sangre, Gabe. Tienes una madre y una tía y un abuelo. Tienes un padre..., sea quien sea.

—Sabes que estás siendo ridículo...

—¿Quién sabe? —Donatti continuó—. Apuesto a que, en el futuro, tu madre concebirá un bebé con otro tío y tú tendrás una hermana o un hermano. Lo que es más, al contrario que yo, es probable que algún día tú también tengas hijos.

—Sabes que a mí normalmente me consideran hijo tuyo...

—¿Yo? Yo no tengo a nadie. No tengo madre. No tengo padre. No tengo hermanos ni hermanas ni abuelos. Mis padres eran hijos únicos, así que no tengo tías ni tíos ni primos. No tengo ningún pariente se sangre conocido salvo tú. Si descubriera que no eres hijo mío, que tu madre me engañó y se folló a otro mientras yo estaba en chirona, me pegaría un tiro en la boca. Para mí es mejor morir que llevar una vida como especie extinta.

Marge llamó al marco de la puerta abierta y entró en el despacho de Decker.

—Por lo que dicen los concesionarios, es un Honda Civic de 2004. Es el mismo coche que lleva Garth.

Decker señaló la silla frente a su escritorio.

—Ya tenemos una orden de búsqueda en California. Llama a la policía de Las Vegas y pídeles ayuda. Diles que puede ser parte de un crimen.

—Ya lo he hecho —dijo Marge mientras se sentaba.

—¿Han cooperado?

—No ha estado mal. Creo que el detective Silver nos tomaría más en serio si fuéramos en persona. He hablado con Oliver. Nos gustaría ir allí e investigar durante el fin de semana.

—A mí me parece bien. Yo iría con vosotros, pero toda mi familia está aquí y mañana tengo que ir al funeral de Adrianna Blanc.

—Pete, si quieres, podemos ir en otro momento y puedo ir yo al funeral. Sé que no te gusta trabajar en Sabbath. ¿Y con qué frecuencia están todos tus hijos en un mismo lugar?

—Gracias por el ofrecimiento, pero tengo que ir. Si no lo hago, Kathy Blanc se cabreará conmigo, y ya está bastante cabreada. Es a las once. Tendré tiempo suficiente para estar con mi familia por la tarde. Además, tengo un ápice de esperanza de que aparezcan Garth y Mandy.

—Las ilusiones hacen que la vida merezca la pena.

—Puedo daros dinero para los billetes de avión a Las Vegas si no queréis conducir.

—Gracias, pero ambos estamos de acuerdo en que en coche será menos molestia y tardaremos menos. Además no tendremos que alquilar un coche. Guardaremos los tickets de la gasolina y la factura del hotel para que nos lo devuelvan.

—Me parece justo. ¿Dónde está Scott?

—Sigue en el St. Tim's intentando localizar a alguien que pudiera haber visto a Mandy o a Garth en la dársena de vehículos de emergencia. Ha hablado con algunos de los técnicos de emergencias que estaban de servicio ese lunes. Los chicos y chicas con los que ha hablado dicen que estaban demasiado ocupados con lo que hacían como para fijarse en alguna persona extraña.

—Es bueno saber que los de emergencias se toman en serio su trabajo.

—Bueno para la sociedad, malo para nosotros —Marge se estiró—. Voy a llamar a Lonnie Silver a Las Vegas. Y también tengo información sobre la Beretta que me diste ayer —Decker se quedó en blanco—. La del atraco de Hannah.

—Ah, sí. Era robada, claro.

—Claro. Hace dos años. Pertenecía a... —revisó sus notas—. El doctor Ray Olson de Pacific Palisades. Están examinándola en balística. Si me entero de algo, te lo diré.

—Estaría bien que saliera algo positivo.

—¿Qué tal está Hannah?

—Parece que está bien —negó con la cabeza—. Es horrible pasar por algo así. Debería haber sido más empático con ella.

—¿Por qué no le llevas flores? Eso siempre gusta. Hay una floristería a pocas manzanas. Compraré algo bonito, como girasoles.

—¿Qué haría sin ti?

—No vayas por ahí —Marge se rio—. Por cierto, ha llamado Chuck Tinsley. Quiere que le devolvamos sus joyas.

Por fin se le encendió la bombilla.

—Marge, ¿dónde encontrasteis las joyas?

—¿Dónde?

—Sí. En qué parte del apartamento. ¿Estaban a plena vista?

—Creo que debajo del cajón de la ropa interior.

—¿En una bolsa o qué?

—Sí —respondió ella tras pensarlo un momento—. Estaban en una bolsa de comida de papel.

—¿Y las detallaste?

—Por supuesto.

—¿Y usaste guantes mientras las manipulabas?

—Desde luego. No quería alterar el ADN por si acaso alguna pertenecía a Adrianna.

Decker asintió.

—Dile a Tinsley que hemos extraviado las piezas, pero que tenemos una lista de los objetos. Dile que, si no las recuperamos, le devolveremos el equivalente en efectivo. Tal como está el precio del oro ahora mismo, no creo que se queje.

—¿Se han perdido las joyas?

Decker abrió el cajón del escritorio y sacó la bolsa de papel con las joyas.

—Compruébalo tú misma.

—¿Qué pasa, Pete?

—¿Cuándo murió la madre de Tinsley?

—No tengo ni idea.

—¿Por qué alguien como Tinsley iba a quedarse con las joyas de su madre? Algunas de las piezas parecen valiosas. Hay una enorme pulsera de oro con rubíes incrustados y un colgante: una R hecha de diamantes. Eso debe de costar mucho dinero. ¿Tinsley te parece un tipo sentimental?

—¿Crees que es un ladrón?

—Algo no encaja.

—Le pediré a Wanda que coteje los objetos con las denuncias por robo. Y también averiguaré cuándo murió la madre de Tinsley.

—Buena idea. Y, ya que estás, averigua el nombre de la mujer.

CAPÍTULO 40

Como los chicos ya no vivían con ellos y Hannah apenas pasaba por casa, Decker se había olvidado de lo exiguos que podían ser doscientos cuarenta metros cuadrados. A Rina le gustaban los eufemismos y describía la situación como «compacta» o «acogedora». Estaba haciendo los ajustes de última hora a su *tichel*; su pañuelo especial para el Sabbath. Según la ley judía, las mujeres casadas se cubrían el pelo. El que había elegido ella era de seda shantung con hilos de lamé entrelazados. Su cara apenas mostraba signos de la edad: algunas patas de gallo alrededor de los ojos, un par de arrugas en la frente. Todavía le quedaban algunos años antes de los cincuenta, lo que para Decker la convertía en una jovencita.

—¿Cuánto tiempo tengo hasta que empiece el Sabbath? —le preguntó.

—Unos quince minutos —respondió Rina mientras se pintaba los labios con un suave brillo de color rosa—. Es agradable tenerlos a todos aquí.

—Es genial —convino Decker—. Los chicos tienen buen aspecto.

A Rina se le humedecieron los ojos.

—No los veo muy a menudo. Son hombres ya.

—Sí que lo son. Ha sido muy generoso por su parte tomarse el tiempo para venir aquí.

—Era una ocasión especial.

—Supongo que era una excusa muy conveniente. Al menos los sesenta son buenos para algo.

—Es una celebración de la vida —Rina se miró al espejo—. Que pasa a toda velocidad. Es precioso tenerlos a todos aquí.

—Lo es. ¿Y sabes qué es lo mejor? —le dio un beso en la coronilla—. Que se irán dentro de unos días.

Pensaba que Rina le reprendería, pero en su lugar le dijo:

—Sé a lo que te refieres: seis adultos ocupando el espacio. Siete si cuentas a Gabe. Y él come aquí, así que supongo que tenemos que contarlo. Creo que he cocinado suficiente, pero puede que se me haya olvidado lo mucho que comen los hombres.

—Yo me serviré el último —dijo Decker.

—No. Tú eres el cumpleañero —respondió Rina—. Tú te servirás primero. He preparado cordero. No solo es tu favorito, sino también el de Yonkel. El chico está encantado.

—¿Te refieres a costillas de cordero?

—Sí.

—Genial. ¿Cuántos costillares has preparado?

—Cuando quitas el hueso, no te queda mucha carne. Así que he necesitado muchos.

—¿Cuánto ha costado todo?

—No quieras saberlo —Rina se puso de puntillas y le dio un beso en la mejilla—. Será mejor que te lo comas. No puedo devolverlo. También he asado un pavo entero. Habrá también para mañana. Sé que te encantan los sándwiches fríos de rodajas de pavo.

—Es probable que mañana no esté en casa a la hora de la comida.

—¿Probable o seguro?

—El funeral de Adrianna Blanc es a las once. Intentaré estar en casa a las dos.

—No corras, Peter. Te esperaremos —dijo ella mientras se ponía los zapatos—. Pobres padres. Qué crimen tan brutal. ¿Qué tenía? ¿La edad de Cindy?

—Un poco mayor que Sammy. No hay una buena edad para

un asesinato, pero es horrible cuando son tan jóvenes. Lo único más triste es cuando son niños —se quedó callado y después desterró ese pensamiento—. ¿Qué hay de postre esta noche?

—Si nos ciñéramos a la tradición, te habría preparado una tarta. En su lugar, he preparado pasteles.

—Buena elección. Me encantan los pasteles.

—De ahí mi decisión. Puedes elegir entre melocotón, fresa y cereza con o sin helado de vainilla *pareve* y/o nata montada *pareve*.

—¿Tengo que elegir entre pasteles?

—Puedes tomar de los tres — le dijo Rina—. Es tu derecho como cumpleañero.

—En ese caso, tomaré los tres. Probablemente me empache. Deberías haber preparado una ensalada.

Rina se rio.

—Mi familia está reunida por primera vez en años, ¿y debería hacer una ensalada?

—No tengo autocontrol cuando se trata de tu comida.

—Si abres el armario de las medicinas, observarás que está bien surtido de Prevacid, Pepto-Bismol y Tums. Ya sabes cuál es mi eslogan: come, bebe y toma antiácidos.

La misa duró cuarenta y cinco minutos y, al terminar, el sacerdote invitó a hablar a todo aquel que quisiera hacerlo. Había unas cien personas y ninguna parecía ansiosa por salir a hablar. Al fin Sela Graydon se acercó al micrófono y entre sollozos recitó una conmovedora elegía por sus dos mejores amigas. Había envejecido, tenía los ojos hundidos y la cara pálida. Después de Sela llegó el turno de una mujer llamada Alicia Martin, que se presentó como la mejor amiga de Kathy. Después otra amiga agarró el micrófono, seguida de otra, y más tarde otra. Para cuando concluyó el funeral, era poco más de la una.

Decker no quería agobiar a los padres, pero a Kathy le había parecido importante que asistiera. Esperó pacientemente al final de la fila para ofrecer sus condolencias y sus palabras de consuelo. Kathy, como de costumbre, iba vestida con estilo, con un vestido de punto negro y cinturón de oro, zapatos negros y gafas de sol de carey. Vio a Decker al final de la fila y le hizo gestos para que se acercara. Aunque él la veía con claridad, ya que sobresalía por encima de casi todos los dolientes, no era fácil para un hombre tan grande abrirse paso entre la multitud. Cuando por fin llegó a la parte delantera, Kathy le estrechó la mano con las suyas.

—Gracias por venir —se le humedecieron los ojos—. El entierro es solo para la familia. Espero que lo comprenda.

—Por supuesto. Necesitan intimidad para despedirse.

Ella apartó la mirada y se secó los ojos con un kleenex. Después volvió a mirarlo a la cara.

—Esta es Pandora Hurst —se refería a una mujer situada a su derecha—. La madre de Crystal.

Decker le ofreció la mano, que ella estrechó.

—Siento mucho su pérdida, señorita Hurst —la mujer lo miró con ojos secos. Tenía la nariz larga, los labios finos y una tez fantasmal. Permaneció en silencio.

—¿Me disculpa un momento? —preguntó Kathy.

—Por supuesto —respondió Decker—. Por favor, transmítale mis condolencias a su marido.

—Lo haré —Kathy se alejó unos pasos y se derrumbó llorando en brazos de Alicia Martin.

Decker devolvió su atención a Pandora Hurst. Llevaba un vestido largo y negro que parecía un disfraz de bruja. Llevaba la melena gris recogida en un moño con varias horquillas de marfil.

—Si hay algo que necesite, señorita Hurst, por favor, dígamelo.

—Puede llamarme Pandy —dijo ella sin ninguna emoción en la voz—. ¿Cuándo acabarán con el cuerpo de mi hija para poder enterrarla?

—Lo consultaré con la gente encargada de ello.

—Quiero llevármela a Missouri conmigo —Pandy se cruzó

de brazos—. Me han dado muchos papeles para rellenar. Nunca se me ha dado bien este tipo de cosas, ni siquiera en los buenos momentos.

—Me aseguraré de que alguien le ayude con los formularios.

—¿Cuándo sería eso?

—Cuando usted quiera. El lunes me vendría mejor, pero puedo hacerlo antes.

—¿Van a acabar con mi hija el lunes?

—No lo sé. Tengo que llamar y averiguarlo. A veces las cosas van más despacio los fines de semana.

—¿Nadie se muere en sábado o en domingo?

—Normalmente hay menos personal. Si pueden, retrasarán todo hasta el lunes.

—Así que trabajan a su conveniencia.

—Llamaré de inmediato y se lo haré saber en cuanto me devuelvan la llamada —le dijo Decker—. Por otra parte, sé que es un momento muy difícil para usted, pero nos ayudaría mucho si pudiera hablar con usted sobre Crystal.

—Ahora no —respondió ella negando con la cabeza—. Ahora no.

—¿Y mañana o el lunes?

—Supongo que el lunes. ¿Me ayudará usted con los formularios?

—Por supuesto.

—Quiero llevármela a Missouri —Pandy se frotó los brazos—. A ella nunca le gustó Missouri, ¿sabe usted?

—No lo sabía.

—Bueno..., pues ya lo sabe.

—Pensaba que había criado a Crystal en Los Ángeles.

—Así fue. Me mudé aquí por mi marido, pero él me dejó cinco años después para ir persiguiendo jovencitos. Fui estúpida o ciega al casarme con Jack. Cuando me lo confesó, le dije que sin rencores, pero creo que para Crystal fue duro.

—El divorcio suele serlo.

—Eso y descubrir que tu padre es gay —ella se encogió de

hombros—. Después de que Jack y yo nos separásemos, me llevé a Crystal a Missouri para visitar a mis padres. Yo quería que conociera a sus abuelos. Pero a ella no le gustó. Se quejaba del calor, de los bichos, de la humedad, del campamento al que la envié, de los chicos. Cuando volví a mudarme allí, se quedó atónita. ¿Por qué iba a querer vivir en una ciénaga con un montón de paletos? Intenté explicarle que echaba de menos a mi familia. Que, según iba haciéndome mayor, quería estar cerca de la gente que se preocupaba por mí.

—Lo comprendo —dijo Decker.

—Puede que usted lo comprenda, pero ella no lo comprendía. Pero así era Crystal. Nunca llegó a entender el concepto de privacidad y relaciones. Toda persona que conocía se convertía en su mejor amiga.

El camino a Las Vegas por la I-15 era directo: un trayecto de cuatrocientos treinta kilómetros que deberían haber hecho en cuatro horas si no hubieran parado en uno de los restaurantes favoritos de Oliver. El sitio era famoso por sus precios bajos, sus raciones generosas y los baños limpios; la mejor apuesta en carretera. Scott decidió deleitarse con una hamburguesa con queso y patatas fritas, mientras que Marge se decantó por un sándwich de atún. Ambos tomaron pastel de manzana de postre.

Llegaron a la avenida principal de Las Vegas alrededor de las dos de la tarde. En el cielo no había ni una nube y la temperatura rondaba los veintinueve grados. Mientras avanzaban por el bulevar en dirección norte, el sol brillaba con fuerza y se reflejaba en el Four Seasons y en las paredes doradas del Mandalay Bay. Los gigantescos hoteles no servían para aliviar el calor, ya que se elevaban en línea recta como monolitos y su verticalidad resultaba aún más pronunciada por estar levantados en mitad del desierto de Mojave. Oliver había reservado habitación en un pequeño motel fuera de la avenida. El vestíbulo era un patio interior muy iluminado con mesas de cafetería, mostrador de recepción y una fila de máquinas tragaperras que pitaban y parpadeaban aunque nadie estuviera jugando en ellas.

Tras registrarse en sus habitaciones y deshacer el equipaje, Marge se dejó caer sobre la cama y llamó al detective Lonnie Silver con el móvil.

—Soy la sargento Dunn.

—Bienvenida a Las Vegas. ¿Qué tal el tráfico?

—No ha estado mal. Hace buen tiempo.

—Sí, se está muy bien fuera. Demasiado bien para estar hasta arriba de homicidios.

—¿Hay alguna novedad sobre Garth Hammerling? —preguntó Marge.

—No lo he encontrado, y tampoco a la mujer, pero hace una hora hemos recibido algo interesante. Me alegro de que hayan venido.

—Eso suena funesto.

—Interesante, no funesto. Aún no. Ahora mismo estoy investigando una pista sobre otro homicidio en el que estamos trabajando. ¿Y si nos vemos en un par de horas?

—Dígame dónde.

Silver le preguntó a Marge dónde se alojaba.

—Iré yo a verla y le daré un toque cuando llegue. Hay una cafetería en el vestíbulo. Podemos hablar ahí.

El detective colgó el teléfono. Poco después Oliver llamó a la puerta que conectaba sus habitaciones. Marge se levantó y abrió.

—Tenemos una reunión en un par de horas. No ha localizado a Garth Hammerling, pero se alegra de que hayamos venido. Parece que les han pasado una información interesante.

—¿Qué significa eso?

—No lo sé, pero supongo que pronto lo averiguaremos —miró el reloj—. Tenemos algo de tiempo. Hace buen tiempo. Creo que voy a ir a nadar.

—Que te diviertas.

—¿Qué vas a hacer tú?

—Me he pasado las últimas cinco horas sentado. Se está muy bien fuera. Creo que iré a dar un paseo. A ver qué se cuece por la ciudad.

—Ya sabes lo que se cuece por la ciudad, Oliver. Juego, juego y más juego. ¿Cuánto dinero has traído para tirar por el retrete?

—¿Desde cuándo te has vuelto tan prejuiciosa?

—Me da igual que la gente juegue, pero no quiero que mi amigo y compañero pierda hasta la camisa —extendió la mano—. Dame la mitad. Luego me lo agradecerás, cuando se te haya pasado el subidón del juego y tengas los bolsillos vacíos.

Oliver lo pensó unos instantes. Después separó cinco billetes de cien dólares y se los puso a ella en la palma de la mano.

—No sé por qué estoy haciendo esto.

—Quizá porque llevo razón.

—Volveré dentro de una hora —murmuró él—. Voy a jugar en las mesas. Las apuestas son más baratas durante el día. Tengo un nuevo sistema que quiero probar. Y, por cierto, no pienso perder.

—Nadie piensa perder, Scott. Por eso la gente no para de venir y los hoteles no paran de crecer.

Como acostumbraba, Decker encendió su móvil al salir del funeral de Adrianna Blanc y, como siempre, tenía mensajes. Pensó que lo mejor sería atenderlos para poder comer y disfrutar de su familia en paz. La cena de la noche anterior había sido ruidosa y acelerada, y los jóvenes no habían parado de hablar. En ocasiones se había sentido como si estuviera en un partido de tenis, girando la cabeza de un lado a otro para intentar seguir el hilo de la conversación. Pero la energía era fantástica. Lo disfrutaba porque sabía que era algo temporal. Cuando llegara el lunes volvería a tener la casa casi entera para él.

Había dos mensajes en el buzón de voz.

El primero:

—Hola, teniente, soy Wanda. Siento molestarle en Sabbath,

386

pero ha surgido algo que me gustaría que supiera. Llámeme en cuanto pueda.

El segundo:

—Hola, teniente, soy Gabe Whitman. La detective Bontemps ha dejado un mensaje en su contestador de casa y está intentando localizarle. Dice que es importante. Rina ha dicho que debería ir a la comisaría y no preocuparse por la comida. Ella comerá con usted cuando regrese. Me han elegido a mí para llamarle porque no soy judío. Menos mal que sirvo para algo.

Aunque el sentido del humor de Gabe le hizo sonreír, el contenido del mensaje le hizo suspirar para sus adentros. Dio la vuelta al coche y se dirigió hacia el trabajo.

CAPÍTULO 41

En cuanto Decker entró en la comisaría, Wanda Bontemps se levantó de su escritorio con una pila de papeles bajo el brazo. Decker la saludó con la mano y se sirvió una taza de café. Abrió la puerta del despacho, encendió la luz y le sugirió a Wanda que se sentara. Ella llevaba una camisa verde lima de manga larga y pantalones negros con zapatos de suela de goma. Lucía unos aros dorados y llevaba las uñas pintadas de marrón, a juego con el tono de su piel.

Decker seguía con el traje negro y los incómodos mocasines. Se había quitado la corbata en el coche y había decidido quitarse la chaqueta y colgarla en el respaldo de la silla.

—¿Qué tal el funeral? —le preguntó Wanda.

—Triste. Kathy Blanc me ha presentado a la madre de Crystal Larabee.

—¿Cómo ha ido?

—Triste. Se llama Pandora Hurst y viene el lunes a comisaría. Llevaba tiempo viviendo lejos de su hija, pero siempre hay algo nuevo que descubrir —Decker se recostó en su asiento—. ¿Qué pasa?

Wanda se sacó los papeles de debajo del brazo y colocó una foto en color sobre el escritorio.

—¿Le resulta familiar?

Decker estaba mirando una R dorada con diamantes incrustados en una cadena de oro; adornaba el cuello de una chica con el pelo oscuro a la altura de los hombros y ojos marrones que miraba hacia un lado. La fotografía era un plano medio y la muchacha llevaba un jersey con cuello barco sobre un fondo verde salvia.

—¿La foto de graduación del instituto?

—Sí.

—¿Quién era?

Wanda advirtió que hablaba en pasado.

—Roxanne Holly, una cajera de veintiséis años que fue asesinada por estrangulamiento. Su madre les dio esta foto a los detectives porque en ella se veía el collar con claridad. Roxanne lo llevaba siempre puesto, pero no apareció cuando encontraron el cuerpo.

—¿Cuándo pasó eso?

—Hace más de tres años.

—¿Dónde se cometió el crimen?

—En Oxnard. He estado revisando el caso al recibir esto. Salió a beber y nunca regresó. Su cuerpo fue descubierto un día más tarde por un indigente llamado Burt Barney, un alcohólico crónico que murió hace un año de cirrosis. Él siempre había sido el principal sospechoso, pero la policía nunca llegó a encontrar pruebas suficientes para acusarlo del crimen. No faltaron los personajes sospechosos. Es una ciudad agrícola, pero bastante grande..., cuenta con unas doscientas mil personas.

—Una gran ciudad y algunas de sus partes son muy duras. Muchos inmigrantes, muchos obreros.

—Mucha gente de la construcción a la que probablemente le gustase salir a beber..., como a nuestro amigo el señor Tinsley.

Decker observó la fotografía.

—¿Cómo has dado con esto?

—He estado repasando homicidios relacionados con joyas por todo el estado. Y he encontrado esto.

—¿Ha descubierto alguien el nombre de la madre de Tinsley?

—Yo. Se llamaba Julia.

—Interesante. ¿Te has puesto en contacto con el Departamento de Policía de Oxnard?

—Aún no. Primero quería hablar con usted. Puedo hacerlo ahora mismo, si quiere.

—Ahora mismo, lo que deseo es que aumenten la vigilancia de Tinsley.

—Ya me he encargado. Sanford y Wainwright lo están vigilando.

—Bien —Decker tamborileó con los dedos sobre la mesa—. De acuerdo. Voy a hacer de abogado del diablo y diré que debe de haber cientos de collares como este por ahí. El hecho de que Tinsley tenga las joyas no significa que haya matado a nadie.

—Pero lo convierte en mentiroso, dado que Julia no empieza por R.

—También es posible que Tinsley no sea más que un ladrón. Robó un collar que se parece al que llevaba Roxanne. Podría ser un perista.

—Si es perista, ¿por qué sigue teniendo el collar y otras ocho joyas más? —Wanda se humedeció los labios—. No descarto nada, pero seríamos idiotas si no considerásemos que esto podrían ser trofeos.

—Podríamos traer a Tinsley e interrogarlo —a Decker le rondaban mil posibilidades por la cabeza—, pero no tendríamos nada para retenerlo.

—¿Qué me dice de la marihuana que encontraron en su apartamento?

—Eso es un delito menor. Saldría al cabo de una hora. Cuando digo «retenerlo», me refiero a retenerlo de verdad. Nos proporcionó una muestra de saliva. Vamos a sacar su perfil de ADN. ¿Esta es la única pieza que has encontrado en el ordenador?

—Hasta ahora sí.

—De acuerdo —lo pensó durante unos segundos—. ¿Tinsley ha vivido en esta zona toda su vida?

—Ha estado pagando impuestos en California los últimos diez años.

—Revisa los estrangulamientos sin resolver en la región. Llama a los detectives de los casos abiertos que encuentres y pregunta si hubo joyas desaparecidas asociadas a alguna de las víctimas. Dado que esto se encontró en el condado de Ventura, dirige la búsqueda desde Los Ángeles. Si descubrimos que Tinsley tiene alguna joya más relacionada con la víctima de otro asesinato, hablaremos con la fiscal del distrito y apuesto a que eso sería suficiente para retenerlo durante un tiempo. Tinsley podría justificar la posesión de un collar diciendo que es una coincidencia. Pero sería más difícil justificar dos.

—¿Quiere que llame a Oxnard?

—Sí. Pregúntales si pueden enviarnos el informe y el perfil de ADN de la víctima. Diles que estamos investigando un estrangulamiento, un ahorcamiento para ser exactos, y que estamos recorriendo la costa de arriba abajo. No les digas nada del collar todavía. Quiero llevar el asunto con discreción.

Wanda anotó sus instrucciones.

—¿Sabe la tarjeta que Marge y Oliver encontraron en su apartamento? Ese podría haber sido el trofeo.

—Quizá —Decker intentó organizar sus pensamientos—. Vamos a enviar el collar a los especialistas. Si Tinsley se lo arrancó del cuello a Roxanne, podría haberle rasgado la piel y tal vez habría restos de sangre en la joya. Además, vamos a buscar ADN en la cadena. La zona del cuello genera mucho sudor. La piel tiende a mudar sobre todo con el calor, y en Oxnard hace mucho calor en verano. Si, por suerte, en el collar apareciese ADN de la víctima, Chuck tendría muchas cosas que explicar.

—Estoy en el vestíbulo.

Era la voz de Silver. Había llamado justo cuando Marge estaba secándose el pelo saturado de cloro.

—Enseguida voy.

—Ahora nos vemos.

Marge miró el reloj. Eran casi las cinco. Llamó a la puerta que comunicaba con la habitación de Oliver.

—¿Estás ahí?

Oyó pisadas amortiguadas por la moqueta y la puerta se abrió.

Scott tenía una amplia sonrisa en la cara.

—Aquí estoy.

—Silver está abajo, esperándonos —se quedó mirando la cara de su compañero—. ¿Has ganado?

Oliver le puso un fajo de billetes en la mano.

—Sigo con la misma técnica de antes. Esto es la mitad.

Marge agitó los billetes.

—Aquí hay más de mil dólares.

—Mil doscientos setenta y ocho, para ser exacto. ¿Le apetece salir a cenar esta noche, señorita Dunn? Soy todo un caballero.

—Claro —su sonrisa era auténtica—. Me alegro por ti, Scott. Si me quedo con lo que me has dado, incluso aunque te gastes el resto, te irás de aquí habiendo sacado beneficio.

—Demasiado tarde. Me lo he gastado todo.

—¿En qué? —preguntó Marge con una carcajada.

—En dos entradas de primera para *O*, del Circo del Sol, y en unos mocasines Gucci. Además vamos a salir a cenar y todo corre de mi cuenta.

—Gracias, querido. Vamos a ver qué nos cuenta el detective Silver sobre Garth Hammerling.

—Probablemente algo bueno.

—Me gusta tu inesperado optimismo, Scott. Sigue así.

—Cariño, tal y como me siento, podría convertir al detective Silver en el detective Gold.

Los únicos clientes de la cafetería del motel eran dos hombres de mediana edad vestidos de manera similar con camisas blancas de manga corta, pantalones oscuros y mocasines. Eran de complexión y peso normales, y uno tenía un poco más de pelo que el otro. Marge los saludó con la mano y ellos le devolvieron el saludo. Se presentaron.

Lonnie Silver era el calvo con pantalones azules. Estaba tomando un café y un trozo de pastel de manzana. Rodney Major tenía la coronilla despejada y rodeada de pelo gris y rizado. Llevaba pantalones marrones y estaba devorando un sándwich de pollo con patatas fritas. En cuanto Marge y Oliver se sentaron, una camarera de pelo gris delgada como un palo se acercó y les entregó la carta. Marge y Oliver pidieron café y un *muffin* de arándanos y salvado que les sugirió Silver.

Hablaron de cosas triviales.

Qué tal había ido el viaje. Cuánto tiempo iban a quedarse. Si iban a ver algún espectáculo. Que fueran a Delucci's a cenar. Todo ese parloteo les dio tiempo a terminarse la comida antes de tratar el verdadero motivo de la reunión. Silver fue el primero en hablar.

—Cuando llamó hace un par de días y me preguntó por Garth Hammerling, francamente, no le di demasiada importancia. Mucha gente huye a Las Vegas para reinventarse. Tal vez el tipo que busquen esté aquí y tal vez no. Una cosa es segura. Va a ser difícil encontrarlo. Si quieres esconderte, vienes a Las Vegas, aunque, si realmente es un criminal, podremos localizarlo. El problema es que no saben si se trata de un criminal, así que es difícil justificar los recursos con un «quizá».

—Por eso hemos venido en persona —respondió Marge—. Pensábamos que podríamos hacer algún trabajo preliminar. Lo único que pedimos es alguna indicación.

—En eso podemos ayudarles —intervino Major.

—Sí, más de lo que pensaba —agregó Silver.

—Me gusta cómo suena eso —dijo Oliver.

—Verán, cuando se me mete algo en la cabeza, es difícil que se me vaya —explicó Silver—. Así que me puse a pensar en cómo buscar a este tipo. Obviamente no podemos ir llamando puerta por puerta a las habitaciones de los hoteles. Y no puedo pedirles el listado de los huéspedes. Estamos hablando de miles de personas y ni siquiera saben si Hammerling ha hecho algo. Además, conozco todos los homicidios de Las Vegas y ninguno parece encajar con el tipo del que hablan.

—¿Qué tipo de homicidios? —preguntó Marge.

—Peleas en bares, peleas de bandas, robos que se van de las manos —les dijo Silver—. Y ninguno tuvo lugar en los grandes hoteles. Los grandes hoteles controlan a su clientela mucho mejor que de lo que podríamos hacer nosotros con nuestro presupuesto. Ellos tienen el dinero, la motivación y el personal necesarios. No digo que no podría ocurrir..., ha ocurrido..., pero los pasillos de los hoteles están muy bien vigilados. Si alguien gritara o si alguien sacase un cuerpo de una de las habitaciones, se darían cuenta.

—Tienen más cámaras de seguridad que el Pentágono —explicó Rodney Major—. Tienen gente controlándolas día y noche. Pasan cosas curiosas entre las personas a puerta cerrada, pero, si ven algún indicio de redes de prostitución o drogas fuera de una habitación, enviarán a su propio personal y lo mantendrán en secreto. Los dueños ya no son gánsteres. Hace ya cuarenta años que no lo son. Son hombres de negocios muy espabilados. ¿Por qué iban a preferir los asuntos ilegales cuando pueden ganar millones con el juego legalizado?

—No digo que Garth llevase una red de prostitución —dijo Marge—. Pero sus amigos nos han dicho que viene a Las Vegas con frecuencia, que se gasta más dinero en mujeres que en jugar.

—Eso ya me lo dijo, y me hizo pensar —respondió Silver.

—Es peligroso cuando piensa —dijo Major.

—Sí, se puede oler la madera quemándose —dijo Silver con una sonrisa—. Pero bueno, el caso es que muchos de los jóvenes que pasan aquí mucho tiempo, todos los fines de semana o casi, no tienen dinero suficiente para alojarse en los grandes hoteles. Si quieren algo barato, se alejan de la avenida principal. Tal como yo lo veo, eso es más fácil de manejar porque la escala es menor.

Marge y Oliver asintieron. Silver tenía una historia que contar y no tenía sentido presionarlo.

—Así que empecé a hacer llamadas —continuó Silver—. Llamé al centro..., eso sigue siendo bastante ostentoso. No hubo suerte. Llamé a Boulder City. Allí tienen una pequeña avenida, pero tampoco obtuve ningún resultado con eso. Así que empecé a llamar a los lugares más pequeños, como en el que se alojan ustedes. Estos establecimientos no tienen una cuadrilla de soldados detrás como tienen los grandes hoteles. Confían en la policía. Tengo buena relación con ellos. Seguí sin encontrar nada, pero no podía dejarlo. A veces me pasa..., que me muevo en la dirección correcta, como si hubiera una mano invisible que me empuja. Después de tantos años en homicidios, aprendes a respetar tu intuición.

—Desde luego —convino Marge.

La camarera se acercó y les rellenó las tazas de café. Cuando se alejó, Silver agregó:

—Así que me pregunté en qué otro lugar podría haberse alojado ese tipo. Y pensé en Las Vegas Norte y en mi colega Rodney.

—Si quieres emociones más baratas, Las Vegas Norte es tu sitio.

—No forma parte del distrito centro de Las Vegas.

—Efectivamente —confirmó Major—. Nosotros tenemos nuestros propios casinos y son más baratos que los de la gran avenida de Las Vegas.

—Llamé a Rodney y le pedí que hablase con su gente y averiguase si Garth Hammerling era cliente habitual en alguno de sus locales.

—Yo hice mis llamadas y, ¿saben qué? —dijo Major—. Era cliente habitual en un par de sitios.

Marge y Oliver se miraron.

—¿Lo ha encontrado? —preguntó Oliver.

—No. Eso se lo habría contado de inmediato —respondió Major—. Hay como siete sitios importantes en mi avenida y me dijeron que hace tiempo que no aparece por ninguno.

—Sí. Yo me sentí bastante decepcionado —dijo Silver—. Así que le dije a Rodney: «mira, yo no estoy familiarizado con todos vuestros homicidios como lo estoy con los de mi distrito. ¿Habéis tenido algún asesinato inusual recientemente? Como un ahorcamiento, por ejemplo».

Major se rio.

—Y yo le dije: «Si hubiéramos tenido un ahorcamiento, te habrías enterado».

—Sí, la ciudad no es tan grande. Un ahorcamiento aparecería en las noticias locales —explicó Silver.

—Un ahorcamiento apareció en nuestras noticias locales —dijo Marge—. Es poco corriente.

—Eso es —convino Silver—. Así que le pregunto a Rodney: «¿Habéis tenido algún asesinato reciente por estrangulamiento? Porque un ahorcamiento es básicamente un estrangulamiento».

—Y yo le respondo: «No que yo recuerde».

Marge se rio. Formaban un dúo muy cómico.

—Casi todos nuestros homicidios son provocados por cuchillos, pistolas o botellas rotas estampadas en la cabeza de algún borracho —explicó Major.

—Así que yo ya estaba a punto de rendirme —dijo Silver—, pero entonces llamaron ustedes y dijeron que venían. Y me dijeron que era posible que Garth viajara con una mujer llamada Amanda Kowalski.

—Eso es lo que pensamos —confirmó Oliver—. Porque ella también ha desaparecido.

—Efectivamente —respondió Silver—. Así que volví a llamar a Rodney. Porque a esas alturas ya sabía que Garth prefería su distrito antes que el mío. Y le dije que era posible que Garth viajase con una mujer. Le pregunté si podría buscar a alguna pareja que viajase junta.

—Yo le dije que lo haría —respondió Major—. Su curiosidad se ha vuelto contagiosa. Así que me hice con una foto de Garth y fui por los casinos, hoteles y moteles preguntando por parejas en las que estuviera ese tipo. Les dije que se llamaba Garth Hammerling, pero que podía estar usando otro nombre. No hubo suerte. Llamé a los moteles más pequeños y les pregunté por parejas con el apellido Hammerling. Tampoco tuve suerte con los hoteles. Así que pensé un poco. A lo mejor el tipo tuvo un accidente de coche. Así que llamé al servicio de emergencias y pregunté si habían tenido algún accidente grave en la zona en la última semana. No logré encontrar a Garth Hammerling, pero me dijeron que había habido un accidente el día anterior: un coche se había estrellado en mitad del desierto. Una pareja de chicos que estaban haciendo *motocross* se encontraron con el accidente y descubrieron un cuerpo en el asiento del conductor.

—Dios —dijo Marge—. Eso no es buena señal.

—Fue un milagro que encontraran el coche, pero ese no fue el mayor milagro. Cuando los de emergencias llegaron allí y le tomaron el pulso al ocupante del vehículo, una mujer de veintitantos años, descubrieron que seguía viva.

—La pobre mujer estaba hecha un desastre —explicó Silver—. Tenía quemaduras en la parte inferior de su cuerpo y huesos rotos, pero respiraba.

—Estaba medio consciente —dijo Major—. La trasladaron a la unidad de quemados del Centro Médico de Las Vegas. Está en un coma inducido. El forense pensó que se trataba de un suicidio con un único coche, pero en realidad no sabemos nada porque la mujer no llevaba ningún carné. Y no puede hablar porque está inconsciente.

—¿Qué hay del coche? —preguntó Oliver.

—Es un Toyota Corolla. Un modelo antiguo. De 2002 o 2003. Es un amasijo de hierros quemados en algunos puntos, pero no ha sido consumido por el fuego. Está en el laboratorio forense. No hemos logrado dar con el dueño utilizando el número de identificación del vehículo, si es lo que quieren saber.

—¿La mujer tiene la cara quemada? —preguntó Marge.

—Que yo sepa, solo tenía quemadas las piernas. Llevaba puesto el cinturón de seguridad, así que tiene algunos hematomas provocados por el airbag. Pero sería reconocible. ¿Saben qué aspecto tiene Amanda Kowalski?

—Sí —respondió Oliver.

—Eso pensaba —dijo Silver—. Así que he llamado a una de las doctoras esta mañana y he preguntado por ella. Seguía en coma, aunque la doctora, llamada Julienne Hara, se muestra optimista. Me ha dicho que han encontrado Xanax en el organismo de la mujer, en cantidad suficiente para provocar la muerte. Así que empieza a parecer un suicidio. Se tomó una dosis letal de Xanax, puso el pie en el acelerador y eso fue todo.

—Creemos que nuestra víctima fue drogada antes de que la colgaran —explicó Marge.

—Todavía no tenemos todos los resultados del análisis toxicológico —agregó Oliver—, pero no tenía heridas defensivas. Parece que la sedaron antes de colgarla.

—Interesante —dijo Major.

—Muy interesante —convino Silver—. Porque entonces la doctora va y me dice: «Por cierto». Me gustan los «por cierto». Siempre se trata de algo jugoso. Me dice que alguien podría haber intentado estrangularla. La hinchazón ha bajado un poco y parece tener hematomas en el cuello. Me ha dicho que deberíamos ir a echar un vistazo. Dice que, si no ha sido un accidente ni un suicidio, podría haber sido un intento de asesinato. Lo que significa que tendría que intervenir la policía. Pensamos que deberían venir con nosotros al hospital. Normalmente les pediría que me enviaran una foto de Kowalski. Pero, ya que están aquí y ella tiene hematomas, podrían identificarla mejor en persona.

—Puede que no sea nada —dijo Major—, pero, aun así, pueden quedarse y hacer preguntas sobre Hammerling. Puedo ayudarles con los hoteles locales.

—Incluso aunque esto quede en nada, le debemos una —dijo Marge.

—¿Qué les parece cenar esta noche en Delucci's? —sugirió Silver—. Me apetece comida italiana y el sitio está abierto hasta la una.

—Suena bien —Oliver se metió la mano en el bolsillo y sacó dos entradas—. Se suponía que íbamos a ver *O* esta noche, pero no va a ser posible. ¿Quieren las entradas?

—*O* es genial —respondió Silver—. No se la pierdan.

—Sí, tienen que ver *O* —añadió Major.

—Identifiquen a la mujer —dijo Silver— y después saquen tiempo para eso. Sus preguntas podrán esperar un par de horas.

—Sí, la chica del hospital no va a ir a ninguna parte —razonó Major—. Esto es Las Vegas. ¿No se han dado cuenta de que los casinos no tienen relojes? Eso es porque la ciudad nunca duerme.

CAPÍTULO 42

Al introducir los parámetros «homicidio», «mujer» y «estrangulamiento» en el ordenador, Decker, Wanda y Lee Wang se encontraron con una docena de casos sin resolver, pero abiertos actualmente, en la jurisdicción del Departamento de Policía de Los Ángeles. Cuando Wang introdujo los datos en los archivos de la Unidad de homicidios sin resolver, los números aumentaron significativamente. Y eso sin incluir los casos de departamentos de policía cercanos: San Fernando, Culver City, Beverly Hills, Oxnard, Ventura, San Bernardino, San Diego y algunos departamentos pequeños distribuidos por todo el estado. No había atajos. Había que releer los casos, ponerse en contacto con los detectives, hacer preguntas.

Entre las cosas que buscaban cuando leían los archivos estaban: el nombre de Chuck Tinsley como testigo o sospechoso y joyas asociadas a las víctimas. Decker no necesitaba a Sherlock Holmes. Necesitaba detectives como Wanda y Lee, capaces de leer durante horas y centrarse en los detalles. Era una labor tediosa que generalmente provocaba más dolores de cabeza que resultados.

A las cinco de la tarde, Decker estaba preparado para marcharse cuando sonó su móvil. Un número restringido, lo cual tenía sentido. Nadie a quien conociera bien le llamaría en sábado.

—Decker.

—Soy Eliza Slaughter.

—Hola, detective. ¿Qué hay?

—Nada importante. Solo quería decirle que los técnicos han inspeccionado el coche que alquiló Donatti. Hemos echado espray lumínico por el coche, en el maletero, bajo la alfombrilla del maletero, en las ruedas, por debajo del coche. Pero no hay restos de sangre. La empresa de alquiler limpió el coche, pero no de forma inmaculada. Hemos recogido muchos pelos y fibras. Vamos a examinarlos para ver si alguno pertenecía a Terry, pero, francamente, no espero grandes resultados.

—De acuerdo. ¿Y qué hay del Mercedes desguazado?

—No tengo nada sobre Atik Jains. Puede que fuese el dueño del coche, pero no tiene un carné de conducir de California. Estoy revisando los permisos de otros estados. Lo he introducido en el sistema, pero no he obtenido nada. A primera hora de esta tarde he vuelto al hotel y he interrogado a lo que queda del personal. Nadie vio a Terry salir en su coche. No sé qué decirle. Tal vez su huida estuviese planeada desde mucho antes del domingo y podría estar en cualquier parte.

—Eso es cierto.

—Sé que no hemos localizado a su marido, pero, sin un cuerpo, sin una escena del crimen y sin testigos, nuestras pistas disminuyen. Parece que, o lo hizo su marido, o ella desapareció por voluntad propia.

—Empiezo a dar más peso a la hipótesis de la desaparición.

—¿Por qué?

—Hablé con Gabe y me dijo algo interesante. Una vez vio a su madre hablar con un médico indio; un hombre mayor, un cardiólogo visitante cuyo padre era maharajá en la India.

—¿Eso significa que tiene dinero?

—Eso creo.

—¿Tenemos un nombre?

Decker falseó su respuesta.

—Gabe no lo sabía.

—¿Por qué se le quedaría en la cabeza el médico? Estoy segura de que su madre hablaba con miles de médicos.

—Esa es la cuestión. Que no lo hacía. Gabe me dijo que algo en la manera que tenían de hablar despertó su curiosidad. Ya sabe lo perceptivos que pueden ser los niños a ese tipo de cosas.

—¿Le dijo algo a su madre?

—Le preguntó con quién estaba hablando. Fue entonces cuando ella le dijo que era un cardiólogo visitante cuyo padre era maharajá.

—¿Y?

—Eso fue todo.

—¿Cree que tenía una aventura con ese hombre?

—Podría ser. Y, si se ha fugado a la India, parece que el hombre tiene dinero y está bien protegido. Tendrían que escapar los dos del marido de ella.

—¿Y eso dónde nos deja?

—Es un caso abierto. Si sigue viva, en algún momento intentará ponerse en contacto con su hijo. Así que, en mi opinión, esperemos.

—¿Dónde está el chico?

—Conmigo.

—De acuerdo.

—Sí, dejémoslo ahí —en ese momento sonó el aviso de llamada en espera. En la pantalla aparecía el número de Marge—. Tengo que atender otra llamada. Manténgame informado.

—Lo haré. Adiós.

Decker pulsó el botón.

—¿Qué pasa, sargento?

—Siento molestarte en Sabbath —dijo Marge—. Hemos encontrado a Mandy Kowalski.

—¿Muerta?

—No. Está viva, pero en mal estado. Tiene quemaduras en el cincuenta por ciento de su cuerpo. Está en coma inducido.

—Qué horror —a Decker se le aceleró el corazón—. ¿Qué ha sucedido?

—La trajeron al Centro Médico de Las Vegas sin identificar. Sufrió un accidente de tráfico en mitad del Mojave. Al principio la policía pensó que era un suicidio porque solo se vio implicado un vehículo y ella había consumido Xanax. Después de identificarla como Mandy Kowalski, estamos planteándonos que fuera un homicidio.

—¿Como si alguien pisara el acelerador y la dejara ir?

—Quizá. No parece de las que hacen carreras por el desierto.

—¿Cómo la encontrasteis?

—No la hemos encontrado nosotros. Los de Las Vegas hicieron el trabajo preliminar —le dio los detalles—. Dijeron que se habían tomado la molestia porque nosotros nos habíamos tomado la molestia de venir.

—¿Estás segura de que es ella?

—Segurísima. Tiene quemada la parte inferior de su cuerpo, pero la cara está relativamente intacta. Tiene hematomas por el airbag, pero se la reconoce bien.

—Si era un homicidio, me pregunto por qué el asesino no desactivó el airbag.

—Quizá no sea muy listo. Y, claro, podría haber sido un suicidio. Quizá presenció algo con lo que no podía vivir, como el asesinato de su amiga.

—Podría ser.

—Frieda Kowalski, la madre de Mandy, vive en Mar Vista. No tengo la dirección, pero sí el número de teléfono —se lo dio a Decker—. ¿Podrías enviar a alguien a decirle lo que ha pasado?

—Lo haré. Querré hablar con ella de todos modos. ¿Qué hay de Garth Hammerling?

—Todavía no sabemos nada de él, pero aún no hemos empezado a hablar con la gente. Sí que tengo una lista de hoteles que frecuentaba. Scott y yo hablaremos con todos los que podamos. Generalmente se hospedaba en Las Vegas Norte.

—Creí que uno de sus amigos dijo que se alojaba en la avenida principal.

—Puede que también lo hiciera ahí. A lo mejor le gusta ir de un lado a otro.

—¿Cuándo saldrá Mandy del coma?

—Van a empezar a despertarla mañana, pero, incluso cuando esté consciente, seguirá un tiempo sedada. La doctora dice que estará así unos días. Además, cabe la posibilidad de que no recuerde mucho sobre el accidente ni sus causas.

—¿Recordará el asesinato de Adrianna si lo presenció?

—No tengo ni idea de cómo afectará a su memoria el accidente. No soy médico, pero ni siquiera los médicos lo saben. Albergamos la leve esperanza de que pueda arrojar algo de luz sobre Garth Hammerling.

—¿Sabemos con certeza que viajara con Garth?

—No, eso no lo sabemos. Pero hemos encontrado a Mandy y está viva y a lo mejor puede decirnos algo.

—Amén a eso —respondió Decker—. Hablaré con la señora Kowalski. Cuando se entere, querrá ir a Las vegas. Averiguaré sus horarios. Tú recógela y llévala al hospital.

—Podré hacerlo.

—Scott y tú trabajad durante el fin de semana. Yo iré a daros el relevo el lunes. Quiero estar allí cuando Mandy pueda hablar.

—Ven cuando quieras. No te faltarán hoteles donde alojarte —Marge se quedó callada unos segundos—. ¿Qué haces trabajando? ¿No es tu cumpleaños?

—De hecho, es mañana. Y voy a salir a cenar con toda la familia, pero probablemente trabajaré durante el día —Decker le contó lo del asesinato de Roxanne Holly y su collar desaparecido—. Debe de haber más de un collar idéntico con la R de diamantes, así que estamos revisando otros casos de estrangulamiento, intentando averiguar si Tinsley tiene más joyas asociadas a un asesinato.

—¿Así que Tinsley vuelve a estar en lo alto de la lista de sospechosos? —preguntó Marge.

—Desde luego. Estuvo con Adrianna y con Crystal en Garage el domingo por la noche. Seguimos intentando reconstruir sus movimientos el día del asesinato.

—¿Dónde está ahora?

—Está vigilado las veinticuatro horas del día. A Kathy Blanc no le ha hecho gracia enterarse de eso. Si supiera lo que hemos descubierto, probablemente me mataría. Te llamaré si averiguo algo más sobre Tinsley.

—Lo mismo si me entero de algo de Garth. Ah, casi se me olvida decírtelo. Tendré el teléfono apagado entre las ocho y las diez esta noche. Vamos a ver *O*.

—¿El espectáculo del Circo del Sol?

—Sí. Silver y Major, los policías que nos están ayudando en el caso, han insistido en que fuéramos a verlo. Después saldremos a cenar. Pero volveré a encender el teléfono cuando comamos.

—Me alegra que lo estéis pasando bien —dijo Decker.

—Sospecho, teniente, que estás siendo sarcástico —respondió Marge—. Pero, como soy tan ingenua, voy a interpretar tus palabras de manera literal y me limitaré a darte las gracias.

Para hablar con Frieda Kowalski tuvo que salir del despacho y ese fue el único aspecto positivo de la visita. Cuando le contó lo que le había pasado a Mandy, su madre se quedó con la boca abierta, se llevó la mano al pecho y se tambaleó. Decker la ayudó a recuperar el equilibrio, la sentó en su sofá y le llevó un vaso de agua, que ella bebió. No había lágrimas en sus ojos, pero su rostro pecoso había palidecido. Él esperó a que hablara. La mujer debía de tener cincuenta y pocos años, su pelo era rojo y sus ojos oscuros. Parecía un hada; debía de pesar en torno a cincuenta kilos.

Cuando al fin habló, le pidió detalles. Decker le contó lo que sabía, sin entrar en detalles escabrosos, y la ayudó a reservar un vuelo a Las Vegas.

—La sargento Dunn, de mi equipo, está allí ahora —le dio el número de teléfono de Marge—. Ella la recogerá en el aeropuerto y la llevará al hospital.

—Gracias —susurró la mujer.

—Sé que es un momento difícil, pero cualquier cosa que pueda decirnos sobre Mandy nos sería de ayuda: sus aficiones, sus amigos, sus novios. ¿Bebía? ¿Tomaba drogas?

La mujer pareció perpleja.

—No sabía nada de ella, salvo su llamada de rigor cada dos domingos. Mañana era el día —miró a Decker a la cara—. No es que no nos llevásemos bien. Es que somos muy diferentes. Yo fui madre soltera. Puede que no hiciera muy buen trabajo, pero cuidé de ella.

—Estoy seguro de que sí.

Ella asintió. Seguía sin llorar.

—La verdad es que, incluso de niña, Mandy era muy callada. Era muy reservada en lo referente a amigas, y sobre todo a novios.

—¿Así que había novios? —preguntó Decker.

Frieda lo pensó unos instantes.

—Fue al baile de fin de curso con un chico. Creo que esa fue la única vez que la vi con el sexo opuesto.

—¿Recuerda su nombre?

—En absoluto.

—¿Podría ser Garth Hammerling?

—¿Garth qué? —Frieda no paraba de retorcerse las manos.

—Es técnico de radiología en el hospital St. Tim's, donde trabaja Mandy —siguió sin haber respuesta—. Garth está desaparecido. Nos gustaría hablar con él.

—¿Qué tiene que ver él con Mandy?

—No estamos seguros de si tiene algo que ver con ella. Ahora mismo no es más que una persona de interés.

—No puedo ayudarles. No sabía mucho de Mandy cuando vivía conmigo. Y desde luego no sé mucho de ella desde que me abandonó... desde que se fue de casa.

—¿Tiene padre?

—Todo el mundo tiene padre. Se marchó cuando ella tenía seis meses. No sé dónde está y nunca me pasó una pensión. Creo que en algún momento ella quiso encontrarle. Le dije que adelante, pero que me dejara al margen.

—¿Cómo se llama?

—James Kowalski. No sé si lo encontró y, si lo hizo, no sé lo que él le dijo. Supuse que, si alguna vez hablaba con él, sería mejor que ella sacara sus propias conclusiones —se puso en pie—. Debería descansar un poco. Mañana será un día muy largo. Gracias por ayudarme.

—Si necesita algo, por favor, llámeme —Decker le dio su tarjeta.

—¿Mi hija tiene muchos dolores?

—Estoy seguro de que harán todo lo posible por que esté cómoda. Yo iré a Las Vegas el lunes para hablar con ella. Probablemente la vea a usted en el hospital.

—¿Cuándo irá?

—El lunes por la tarde.

—Puede que nos crucemos —al ver que Decker no contestaba, añadió—: A Mandy nunca le gustó que... la agobiase. Además, ya voy muy retrasada con el trabajo por culpa de mis propios problemas médicos —abrió la puerta—. Gracias de nuevo. Adiós.

Seguía sin haber lágrimas en sus ojos. Probablemente las hubiese llorado todas mucho tiempo atrás.

CAPÍTULO 43

A las nueve de la noche, a Decker le escocían los ojos de mirar a la pantalla del ordenador y su rendimiento era cada vez menor. Cuando Rina llamó al marco de la puerta de su despacho con una bolsa de papel en la mano, agradeció la interrupción. Apartó la silla del escritorio y se puso en pie.

—Hola —le dio un beso—. ¿Qué te trae por el purgatorio?

—Busco ingenio y encanto.

—Entonces, has venido al lugar equivocado.

Rina se sentó frente al escritorio de su marido.

—Tenemos muchas sobras de la comida. Pensé que tal vez tendrías hambre.

—Debería tenerla. Lo único que he tomado en todo el día ha sido café y los cereales de esta mañana —miró el reloj y se sentó frente a ella—. Siento no haber ido a casa. Es decepcionante sobre todo porque los chicos han venido a verme. ¿Están disgustados?

—En absoluto. De hecho, lo hemos pasado muy bien.

Decker se alegraba y se entristecía al mismo tiempo.

—Sí, están todos tan acostumbrados a mis ausencias que es como «¿y qué más da?».

—No es que no te hayamos echado de menos. Hemos brindado por ti aunque no estuvieras —abrió la bolsa de papel y le entregó un paquete envuelto—. Sándwich de pavo con pan de centeno, rábano picante y mostaza. Podrás venir a cenar mañana, ¿verdad? Es en tu honor.

—Desde luego.

—Entonces, no pasa nada. ¿En qué estás trabajando que te quita tanto tiempo?

—Hemos encontrado algo sospechoso en el apartamento de Chuck Tinsley. Estamos intentando encontrar más pruebas sospechosas. Llevo cuatro horas delante del ordenador, pero no he encontrado nada útil. Es una máquina maravillosa, no me interpretes mal, pero siempre está disponible.

Desenvolvió el sándwich y dio un mordisco.

—Guau, está buenísimo —otro mordisco—. Comer me está dando hambre.

—A veces pasa eso.

—Delicioso. ¿Tienes algo de beber?

Rina metió la mano en la bolsa.

—¿Coca cola Zero o Dr. Pepper?

—¿Ambas? —su esposa le pasó las latas y él abrió el Dr. Pepper—. Pero lo bueno es que Marge y Scott han encontrado a una mujer desaparecida en un hospital de Las Vegas. Un accidente con un único coche. Está en cuidados intensivos, pero viva.

—No te refieres a Terry, ¿verdad?

—No, Terry no —Decker se bebió media lata de refresco—. Ella sigue desaparecida. No creo que la encuentre en un futuro próximo. Se reduce a esto. O fue Donatti y, como es un profesional, probablemente nunca la encontremos, o está en la India entre miles de millones de personas. Desde luego no pienso buscarla allí. Ya le he dicho a la detective de la zona oeste que lleva el caso que, si Terry está viva, y creo que lo está, acabará por ponerse en contacto con su hijo.

Rina asintió.

—¿Cómo lo lleva Gabe? ¿Ha comido con la familia?

—¿Dónde si no iba a comer?

—Solo me preguntaba si se está integrando. ¿Le has conseguido un piano?

—Voy a alquilar uno. Lo va a pagar él con el dinero que le dio su padre. Así siente que es más independiente.

—¿Eso te supone un problema? —le preguntó Decker—. Mantener al chico, digo.

—Sinceramente, me parece bien. ¿Y a ti? Parece que aún tienes tus dudas.

—Claro que tengo mis dudas. Supone renunciar a la jubilación y a los viajes.

—La jubilación te sentaría fatal, ¿y cuánto crees que vas a viajar cuando está en camino tu primer nieto?

—Quizá no tanto —admitió Decker—. Cindy tendrá que usar su pistola para evitar que me acerque.

Rina sonrió.

—Ese es mi hombre. Entonces, como no te vas a jubilar y un crucero por el mundo no está en nuestro futuro inmediato, podríamos darle un hogar al muchacho.

Decker hizo una mueca.

—Mientras no se drogue, no beba, no fume, no intente ligar con mi hija y no me robe, sospecho que no pasará nada.

—¿Sabes? Es curioso —dijo Rina—. No me siento especialmente compasiva. Me parece bien que esté en casa porque no es una molestia. No dice nada y de vez en cuando asoma la cabeza para comer —hizo una pausa—. Deberías oírle tocar, Peter. Es como si fuera de otro planeta. Entonces para y vuelve a tener catorce años.

—Eso es. Aún no conduce. Genial. Eso significa que uno de nosotros tendrá que llevarlo a la escuela. No querrá seguir en la escuela judía. ¿Qué vamos a hacer con sus estudios?

—Tiene clases programadas con un famoso profesor de piano a mitad de semana en la Universidad de Sur de California. Practica más de seis horas al día. Deberíamos pensar en que alguien le dé clases en casa. No tenemos que ser tú o yo, pero alguien. Es listo. Estoy segura de que podría terminar el instituto en un año.

—Sí. Mencionó algo sobre ir a Juilliard el año que viene.

—También me ha dicho que le gustaría ir a una universidad normal como Harvard. Gracias a su talento tiene muchas opciones. Si su madre está viva, en algún momento intentará reunirse con él. No solo es excepcional, sino además su único hijo.

Su único hijo. Decker arqueó una ceja.

—Supongo que podremos tenerlo con nosotros un año, siempre y cuando no sea un psicópata como su padre.

—Solo el tiempo lo dirá. De momento no veo ningún parecido —le dijo Rina—. ¿Quién es la mujer desaparecida del hospital?

—Es enfermera. Antigua amiga de Adrianna Blanc. Ambas trabajaban en el St. Tim's. Desapareció hace unos días. Mientras buscaban al novio de Adrianna en Las Vegas, Marge y Scott hablaron con un par de policías que les hablaron de una mujer no identificada en el hospital. Una colisión de un único coche en medio de la nada podía ser un accidente, un suicidio o un posible homicidio. Fuera lo que fuera, sabe más de lo que nos contó en el interrogatorio inicial —se terminó el sándwich—. Me ha sentado de maravilla.

—¿Quieres postre?

—No..., bueno, ¿qué tienes?

—Pastel de manzana.

—Déjamelo aquí. Puede que sucumba —miró la hora—. Intentaré estar en casa dentro de una hora.

—Eso significa dos horas. Así que te veré sobre las once, ¿de acuerdo?

—Me parece justo.

Rina se levantó.

—He visto a Wanda y a Lee en sus mesas al entrar. También hay media tarta de chocolate en la bolsa para que la compartas.

—No me extraña que todos te quieran. Nadie cocina como tú. Eres la mujer del dulce.

—Esa soy yo —respondió Rina con una sonrisa—. Propagando la alegría y las calorías allí donde voy.

* * *

El hallazgo se produjo poco antes de las once en el ordenador de Wanda: un anillo de ópalo rodeado de virutas de diamante bañado en oro. La joya era un regalo que le habían hecho a Erin Greenfield sus abuelos al graduarse en el instituto.

La joven acababa de cumplir veintiún años cuando fue encontrada en una parcela vacía, estrangulada, en Oceanside, California, dos años atrás. Según su compañera de piso, había salido la noche anterior y no regresó a casa. Al no presentarse en el trabajo al día siguiente, comenzó la búsqueda. Aquella tarde encontraron su cuerpo desnudo.

Con manos enguantadas, Decker contempló el anillo de las joyas de Chuck Tinsley, comparándolo con la fotografía de escasa calidad sacada del ordenador.

—He contado el número de diamantes que rodean al ópalo —dijo Wanda—. Tanto el anillo como el de la fotografía tienen nueve. Lo que me llama la atención es el baño de oro. He examinado el anillo para ver si hay un sello de catorce quilates y no he encontrado ninguno. Las piedras parecen reales, pero el baño de oro no. Eso me resulta extraño.

—Yo no sé nada de joyería —dijo Decker—. Me gustaría tener una imagen mejor del anillo que llevaba Erin en el dedo.

—Veré qué puede hacer Lee —respondió Wanda—. He buscado información sobre Oceanside. Es un bonito complejo turístico junto al mar, pero está cerca de la Base de Pendleton. La tasa de asesinatos es más baja de lo normal, pero la de violaciones y ataques es ligeramente superior. Hay varios bares donde van a beber los marines. Un tipo solo no destacaría demasiado.

Tal vez se camuflaría mejor entre la multitud si llevaba puesto un uniforme.

—Bien pensado. Además los uniformes inspiran confianza.

—¿Oxnard no tiene una base naval? —Decker dio algunos clics con el·ratón del ordenador—. Sí, aquí hay algo. Base naval del condado de Ventura. También está la Base aérea de la Marina de Cabo Mugu. Y hay una base naval en Puerto Hueneme. Cuando buscaste información sobre Tinsley, ¿se te ocurrió mirar si había estado en el ejército?

—No lo recuerdo. Veré qué puedo hacer con el ordenador, pero ya es tarde para llamar a cualquier agencia.

—Haz lo que puedas —con el anillo aún sobre su mesa, Decker llamó a Marge al móvil. Ella respondió al tercer tono.

—¿Qué tal O?

—Preciosa.

—¿Estás trabajando o sigues dirigiendo los *lingüine*?

—Estamos trabajando. ¿Y tú?

—Hemos encontrado otra pieza entre las joyas de Tinsley que podría coincidir con la de una mujer estrangulada.

—Eso es bueno.

—Podría serlo. Cuando registrasteis su apartamento, ¿Scott o tú encontrasteis alguna clase de uniforme militar?

—Yo no. Deja que le pregunte a Scott. Primero tendré que encontrarlo. Ahora te llamo.

—De acuerdo —mientras esperaba llamó a su esposa—. ¿Me concedes una prórroga de una hora? Tengo una pista que debo investigar.

—No pasa nada. Estoy levantada de todos modos, hablando con los chicos. Nos estamos riendo mucho.

—Probablemente a mi costa.

—¿Cuándo crees, siendo realista, que llegarás a casa?

—Dentro de una hora.

—Te veré a medianoche. No te conviertas en un vampiro.

—Me encantaría ser un vampiro. Chupan sangre; yo nado en ella.

—Sí que había algo en su armario —dijo Oliver por teléfono—. Era más un disfraz de Halloween que un uniforme de verdad. Era del mismo verde que los uniformes del ejército, con barras cosidas a los hombros, pero el tejido era cutre. Obviamente no era un uniforme reglamentario.

Decker le explicó las circunstancias.

—No era una uniforme de verdad, pero supongo que, si estás en un bar oscuro, intentando ligar con una chica borracha, es probable que ella no note la diferencia.

—Me gustaría poder examinarlo —dijo Decker—. ¿Podríamos volver a entrar en su apartamento? Probablemente no vuelva a permitirnos el acceso.

—Le preguntaré a Marge y quizá se nos ocurra algo. Tinsley no llevaba uniforme cuando habló con Adrianna.

—Eso es porque el clásico soldado machito no es el tipo de las chicas atrevidas de Los Ángeles —dijo Decker—. Aunque el asesinato de Adrianna encaja con el perfil de los dos casos sin resolver, hay algunas diferencias. Los otros dos cuerpos fueron encontrados en espacios abiertos; uno en un solar y otro en un campo. No en mitad de una zona residencial, colgada de un cable eléctrico.

—¿Qué crees entonces? —le preguntó Oliver.

—Sin duda Tinsley es un candidato —explicó Decker—. Pero Garth sigue desaparecido y Mandy está en el hospital. Me pregunto si Garth y Mandy asesinaron a Adrianna y Tinsley tuvo la mala suerte de encontrar su cuerpo. O quizá no fue suerte en absoluto. Garth pudo inculpar a Tinsley porque encontró su tarjeta en el bolsillo de la chica.

—¿Y dónde encajan las joyas de Tinsley en todo esto? —quiso saber Oliver.

—Quizá nos hayamos topado accidentalmente con un asesino en serie.

—Si Tinsley es un asesino en serio, ¿por qué accedió a que registrásemos su casa?

—Porque buscábamos cosas relacionadas con la muerte de Adrianna y él no mató a Adrianna. Ya sabes cómo son estos tipos.

Todos cortados por el mismo patrón. Arrogantes como ellos solos. ¿Quién embolsó las joyas del apartamento de Tinsley?

—Marge.

—Bien hecho. Wanda y Lee Wang acaban de entrar. Os mantendré informados, y vosotros haced lo mismo —Decker colgó y señaló las sillas frente a su mesa. Wanda se había remangado la camisa verde lima. Wang iba vestido con un polo negro y pantalones caquis.

Se sentaron y Wang dijo:

—Casi todas las páginas de información del ejército son inaccesibles sin una clave. Es mejor esperar a mañana para empezar a hurgar en esto.

—No es urgente siempre que Tinsley siga vigilado. Además, no estoy seguro de que alguna vez estuviera en el ejército —Decker resumió su conversación con Scott.

—De acuerdo —dijo Wanda—. Podría ser un farsante como el estrangulador de Boston.

—Albert DeSalvo —dijo Decker.

—¿Cuál es el próximo paso, teniente?

—Tal como están las cosas, no podemos asegurar que las joyas pertenecieran a las víctimas.

—¿Así que no vamos a arrestar a Tinsley? —preguntó Wang.

—Todavía no —Decker se alisó el bigote—. Lo mantendré en el punto de mira y esperemos que las pruebas revelen restos de ADN en las joyas. Si encontramos ADN que encaje con el de Erin Greenfield y Roxanne Holly, entonces podremos acusar a Chuck Tinsley. Eso nos llevará un par de semanas. Mientras esperamos, uno de vosotros debería llamar a Oxnard y el otro ocuparse de Oceanside para obtener detalles sobre los asesinatos —suspiró con fuerza—. Estoy agotado. Vámonos todos a casa a dormir un poco.

Wang se frotó los ojos.

—Me parece buena idea. ¿Quiere que vuelva a guardar las joyas con las pruebas?

—Sería fantástico, Lee. Gracias.

—¿Así que realmente cree que nos hemos topado con un asesino en serie?

—Quizá sí, quizá no.

—Eso sería extraño —comentó Wanda—. En literatura a eso se le llama justicia poética.

—En la ley judía se le llama *Midah kenneged midah*.

—¿Qué significa?

—Donde las dan las toman. El que siembra recoge.

CAPÍTULO 44

Las doce se convirtieron en la una de la mañana. A y media Decker aparcó frente a su casa, agotado y deprimido. Era oficialmente su cumpleaños y sus hijos habían viajado desde la Costa Este solo para estar con él, y él no solo había desaparecido durante casi todo el día, sino que lo había hecho en Sabbath. Se preguntaba por qué seguía haciéndolo. El crimen nunca desaparecería. Siempre habría «un caso más» sobre sus hombros. Pero luego estaba la parte positiva. ¿Por qué dejar de trabajar?, ¿por qué dejar de lado años de experiencia para matar el tiempo, intentando averiguar cómo ser útil cuando ya estabas haciendo algo útil?

Cerró con cuidado la puerta del coche. Rina insistió en esperarlo levantada y él insistió en que no lo hiciera. ¿Quién habría ganado esa pequeña apuesta? Al aproximarse a la puerta de entrada, vio un sobre color manila sobre el felpudo. Lo levantó. Tenía letras escritas a mano; un nombre, pero no era el suyo.

Gabriel Whitman.

¿De qué se trataría?

Metió la llave en la cerradura, abrió la puerta y entró. Rina estaba levantada, envuelta en un albornoz de algodón. Se llevó los dedos a los labios y después señaló hacia el sofá. Gabe estaba allí tumbado, con una pierna colgando por fuera del sofá, profundamente dormido. Ambos se fueron a la cocina. Decker le mostró a su esposa el sobre.

—Esto estaba en el porche.

—No estaba ahí cuando regresé antes de la comisaría —respondió Rina—. Me habría fijado. ¿Quieres café o té?

—Me encantaría un té de hierbas. Yo lo prepararé. Estoy nervioso. Necesito algo que hacer —llenó el hervidor con agua y lo colocó sobre el fuego. Después despegó la cinta del sobre con un cuchillo, pero no miró lo que había dentro—. Si tiene que ver con Terry, Gabe querría saberlo. Tengo que despertarlo.

—De acuerdo. ¿Quieres que espere aquí?

—No. Quiero que vengas conmigo para darme apoyo moral.

Juntos regresaron al salón. Decker se sentó al borde del sofá, pero ni siquiera así se despertó el muchacho. Finalmente le puso una mano en el hombro y lo zarandeó suavemente.

—Gabe —volvió a intentarlo—. Gabe, soy el teniente Decker.

El chico se incorporó de un respingo.

—Estoy despierto, estoy despierto —se frotó los ojos y buscó sus gafas sobre la mesita auxiliar. Cuando las encontró se las puso—. Estoy despierto.

—Tengo que encender la luz —le dijo Decker.

—Adelante —Gabe entornó los párpados con la iluminación—. ¿Qué sucede?

Decker le entregó el sobre.

—Siento despertarte, pero esto estaba en la puerta cuando he llegado. Pensaba que querrías echarle un vistazo. Lo he abierto, pero no he sacado nada.

—¿Qué es?

—No lo sé.

Gabe sacó los papeles lentamente. Había varios; algo sobre unos poderes notariales a su padre para sus negocios. Pero entonces vio la carta escrita a mano y comenzaron a temblarle las manos mientras la leía.

Gabriel, mi amor:

Para cuando leas esto, ya estaré lejos, inalcanzable y a salvo. No hay palabras para contarte lo ocurrido y por qué he hecho esto, pero solo puedo decir que sentía que no me quedaba otra opción. No intentes buscarme y, si el teniente Decker está buscándome, por favor, dile que no pierda su valioso tiempo intentando localizarme. Me he ido y no quiero que me encuentren.

Te pido perdón con todo mi corazón por todo lo que te he hecho pasar, no solo esta última semana, sino los últimos catorce años. Eres tan especial y tan excepcional que te mereces solo cosas buenas y felicidad. Espero haberte dejado en un lugar seguro, lejos del conflicto que te ha endosado la loca de tu madre. Puede que ahora no entiendas mi motivación, pero espero que en el futuro, cuando seas adulto, pueda reconciliarme contigo y explicarte qué he hecho y por qué lo he hecho.

Creo que vivir con los Decker es algo que a tu padre le parecerá bien y, por tanto, te dejará allí. Les he dado a los Decker una gran responsabilidad y espero que no me odien por ello, pero ellos son las únicas personas a las que podía confiar mi valiosa joya. Por favor, intenta no odiarme, como estoy segura de que haces. Que sepas que te quiero más que a nadie en el mundo y que sufro al escribir esto y al estar lejos de ti. Pero creo que las circunstancias te han llevado junto a una familia que al fin te dará la oportunidad de vivir la vida que mereces. Hasta una tonta egoísta como tu madre se da cuenta de que mereces una oportunidad de brillar.

Sé que estás en contacto con tu padre. Sé que le llamarás en cuanto recibas este paquete. Por favor, dale estos papeles. Le permitirán llevar sus negocios hasta que se aclare nuestro sórdido asunto.

Con todo mi amor,
Mamá

Sin decir nada, y con los dedos temblorosos, Gabe le devolvió la carta a Decker. Después se recostó en el sofá, con las gafas aún sobre la nariz, y se quedó mirando al techo. Cuando Decker terminó de leer la carta, se la entregó a Rina. Después dijo:

—Me gustaría que un experto en caligrafía la cotejara con otros escritos de tu madre.

—Es su letra.

—Pero por si acaso. Nunca se sabe.

—Es su letra, pero además es que suena a ella. Es una de sus expresiones favoritas, «sórdido asunto».

—Es probable que tu padre también conozca sus expresiones favoritas.

—No es mi padre escribiendo en nombre de mi madre. Es mi madre. Afronte los hechos. Me ha dejado tirado y me ha dejado tirado aquí. Lo siento.

Rina se sentó a su lado.

—Ya he alquilado el piano, así que será mejor que te quedes.

Gabe le dirigió una brevísima sonrisa, pero después se le inundaron los ojos.

—Gracias —se los frotó con rabia—. Debería contárselo a mi padre. Chris me llamó ayer. Se lo habría contado antes, pero no estaba en casa.

El hervidor del agua empezó a silbar. Rina se puso en pie.

—Yo me encargo. ¿Quieres té, Gabe?

—Estoy bien, gracias.

—Toma un poco de todos modos.

Gabe asintió. Después de que Rina abandonara la habitación, dijo:

—Me alegro de que mi madre esté viva, pero que la jodan. Que los jodan a los dos. Les importo una mierda. ¿Por qué deberían importarme ellos a mí? Lo único por lo que me siento mal es porque ustedes tengan que quedarse conmigo —miró a Decker con los ojos humedecidos—. De verdad, puedo irme a vivir con mi tía.

—Te quedas aquí. Ya arreglaremos los detalles. ¿Qué tal la mano, por cierto?

—Bien. Esto también pasará.

Decker no dijo nada y le concedió al chico unos momentos

de silencio para empezar a digerir la horrible verdad. Después dijo:

—Cuando hablaste con tu padre, ¿te dijo algo?

—Nada que usted no supiera ya. Sabía lo de Atik Jains. Me preguntó por otros hombres con los que ella hubiera estado. Le dije que no sabía nada, cosa que es verdad. Quiero decir que no sé si se ha fugado con un médico indio.

Decker guardó silencio.

—Apuesto a que mi padre está en la India ahora mismo buscándola. Bueno, suerte a los dos. Ninguno de ellos me preocupa ya.

—¿Por qué crees que Chris está en la India?

—No sé. Me da la impresión de que ha salido del país y que sabe dónde está mi madre —miró a Decker—. ¿Usted cree que está en la India?

—No lo sé, Gabe. Esa es la verdad.

—Lo único que tenía que hacer era decirme: «Gabe, me voy a la India. No intentes encontrarme. Te escribiré cuando pueda». Lo único que tenía que hacer era ponerme al corriente.

—Quizá temiera que fueses a contárselo a tu padre.

—No se lo habría contado. Además, él lo averiguaría de todos modos. No tenía por qué ser tan dramática.

Rina regresó con el té.

—Aquí tienes, Gabe.

—Gracias —dio un sorbo—. Gracias. Está bueno.

—De nada —Rina los miró alternativamente—. Es tarde. Creo que me voy a la cama.

Decker le dio un beso en la mejilla.

—Enseguida voy.

Rina le revolvió el pelo a su marido.

—Si tú lo dices.

Cuando se fue, Decker dijo:

—Gabe, no sé dónde está tu madre y no sé por qué no te lo ha dicho, pero creo que, sea lo que sea, probablemente no quisiera que lo supieras hasta que fueras un poco mayor.

Gabe parecía enfadado.

—¿Por qué dice eso?

—Porque quizá, si averiguas por qué se ha marchado en este momento de tu vida, no seas capaz de perdonarla.

—¿Que no iba a perdonarla? —Gabe se rio con ironía—. ¿Qué iba a hacer? ¿Robar un banco? ¿Violar a una cabra? —cuando Decker permaneció callado, continuó—. En serio, ¿qué podría haber hecho como para que no pudiera perdonarla? ¿Engañar a mi padre? ¿Dejar a mi padre? Debería haber hecho eso hace mucho tiempo.

Decker se humedeció los labios.

—¿Recuerdas de qué discutían tus padres cuando tu padre le pegó?

—Por supuesto. Chris pensaba que había sido ella y no mi tía la que había abortado.

—¿Qué me dirías si te dijera que tu tía no abortó? Que los papeles no eran de tu tía, sino de tu madre.

—Eso es imposible —Gabe negó con la cabeza—. Mi madre amaba la vida. Nunca abortaría.

—Creo que tienes razón. Si tu madre se quedara embarazada alguna vez, tendría al bebé. El problema era..., y tu padre lo sospechó desde el principio..., que, si se quedaba embarazada, probablemente no sería suyo.

Gabe se quedó callado.

—Creo que el papel que vio tu padre no era la factura de un aborto, sino una revisión ginecológica facturada como aborto por la seguridad de tu madre. Cuando tu padre se puso hecho una fiera, tu madre lo calmó diciendo que era para tu tía y no para ella. E incluso se registró a nombre de tu tía, pero, por alguna razón, mantuvo su segundo nombre. Si tu padre lo hubiera comprobado, y quizá lo hizo, habría averiguado fácilmente que el segundo nombre de tu tía no es Anne, como dijo tu madre, sino Nicole.

—¿Sabe todo eso con certeza? —preguntó Gabe—. ¿Que estaba embarazada?

—No, no lo sé. Son todo conjeturas. Pero cuando vi a tu madre sí que me di cuenta de que llevaba ropa ancha y tenía la cara un poco más redonda. Como bien has dicho, ella nunca habría abortado. Podía ocultarle muchas cosas a tu padre, pero no podría ocultar un embarazo. Y no podía fingir que el bebé era de Chris cuando el verdadero padre era un indio de piel oscura. Tenía que tomar una decisión y eligió la vida de su bebé.

Gabe empezó a hablar, pero no pudo. Las lágrimas se le acumularon en los ojos y después resbalaron por sus mejillas.

—Dejar tirado a uno y quedarse con el otro —susurró—. Quería empezar de cero sin Chris, pero también sin mí.

—Te habría llevado con ella de haber podido.

—¿Y por qué diablos no lo hizo? —estaba enfurecido.

—Gabe, puede que tu padre le permitiera marcharse, pero jamás le permitiría llevarte con ella. Eres su único hijo. Lo único que tiene en este mundo.

—¡A Chris no le importo una mierda! —exclamó Gabe—. Ni siquiera cree que yo sea su hijo biológico. Y, después de lo que me ha contado usted, tal vez no lo sea.

Decker lo miró fijamente.

—No puedes creer eso.

—Es lo que cree Chris y tal vez lleve razón.

—Tu padre se ha equivocado en muchas cosas. Chris nunca pensó que tu madre tendría las agallas de enamorarse de otro hombre. Nunca pensó que tendría el valor de dejarle. Nunca pensó que pudiera ocultárselo y nunca pensó que pudiera mentirle. Se equivocó en todo eso y se equivoca si piensa que no eres su hijo. La Terry de entonces no es la Terry de ahora. Tu madre estaba completamente enamorada de él. Por entonces, a sus ojos, tu padre caminaba sobre las aguas. Para bien o para mal, Gabe, eres el hijo de Chris Donatti.

* * *

A la mañana siguiente, y con el permiso de Gabe, Decker revisó los papeles que Terry le había enviado. No le interesaban los poderes notariales, sino en quién los había preparado y certificado. Quería verificar que la firma de Terry era suya y no de un apoderado. A las ocho de la mañana llamó al bufete de abogados y en recepción dijo que tenía una emergencia y que tenía que hablar con Justin Keeler cuanto antes. Este le devolvió la llamada dos horas más tarde.

—Soy Justin Keeler.

—Teniente Peter Decker, del Departamento de Policía de Los Ángeles. Llevo una semana trabajando en un caso de personas desaparecidas. El nombre de la mujer es Terry McLaughlin...

—No hace falta que siga, teniente. Debe saber que voy a recurrir al privilegio abogado-cliente.

—Así que es clienta suya.

—No puedo decirle eso.

—Tengo unos papeles entregados a su hijo, Gabriel Whitman, que supuestamente ella firmó y certificó. Fueron preparados por usted y certificados por Carin Wilson. ¿Ella trabaja para usted?

—Carin Wilson trabaja para nosotros. ¿Cómo ha conseguido los papeles?

—Gabriel vive conmigo y con mi familia. El sobre estaba en nuestra puerta anoche. Los papeles no llegaron por correo. Alguien los entregó en persona. Lo único que quiero es verificar que Terry McLaughlin firmó esos papeles y que no se trata de una falsificación.

—Si están certificados por Carin Wilson, le garantizo que los papeles no son falsos. Tiene cincuenta y dos años y lleva siendo notaria veinte años.

—Sigo sin tenerlo claro, señor Keeler —dijo Decker tras una pausa—. Estoy seguro de que alguien que se hacía pasar por Terry firmó los papeles. Quiero asegurarme de que la mujer que usted cree que es Terry es la verdadera Terry McLaughlin. ¿Puedo ir y mostrarle una foto suya?

—Decir sí o no también sería violar el privilegio abogado-cliente. ¿Y si me envía la fotografía? Si hay algún problema, se lo haré saber.

—Señor Keeler, lo único que intento es darle al pobre muchacho algo de información sobre su madre desaparecida. El marido de Terry es un hombre violento capaz de matar. Solo quiero asegurarme de que no esté muerta.

Keeler suspiró.

—No está muerta —hizo una pausa—. No debería haberle dicho eso. Pero, si su hijo ha leído la carta que hay en el paquete, ya sabrá que está viva.

—¿Así que Terry McLaughlin escribió realmente la carta?

—No puedo decirle nada más.

—Obviamente usted conoce el contenido de la carta.

—No puedo decirle nada más. Lea la maldita carta.

—Ya lo he hecho.

—Pues respete sus deseos. Y, si se preocupa por ella, quítele de encima al violento de su marido —Keeler colgó el teléfono.

Decker se masajeó las sienes justo cuando Gabe entró en la cocina. Todavía llevaba puesto el pijama. Tenía la cara pálida y la frente aún llena de granos, pese a la crema que se había echado.

—¿Un mal momento?

—En absoluto —Decker le dirigió una sonrisa forzada—. Siéntate. ¿Qué sucede?

—Quería decirle que he llamado a la secretaria de mi padre. Me ha dicho que él no estaba allí, pero que le diría que había llamado. Así que supongo que tendremos que esperar.

—De acuerdo. Avísame cuando te llame. Todavía me gustaría hablar con él.

—Lo haré —se rascó la frente—. Entonces..., ¿Chris ya no es sospechoso? Quiero decir, mi madre está viva, obviamente él no la ha matado —volvió a rascarse la frente y comenzó a sangrar. Se la limpió con una servilleta—. Dios, debo de tener un aspecto horrible.

—Eres un chico guapo. Sin embargo te vendría bien descansar un poco más. Yo me voy a trabajar y Rina y los chicos se van a visitar a sus abuelos dentro de una hora. Tendrás la casa para ti solo. Duerme un poco. ¿Qué tal tu mano?

—Estará bien para mi primera clase con Nicholas Mark. Eso es lo único que me importa.

Decker tamborileó con los dedos sobre la mesa.

—Acabo de hablar con el abogado que preparó los papeles de tu madre. No ha podido decirme nada por el privilegio abogado-cliente, pero entre líneas creo que los papeles son legítimos. Creo que tu madre escribió la carta. Así que, en respuesta a tu pregunta, Chris ya no es sospechoso. Y puedes decirle que te lo he dicho. Aun así me gustaría hablar con él, averiguar lo que sabe. Soy un tipo curioso.

Gabe apartó la mirada.

—No será una trampa o algo así, ¿no?

—No, Gabe, no es una trampa. Creo que tu madre está viva y probablemente en la India.

—Ella y mil millones de personas más. Mil millones más uno, si contamos a su nuevo bebé. Pero, bueno, no soy un resentido —Gabe se puso en pie—. Gracias por acogerme, teniente. Y también gracias a Rina. Lo digo muy en serio. Prometo que seré un buen inquilino.

—No vas a pagar alquiler, así que no eres inquilino. No eres más que un gorrón.

Gabe sonrió, pero fue una sonrisa triste.

—Seré un buen gorrón.

—A mi mujer la llamas Rina. A mí puedes llamarme Peter.

—Gracias, pero prefiero llamarle teniente, si no le importa.

—No, no me importa —Decker se encogió de hombros—. ¿Puedo preguntar por qué?

—Todavía no me siento cómodo llamándole por su nombre de pila. Además..., esto va a sonar un poco absurdo, pero llamarle teniente..., no sé..., esa palabra hace que me sienta seguro.

CAPÍTULO 45

Cuando Decker entró en la comisaría a las once, Wanda Bontemps chasqueó los dedos para llamar su atención. Estaba al teléfono y señaló una extensión vacía. Decker pulsó el botón iluminado y descolgó el auricular sin hacer ruido.

—¡No entiendo cómo pueden haber perdido una bolsa entera llena de joyas!

Era Chuck Tinsley. Decker sacó una libreta.

—Estoy segura de que no se ha perdido, señor Tinsley —dijo Wanda—, solo se habrá extraviado. Solo quiero asegurarle que todas las piezas han sido fotografiadas y detalladas. Si tenemos que reemplazarlas, le daremos el dinero en efectivo.

Decker le hizo un gesto con los pulgares levantados. Ella sonrió.

—Me da igual el dinero —respondió Tinsley—. Los objetos tienen valor sentimental. Pertenecían a mi difunta madre. ¿Cómo van a reemplazar una herencia?, ¿eh?

—Estoy segura de que aparec...

—Mire, nunca he tenido mucho respeto a la policía. ¿Y sabe por qué? Porque ustedes no tienen respeto a las personas a las que defienden. A mí me trataron como a un criminal y mientras tanto el verdadero asesino de Adrianna sigue suelto. Son ustedes un atajo de payasos, ¿lo sabía?

—Sé que debe de sentirse frustrado, señor Tinsley...

—¿Qué han hecho con mis cosas? ¿Llevárselas a su casa?

—Se lo haré saber cuando encontremos las joyas.

—Sí, claro. Mientras tanto, denme dinero.

—¿Quiere una compensación económica por los objetos?

—No. Quiero los objetos, pero, si no los encuentran, denme dinero. Y no tarden un año en darme el cheque, ya sabe a lo que me refiero.

—Solicitaré el dinero ahora mismo, si lo desea.

Se hizo el silencio al otro lado de la línea.

—Entonces, ¿qué ocurrirá si encuentran las joyas?

—Se las devolveré y usted devolverá el dinero.

—Deberían darme el dinero y las joyas a cambio de todo lo que me están haciendo pasar —colgó el teléfono de golpe.

Wanda y Decker colgaron sus respectivos auriculares.

—Quiere recuperar sus trofeos —dijo ella.

—Parece muy unido a ellos.

—Eso descarta que sea solo un ladrón. Si fuera así, se habría mostrado encantado con lo del dinero. No tendría que molestarse en recurrir a un perista —se levantó de la silla y se estiró—. Llevo aquí un par de horas. Necesito un cambio de escenario. Voy a llevar las joyas al laboratorio yo misma. ¿Quiere que le mantenga informado?

—Siempre.

Wanda revisó su libreta.

—He hablado con la policía de Oxnard. Voy a subir mañana para ver el informe y comparar notas. El detective inicial no trabaja hoy. He dejado un mensaje. Sería fantástico que el nombre de Tinsley apareciera en el informe de Oxnard.

—Soñar es gratis. ¿Y qué hay del Departamento de Policía de Oceanside?

—Lee Wang se ha puesto en contacto con ellos. Tendrás que hablar con él del tema. También hemos estado buscando algún contacto entre Tinsley y el ejército. Todavía no hemos encontrado nada.

—A juzgar por el comportamiento de Tinsley, no nos permitirá acercarnos a su casa —supuso Decker.

—Me pregunto si, en algún lugar de su cabeza, sigue sospechando que vamos detrás de él —dijo Wanda.

—Mantente en contacto con el equipo de vigilancia.

—Por supuesto, pero... también me pregunto..., no sé, teniente. Si las joyas eran sus trofeos, ahora que piensa que han desaparecido, quizá intente encontrar nuevos trofeos que sustituyan a los anteriores.

—Pongamos otro equipo a vigilarlo.

—Sí, así me sentiría mejor.

Por teléfono Marge le dijo:

—Frieda Kowalski está con ella en Cuidados Intensivos. Está sujetándole la mano.

—¿Cómo lo lleva?

—¿Mandy o Frieda?

—Ambas.

—Mandy lo superará, pero sufrirá muchos dolores. Tiene quemaduras en la mitad inferior de su cuerpo, un brazo roto y la cara hinchada y magullada por el impacto del airbag.

—¿Y la madre?

—Es un poco... reservada. Lo primero que me ha dicho es que Mandy y ella no estaban unidas. Quiero decir, yo tampoco estoy tan unida a mi madre. Pero, si tuviera quemaduras y huesos rotos, no creo que esas fuesen las primeras palabras que saldrían de su boca.

—Cuando hablé con ella parecía como anestesiada. Podría ser el shock. ¿Van a retirarle la sedación a Mandy hoy?

—Sí, pero es un proceso lento. Estará varios días inconsciente. La doctora nos ha dicho que no esperemos nada antes de mañana por la tarde. Tal vez para cuando llegues aquí ya esté lo suficientemente despierta para balbucear.

—¿Cómo va la búsqueda de Garth?

—Por ese lado hemos hecho algunos avances. Tras pasar toda la noche en vela, hemos logrado averiguar que sí, que Mandy y él estuvieron aquí, en Las Vegas Norte. Han sido identificados por una camarera del restaurante del hotel New Lodge. Eso fue... espera un momento... el miércoles por la noche. Y también el jueves... deja que lo compruebe... fueron vistos en la barra del Pub y Casino Gin & Rose. Pero ni Scott ni yo hemos averiguado dónde se hospedaban realmente. Seguiremos buscando.

—¿Qué coche conducía Mandy cuando tuvo el accidente?

—Un Corolla de 2002.

—Si Mandy destrozó su coche, ¿qué coche conduce Garth ahora?

—No lo sé. Él tiene su propio coche, pero no sé dónde está.

—¿Viajaban por separado?

—Puede ser. O quizá él vendió su coche por el dinero. Echaremos un vistazo.

—De acuerdo. ¿Cuándo fue la última vez que Garth se alojó en un hotel de Las Vegas Norte?

—Hace mucho tiempo... siete meses, quizá.

—Pero ha ido a Las Vegas varias veces en los últimos siete meses.

—Lo sé. Y eso nos ha hecho pensar a Scott y a mí. Quizá alquiló un apartamento. El alquiler mensual sería menor que lo que cobrarían los hoteles si venía con frecuencia.

Decker pensó en ello.

—Si Garth tiene su propio apartamento, tal vez tenga su coche allí.

—Un coche o una moto de *cross*, quizá —dijo Marge—. A Oliver y a mí nos gustaría quedarnos un día más. Tardaremos tiempo en registrar los edificios de apartamentos y, la verdad, nos gustaría estar ahí cuando Mandy empiece a hablar.

—Puedo daros un día más. Os veré allí mañana a media mañana o ya por la tarde. Primero tengo que resolver unos asuntos.

—Te recogeré en el aeropuerto.

—No, no pierdas tiempo. Tomaré un taxi.

—Buena idea —Marge sonrió, aunque él no pudiera verla—.
Si quieres, Pete, podemos volver todos juntos en coche. Hace
mucho que no hago un viaje por carretera.

—No creo que pueda sobrevivir cuatro horas y media en un
espacio cerrado con Scott Oliver.

—No está tan mal. Ronca cuando duerme, pero al menos no
huele.

Decker se rio y colgó el teléfono. Eran casi las dos de la tarde.
Esa noche cenarían pronto porque los chicos tenían un vuelo esa
misma noche para regresar a casa. Decidió marcharse ya y apenas
había salido por la puerta cuando sonó el teléfono de su escritorio. Levantó las manos y respondió a la llamada.

—¿Tiene un minuto? —preguntó Wanda.

—Claro. ¿Qué sucede?

—Cuando estaban examinando el collar en busca de pruebas,
la investigadora ha encontrado un pelo diminuto en el cierre del
collar de la R de diamantes. Ha dicho que al microscopio parece
uno de esos pelos finos del cuello que resultan tan inoportunos
cuando te pones joyas.

—Vaya. Menudo golpe de suerte.

—Mejor aún es que el pelo tiene raíz.

A Decker se le aceleró el corazón.

—Entonces, ¿podemos extraer ADN?

—Posiblemente. Por suerte para nosotros, Tinsley guardaba
sus joyas en una bolsa de papel. Es probable que así se hayan de-
teriorado menos.

—¿Cuándo pueden tener los resultados?

—Les meteré prisa. Como pronto en unas pocas semanas.

—Tinsley nos dio una muestra de saliva. Llevémosla al laboratorio lo antes posible. Si el pelo pertenecía a la madre de Tinsley, su ADN debería coincidir con el ADN del pelo. Si no, habre-
mos destapado su mentira. Y, si es el pelo de Roxanne, ¿qué está
haciendo él con su collar? ¿El detective de su caso te ha devuelto
la llamada, Wanda?

—Sí. Se llama Ronald Beckwith. Nos reuniremos mañana a las diez.

—Vuelve a llamar a Beckwith. Que mire si el ADN de Roxanne figura en el informe.

—Ya lo he hecho. Y sí.

—Pregúntale también si recogieron alguna prueba externa que pudiera generar un perfil de ADN del criminal.

—Entendido.

—Vamos a ponernos las pilas con esto. Tinsley sigue suelto y cada vez me pone más nervioso.

Una vez más Decker colgó el teléfono. Se frotó los ojos y después el cuello. Estaba cansado, pero estaban resultando ser un par de días muy productivos. Garth había sido visto con Mandy, así que en Las Vegas iban por el buen camino. Y Mandy, aunque en cuidados intensivos, seguía viva. Al final sería capaz de hablar. Además era una suerte tener un pelo con raíz en el cierre del collar. Un perfil de ADN resolvería muchos problemas.

Las piezas parecían empezar a encajar, pero todavía quedaban muchas preguntas por resolver.

¿Dónde estaba Garth?

¿Qué acontecimientos habían provocado la muerte de Adrianna Blanc?

¿Qué acontecimientos habían provocado la muerte de Crystal Larabee?

¿Estarían relacionadas ambas muertes?

¿Sería Chuck Tinsley un asesino en serie?

Muchos delitos y muy poco tiempo.

Marge se secó el sudor de la cara y miró hacia el cielo resplandeciente. El sol del desierto, que el día anterior le resultaba perfecto mientras vagueaba junto a la piscina, se había convertido ahora en el enemigo mientras iban de un bloque de apartamentos a otro con una temperatura de treinta y dos grados.

Y el condado de Clark tenía muchos edificios de apartamentos.

Tenía edificios de apartamentos, pisos, chalets y hoteles sórdidos con disponibilidad de alquileres a largo plazo. Llevaban horas buscando cuando pararon para cenar. Lo único abierto a las cinco de la tarde era un establecimiento abierto las veinticuatro horas que anunciaba la mejor barbacoa de la ciudad. No mentían. Las costillas estaban sabrosas y con mucha salsa, justo como le gustaban a Marge. Cuando terminó, se limpió con una toallita húmeda.

—Qué buenas estaban.

—Oliver todavía estaba mordisqueando un hueso.

—Muy buenas.

—¿Qué nos queda?

—Si insistes en trabajar, tenemos unas cuantas urbanizaciones de pisos a unos pocos kilómetros.

—¿Cuántas son unas cuantas?

—Cinco urbanizaciones. Y cada una tiene unos treinta pisos. Dos de ellas tienen una empresa de mantenimiento allí mismo.

—Pues empecemos con esas —Marge le pidió la cuenta a la camarera.

—Estamos buscando algo que quizá no exista —Oliver hizo una pausa—. Como el amor.

La camarera se acercó; era una mujer robusta de pelo gris.

—¿No quieren postre?

—Ojalá pudiéramos —le dijo Oliver—. Tenemos que volver a trabajar.

—¿Trabajar en domingo? ¿A qué se dedican?

—Somos policías —Oliver le mostró su placa—. De verdad.

Ella se quedó mirando la placa sin examinarla con mucha atención.

—En ese caso, les envolveré un par de donuts para llevar. Invita la casa.

—Muchas gracias, pero podemos pagarlos —respondió Marge.

—Ni hablar.

—Es muy amable por su parte —dijo Oliver con sincero entusiasmo.

—No hay de qué —le tocó suavemente el hombro a Oliver y se marchó.

—Lo que hacen algunos con tal de comerse un donut gratis —murmuró Marge.

—Nos hemos ofrecido a pagarlos. Ella se ha negado.

—Yo me he ofrecido a pagarlos —le corrigió Marge.

—Sí, tú eres la poli buena. Yo soy el poli malo. Eso ya ha quedado claro. ¿Podemos seguir con nuestras vidas, por favor?

—Asegúrate de que ponga uno con glaseado de sirope de arce —dijo Marge con una sonrisa.

—¿Yo me tengo que asegurar?

—Tú eres el seductor, Scott. Si se lo pides amablemente, seguro que pone dos.

CAPÍTULO 46

El grupo se había terminado la tarta de chocolate, y la mitad del restaurante los había acompañado con el *Cumpleaños feliz*, y estaban todos bebiendo café cuando Cindy golpeó su copa de agua con la cuchara para llamar la atención de la mesa. Decker miró a su hija y a todos sus hijos con amor y orgullo. El tiempo había pasado demasiado deprisa. Incluso el embarazo de Cindy parecía transcurrir a toda velocidad. A lo largo de la última semana, se había hinchado mucho.

—Como soy la mayor del clan Decker —anunció ella—, pensaba que debería ser la primera —Koby y ella se sonrieron—. Seré breve, porque sé que los chicos tienen un avión que tomar. Como todos sabéis, Koby y yo vamos a ser padres.

—Eso, eso —dijo Decker golpeando la mesa. Sentía la piel húmeda y estaba de buen humor, sin duda debido al vino. Pero era su cumpleaños y además uno importante. Rina insistió en que ella conduciría a casa para que él disfrutara.

—Y debo añadir que ya era hora —dijo Jacob.

—Mira quién habla.

—¿A qué te refieres? Yo no estoy casado.

—Exacto. Tu hermano se ha sumado al plan. ¿Cuál es tu excusa?

—Soy psicológicamente inmaduro.

—Eso no me lo ha impedido a mí —intervino Decker.

—¿Podéis dejar terminar a Cindy, por favor? —dijo Rina.

—Gracias, Rina —respondió Cindy—. Tenemos más noticias.

—¿Sobre qué? —preguntó Decker.

—Sobre el bebé, claro.

La mesa quedó en silencio.

—El mes pasado, cuando Koby y yo fuimos al ginecólogo a mi revisión rutinaria, distinguieron dos latidos.

—¡Oh, no! —exclamó Jacob—. ¿El bebé tiene dos corazones?

Esta vez Cindy le dio un golpe en el hombro.

—Voy a tener gemelos.

Todos empezaron con los *mazel tov*.

—¡Qué regalo de cumpleaños tan maravilloso! —exclamó Decker—. Puede que te hayas tomado tu tiempo, hija mía, pero lo has hecho bien.

—Gracias, papi.

—¡Soy tan feliz! —dijo Decker.

—Me alegro —contestó Cindy riéndose. Su padre estaba un poco achispado—. Tenemos más noticias. ¿Quieres contárselo tú, Koby?

—Tú haces todo el trabajo. Díselo tú.

—De acuerdo —Cindy hizo una pausa—. Los bebés comparten la misma placenta.

—Así que son gemelos idénticos —dijo Rina.

—¡Dios mío, eso es una locura! —exclamó Hannah.

—Una locura muy cara —comentó Koby.

—Pero os ahorraréis dinero en la estancia hospitalaria —señaló Sammy—. Un dos por uno.

—Bien pensado —dijo Koby.

—¿Vas a tener un parto natural? —preguntó Hannah—. ¿Puedo ser tu comadrona?

—Ya te buscaremos un papel, Hannah banana —respondió Cindy.

—¿Hay gemelos en tu familia? —le preguntó Rina a su marido.

—En la mía no —respondió Decker.

—Mi tío es gemelo idéntico —dijo Koby—. Y además tengo primos gemelos idénticos.

—Ahí lo tienes —dijo Decker.

—¿Puedo terminar, por favor? —preguntó Cindy.

—¿Hay más? —preguntó Jacob.

—Sí, hay más.

—¿Vas a dar a luz al perro familiar también?

—Estoy intentando decir algo importante —respondió Cindy.

—Oh, oh —dijo Koby—. No la enfadéis. Puede ser peor.

—De acuerdo, soy todo oídos —dijo Jacob.

—Siempre y cuando no seas todo boca.

—Uhhh..., qué borde.

—¡Dejad que termine! —ordenó Rina.

—Por favor —dijo Cindy dándole una palmada en el hombro a Jake.

—Me callaré.

—De acuerdo. Allá vamos. La costumbre de Koby, al contrario que la costumbre asquenazí, es poner al bebé el nombre de los abuelos aunque estos sigan vivos... especialmente si siguen vivos. Lo cual me parece mucho más agradable. Pero bueno, al primer hijo se le pone el nombre de los abuelos paternos. Al segundo se le pone el nombre de los abuelos maternos. Así que, si son dos chicas, se llamarán Rachel por la madre de Koby y Judith, que es el nombre hebreo de mi madre. Pero..., si son dos chicos, los nombres de los bebés serán Aaron, como el padre de Koby, y Akiva —miró a su padre—. Como alguien a quien todos conocemos y queremos.

Decker sonrió.

—Entonces, supongo que yo apoyo a los chicos.

—Bueno, este es el trato —dijo Cindy—. Como tengo más de treinta y cinco años, hace unas semanas me hice un análisis de vellosidades coriónicas, que muestra cualquier problema genético. Y, como solo hay una placenta, solo tuve que hacerlo una vez, así que fue bien. Y me alegra deciros que todo está perfectamente.

—Y sabéis el sexo de los bebés —supuso Sammy.

—Sí, lo sabemos —le dijo Cindy—. Al principio decidimos no decirlo, pero, dado que estamos todos aquí y eso no ocurre muy a menudo, me parecía oportuno decirle al invitado de honor que sí, que vamos a tener niños. Así que, papi, tienes el honor de que un niño lleve tu nombre antes de morir. Feliz cumpleaños —se inclinó y le dio a Decker un beso en la mejilla. Él correspondió besándolos y abrazándolos a Koby y a ella.

—Eres un gran suegro y se te da muy bien el uso de herramientas —dijo Koby—. Eso es lo mejor.

—Que hable, que hable —dijo Jacob.

Todas las miradas se centraron en Decker, que notó un nudo en la garganta.

—Estoy... encantado —de pronto se vio abrumado por la situación y se le humedecieron los ojos—. Estoy sin palabras.

—¿Quieres que hable yo en tu nombre? —sugirió Jacob.

—Claro, tío listo —respondió Decker secándose los ojos—. Adelante.

—De hecho, no quiero hablar por ti, quiero hablar contigo —miró a Sammy—. ¿Podemos saltarnos el orden?

—Date prisa o nos quedaremos sin tiempo.

—Vale, vale —Jake se frotó las manos—. Solo quiero darte las gracias por ser mi padre. Y, al contrario que la mayoría de los padres, tú pudiste elegir adoptarnos a Sam y a mí.

—No pudo elegir —dijo Rina. Todos se rieron—. Lo habría matado si hubiera dicho que no.

—¿Puedo ponerme un poco sentimental, por favor?

—¿Sentimental, tú? —dijo Cindy.

—Sí, hasta yo tengo mi lado blando. Lo que intentaba decir es que entraste en nuestras vidas después de una situación bastante peliaguda. Recuerdo que la primera vez que te vi pensé que debías de ser el tío más genial del planeta.

—No tardaste en cambiar de opinión —dijo Decker.

—De hecho, no cambié de opinión —Jacob se mordió el labio—. Sigues siendo genial. Gracias por estar ahí cuando *Eema*, Sammy y yo atravesábamos un momento difícil —miró a Cindy—. Tus hijos serán geniales. Llevan la genialidad por ambos lados.

—Gracias, Yonkie.

—Feliz cumpleaños, papá —se volvió hacia Sammy—. ¿He sido suficientemente rápido?

—Extrañamente breve —dijo Sammy—. Supongo que ahora es mi turno. Así que aquí va. Puede que no pudieras elegir adoptarnos, papá, pero sí que pudiste elegir ser un padre o no. Y superaste esa prueba con creces. No eres nuestro padre biológico, pero, en términos de sangre, sudor y lágrimas, sin duda eres nuestro verdadero padre. Y, aunque yo sea asquenazí, me alegra mucho que uno de tus nietos vaya a llevar tu nombre. Es un honor bien merecido.

Decker dio un beso a sus hijos y los abrazó con cariño.

—Gracias, chicos.

Todos miraron a Hannah.

—Bueno, con este pelo rojo, supongo que no cabe duda de que eres mi padre biológico. Estoy muy emocionada por irme a Israel a estudiar, pero sé que os echaré mucho de menos a los dos. Será mejor que vengáis a visitarme mucho —se le humedecieron los ojos y las lágrimas resbalaron por sus mejillas—. Te quiero mucho, *Abbá*. Feliz cumpleaños.

Decker le dio un abrazo de oso.

—Te quiero, calabacita. Y claro que iremos a visitarte mucho.

—Bueno, creo que soy la siguiente —dijo Rina—. Seré breve también. No quiero ponerme sentimental delante de los chicos, pero he sido muy afortunada por pasar estos años casada con alguien a quien quiero tanto. También he sido muy afortunada por tener esta familia tan maravillosa, incluyendo a mi hermosa hijastra, a mi yerno y a mis futuros nietos. Peter, te quiero mucho y cuento con que pasemos juntos muchos años más. Siempre he estado muy orgullosa de ti. Eres simplemente el mejor.

Todos dijeron «ohhh» al unísono mientras Rina besaba a Decker en los labios.

—Que hable el invitado de honor —dijo Jacob.

—No, ya lo habéis dicho todo por mí —respondió Decker—. Estoy disfrutando.

Jacob le dio un codazo a Gabe, que había pasado toda la velada callado.

—Es tu momento para hablar o callar para siempre.

Gabe se puso rojo y Decker dijo:

—Yonkie, déjalo en paz.

—Perdón —respondió Jacob—. Sabes que te estoy tomando el pelo.

—De hecho, es probable que deba decir algo —dijo Gabe. La mesa se quedó en silencio y el chico se subió las gafas hasta lo alto de la nariz—. Primero, enhorabuena a Cindy y a Koby.

—Gracias —dijo Cindy.

—De nada —respondió Gabe—. Segundo, feliz cumpleaños al teniente.

—Muchas gracias —dijo Decker.

—No hay de qué. Y tercero... —el muchacho trató de ordenar sus pensamientos. Las ideas zumbaban en su cabeza como una motosierra—. Aunque mis padres no sean nada religiosos, entre los dos probablemente hayan incumplido todos los mandamientos, el caso es que me enviaron a una escuela católica —hizo una pausa—. Y las monjas nos enseñaron muchas cosas... aunque apenas recuerdo lo que decían.

—No pasa nada —dijo Hannah—. Nosotros no escuchamos a los rabinos.

—¡Hannah! —exclamó Rina.

—Solo intento ser empática.

Gabe sonrió.

—Pero bueno, lo que nos decían las monjas, lo que decían siempre, era que había que ser bueno y amable y poner la otra mejilla y cosas así. Pero, cuando lo pienso, no se trataba de ser bueno y amable. Se trataba de ser obediente. Ser bueno..., ¿qué significa eso? Es un concepto abstracto. Pero bueno, yo en realidad no sabía lo que era la bondad porque... francamente, mis padres están un poco locos... bueno, están muy locos. Y ser bueno no parece ser prioritario para ninguno de los dos. Quizá para mi madre un poco —se encogió de hombros—. Pero bueno, después de pasar estos pocos días con el teniente y con Rina, y con Hannah, empiezo a entender lo que es ser bueno. Teniente, Rina, todos, gracias por ser tan buenos, de verdad.

Nadie dijo nada.

Gabe volvió a ponerse rojo.

—Eso es todo.

—Gracias, Gabe —dijo Decker haciéndole el saludo militar—. Voy a proponerte el mismo trato que les propuse a todos mis hijos. Si tú me soportas, yo te soportaré.

—Podré asumirlo —respondió el chico.

—Sammy miró el reloj. Eran casi las nueve. Tenían que tomar un vuelo a las once para volver a Nueva York.

—Odio tener que marcharnos, pero es la hora. Tenemos que devolver el coche.

En ese momento a Decker le vibró el móvil en el bolsillo. Dejó que vibrara una vez, después lo sacó y miró la pantalla. Era el número de Marge. Eso le hizo recuperar la sobriedad al momento.

—Puede que sea importante. ¿Os importa que conteste?

—Algunas cosas nunca cambian —dijo Rina.

—Muy graciosa —respondió Decker antes de pulsar el botón verde—. Hola. ¿Puedo llamarte en diez minutos?

—De acuerdo. Pero llámame.

Su curiosidad pudo más que él.

—¿Qué pasa?

—Siento interrumpir tu cena, Pete, pero tenemos aquí un asunto.

—¿Un asunto? —repitió Decker.

—Eso no suena muy prometedor —comentó Rina.

—Así es —dijo Decker—. Marge, te llamo ahora. Mis hijos se van al aeropuerto y quiero despedirme de ellos.

—¿Por qué no te vas con ellos al aeropuerto?

—¿Quieres que vaya a Las Vegas?

—Cuanto antes.

—¿Habéis encontrado el cuerpo de Garth Hammerling?

—No, teniente. Garth sigue desaparecido en combate. Pero, en lo referente a cuerpos... —hizo una pausa—. Creo que es mejor que vengas y lo veas por ti mismo.

CAPÍTULO 47

Mientras Decker esperaba para embarcar en su vuelo a Las Vegas, Marge le hizo un resumen. Hablaba a toda velocidad y casi sin aliento. Decker oía su respiración entrecortada mientras hablaba.

—Esta es la cuestión —le dijo ella—. Scott y yo hemos estado registrando edificios de apartamentos, urbanizaciones y pisos durante todo el día. Sin resultados, pero eso era lo que imaginábamos. Hemos parado sobre las seis, hemos cenado y hemos decidido ir a unas urbanizaciones baratas que hay cerca. Una última intentona. Eso era sobre las siete.

Decker miró el reloj. Eran casi las once.

—De acuerdo.

—Tienes que imaginar que estamos en medio de ninguna parte. Aquí no hay nada. Estas construcciones en particular limitan con el desierto y después solo hay kilómetros y kilómetros de tierra desierta. Invertir en estos terrenos no cuesta mucho y supone letras mensuales no muy altas. Además, unos dos tercios de las casas todavía no han sido levantados. Scott y yo no vemos indicios de que se esté llevando a cabo ninguna obra. Suponemos que es el lugar perfecto para un hombre solitario sin mucho dinero.

—Ya veo hacia dónde vas.

—Sí, y no es un buen lugar. El caso es que hay un piso piloto. Y por suerte dentro hay una mujer. Recuerda que es domingo

443

y que aquí no hay nada. Nos dice que es tarde y que está a punto de cerrar. Le decimos que necesitamos solo unos minutos. Le preguntamos por Garth Hammerling. No hay respuesta. Entonces Oliver le muestra las fotos que tenemos de Garth. A ella se le ilumina la cara, pero intenta disimularlo, aunque lo vería hasta un ciego. Así que la presionamos... Se llama Carlotta Stretch —se lo deletreó—. Presionamos a Carlotta y admite que alguien que se parece a Garth compró una casa en la urbanización hace unos seis meses. ¿A que es asombroso?

—Mucho.

—Exacto, pero tenemos un par de problemas. El tipo que compró la casa no se llama Garth Hammerling. Se llama Richard Hammer. Scott y yo llamamos a Lonnie Silver y Rodney Major y les preguntamos qué piensan. Son buenos tíos. Así que vienen. Carlotta quiere irse a casa, pero nosotros seguimos entreteniéndola. Así que deliberamos todos juntos y decidimos que, después de que Carlotta haya identificado a Garth, cualquier persona razonable convendría en que Richard Hammer es Garth Hammerling. Pero aún tenemos algunos problemas. Primero, Garth o Richard no ha incumplido ninguna ley y, segundo, no tenemos nada contra Garth Hammerling salvo que ha desaparecido en extrañas circunstancias.

—Así que no tenéis una buena razón para entrar en la propiedad.

—Sí. Exacto.

—¿Y qué me dices del peligro inminente?

—Eso es lo que se nos ocurrió a todos. Garth y Mandy desaparecieron más o menos al mismo tiempo. Mandy estuvo a punto de morir, así que es posible que Garth esté en apuros. Sería una negligencia no registrar la casa. Silver llama a un juez. Este dice que es motivo suficiente para entrar en la casa y echar un vistazo siempre y cuando no registremos el lugar. Nada de abrir cajones o algo parecido. Si vemos algo a simple vista, podemos ir a por ello. Pero, por lo demás, estamos atados de pies y manos. Logramos entrar sobre las ocho. Todo parece en orden. Sí que vemos un par de fotos de Garth, así que sabemos que estamos en el lugar indicado. Nos morimos por registrar los cajones, ver si hay más fotos de él enmascarado con Mandy, pero eso no es posible. Nos encogimos de hombros y pensamos: bueno, esto es todo.

—Estamos empezando a embarcar, Margie. Puede que me queden otros diez minutos antes de subirme al avión.

—Te lo explicaré lo más rápido que pueda. Así que estamos sopesando nuestras opciones. ¿Deberíamos colocar un coche patrulla frente a la casa por si vuelve Garth? Pero entonces decidimos que cualquier idiota se daría cuenta. No hay ningún lugar donde ocultarse aquí. Seguimos meditando sobre posibles acciones cuando recibo una llamada de Frieda Kowalski. Ya te dije que esta mañana sacarían a Mandy del coma inducido, ¿verdad?

—Sí.

—Bueno. Pues Frieda me llama y está claramente alterada. Empieza a contarme cosas cuando todavía estamos en la urbanización, intentando decidir nuestro próximo paso. Además el tiempo se nos acaba. Carlotta Stretch quiere cerrar e irse a casa.

—¿Qué te dijo Frieda?

—Vale. Aquí va. Los médicos empezaron a sacar a Mandy del coma sobre las nueve de esta mañana. A última hora de la tarde, alrededor de las siete según me dijo Frieda, Mandy recupera la consciencia, abre los ojos y reconoce a su madre. Sabe que está mal. Está muy nerviosa. Se le dispara la presión arterial, el corazón le va a mil y empieza a temblar como si fuera a darle un ataque. Los médicos pensaban que quizá la habían sacado del coma demasiado deprisa. O quizá sentía un dolor muy intenso por las quemaduras. Porque, según su madre, parecía estar agonizando.

—Es horrible.

—Es un alivio no haber estado allí para verlo —Marge suspiró al otro lado de la línea—. Así que Frieda empieza a pedir que le den algo a su hija para el dolor, pero, antes de que puedan dormirla de nuevo, Mandy empieza a murmurar palabras. Al principio Frieda no distinguía nada, pero entonces Mandy empezó a repetirse. Al final a su madre le parece oír la palabra «calabozo».

—¡Dios!

—Sí, eso mismo. A Frieda se le ocurre repetir la palabra «calabozo». Y eso eleva de nuevo la presión arterial de Mandy. La chica se pone muy nerviosa y empiezan a dispararse las alarmas. Entra corriendo la enfermera y está a punto de inyectarle el sedante en la vía, pero, gracias a Dios, Frieda detiene a la enfermera. La enfermera y Frieda discuten. Frieda quiere que sea un médico quien administre la sedación. La enfermera se ofende, sale de la habitación y llaman al médico.

—Bravo por Frieda.

—Tú lo has dicho, porque, antes de que el médico pueda administrar el sedante a Mandy, su madre consigue distinguir algunas palabras más: «calabozo», «casa»..., «asesinato». Entonces empieza a repetir una y otra vez: «la chica, la chica, la chica».

—¡Dios mío!

—Sí. En ese momento llega el doctor, que está muy cabreado con Frieda. Y Frieda está enfadada con el doctor y con la enfermera. Así que todos están enfadados con todos, pero al final el médico seda a Mandy, que se relaja, y todo acaba bien. Ya son alrededor de las siete y media. Y Frieda está lo suficientemente calmada como para pensar. Decide que sería buena idea llamarme y contarme lo que ha dicho Mandy en su delirio. Cuando la recogí en el aeropuerto, le di mi tarjeta, mi número y el de Scott. Así que decidió darme un toque.

—Es asombroso que tuviera la claridad mental para llamar.

—Sí, así es, y en el momento justo. Porque todo esto sucede justo cuando Carlotta está caminando hacia su coche y a punto de largarse. Con las palabras «calabozo», «casa», «asesinato» y «chica», pensamos que tenemos razones suficientes para echar un segundo vistazo a la casa y quizá registrarla más en profundidad.

Scott corre detrás de Carlotta y la alcanzamos justo cuando se iba en el coche. De hecho, ha estado a punto de atropellarlo. No sabes lo frenético que ha sido todo.

—Me lo imagino. Marge, estoy embarcando. En unos minutos voy a tener que apagar el móvil.

—Me daré prisa. Volvemos a la casa y echamos un vistazo. Llegados a este punto, estamos buscando una trampilla o un falso muro o cualquier cosa que indique que hay una habitación escondida. No encontramos nada. Registramos el garaje. Nada. Así que salgo fuera, a la parte de atrás, a echar un vistazo. Te advierto que no se trata de una urbanización de lujo.

—Lo pillo.

—Todas las casas tienen un pequeño terreno con muros bajos de cemento que separan una casa de la siguiente. Y puedes ver el jardín del vecino si miras por encima del muro. Me asomo al jardín de los vecinos pensando que tal vez Garth nos haya visto venir y se haya escondido en una de las casas. A la desesperada. Entonces me doy cuenta de que las dos casas colindantes tienen patios con suelo de cemento. Sin embargo el de Garth es de ladrillo. Pienso para mis adentros: «¿Por qué iba alguien a molestarse en pedir esta mejora en un lugar así?». Entonces me fijo con atención. Es un patio de ladrillo, pero no hay argamasa ni cemento, Pete. Son solo ladrillos colocados sobre la arena, y no de manera muy ordenada.

—Dios.

—Sí, ya imaginas por dónde voy. Dado que Mandy mencionó algo sobre una chica, un calabozo y un asesinato, empezamos a retirar los ladrillos. Debajo, excavado directamente en la tierra hay como... —hizo una pausa—. Como un refugio antibombas. Está hecho con bloques de cemento y tiene una trampilla con un candado. Rodney Major arranca el candado de un disparo, abrimos la trampilla y al instante nos llega la peste. Es una fosa séptica; oscura y hedionda. Silver tiene una linterna. Yo la agarro y me ofrezco voluntaria para ir primero. Estoy temblando como la gelatina. Ya sabes lo que opino de los lugares oscuros y cerrados.

Decker lo sabía bien. Marge era claustrofóbica desde que rescatara a un grupo de jóvenes de una secta que utilizaba túneles como vías de escape.

—Buen trabajo, Dunn.

—Sí. Una palmadita en la espalda para mí. Porque, aparte de que el calabozo está oscuro y es pequeño, apesta. Llegados a esta punto me muevo guiada por la adrenalina. Pego un salto..., hay una caída de unos dos metros y medio —suspiró—. Encuentro a la chica, Pete. Está desnuda, envuelta en bolsas de basura, con una ligadura alrededor del cuello. Según mis cálculos, a juzgar por el tiempo que llevaba Mandy en el hospital, la chica llevaba así al menos dos días.

A Marge se le había quebrado la voz.

—Le tomo el pulso..., no noto nada. Hace mucho frío allí abajo y ella está fría. Pero no helada. Sin embargo no se mueve. Doy por hecho que está muerta. ¿Por qué iba a estar viva? Entonces le enfoco los ojos con la linterna. ¡Y parpadea!

Decker no podía hablar. ¿Cómo iba a hacerlo?

—Está inconsciente, pero viva. Le quito la ligadura del cuello. Llamamos a los paramédicos. La sacan de allí y se la llevan al hospital. Ahora mismo está en estado crítico. No sabemos si saldrá de esta. Pero, por el momento, sigue en el mundo de los vivos. ¿Cómo te explicas algo así?

—No sé. ¿Mandy sabe quién es?

—Mandy sigue sedada. Tendremos que esperar a que se le pase antes de poder hablar con ella.

La puerta del avión estaba cerrándose. A Decker le quedaban unos treinta segundos.

—Has dicho que olía muy mal. ¿Había alguien más allí además de la chica?

—Hay otros dos cuerpos ahí abajo en diferentes estados de descomposición. De momento los investigadores forenses solo han sacado un cuerpo. Está abotargado y lleno de gusanos. Además está despellejado casi por completo. Es asqueroso. Y es el que mejor está de los dos.

—¡Dios mío! ¿Cuánto tiempo crees que tardarán en despejar el lugar?

—No lo sé, Pete. Todavía les queda un cuerpo por sacar. Después de eso, se pondrán a examinar el osario. Los cuerpos estaban tendidos sobre una pila de huesos.

Sin nada que bloqueara el horizonte, el sol se elevaba en toda su gloria; un disco dorado y ardiente que palpitaba lleno de luz. A las siete de la mañana, las farolas que habían permitido a los investigadores trabajar durante la noche estaban apagadas, aunque las luces colocadas en el interior del bunker brillaban a toda potencia. Tardaron muchas horas más en sacar todos los restos biológicos de aquella tumba de cemento.

Se emitió una orden de busca y captura para Garth Hammerling. La policía de Las Vegas Norte elaboró carteles y los envió por fax no solo a Las Vegas Centro, sino a casi todos los departamentos de policía del estado de Nevada, con énfasis en Reno y en el lado del lago Tahoe que daba a ese estado. La policía de Las Vegas Norte también envió los carteles a los clubes de póquer del sur de California y a los casinos de Atlantic City. Todos sabían que estaban únicamente rascando la superficie, porque había miles de casinos indios y establecimientos de apuestas *offshore* por todo el país. Abordar la situación resultaba confuso y urgente. Tras discutir el asunto, el consenso fue que Garth no era jugador. Lo que le gustaba era aquello que iba asociado al juego: mujeres libertinas a las que podía recoger, seducir y después asesinar.

La casa del desierto salió en los titulares. La búsqueda de Garth Hammerling se convirtió en una caza nacional al asesino en serie. Con suerte lo atraparían antes de que su necesidad de matar de nuevo le superase.

El lunes por la tarde, justo una semana después del horrible descubrimiento del cadáver de Adrianna Blanc, Mandy comenzó a hablar, si bien de forma vacilante. Había muchos detectives que querían hacer muchas preguntas, de modo que se tardarían días, si no semanas, en obtener la historia completa.

Cuatro días después de que Mandy saliese del coma inducido, Decker iba a bordo de un vuelo sudoeste nocturno con destino Burbank. Al mismo tiempo, Marge y Oliver regresaban a casa por la I-15. Los tres habían logrado que Mandy les contara la historia desde su punto de vista. Decker había elaborado un relato increíble: una odisea de cuatro días llena de asesinatos y destrucción. Faltaban datos y algunas cosas no tenían sentido, pero era una narración que podía seguirse de principio a fin. Escribió el siguiente sumario mientras regresaba a casa en avión.

Hace diez días, en torno a las ocho y media de la mañana, Mandy vio a Adrianna colgar el teléfono con brusquedad en uno de los puestos de las enfermeras y llevarse las manos a la cara. Dado que parecía disgustada, Mandy se acercó y le preguntó qué le pasaba. Adrianna empezó a llorar.

A Mandy le sorprendió ver a Adrianna todavía en el hospital porque su turno había terminado a las ocho. Pero estaba allí y Mandy, que era una buena amiga, notó que necesitaba ayuda. Le dijo a Adrianna que la esperase en la cafetería del hospital. Fichó para tomarse un descanso y apareció en la cafetería diez minutos más tarde para hablar con su amiga.

Adrianna le dijo que estaba furiosa con Garth, con sus interminables viajes en los que no la incluía y su actitud molesta en general. Esta vez iba a romper con él para siempre. Mandy la felicitó. Adrianna era demasiado buena para soportar las tonterías de Garth. Pero entonces Adrianna se derrumbó. Durante su llamada telefónica, Garth le había suplicado que lo reconsiderase. Le dijo que la quería de verdad y que lo demostraría cancelando su viaje a Reno y regresando solo para hablar con ella. Adrianna le dijo a Mandy que no sabía qué hacer. Aunque deseaba romper, una parte de ella aún lo amaba. Mandy, que hacía el papel de sabia terapeuta, la animó a mantenerse firme en su decisión.

Durante el interrogatorio, enseguida quedó claro que Mandy tenía razones más personales para querer a Adrianna fuera del mapa. La verdad era que Garth nunca planeó irse con sus amigos a las montañas. Su intención desde el principio era regresar a Los Ángeles y fugarse con Mandy un par de días; solos los dos.

Mandy estaba enamorada de Garth.

Mandy le sugirió a Adrianna irse a casa y dormir. Adrianna también deseaba irse a casa, pero Garth iba a venir. Iban a verse en el hospital, así que no podía marcharse. Mandy se ofreció «voluntaria» para hablar con Garth. Volvió a decirle a Adrianna que se fuese a casa y meditase un par de días sobre sus sentimientos. Después, con la mente despejada, podría hablar con Garth. Pero Adrianna insistió en quedarse y en ver a su novio.

Ese fue el primer error.

Mandy empezaba a ponerse nerviosa. Había pasado seis meses planeando aquella escapada y le enfurecía la idea de tener que cancelarlo todo. Adrianna no podía haber elegido un peor momento. Llevaba dos años aguantando las infidelidades de Garth. Por una vez había decidido demostrar que tenía coraje y eso interfería con la escapada romántica de Mandy. Tenía que librarse de ella. No matarla, según les contó Mandy: eso nunca había entrado en sus planes. Mandy solo quería que Adrianna se fuese a casa y durmiera durante mucho, mucho tiempo.

Dado que Adrianna insistía en quedarse en el hospital, Mandy le sugirió que se fuese a una de las salas de guardia vacías y que durmiera un par de horas antes de que llegase Garth. Adrianna estuvo de acuerdo. Entonces Mandy levantó la mirada y vio a la enfermera jefe mirándola con recelo en la cafetería. Sabía que tenía que actuar con rapidez.

Mandy se apresuró a encontrarle a Adrianna una habitación vacía. Intentó darle a su amiga un Ambien para que pudiera dormir bien, pero Adrianna se resistió y dijo que con eso dormiría durante doce horas seguidas. Lo único que necesitaba era descansar unas pocas horas. En su lugar, Mandy le dio un par de pastillas de Benadryl de corta duración. Eso le ayudaría a dormir, pero no la dejaría atontada durante todo el día.

Tras dejar a Adrianna en la habitación, Mandy volvió a trabajar pensando en cómo Adrianna estaba echando a perder su vida. Ella sabía que Garth la aguantaba porque era la que le daba dinero. Mandy lo aceptaba. Garth necesitaba dinero. Pero no pensaba permitir que Adrianna fastidiara sus pocos días a solas con su amante secreto. Garth llegaría al hospital en un par de horas y lo único que Mandy deseaba era que Adrianna estuviese «indispuesta». Entonces le diría a Garth que Adrianna se había marchado y que no quería que se pusiera en contacto con ella. Así los dos podrían irse de viaje juntos como habían planeado. Probablemente Garth volvería con Adrianna, pero al menos habrían pasado tiempo a solas.

Dado que Mandy trabajaba en la UCI, decidió dejar a Adrianna fuera de juego con un fuerte relajante muscular utilizado en cirugía llamado Pavulon. El medicamento, cuyo principio activo es el pancuronio, se utiliza para paralizar los músculos y se administra antes de que a un paciente se le ponga la ventilación asistida. La parálisis muscular normalmente tiene lugar entre dos y cuatro minutos después de que se administre el medicamento y los efectos clínicos suelen durar una hora y media. La recuperación total en adultos sanos se produce entre dos y tres horas más tarde.

Decker estaba familiarizado con el Pavulon porque había sido uno de los medicamentos utilizados por un asesino en serie llamado Efren Saldivar. El tipo, terapeuta respiratorio, utilizó el Pavulon para asesinar a sus pacientes a lo largo de diez años cuando trabajaba en el Centro Médico Adventista de Glendale, a unos quince kilómetros de donde Decker trabajaba y vivía. El caso local causó sensación y apareció en las noticias nacionales. Había sido un asunto muy prolongado que incluyó confesión, retractación y exhumación de cuerpos. Pero lo más importante era que Decker sabía que ese medicamento no aparecía en un examen toxicológico rutinario.

Mientras Adrianna dormía, Mandy, una enfermera diestra y delicada, le inyectó el medicamento en el cuello. El forense no lo vio porque el cable había roto parte de los tejidos y había disimulado la herida provocada por el pinchazo. Cuando Garth llegó, Mandy excusó a Adrianna, pero él no se creyó sus excusas. Cuando se puso amenazador, Mandy acabó confesando que Adrianna estaba durmiendo en una de las salas de guardia.

Decker le había preguntado que a qué se refería con «amenazador».

Amenazador no..., había susurrado..., era solo que conocía detalles vergonzosos suyos. Con esa confesión, el monitor de Mandy comenzó a pitar. Se le disparó la presión arterial y las enfermeras entraron corriendo. Mandy ya había hablado suficiente por aquel día.

Fin del interrogatorio.

Decker regresó al día siguiente. Tardó un poco en volver al punto donde lo habían dejado, pero logró que Mandy acelerase su relato; dijo que Garth había logrado hacerle admitir que había drogado a Adrianna con Pavulon.

Mandy continuó con su relato.

Tras confesar que Adrianna seguía en el hospital, Garth insistió en que fueran juntos a la sala de guardia para despertarla. Ya habían pasado dos horas y los efectos del medicamento debían de estar remitiendo, pero, cuando intentaron despertarla, Adrianna no respondía. A decir verdad, parecía estar muerta.

A Mandy le entró el pánico. Garth la calmó y dijo que la ayudaría. Le dijo que la mejor manera de abordar la situación era hacer que pareciese que Adrianna había sido asesinada. Al principio a Mandy le horrorizó la idea. Tenían que ir a la policía y explicar lo sucedido; que había sido un accidente. Pero Garth le dijo que la acusarían de asesinato con premeditación y fue entonces cuando ella perdió los nervios. Cuando Garth le ofreció una salida, ella la aceptó. Él le explicó su razonamiento.

Adrianna estaba muerta. No había nada que pudieran hacer para recuperarla. Si había sido «asesinada», ambos tendrían coartadas y no les acusarían de nada. Su coartada sería que estaba de camping con sus amigos. Aaron y Greg le cubrirían. La excusa de Mandy sería que estaba trabajando en su turno.

Lo primero que tenían que hacer era sacar el cuerpo del hospital. La metieron en una bolsa de basura y, al hacerlo, la tarjeta de Chuck Tinsley cayó al suelo. Mandy la recogió y ambos se dieron cuenta de que era una tarjeta que algún tío le habría dado a Adrianna. En la tarjeta figuraban su nombre, su ocupación (contratista), su dirección de casa y, en la parte de atrás, un número de móvil y la dirección del trabajo: una obra cercana al hospital. Al leer la tarjeta, Garth pareció enfurecer. Mandy pensó que eso era bueno. Cuanto más furioso estuviese Garth con Adrianna, más dispuesto se mostraría a deshacerse del cuerpo.

Juntos metieron a Adrianna en una bolsa de basura doble junto con más basura; papeles viejos y cosas así, por si acaso alguien les preguntaba qué llevaban en la bolsa y tenían que abrirla.

Pero nadie les preguntó mientras llevaban la bolsa hasta la dársena de carga de los vehículos de emergencia. Garth acercó su coche a la dársena, abrió el maletero y metió en él la bolsa de basura. Le dijo a Mandy que la llamaría y que se encontrarían más tarde. A Mandy ni siquiera se le ocurrió pensar en las cámaras de seguridad; un error mayúsculo que hizo que la policía apuntase en la dirección correcta.

Cuando el asesinato de Adrianna apareció en las noticias y se supo que el cuerpo había sido encontrado colgado de una viga, Mandy supo lo que había ocurrido. Garth había dejado el cuerpo de Adrianna en la dirección que figuraba en la tarjeta, desviando así la atención hacia Chuck Tinsley. Cuando vieron que no detenían a Tinsley para interrogarlo de inmediato, ambos supusieron que habían metido la pata en algún punto.

Decker levantó la mirada del papel. El destino había intervenido. Chuck Tinsley había sido el primero en llegar a la obra y se había encontrado el cuerpo. Había encontrado su propia tarjeta en el bolsillo de Adrianna y la había quitado para que la policía no supiera que había visto a Adrianna la noche anterior. Decker regresó a sus notas.

Al día siguiente era martes. Garth y Mandy alquilaron una habitación en un motel mientras pensaban cuál sería su siguiente paso. El miércoles ya habían perdido el control de la situación. Tenían que largarse de Los Ángeles. Tenían que pensar sin que la policía les pisase los talones. Garth dijo que tenía una casa en Las Vegas. Allí pasarían inadvertidos.

De modo que se echaron a la carretera.

A partir de ese momento todo aparecía nublado en la mente de Mandy. Los días y las noches estaban cargados de sexo, alcohol y drogas. En algún rincón de su cerebro, recordó que Garth había llevado a casa a una joven que se había fugado. Los tres tomaron drogas y Mandy recordaba que Garth se había acostado con la chica. A partir de ahí todo se volvió confuso. Mandy recordaba que la chica había desaparecido..., no que hubiese sido asesinada. Simplemente se fue. Tampoco recordaba nada de su accidente de coche.

Todo muy bien, pensó Decker, pero aún quedaban lagunas del tamaño de un elefante.

A saber, Crystal Larabee.

Ah, sí, dijo Mandy. Crystal.

La historia de la muerte de Crystal era aún más confusa que lo ocurrido con la chica fugada. En un principio Garth fue a casa de Crystal a preguntarle por la investigación de Adrianna. Cuando Crystal le dijo que la policía estaba buscándolo, él se preocupó mucho. Entonces Crystal empezó a hablarle de un tío con el que

Adrianna había estado hablando en Garage. Le dijo a Garth que creía que el tío era un personaje sospechoso y que había intentado ligar con ella después de que Adrianna se fuese del bar. Crystal creía que probablemente tuviese algo que ver con el asesinato de Adrianna. No hacía falta ser un genio para darse cuenta de que Crystal estaba refiriéndose a Chuck Tinsley.

Eso le dio a Garth una idea. Pensó que, si encontraban a Crystal asesinada, todo apuntaría a Chuck Tinsley. Tinsley había charlado con ambas mujeres y ahora las dos estaban muertas. Así que Garth mató a Crystal.

Sin más.

Aunque Mandy se sintió mal por Crystal, no era culpable. No sabía cuál era el plan de Garth y no estaba allí cuando sucedió. Lo de Crystal no era culpa suya. Y tampoco parecía sentirse muy culpable por la muerte de Adrianna. Mandy se apresuró a decirles que todo el asunto, refiriéndose a la muerte de Adrianna, no había sido más que un terrible «accidente».

Y sin embargo allí estaba Mandy, enredada en un plan que con toda probabilidad acabaría con ella en la cárcel, quizá para siempre. ¿Por qué accedió a seguir adelante con los planes de Garth? ¿Cómo la convenció él para participar en algo tan horrible?

—Dijo que me... delataría —les contó.

El monitor de la presión sanguínea empezó a pitar con fuerza. Decker sabía que estaba jugando en el tiempo de descuento.

—Pero sabías que se descubriría todo, Mandy. Que se sabría que le habías administrado Pavulon a Adrianna. ¿Por qué agravar tu error? ¿Por qué no acudir a la policía? Ese fue tu primer instinto y era el correcto.

—No era solo lo de Adrianna —murmuró ella—. Era lo otro..., me delataría.

—¿Te refieres a las fotografías vestida de cuero? —preguntó Decker.

El monitor de la presión arterial volvió a pitar. Se quedó callada.

Decker hizo una deducción lógica.

—Y también había grabaciones sexuales.

—Él... me delataría.

Entró la enfermera. De nuevo le pidió que saliera.

Decker volvería a Los Ángeles en unas pocas horas. O lo hacía en ese momento o tardaría mucho en poder hacerlo.

—¿Quién hizo las fotografías y las grabaciones, Mandy? Puede que eso ayude en tu caso. Es importante que lo sepamos.

—Crystal Larabee —susurró Mandy—. La muy zorra...

CAPÍTULO 48

A las siete de la mañana, Decker pensaba que estaría solo en la sala de la brigada, pero Wanda Bontemps ya estaba sentada a su mesa con la atención puesta en el ordenador. Ni siquiera levantó la mirada cuando él entró por la puerta.

—Buenos días —dijo Decker en voz alta.

Wanda lo saludó con una sonrisa expresiva. Su cara no era de «qué buen día hace» sino de «tenemos al cabrón».

—¿Tiene un minuto?

Decker la hizo pasar a su despacho. Wanda llevaba una blusa verde y pantalones negros con unas Vans. Bajo el brazo una carpeta. Él cerró la puerta y ambos se sentaron.

—¿Qué tienes para mí?

Ella dejó los papeles sobre su escritorio.

—Una copia del informe del homicidio de Roxanne Holly.

—Es muy grueso. ¿Quieres darme los detalles?

—Desde luego —Wanda sacó sus notas—. Según Latitia Bohem, la compañera de piso de Roxanne Holly, Roxanne salió a tomar algo a un restaurante local llamado El Gaucho y nunca volvió. El establecimiento estaba a unas cuatro manzanas del apartamento de Roxanne. Mucha gente de la zona va allí. Era una noche agradable, así que decidió volver andando.

—¿Sola y por la noche?

—Sí.

—Nunca es buena idea.

—No lo fue en su caso. Después de que descubrieran su cuerpo, interrogaron al barman y a las camareras que estaban trabajando aquella noche. Situaron a Roxanne en el restaurante más o menos desde las diez hasta las doce, pero había mucha gente y nadie recordaba realmente a qué hora se marchó. El sitio cierra a la una.

—¿Y cómo saben que se marchó a medianoche?

—Pagaron su cuenta en torno a las doce. Podría haberse quedado más, pero demos por hecho que se marchó sobre esa hora. El barman sí que recordaba haberla visto hablando con gente; chicos y chicas. Parecía estar pasándoselo bien. En los informes no figura nada sobre hombres de servicio o alguien con uniforme.

—Eso podría ser un callejón sin salida.

—Estoy de acuerdo. Los detectives regresaron a El Gaucho varios días después para una segunda ronda de interrogatorios con el personal y los clientes de la zona. Entre los que recordaban que Roxanne estuvo allí había un tipo llamado Chuck Tinsley.

—¡Vaya! —Decker estaba asombrado. Las cosas no solían salir tan bien—. Continúa.

—Chuck estaba trabajando en un almacén de madera. Vivía a unas seis manzanas de El Gaucho y a diez manzanas del apartamento de Roxanne cuando esta fue asesinada.

Decker arqueó una ceja.

—¿Qué dijo Chuck en los informes?

—Dijo que la conocía de la zona, que quizá habló un par de veces con ella en El Gaucho. Algo informal. Lo importante es que un cliente recordaba haberlos visto hablando juntos la noche que Roxanne desapareció.

—Eso es digno de destacar.

—La coartada de Chuck fue que estuvo en el restaurante hasta que cerró la barra. Y eso lo verificó el barman.

—Así que dice que, si Roxanne fue atacada a las doce, no pudo ser él porque estuvo en el restaurante hasta la una de la mañana.

—Exacto. Pero, si el local estaba abarrotado y nadie recuerda ver a Roxanne marcharse, Tinsley podría haber salido y haber vuelto. Sinceramente, teniente, ¿qué hacía si no con el collar de Roxanne?

Decker lo pensó durante unos segundos.

—Tal vez tengamos suerte y extraigamos ADN del pelo y coincida con el de Roxanne. Entonces podremos decir que Tinsley tenía su collar. Sigue siendo circunstancial.

—Algo más que circunstancial.

—Claro. Que Chuck estuviera por los alrededores es bueno y malo. Podemos decir que Tinsley se vio implicado en su asesinato. O podemos decir que Tinsley encontró su cuerpo después de muerta y le arrancó el collar del cuello —Wanda se quedó mirándolo con incredulidad y Decker añadió—: Es lo que dirá su abogado.

—¿Recuerda al sospechoso principal, Burt Barney? —dijo Wanda.

—El indigente que encontró el cuerpo.

—Sí. La policía de Oxnard lo retuvo durante horas. Le preguntaron una y otra vez qué hizo con el collar. Él nunca se rindió, teniente. Juraba que él no había matado a Roxanne y que, cuando encontró el cuerpo, no había ningún collar.

—Un abogado podría decir que Tinsley se llevó el collar antes de que Barney la encontrara.

—Eso es muy rebuscado —dijo Wanda extendiendo los brazos.

—Necesitamos algo más que una duda razonable y ese es mi problema. Tinsley nos pareció un asesino en serie potencial cuando pensábamos que tenía algo que ver con el asesinato de Adrianna Blanc. Pero ya sabemos lo que les pasó a Adrianna y a Crystal, y Tinsley no tuvo nada que ver con ellas. Ese fue Garth Hammerling —hizo una pausa—. Que también es un asesino en serie.

Wanda negó con la cabeza.

—¿Con cuántos asesinos en serie se ha encontrado a lo largo de su carrera?

—En mis treinta años trabajando en la policía, incluyendo en Florida, me he enfrentado a tres asesinos en serie, aunque uno de los casos era discutible porque solo se presentaron cargos contra él por un asesinato. Pero se sospechaba que había cometido más. Están ahí fuera, claro, pero no con la frecuencia que aparece en los medios de comunicación. Tener a un asesino en serie implicado como testigo en un caso de asesinato cometido por otro asesino en serie es una locura. Por eso debemos proceder con cuidado... para no cometer un error.

—¿Y qué hacemos entonces con Tinsley?

—Si encontramos ADN de Roxanne en el collar, podremos arrestar a Tinsley por poseer mercancía robada, que es lo que él declarará. Que vio el cuerpo de Roxanne y tomó una mala decisión. Sería fantástico encontrar un testigo que viera a Chuck y a Roxanne marcharse juntos. ¿Hay alguien en los informes que pueda resultar prometedor?

—Tengo que releer las páginas.

—Sería buena idea comprobar quiénes eran los amigos de Tinsley en esa época. Tal vez se lo confesó a alguien, aunque, si de verdad es un asesino en serie, yo tendría mis dudas.

—Revisaré los informes.

—¿Qué tal va Lee Wang con la policía de Oceanside?

—Sigue buscando. Hemos enviado al laboratorio el anillo encontrado en casa de Tinsley. Quizá tengamos suerte y obtengamos ADN que encaje con el de Erin Greenfield.

—¿Estaba Tinsley en Oceanside cuando Greenfield fue asesinada?

—No lo sé. Llamaré a Lee para comparar nuestras notas.

—Una joya es circunstancial —explicó Decker—. Dos joyas con ADN que concuerda con el de dos chicas asesinadas no pueden explicarse tan fácilmente. Ahora mismo lo único que podemos hacer es cruzar los dedos y tener fe en la ciencia.

* * *

Después de tres semanas en el hospital, Jacqueline Mars, la chica de dieciséis años a quien Garth y Mandy habían secuestrado, estrangulado y envuelto en una bolsa de basura, se había recuperado lo suficiente para recibir el alta. Por desgracia, su recuerdo de lo ocurrido durante ese periodo de tiempo era aún más borroso que el de Mandy Kowalski. Actualmente seguía sin recordar nada de aquellos fatídicos días que pasó en estado de shock.

Mandy Kowalski fue arrestada por el asesinato en primer grado de Adrianna Blanc y el intento de asesinato de Jacqueline Mars. Quedó libre de cargos en el asesinato de Crystal Larabee. Se le considera inocente de todos los cargos hasta que se demuestre lo contrario.

Después de que se supiera la noticia del crimen inducido por un medicamento cometido por Garth Hammerling y Mandy Kowalski, el hospital St. Tim's comenzó a examinar las muertes rutinarias que habían tenido lugar durante sus turnos. Los casos de Mandy estaban limpios, pero había varias muertes sospechosas durante los años de servicio de Hammerling. Un mes después de que se descubriera el macabro escondite que Hammerling tenía en Las Vegas, esos casos hospitalarios de los que se había encargado Garth seguían siendo investigados.

Decker por fin recibió una copia del informe toxicológico de Adrianna Blanc. Tardaron algo más de lo habitual porque el patólogo tuvo que volver a pedir el análisis serológico en busca de Pavulon. Y, aunque encontraron ese medicamento en su organismo, que probablemente la mató, la cantidad hallada en su sangre no se consideró una dosis letal. Una hipótesis más probable era que Adrianna siguiese viva, pero paralizada, cuando Garth la colgó de las vigas de la obra. La resolución del forense fue que había muerto por asfixia provocada por el ahorcamiento.

Tal vez Garth pensara realmente que estaba muerta, pero Decker y sus detectives no pensaban lo mismo. Todos concluyeron que, incluso aunque Garth hubiera sabido que Adrianna seguía viva, habría seguido adelante con sus planes. Como evidenciaban Crystal Larabee y los dos cuerpos y pilas de huesos encontrados en su casa de Las Vegas, Garth simplemente disfrutaba matando.

Seis semanas después de que enviaran las joyas de Tinsley al laboratorio en busca de ADN, obtuvieron perfiles de ADN definitivos. El collar contenía ADN de Tinsley y ADN de la raíz de un pelo que pertenecía a Roxanne Holly. Con el anillo tardaron más debido a la escasa evidencia biológica. Las pruebas supusieron repetir la misma muestra de ADN una y otra vez. Finalmen te extrajeron dos perfiles: el de Tinsley y el de Erin Greenfield.

Chuck Tinsley fue arrestado al día siguiente. El momento no podría haber sido mejor para Lydia y Nathan Grossman, los dueños de la propiedad. Acababan de pasar la inspección final.

Los asesinatos de Roxanne Holly y Erin Greenfield habían tenido lugar fuera de la jurisdicción de Decker. Ansiaba formar parte de los interrogatorios de Tinsley, pero el asunto se embarulló cuando Tinsley solicitó un abogado.

Aunque había motivos de celebración por el arresto de Tinsley, también había problemas. Tinsley había permitido que los detectives registraran su apartamento, pero solo para que buscaran pruebas sobre el caso de Adrianna Blanc. Las joyas, según alegaron sus abogados, eran una prueba inadmisible porque no tenían nada que ver con Adrianna Blanc. Y, sin las joyas, no había caso contra Tinsley en los homicidios de Holly y de Greenfield.

El fiscal del distrito argumentó que la policía se había llevado las joyas con permiso de Charles Tinsley para ver si alguna de ellas pertenecía a Adrianna Blanc. Cuando dos de las joyas resultaron ser idénticas a las pertenecientes a dos mujeres que también habían sido asesinadas, habría sido una negligencia no buscar ADN en ellas. Y, dado que las joyas se habían obtenido con el permiso del señor Tinsley, no se había cometido ningún acto ilegal.

Después de muchos aplazamientos, el primer juez se puso del lado del fiscal del distrito. Las joyas eran una prueba admisible. El equipo legal de Tinsley recurrió. Meses después el juez de la apelación le dio la razón al primer juez. Se presentaron cargos de homicidio en primer grado contra Charles Michael Tinsley por las muertes de Roxanne Holly y Erin Greenfield. A Tinsley se le considera inocente hasta que se demuestre lo contrario.

Garth Willard Hammerling continúa desaparecido. Se pide a cualquiera que tenga información sobre su paradero que se ponga en contacto con el Departamento de Policía de Los Ángeles y/o con el Departamento de Policía de Las Vegas Norte.

CAPÍTULO 49

Cuando llegó el trauma, Gabe hizo como siempre.

Se acostumbró.

Su padre no volvió a llamarle. Gabe guardó los papeles en el armario dando por hecho que sabría algo de su viejo tarde o temprano. Siguió con sus asuntos. En cuestión de una semana, Rina le encontró un tutor permanente para que pudiera estudiar en casa. Terminó décimo curso en un mes. Lo único con lo que no pudo ayudarle el tutor fueron sus clases de idiomas, pero todo salió bien. Rina hablaba yiddish, así que pudo practicar su alemán con ella. El teniente hablaba español, que Gabe entendió enseguida. Y, aunque no era lo mismo que el italiano, se parecía lo suficiente para mantener entrenado el oído.

Cada vez que tenía tiempo libre, iba a conciertos y a óperas. Hannah fue con él en un par de ocasiones. Otras veces iba solo. Le encantaba la ópera; era el motivo principal por el que deseaba aprender alemán e italiano. Deseaba aprender a mezclar las palabras con la música, y la única manera de lograrlo era hablar el idioma del libreto.

Pasaba casi todo su tiempo al piano. Su música siempre había sido su salvavidas, pero había siempre algo desesperado y nervioso en su manera de tocar. Tras vivir con los Decker y recibir clases de Nicholas Mark, Gabe descubrió el verdadero placer de aprender. Cada encuentro con Mark le acercaba un paso más a convertirse en un pianista de verdad. Podía moverse un poco más despacio, escuchar con más atención, deleitarse en el teclado un poco más porque, por primera vez, vivía de manera predecible. Todo sucedía en su momento y sin ningún drama. No era que el drama tuviera algo de malo, pero se abordaba mejor en el arte que en la vida real. Siempre había tenido libertad, pero ahora tenía libertad sin miedo. La autonomía le volvía generoso. A veces iba con Hannah a los ensayos del coro para acompañar a los cantantes al piano, solo para ser amable. Según se acercaba la graduación, la señora Kent le había rogado que tocara algo especial para la velada. Después de que Hannah y ella le adularan sin cesar, acabó por transigir.

¿Por qué no iba a hacerlo?

Originalmente pensó en hacer algo técnicamente desafiante como Rachmaninoff, algo que asombrara al público, pero, treinta minutos antes de que comenzara la ceremonia, cambió de opinión.

No se trataba de un concierto de piano: era una celebración. La gente estaba contenta. Algunos padres querían realmente a sus hijos y se enorgullecían de sus logros.

En el último momento, encontró un ordenador y una impresora en la sinagoga donde tendría lugar la ceremonia de graduación y descargó dieciocho páginas de la Rapsodia Húngara no. 2 en Do sostenido menor de Liszt. Era una pieza con la que estaban familiarizados él y todo el mundo, ya que se utilizaba en todos los dibujos animados antiguos cada vez que había una persecución. Sabía que podía tocarla a simple vista sin problemas. Cuando llegó su turno, alineó las primeras cinco hojas de papel sobre el atril del piano y le pidió a la señora Kent que fuese colocándole las siguientes mientras él tiraba cada hoja usada al suelo. Con los papeles volando por los aires, sobre todo en la parte final, con el tempo acelerado, consiguió un efecto cómico no intencionado que incorporó con gran estilo. Todos se rieron. Había hecho que un público contento acabase aún más contento. Aprendió otra importante lección. Tocar en público no era solo cuestión de impresionar, sino de entretener.

Nunca dejó de pensar en sus padres. Estaba mal compararlos con los Decker, pero lo hacía de todos modos. Solía racionalizarlo y pensar que su alocado comportamiento se debía a su profunda complejidad. Eso era una auténtica chorrada. Los Decker eran gente estable e igual de compleja o más que su madre y su padre.

Rina y el teniente lo habían acogido con cariño y le habían hecho formar parte de sus vidas. Se dio cuenta de ello cuando insistieron en que fuera con ellos a Nueva York para la graduación de Sammy en la escuela de medicina. Lo incluyeron en la boda de Sammy. También lo llevaron a Israel cuando trasladaron a Hannah al seminario: le pagaron el billete, le dieron su propia habitación de hotel y su propio guía turístico. El guía y él fueron a todos los lugares de Tierra Santa, así como a Petra, en Jordania, y a las pirámides de Egipto. Exploró civilizaciones antiguas y descubrió que el cliché seguía siendo cierto: había un mundo maravilloso ahí fuera.

Ninguno de los Decker intentó ser un padre sustituto. Eran facilitadores y, como eran amables, intentaban no ser una molestia. No, Rina no era su madre y el teniente no era su padre. Pero, a decir verdad, llegado a ese punto de su vida sabía que era mucho mejor tener a Rina y al teniente que a mamá y papá.

A mediados de noviembre, Nueva York estaba inundado por la lluvia gélida y Chicago experimentaba su primera nevada. Los Ángeles, por el contrario, tenía cielos despejados y sol. El aire se había vuelto más fresco, pero no era frío, y en algunos árboles aún quedaba algo de color. Pero lo que sorprendió a Gabe fue que la ciudad seguía estando verde. En la zona este, el frío del otoño estaba dando paso a la congelación del invierno. Pero Rina tenía un jardín. Resultaba extraño.

Pero no tan extraño como la llamada telefónica de su padre. La voz de Chris sonaba monótona.

—Tienes unos papeles que me pertenecen.

Sin preámbulos. Gabe había estado esperando la llamada, pero la voz de su padre siempre hacía que se le trabara la lengua.

—Así es —respondió—. ¿Dónde te los envío?

—No confío en el correo. Iré a Los Ángeles y los recogeré. Además, me gustaría verte. ¿Qué horario tienes?

—Salvo los lunes y jueves de diez a doce, estoy libre.

—¿Has dejado la escuela? —preguntó Donatti tras una pausa.

—Rina me buscó un tutor. Estudio en casa, lo cual es genial. El próximo mes de junio debería haber terminado el instituto.

—No he visto ningún cargo en tu tarjeta referente a un tutor.

Son un par de horas a la semana, Chris. Lo pago en efectivo.

—¿Qué pasa los lunes y jueves de diez a doce?

—Tengo clase de piano con Nick en la Universidad del Sur de California.

—¿Con Nick te refieres a Nicholas Mark?

Donatti sonaba un poco molesto.

—Puedes venir a ver cómo me toca las pelotas —respondió Gabe con una sonrisa.

—Ya deberías estar acostumbrado a eso.

—Es un trozo de pan comparado contigo.

—No hace falta ser grosero. Estaré allí mañana a las dos.

El día siguiente era jueves.

—No puedo estar en casa a las dos tomando el autobús. Podríamos vernos en la universidad.

—Nos veremos allí. Te llamaré cuando llegue —Donatti colgó el teléfono.

Según el móvil de Gabe, la conversación había durado un minuto y veintiocho segundos. No había sucedido nada reseñable, pero una frase se le había quedado en la cabeza.

«Además, me gustaría verte».

No «necesito verte», sino «me gustaría verte».

Debería haberle dado igual, pero no era así. Hizo que se sintiera bien.

El teléfono sonó a las dos en punto.

—Estoy en una cafetería al aire libre en el campus —le dijo Gabe a su padre—. ¿Te parece bien?

—Está bien.

Gabe le dio las indicaciones. Cinco minutos más tarde vio a Chris Donatti caminar hacia él; alto, bronceado, fuerte y guapo. Hacía que la gente se volviese para mirarlo allá donde iba y aquel día no fue una excepción. Cada vez que se cruzaba con una mujer, esta miraba hacia atrás. Chris llevaba una camisa blanca, pantalones de pana marrones y chaqueta de *tweed*. Parecía el profesor con el que fantaseaban todas las alumnas. Había muchas cosas que despreciar de Chris, pero, en el fondo, Gabe estaba orgulloso de ser su hijo.

Era su padre, para bien o para mal.

Cuando Chris llegó a la mesa, le ofreció la mano. Gabe le entregó la carpeta color manila, su padre se sentó y la abrió.

—¿Tienes hambre? —preguntó Gabe.

—Consígueme una taza de café.

—¿Te importa que yo coma algo? —sin decir una palabra, Donatti sacó un billete de cien dólares—. No te estaba pidiendo dinero.

—Acéptalo.

—Tengo dinero.

—No seas idiota. Si alguien te ofrece dinero, lo aceptas. Ahora calla y déjame leer.

Nada de sentimentalismos. Gabe agarró el dinero, esperó la cola y pidió una hamburguesa, patatas fritas, una Coca Cola Light y un café. Volvió a sentarse a la mesa y comenzó a comer. Un minuto más tarde Chris estaba mirándolo con odio. No estaba haciendo especial ruido al comer, pero su padre estaba de un humor en el que todo le molestaba.

—Quizá sea mejor que vaya a comer a otra mesa —sugirió Gabe. Se trasladó a la mesa de al lado y siguió comiendo tranquilamente mientras leía a Evelyn Waugh, una de las escritoras favoritas de Rina. Hacía un día precioso y se sentía más feliz de lo que se había sentido en años. Sabía que estaba tranquilo porque al fin se le habían quitado los granos. Era maravilloso estar comiendo una hamburguesa y leyendo un buen libro. Lo único que le faltaba quizá era un poco de Mozart; solo piezas de cuerda y, por favor, nada de piano. Estaba tan absorto en la lectura que no oyó a su viejo aclararse la garganta hasta que Chris se molestó de verdad. Gabe levantó la mirada y volvió a la primera mesa.

—¿Todo bien?

—Tráeme otra taza de café. Grande.

—Claro.

Cuando Gabe le llevó la segunda taza, Chris estaba recolocando los papeles y volviéndolos a guardar en el sobre.

—Parece que está todo en orden. Se los llevaré a mi abogado. Veremos qué hacemos después —se quedó mirándolo—. ¿Sabes dónde está tu madre?

—Si tuviera que adivinar, diría que en algún lugar de la India, a juzgar por el propietario del coche. En su carta también decía que estaba lejos. He metido una copia de la misma en el sobre.

—Ya la he visto. Y sí, está en la India. En Uttar Pradesh, para ser exactos —Chris sacó varias fotografías y las distribuyó sobre la mesa.

Gabe las examinó.

—¿Cuándo la encontraste?

—Hace meses.

—¿Y no me lo dijiste?

—Sabías que estaba viva. ¿Qué más te habría dado?

Eso era cierto. Se quedó mirando las fotografías.

—Dios, está a punto de reventar.

—Ya lo ha hecho —sacó una última fotografía—. Te presento a tu nueva hermana.

La niña era rolliza y tenía el pelo negro.

—¿De dónde la has sacado?

—No es asunto tuyo.

Gabe sonrió pese a todo. Los bebés eran monos. No se sentía celoso porque, de todos modos, él ya había perdido a su madre.

—¿Te importa que me la quede?

—Adelante. Para mí no es más que una pequeña bastarda. No te sorprende nada de esto. ¿Te envió otra carta?

—De haberlo hecho, te habría llamado —se quedó mirando los ojos azules de su padre—. Solo se puso en contacto conmigo una vez. Desde entonces no he sabido nada de ella —Gabe se recolocó las gafas—. Decker imaginó que estaría embarazada y que por eso se habría marchado tan súbitamente.

—¿Se lo dijo a él cuando se vieron hace tiempo?

—No. Decker lo averiguó más tarde.

—¿Y tú le crees?

—Decker se pasó mucho tiempo buscando a mamá. No lo habría hecho de haber sabido que deseaba desaparecer.

Donatti lo pensó unos instantes y decidió que era la verdad.

—¿Qué tal Decker?

—Son buena gente y son buenos conmigo. Estoy bien si es eso lo que me estás preguntando.

—Así que Decker lo averiguó —Donatti tamborileó con los dedos sobre la mesa—. Tu madre logró ocultarme tus orígenes bastardos, pero no pudo fingir con un bebé indio.

Gabe no mordió el anzuelo.

—¿Sabe mamá que sabes lo suyo?

—Todavía no.

—¿Y qué vas a hacer?

Donatti se encogió de hombros.

—Gabriel, he pensado de todo, desde no hacer nada hasta matarla.

—¿Y?

—Resulta que ya no me importa —Donatti sacó un paquete de cigarrillos y se encendió uno—. Eso no es cierto. Sí que me importa, pero no me importa lo suficiente como para arruinar mi vida, aunque podría salir impune. Me gustaría matarla, pero no quiero que muera.

—Ya sé que no me lo has preguntado, pero creo que no hacer nada es una sabia decisión.

—Además, tengo la mejor venganza de todas. Está en la India —Donatti sonrió, pero no fue una sonrisa bonita—, pero tú estás aquí.

—¿Y qué? A ella le doy igual —se lo dijo más a sí mismo que a su padre—. De lo contrario, me habría llevado con ella.

—Oh, no, no, no, no —Donatti movió el dedo de un lado a otro—. No se atrevió a llevarte con ella. Puede que yo le permitiera largarse, al fin y al cabo hay muchas mujeres en este mundo, pero, bastardo o no, tú sigues siendo mi único hijo. Si te hubiera llevado con ella, habría sido como firmar su sentencia de muerte.

Apagó el cigarrillo y encendió otro.

—Conozco muy bien a tu madre. Tiene a una hijita bastarda, pero su verdadero bebé está aquí conmigo. Estará sufriendo mucho emocionalmente y eso me hace muy feliz —se levantó—. Vámonos de aquí.

—¿Vas a llevarme a casa?

—¿Te refieres a casa de los Decker?

—La casa de los Decker es mi casa —respondió Gabe con una sonrisa—, pero tú siempre serás mi único padre.

—Sí, hasta que averigües quién se la metió a tu madre aquel verano.

Gabe lo ignoró y se puso en pie.

—¿Sabes? Puedo tomar el autobús si te resulta una molestia llevarme hasta el valle.

—No, da igual. Además, quiero que me cuentes los progresos que estás haciendo con tu nuevo amigo, Nick.

—Es mi profesor, Chris, no mi amigo. Me tortura cada vez que lo veo, pero supongo que ese es el precio de mejorar.

—Más te vale estar mejorando después de gastarte todo mi dinero en clases —Donatti lo agarró de la nuca con cierta brusquedad—. Por aquí.

Les esperaba una limusina. No era de extrañar. Su padre solía necesitar espacio para sus largas piernas. Lo que le extrañó fue la chica que iba sentada en el asiento trasero. Parecía tener catorce años, aunque él sabía que tendría al menos dieciocho. Chris ya no tocaba a las menores de edad. Era mona; con la nariz respingona, hoyuelos en las mejillas y el pelo rizado y color caoba. Sus ojos marrones brillaban con inteligencia.

—Talia —Chris señaló a la chica—. Este es mi hijo.

—Gabe Whitman —dijo Gabe ofreciéndole la mano.

—Encantada de conocerte al fin —la chica le estrechó la mano—. Habla de ti sin parar.

—No es verdad —Donatti pareció molesto y la ignoró durante todo el camino, escuchando atentamente mientras Gabe hablaba de sus clases, de su música, de sus composiciones, de lo que estaba estudiando, de lo que aprendía de Nicholas Mark, y finalmente de las próximas competiciones. Donatti fumaba cigarrillos y bebía café sin dejar de mirar a Gabe a la cara. Antes de que Gabe pudiera recuperar el aliento, la limusina se detuvo frente al hogar de los Decker.

Jamás el tiempo había pasado tan deprisa.

—Bueno, supongo que me bajo aquí —dijo.

—Llama si necesitas algo.

—Lo haré —se volvió hacia Talia—. Encantado de conocerte. Cuida de él por mí.

—Bla, bla —dijo Donatti, y le entregó su vaso de café lleno de colillas de cigarrillo—. Ya sabes que odio ese tipo de mierdas. Tira esto por mí.

—Claro, Chris —salió de la limusina y el vehículo arrancó antes de que hubiera llegado a la puerta de la casa.

Chris entregándole su mierda. Qué metafórico.

Se quedó mirando las colillas de cigarrillos.

Ja.

Abrió la puerta y se dirigió hacia sus aposentos; técnicamente no era su habitación, pero después de siete meses ya se había convertido en algo más que un residente temporal. Una vez dentro, se sentó sobre la cama y encendió el ordenador.

Los golpes en la puerta le fastidiaron. Donatti no soportaba pagar impuestos y no soportaba que le interrumpieran.

—¿Qué?

—¿Puedo pasar?

Era la voz de Talia.

—Ya que me has desconcentrado, será lo mejor.

Ella abrió la puerta.

—Lo siento.

—No, no lo sientes. ¿Qué quieres?

Una ligera sonrisa asomó a sus labios.

—Te he traído café —lo dejó sobre su escritorio de palisandro. El despacho de Chris estaba forrado de madera de nogal y tenía una chimenea de piedra. Estaba lleno de obras de arte y olía a cuero y a tabaco. Tenía estanterías con whisky escocés y vasos de cristal. El lugar parecía sacado de un castillo inglés y no el despacho de un hombre que poseía burdeles. En un rincón había un enorme árbol de Navidad que ella misma había decorado. Debajo se apilaban regalos que le enviaban los clientes satisfechos. Talia nunca decoraba árboles de Navidad antes de conocer a Chris. Era una tarea de la que siempre disfrutaba.

Donatti la miró de arriba abajo. Sostenía un paquete envuelto.

—Déjalo debajo del árbol.

—Es de Gabe.

—¡Mierda! Tengo que comprarle algo. ¿Qué día es hoy?

—Diecinueve.

—De acuerdo. Tenemos tiempo. Sal y cómprale una moto.

Talia se quedó mirándolo.

—¿Qué? —preguntó Donatti.

—Chris, el chico no conduce. Solo tiene quince años.

—¿Ya tiene quince? Mierda, me olvidé de felicitarlo.

—No te preocupes. Le envié una tarjeta y una camisa.

Donatti se quedó mirándola.

—¿Le enviaste una camisa a Gabe por su cumpleaños?

—Tú estabas fuera de la ciudad. ¿Y qué tiene de malo una camisa? Me envió una nota de agradecimiento, así que supongo que le gustó.

Estaba haciendo pucheros. A Donatti siempre se le olvidaba que no era mucho mayor que Gabe.

—Gracias por enviarle a mi hijo una camisa. Esta vez vamos a apuntar un poco más alto. Cómprale un Ferrari.

—¿Un Ferrari? —exclamó Talia.

—Sí, un Ferrari. ¿Quieres que te lo deletree?

—Sé lo que es un Ferrari. No hace falta ser sarcástico —hizo una pausa—. ¿Puedo decir algo?

—No —cuando Talia no respondió, Donatti resopló con fastidio—. ¿Qué?

—Nos vamos a París a pasar el Año Nuevo. ¿Por qué no le dices que venga con nosotros? Seguro que eso le gustaría más que un Ferrari.

—No quiero que venga.

Talia se quedó perpleja.

—¿Por qué no?

—Porque no quiero que venga, ¿vale?

—Vale —respondió ella encogiéndose de hombros.

—Mira, Talia, a Gabe le va bien y a mí me va bien. No es buena idea mezclarlo.

—Lo que tú digas —dijo ella—. ¿Qué hago con el regalo?

—Acércamelo.

La chica le entregó la caja envuelta.

—¿Dónde hay un concesionario de Ferrari? Estamos en Elko, no en Las Vegas.

—Tienes razón. Mira, mañana iremos a Penske-Wynn y compraremos uno juntos. Prepara el avión. Nos iremos a las once si consigo suficiente tranquilidad para acabar con los impuestos —la despidió con la mano—. Adiós.

—De nada por el café.

—Gracias y adiós —cuando al fin cerró la puerta, Donatti sonrió. No quería a Talia, pero a veces su inocencia le hacía reír. Se quedó mirando el regalo de su hijo. Gabe era un buen chico, eso lo había heredado de su madre.

Pensaba en Terry más de lo que debía. Ella se había ido, pero la cosa no se había acabado. Seguían estando legalmente casados y al final tendrían que enfrentarse de un modo u otro.

Algún día, pensaba. Algún día.

Deshizo el lazo de la caja y levantó la tapa. Dentro había un fajo de papeles sujetos con una grapa y una nota con la caligrafía de Gabe.

Feliz Navidad, papá.

Los papeles eran de un laboratorio médico... se trataba de una prueba médica.

¿Qué coño pasaba?

Ojeó las páginas y leyó por encima las palabras.

ADN obtenido de un cigarrillo.

ADN obtenido de un vaso de café.

Prueba de paternidad con resultado positivo. 99.9%.

Donatti echó la cabeza hacia atrás y se rio.

El muy bastardo.

O quizá no.

Descolgó el teléfono y, cuando llamó, saltó el buzón de voz de Gabe.

Déjame un mensaje y te responderé en cuanto pueda.

—Gracias por los papeles. Si alguna vez necesito un riñón, ya sabré a quién llamar.

Donatti colgó el teléfono y siguió trabajando.

Una hora más tarde descolgó el teléfono y llamó a Gabe una segunda vez.

Tras recibir el mismo mensaje, esperó a oír la señal y dijo:

—Me voy a París a pasar Año Nuevo. Creo que alguien va a tocar allí la Tocata y Fuga en Re menor de Bach. Pensaba pillar entradas. Talia no tiene oído y sé que tú tienes fijación por el órgano.

Hizo una pausa.

—Nos vamos el veintisiete, así que llámame cuanto antes. Si tienes el pasaporte actualizado, no tienes nada mejor que hacer y te apetece ir al concierto, supongo que podrías venir.